NIKOLA HOTEL

AB MORGEN NUR NOCH LIEBE

 aufbau taschenbuch

Nikola Hotel, geboren 1978 in Bonn, hat eine große Schwäche für dunkle Charaktere und unterdrückte Gefühle, deshalb schreibt sie neben ihren RomComs mit Vorliebe auch New-Adult-Romane. Ein Großteil ihrer Bücher schaffte es unmittelbar nach Erscheinen auf die Bestsellerliste. Nikola Hotel lebt mit ihrer Familie in einem kleinen Dorf in der Nähe von Bonn. Auf Instagram gewährt sie allerlei Einblicke in ihren Schreiballtag.

Im Aufbau Taschenbuch liegen ebenfalls ihre Romane »Jetzt und mit dir«, »Für immer und du« und »Liebe oder gar nicht« vor.

Mehr unter ⓘ nikolahotel oder www.nikolahotel.de

Versicherungsagentin Tilly weiß genau, was sie will: Endlich dem unbekannten Dieb das Handwerk legen, der ihrer Firma seit Monaten immer wieder Probleme macht. Sie heftet sich an seine Fersen, mit äußerst unangenehmen Folgen: Es gelingt ihm tatsächlich, direkt vor ihrer Nase zwei äußerst wertvolle Diamanten zu entwenden und, zu ihrem größten Ärger, auch noch ihre Lieblingsarmbanduhr. Gäbe es doch nur eine Versicherung für die peinlichen Momente im Leben! Das kann Tilly nicht auf sich sitzen lassen. Doch als der geheimnisvolle Diamantendieb erneut auftaucht, bringt er ihr Leben höllisch durcheinander, denn diesmal hat er es nicht auf Schmuck abgesehen, sondern auf Tillys Herz …

NIKOLA HOTEL

AB MORGEN NUR NOCH LIEBE

Roman

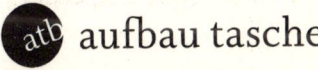 aufbau taschenbuch

Die Originalausgabe erschien erstmals 2018 als E-Book
unter dem Titel »Rette mir den Hals, Kleines«.

ISBN 978-3-7466-4101-0

Aufbau Taschenbuch ist eine Marke
der Aufbau Verlage GmbH & Co. KG

1. Auflage 2024
© Aufbau Verlage GmbH & Co. KG, Berlin 2024
www.aufbau-verlage.de
10969 Berlin, Prinzenstraße 85
Der Verlag behält sich das Text- und Data-Mining nach
§ 44b UrhG vor, was hiermit Dritten ohne
Zustimmung des Verlages untersagt ist.
Umschlaggestaltung zero-media.net, München
unter Verwendung eines Motivs
von FinePic®, München
Satz Greiner & Reichel, Köln
Druck und Binden CPI books GmbH, Leck, Germany

Printed in Germany

PLAYLIST

The Cat – Tom Gaebel

Perhaps, Perhaps, Perhaps – Doris Day

Un Homme Et Une Femme – Nicole Croisille & Pierre Barouh

(They Long to Be) Close to You – Paul Kuhn & SFB Big Band

Those Were the Days – Vera Lynn

Schwarze Augen – Paul Kuhn & SBF Big Band

Turandot Atto III: »Nessun Dorma« – Jonas Kaufmann

It Hurts to Say Goodbye – Vera Lynn

Emmanuelle – Fausto Papetti

Love Letters – Julie London

Alguien Canto (The Music Played) – Matt Monro

Der Pate I: Love Theme – Nino Rota

Lonely Dreamer – The Cliff Hammer Orchestra

Diamonds Are Forever – Shirley Bassey

KAPITEL 1

Ungeduldig wippte ich mit den Zehenspitzen. Heute würde ich mir die Katze schnappen, und das ließ meinen Puls trommeln wie verrückt. Ich war mir absolut sicher, dass er gleich hier auftauchen würde, weil es selten eine Gelegenheit gab, bei der so viel Luxus auf einem Haufen anzutreffen war wie auf dieser Beerdigung. Und wenn es etwas gab, das die Katze anzog, dann war es Reichtum, speziell der Reichtum, der illegal angehäuft worden war.

Mit gesenktem Kopf tunkte ich die Fingerspitzen in das Weihwasser und bekreuzigte mich. Im gleichen Moment prallte jemand gegen meine Schulter. »Können Sie nicht aufpassen?« Ich schwankte wie ein Papierboot, bis eine Hand mich am Arm fasste und wieder ins Gleichgewicht brachte.

»Verzeihung.« Der blonde Mann mit dem breiten Oberlippenbart ließ mich los und lächelte, dann drängte er an mir vorbei ins Innere der Kirche. Ich seufzte – was für ein Tollpatsch! Als ich ihm folgte, breitete sich auf meinen Unterarmen eine Gänsehaut aus, die nicht allein von der Kälte in diesem alten Gemäuer herrühren konnte. Mit jedem Klackern meiner Absätze verstärkte sich mein Gefühl, dass heute etwas passieren würde. Die Katze kommt, die Katze kommt, klack-klack, klack-klack. Seit Monaten war ich diesem Gauner schon auf der Spur, und so dicht war ich ihm noch nie auf den Fersen gewesen. Die Katze war ein Phantom. Er war ein Betrüger, ein Hochstapler, ein Dieb, ein Schwindler, doch das Dumme war: Ich hatte ihn noch nie gesehen. Ich wusste nicht, wie er wirklich aussah. Die einzigen Fotos, die von ihm in den Polizeiakten existierten, waren unscharfe Schnappschüsse. Aufnahmen, die jedes Mal einen komplett anderen Menschen zeigten. Die Katze war nicht nur ein hochbegabter Krimineller, er war vor allem auch ein hochbegabter Verwandlungskünstler. Ich hatte also keine Ahnung, nach wem ich wirklich suchte. Einzig gewiss war, dass dieser Gauner versuchen würde, sich so unauffällig wie möglich unter die Reihen der Kondolenzbesucher zu mischen. Genau wie ich. Er würde sich von niemandem unterscheiden, sondern stattdessen so wirken, als wäre er der Enkel des Toten persönlich. Auf keinen Fall würde er so auffällig aussehen wie dieser blonde Tollpatsch, der mich eben am Eingang angerempelt hatte. Kurz rieb ich mir über die Arme und stieg dann die wenigen Stufen hoch, die zum Altarraum führten, wo der Leichnam aufgebahrt worden war. Es roch nach Weihrauch und Lilien, die in üppigen Gebinden neben dem Sarg platziert worden waren. Ich hatte eine, wie ich fand, perfekte Tarnung angelegt und war ganz in Schwarz gekleidet, von den Perlonstrümpfen über das knielange Kleid bis zum adretten Hütchen, aus dem doch tatsächlich einige Federn sprossen. Und unter dem Schleier, der mir bis zur Nasenspitze reichte, konnte ich unbemerkt meine Umgebung mustern.

Der Tote sah so frisch aus, wie man eben aussehen konnte, wenn man bereits vor drei Tagen verstorben war. War das etwa Rouge auf seinen Wangen? Auch die schmalen Lippen sahen so aus, als hätte man sie mit Lipgloss betupft. Die Hände hatte man dem alten Mann vor der Brust gefaltet, und eine weiße Rose steckte ihm zwischen den Fingern. Meine Augen weiteten sich. Dieser klobige Siegelring war bestimmt ein Vermögen wert. Und die Schuhe – unauffällig warf ich einen Blick zum Fußende des Sarges – waren zweifarbige Budapester und eine Maßanfertigung, vom Anzug ganz zu schweigen. Allein das Seidentuch, das dem alten Herrn aus der Brusttasche quoll, kostete bestimmt mehr, als ich im Monat verdiente, und es verströmte einen zarten Rosenduft, als ich mich darüber beugte. Mit gesenktem Blick wollte ich andächtig am aufgebahrten Leichnam vorbeiprozessieren, da sprangen mir erneut die gefalteten Hände ins Auge. Genauer gesagt die Manschettenknöpfe, die am Ärmel des Jacketts herausblitzten.

Da waren sie, die Millennium Twins. O Himmel, die waren riesig! In meinem ganzen Leben hatte ich noch nie so große blaue Diamanten gesehen. Und ich ging davon aus, die Katze hatte das ebenfalls nicht, was genau der Grund war, warum ich mit seinem Auftauchen rechnete. Hastig blätterte ich im Geiste die Informationen durch, die ich aus unseren Akten über den verstorbenen Arcangelo di Titta zusammengetragen hatte: Er war der Kopf eines international agierenden Mafiaclans. Geboren worden war er in einem winzigen Bergdorf Apuliens, sein Vater war ein Schafhirte gewesen, und seine Mutter hatte bei reichen Familien im Ort geputzt, bis sie sich der Sacra Corona Unita angeschlossen hatten, der Mafia, die in Italiens Stiefelabsatz ansässig war. Arcangelo di Titta war unfassbar kriminell und unfassbar reich – fiel also genau in das Beuteschema der Katze –, doch nun war er vor allem unfassbar tot. Die Katze musste wahnsinnig sein, wenn er wirklich vorhaben sollte, einen Angehörigen des Titta-Clans zu bestehlen. Die Tittas waren legendär. Aber diese Diamanten waren ebenfalls legendär, und die Gelegenheit, sie zu stehlen, würde nie wiederkommen. In etwa einer Stunde würden die Manschettenknöpfe samt seinem Besitzer unter mehreren Metern Erde begraben und von einer dicken Marmorplatte bedeckt werden. Dies war die letzte Gelegenheit für die Katze, wenn er sich die beiden Steinchen schnappen wollte. Aber was hieß schon Steinchen? Die Millennium Twins waren monströs und ihre blaue Farbe ausgesprochen selten. Zusammen waren sie fast so viel wert wie der Hope-Diamant, und ganz sicher brachten sie ebenso viel Unglück. Woher ich das so genau wusste? Die Firma, für die ich arbeitete, hatte diese blöden Dinger versichert! Mir war schon mulmig zumute, obwohl ich die Diamanten nicht berührt hatte und mir garantiert niemand ansehen konnte, dass ich hier war, um sie zu bewachen. Trotzdem wäre ich am liebsten auf dem Absatz umgedreht und aus der Kirche geflüchtet. Ich sollte das eigentlich nicht zugeben, aber ich war ein verdammter Angsthase. Als ich diesen Job angenommen hatte, hatte ich nicht ahnen können, dass er so gefährlich werden würde. Denn mal ehrlich, wenn man bei einer Versicherung anfing, dann doch wohl, weil man ein großes Bedürfnis nach Sicherheit hatte, oder nicht? Während ich die Stufen wieder nach unten stakste, umklammerte ich meine Handtasche, in der Oma Julianes Bügeleisen steckte. Herr Kunkel hatte mir geraten, immer etwas zur Selbstverteidigung dabeizuhaben, und ganz bestimmt hatte er dabei an so was wie Pfefferspray gedacht, aber ich hegte eine große Abneigung gegen dieses Zeug. Was aber nichts daran änderte, dass hier genug Männer herumliefen, die wirklich bewaffnet waren. Ich ließ den Blick zurück zum Portal schweifen, bevor ich in die Bank rutschte. Es standen je zwei Gorillas an beiden Eingängen. Man hätte ihnen *Leibwächter* oder auch *gemeingefährlicher Schläger* gleich auf die Stirn tätowieren können, was auch nicht auffälliger gewesen wäre als die kurz geschorenen Köpfe und die schwarzen Anzüge, die sich über den muskulösen Oberarmen spannten. Allesamt trugen sie schwarz-weiße Spectators – das war für mich Beweis genug, denn mit Schuhen kannte ich mich aus.

Ich atmete tief durch. In diesem Moment fing in den ersten beiden Reihen ein Singsang an. Mehrere Frauen, deren Häupter von langen Spitzenschleiern bedeckt waren, ließen die Perlen ihres Rosenkranzes durch die Finger gleiten und murmelten dabei das Ave Maria.

Mit bemüht andächtiger Miene starrte ich auf meine gefalteten Hände und atmete ein weiteres Mal tief durch.

Am Handgelenk trug ich eine Uhr, deren Anblick mir kurzfristig ein Lächeln auf die Lippen zauberte. Sie war nicht besonders wertvoll, trotzdem hing ich sehr daran. Jeden Freitag musste sie von Hand aufgezogen werden, was ein wenig lästig war, aber sie zeigte immer die exakte Zeit an. Im Augenblick 11.23 Uhr, was bedeutete, dass mir noch sieben Minuten blieben, bis der Trauergottesdienst begann. Und weitere dreißig Minuten, bis di Titta zur letzten Ruhe gebettet worden war, der Versicherungsschutz erlosch und ich meinen Job zu aller Zufriedenheit erledigt hätte. Ich sehnte den Moment herbei. Liebevoll ließ ich die Finger über das zerkratzte Glas der Uhr gleiten. Auf der Unterseite des Gehäuses waren die schnörkeligen Initialen meines Uropas Manfred eingraviert – MB –, was ich schön fand und zufällig auch genau die Anfangsbuchstaben von meinem Namen waren: Mathilde Blum.

Als hinter mir plötzlich ein Rumpeln ertönte, fuhr ich herum, und gleichzeitig mit meinem folgten mindestens hundert weitere Augenpaare, denn die Kirche war bereits gerammelt voll. Sogar der Singsang verstummte für einen Moment.

Schon wieder dieser blonde Typ, der mich eben angerempelt hatte. Er war offenbar an den Tisch mit den Gebetbüchern gestoßen und hatte einen ganzen Stapel heruntergerissen, den er jetzt mit hochrotem Kopf wieder einsammelte. Was für ein Tollpatsch! Keinen Meter davon entfernt stand ein unscheinbarer Korb, in dem die Gäste ihre Kondolenzschreiben ablegten. Ich wollte gar nicht wissen, wie viel Geld sich in diesen Umschlägen befand! Sicher ein kleines Vermögen. Als ich wieder nach vorn sah, schnappte ich Herrn Kunkels Blick auf. Er saß auf der anderen Seite des Kirchenschiffs und nickte mir unmerklich zu, was mir signalisierte, dass er den Korb mit dem wertvollen Inhalt im Auge behalten würde. Herr Kunkel war mein Partner im Außendienst und – ich musste es leider zugeben – der Erfahrene von uns beiden. Seit mehr als zehn Jahren arbeitete er für Secur-SORGLOS und war so entspannt wie Buddha. Ihn konnte wirklich nichts aus der Ruhe bringen, was daran liegen musste, dass er nur noch von seiner Rente träumte und gefühlsmäßig schon auf den Bahamas weilte. Oder im Hunsrück. Ich merkte, dass ich auf meiner Unterlippe kaute, und blies absichtlich langsam die Luft aus. Ich hatte Angst, es zu vermasseln. Es war nicht das erste Mal, dass sich unsere Wege kreuzten, und bisher hatte die Katze seinem Spitznamen alle Ehre gemacht und war jedes Mal mit seiner Beute spurlos davongeschlichen. Das durfte auf keinen Fall erneut passieren. Vor allem nicht jetzt, da in unserer Firma jeden Tag mit der Ankunft des neuen Teilhabers zu rechnen war.

Ein Glöckchen bimmelte, und die Orgel fing an zu spielen, als sich die Tür zur Sakristei öffnete und die Messdiener in Reih und Glied heraustraten, gefolgt vom Pastor in einem violetten Fummel. Jemand drängte sich zu mir in die Bank. Na wunderbar, der blonde Tollpatsch hatte sich den Platz neben mir ausgesucht! Als wäre es nicht schon schwer genug, sich hier unauffällig unter die Trauernden zu mischen, musste sich nun ausgerechnet dieser Typ neben mich setzen, der sich wie ein Elefant im Porzellanladen aufführte. Auf morbide Art gefesselt, musterte ich seinen Schnäuzer. Wie ein haariger Wurm ringelte er sich über der Oberlippe, und ich stellte mir vor, wie Kaffee heraustropfen würde, sollte er versuchen, damit aus einer Tasse zu trinken. Der Mann wirkte jung, höchstens Ende zwanzig, denn ich konnte keine einzige Falte in seinem Gesicht erkennen. Die Statur war sportlich, doch presste er die Knie zusammen wie ein schüchterner Schuljunge.

Ich schüttelte den Kopf und versuchte, mich wieder auf meine Umgebung zu konzentrieren. Nicht dass ich etwas übersah, bloß, weil ich von einem blonden Kerl mit hässlichem Schnäuzer abgelenkt wurde. Der Pfarrer besprenkelte den Sarg mit Weihwasser und begrüßte die Trauergemeinde. Beim Kyrie-Gebet schaltete ich sofort auf Durchzug und murmelte bloß an der richtigen Stelle ein »Herr erbarme dich«, während ich zum einen den Sarg im Auge behielt, und zum anderen wieder zu Herrn Kunkel schaute, der so tief in der Bank nach unten gerutscht war, dass man meinen könnte, er mache ein Nickerchen. Wie konnte der bloß so entspannt sein? Ich hatte jetzt schon Herzrasen und das Gefühl, gleich zu hyperventilieren. Was, wenn die Katze gar nicht kam? Oder noch schlimmer: Was, wenn er mir schon wieder entwischte? Stöhnend schob ich die Handtasche auf dem Schoß hin und her, weil ich darunter zu schwitzen begann. Dieses blöde Bügeleisen! Es schien direkt ein Loch in das Leder zu brennen. Nervös knetete ich den Henkel der Tasche, da nahm ich wahr, wie mein Sitznachbar sich zu mir umdrehte.

»Keine Sorge«, sagte er und lächelte so herzlich, dass der haarige Wurm zu tanzen begann. »Das ist alles halb so wild. Der spannende Teil folgt erst auf dem Friedhof, wenn sich die Töchter ihre Krokodilstränen herauspressen.«

Um seine braunen Augen bildeten sich Fältchen. Ich klappte den Mund auf und wieder zu. Wie konnte dieser

Mann nur so … so etwas Respektloses sagen? Ich hätte schließlich eine tief betroffene Nichte sein können. Woher wollte er wissen, dass ich nicht zur Familie gehörte und ihn nicht gleich von einem der Gorillas rauswerfen ließ? »Das ist wohl nicht Ihre erste Beerdigung«, mutmaßte ich und erntete dafür sogleich ein Zischen aus den Bänken hinter uns.

»Die dritte diese Woche. Sterben im Moment alle wie die Fliegen.« Er gähnte und tastete dann seinen Schnurrbart ab, als müsse er sich vergewissern, dass er noch da war. »Ein Virus in Ihrer Familie?« Ich setzte einen möglichst unschuldigen Blick auf, obwohl er das durch meinen Schleier bestimmt nicht sehen konnte. Genauer gesagt, sah er nicht einmal zu mir. Sein Blick war starr nach vorn gerichtet, obwohl es dort nichts Spannendes zu sehen gab außer dem Pastor, der seine Handflächen zur Kuppel öffnete.

»Oder ist das Ihr Job?«, versuchte ich es erneut. »Ich meine Beerdigungen.«

Jetzt nickte er. »Könnte man so sagen. Irgendeiner muss es ja machen.«

»Stimmt.« Ich nickte vor mich hin, dabei sah dieser Mann nicht so aus, wie ich mir einen Bestatter vorstellte. Eher wie ein Steuerprüfer. Seltsam, überlegte ich, als ich ihn näher musterte und feststellte, wie armselig meine Schuhe neben seinen aussahen. Er trug einen sehr teuren Schuh mit offener Schnürung. Einen Derby. Ich tippte auf Kalbsleder. Langsam wanderte mein Blick an seinem Bein nach oben. Auch der schwarze Anzug sah alles andere als billig aus, irgendwie schien da etwas nicht recht zusammenzupassen.

»Und Sie?« Er wandte mir das Gesicht zu.

»Ich?«, krächzte ich.

»In welchem Verhältnis stehen Sie zu dem Verstorbenen? Da Sie nicht vorne in den ersten beiden Reihen sitzen, nehme ich an, Sie sind bloß eine …« Er ließ den Satz unbeendet, und seine rechte Augenbraue zog sich nach oben.

»N… Nichte?« Meine Stimme klang dünn wie Seidenpapier.

»Tatsächlich? Di Tittas Schwestern sind alle über siebzig. Ich frage mich, welche von denen Sie wohl geboren hat.« Er streckte eine Hand aus, als wollte er meinen Schleier anheben, ließ sie dann aber sinken.

»Sie sehen gar nicht so alt aus.«

»Zweiten Grades«, verbesserte ich. »Und wir haben gute Gene in der Familie.« Ich lachte meine Verlegenheit weg und richtete meine Aufmerksamkeit wieder nach vorn. Woher sollte ich denn wissen, dass di Titta bloß uralte Schwestern hatte, verflixt?

»Das stimmt«, sagte er.

»Was stimmt?« Ich hatte den Faden verloren.

»Dass Sie gute Gene haben.« Unsicher sah ich zur Seite und nahm ein Schmunzeln wahr, das seinen Schnurrbart vibrieren ließ.

»Ruhe!«, rief jemand hinter uns, und ich war erleichtert, dass mir dadurch eine Reaktion erspart blieb. Gerade hatte der Pfarrer zu einer Lesung aus dem Alten Testament angesetzt, da schlug der Mann neben mir die Beine übereinander und kreuzte die Hände über dem Knie. Dabei rutschten die Ärmel seines Jacketts nach oben, und mir fiel auf, dass er wie der Verstorbene ebenfalls Manschettenknöpfe trug. Allerdings sahen seine aus, als hätte er sie aus einem Kaugummiautomaten gezogen. Der große runde Knopf war mit zwei schwarzen Masken bemalt, die eine zeigte einen breit grinsenden Mund, die andere einen traurigen. Das erinnerte mich an irgendwas, aber mir wollte in diesem Moment partout nicht einfallen, an was.

Meine Überlegungen wurden durch die Orgel unterbrochen, die uns aufforderte, aufzustehen. Als ich zur Tarnung nach dem Gebetbuch vor mir greifen wollte, rutschte mir die Handtasche aus dem Arm und plumpste geräuschvoll zu Boden. Das Bügeleisen! Ich bückte mich, aber ehe ich danach greifen konnte, hatte mein Sitznachbar die Tasche schon aufgehoben und drehte sich zu den Trauergästen um, die gleich empört losgezischelt hatten. »Pardon. Meine Schuld«, raunte er und hob die Hand, bevor er mir die Handtasche reichte.

»Danke«, brachte ich hervor.

»Ruhe!«, zischte es erneut von hinten, und wir fingen beide an zu lachen. Ich kichernd, er mit einem warmen Brummton.

Mir war nicht entgangen, dass er die Tasche für einen Sekundenbruchteil in der Hand gewogen hatte. Dieses verflixte Bügeleisen war uralt und wog eine halbe Tonne. Mit glühendem Gesicht stellte ich die Tasche hinter mir auf der Bank ab und umklammerte das Gebetbuch.

»Ist doch nichts passiert.« Er fasste mir beruhigend an den linken Arm. »Ja«, flüsterte ich.

»Ruhe noch mal!«, kam es von hinten.

Der Schnurrbart bog sich zu einem Grinsen nach oben, dann räusperte er sich und schlug hastig sein Gotteslob auf, um gleich darauf voller Inbrunst »Großer Gott wir loben dich« anzustimmen. Schließlich brachte der Pastor salbungsvoll ein paar Worte zum Abschied hervor und kündigte an, dass eine Sängerin nun das Lieblingslied des Verstorbenen vortragen würde. Die nächsten Angehörigen hätten währenddessen die Gelegenheit, sich einzeln von Arcangelo di Titta zu verabschieden. Als ich noch überlegte, ob ich als angebliche Nichte nicht nach vorn gehen müsste, war mein Sitznachbar bereits aufgesprungen und hatte sich in die Schlange eingereiht. In der nächsten Sekunde zuckte ich zusammen, denn Mandolinenklänge zirpten durch die Kirche. Eine schwarz gekleidete Dame, die Caterina Valente ähnelte und karminroten Lippenstift trug, betrat die Kanzel und fing an zu singen.

Ich sah zu dem blonden Mann, der sich zeitgleich in der Schlange zu mir umdrehte. Er zwinkerte mir zu, während die Sängerin die erste Strophe trällerte und dazu ihre Hüften wiegte. Sinn für Humor schien der seltsame Bestatter ja zu haben. Schade nur, dass er mit diesem Schnäuzer so dämlich aussah.

Wie lange musste ich diesen Blödsinn noch ertragen, bis der Sarg geschlossen und nach draußen getragen wurde? Ich fieberte dem Augenblick entgegen, an dem die Last der Versicherung endlich von mir abfallen würde. Wie spät war es überhaupt? Ich fasste mir an den Arm, um die Uhr geradezurücken, und berührte mein nacktes Handgelenk.

Wo war meine Uhr?

Das durfte doch nicht wahr sein! War der Verschluss-dorn etwa rausgerutscht? Normalerweise ließ sich die Uhr nur mit grober Gewalt öffnen. Wie zum Teufel hatte sie mir runterfallen können, ohne dass ich es bemerkt hatte? Ich ließ mich von der Bank rutschen, schob mei-nen Rock hoch und landete mit den Knien auf dem kal-ten Steinboden. Fahrig tastete ich die Fläche ab und warf einen Blick unter die Bank, doch das Einzige, was ich sah, waren ein Paar schwarz bestrumpfte Beine von der Dame, die hinter mir saß.

Oh! Die Dame trug doch tatsächlich Peeptoes mit einer schwarzen Schleife, wie ich sie neulich in einem Magazin für Vintage-Mode entdeckt hatte. Ein Traum! Doch da-mit durfte ich mich jetzt nicht aufhalten. Ich konnte nicht glauben, dass ich meine Uhr verloren hatte. Vor wenigen Minuten war sie doch noch da gewesen, und ich hatte mich seitdem gar nicht von der Stelle gerührt. Ich hob das dünne Sitzkissen an, das die Bank bedeckte, und fuhr mit der Hand unter das Polster – nichts.

»Haben Sie etwas verloren?« Die Dame mit den Peep-toes beugte sich nach vorn und stützte sich mit ihrer behandschuhten Hand ab. »Signorina! Suchen Sie et-was?«

»Meine Uhr! Ich muss sie verloren haben.« Ich riss meine Handtasche auf in der Hoffnung, dass ich sie gedankenlos dort hineingestopft haben könnte, doch auch dort war sie nicht zu finden. Nun fing auch die Dame an, das Polster abzuklopfen, und im nächsten Moment raschelte es in der gesamten Bank, da alle mir behilflich sein wollten. Diese Uhr war seit Generationen im Familienbesitz, sie war ein Erbstück. Meine Initialen waren darin eingraviert, verdammt! Hatte ich die Uhr denn eben noch angehabt, als der blonde Schnurrbartträger mich am Arm getätschelt hatte? Vielleicht hatte sie sich dabei gelöst und war abgefallen? Doch wohin? Ich zermarterte mir das Hirn, zog mich am Sitz hoch und ließ mich enttäuscht auf der Bank nieder. Dann schoss mir durch den Kopf, dass ich gerade überhaupt nicht aufgepasst hatte, und ich rief mich zur Ordnung.

Nicht das Ziel aus den Augen verlieren, Tilly! Denk an die Katze! Wo war der Korb mit den Geldumschlägen? Puh, schien alles noch am rechten Platz zu sein, somit hatte er also noch nicht zugeschlagen. Doch wo war Herr Kunkel? Oje, Herr Kunkel war wohl tatsächlich eingeschlafen. Sein Kopf war nach hinten gekippt und sein Mund halb geöffnet. Auf die Entfernung konnte ich es zwar nicht hören, aber ich wettete, er schnarchte wie ein Igel. In der nächsten Sekunde hörte ich dafür einen spitzen Schrei. Er gellte durch das gesamte Kirchenschiff und brachte alles in mir zum Schwingen. Von den Zehen bis zu den Haarspitzen schoss er mir durch den Körper und ließ mir die Ohren vibrieren.

»Die Diamanten!«, kreischte eine Frauenstimme lauthals. »Jemand hat die Millennium Twins gestohlen!«

KAPITEL 2

Wenn man wie ich für Secur-SORGLOS arbeitete, dann gab es eine Sache, die wirklich extrem blöd war: Schrie jemand nach der Polizei, war es meist schon zu spät. Dann konnte man nicht abwarten, was passierte, da musste man irgendwie reagieren. Ich sprang von der Bank hoch, konnte mich jedoch nicht entscheiden, was ich zuerst tun sollte. Nach vorn zum Sarg laufen, wo ein hektisches Gerenne und Gekeife ausgebrochen war, oder doch lieber die Eingänge der Kirche bewachen? Außerdem war ich hier inkognito. Ich konnte unmöglich jetzt einfach so meinen Auftrag offenbaren.

Mensch, Kunkel, wach auf! Ich brauchte dringend Hilfe, aber mein Partner döste vor sich hin, was ich in Anbetracht des Lärms wirklich bemerkenswert fand. Schließlich setzten sich meine Beine ganz von allein in Bewegung. Ich quetschte mich durch die Menschenmenge, die aufgescheucht nach vorn drängte. Unbedingt musste ich mir Gewissheit verschaffen. Vielleicht war das alles auch nur ein Irrtum, und die Millennium Twins hingen immer noch an Arcangelo di Tittas Ärmel. Jedoch kamen mir arge Zweifel, weil die Menge geradezu aus dem Häuschen war. Jemand riss mir an den Haaren, und der Hut rutschte mir vom Kopf. Als Nächstes boxte mir ein Ellbogen in die Rippen, und mir blieb die Luft weg. Ich benötigte mehrere Anläufe, bis ich endlich eine Lücke fand und den Pulk von Menschen durchbrach. Durch die plötzliche Freiheit stolperte ich nach vorn und hielt mich am Sarg fest. Im selben Moment gefror mir das Blut in den Adern.

Es stimmte. O Himmel, es stimmte! Jemand hatte die Millennium Twins gestohlen. Nein, verbesserte ich mich, nicht irgendjemand. Die Katze! Dieser Verbrecher hatte wieder zugeschlagen und zwei besonders wertvolle Diamanten ergaunert und das auch noch direkt vor meinen Augen. Wenn ich an die Summe dachte, die auf dem Versicherungsschein stand und die wir, also Secur-SORG-LOS, nun womöglich an den Titta-Clan auszahlen mussten, wurde mir heiß und kalt. Ich sah mich bereits mit gesenktem Kopf vor dem neuen Teilhaber stehen und meine Kündigung in Empfang nehmen. Wie hypnotisiert stierte ich auf die gefalteten Hände des Toten, der in seinem Leben vermutlich nie so unschuldig ausgesehen hatte. Und auch nicht so blass. Erst jetzt entdeckte ich die

Flecken auf den Händen, die mich an Schokostückchen in Vanilleeis erinnerten. Es dauerte ein paar Sekunden, bis in meinem Gehirn ankam, was meine Augen wahrnahmen. Da war kein blaues Funkeln mehr, aber du liebe Güte, di Titta trug trotzdem Manschettenknöpfe. Nur dass diese ziemlich billig aussahen und von zwei schwarze Masken geziert wurden. Komisch, blitzte es in meinen Gedanken auf, der Bestatter besaß genau dieselben Manschettenknöpfe … O mein Gott! Dieser Mann mit den schüchtern zusammengepressten Knien …

… war die Katze!

Ich hatte den Gedanken noch nicht zu Ende gedacht, da stürzte ich bereits die Stufen nach unten und kämpfte mich durch die Trauergemeinde zum Kirchenportal. Wieso war mir nicht gleich klar geworden, was mit diesem Typen nicht stimmte? Ich konnte nicht fassen, dass ich mich so hatte täuschen lassen. An diesem Mann hatte doch wirklich überhaupt nichts zusammengepasst, und sein breiter Schnäuzer hatte mich die ganze Zeit vom Wesentlichen abgelenkt.

Die Gorillas versperrten mir den Weg, und ich tat etwas, was ich normalerweise nie getan hätte: Ich riss die Handtasche mit dem Bügeleisen in die Höhe. »Aus dem Weg!«, rief ich.

Keine Ahnung, ob die beiden einfach nur perplex waren, jedoch traten sie tatsächlich beiseite. Keine zwei Sekunden später sprang ich die Stufen nach unten auf die Straße. Da war er! Der blonde Mann mit den teuren Derbys überquerte die Straße. Seine Bewegungen hatten nun überhaupt nichts Schüchternes oder Schuljungenhaftes mehr an sich. Wie eine Raubkatze ging er zu einem federweißen Cabrio, das aussah, als wäre es aus flüssiger Sahne direkt auf die Straße gegossen worden. Das war ein BMW 507. Für wen hielt der sich eigentlich? Elvis Presley? Wenn ich den mit meiner Vespa verfolgen wollte, konnte ich gleich einpacken. Und Kunkel hatte den Schlüssel für den Dienstwagen.

Die Katze öffnete die Fahrertür und ließ sich lässig in den Sitz gleiten. Gebannt sah ich zu, wie der Mann sich mit einem Ratsch den aufgeklebten Schnäuzer abriss. In aller Seelenruhe stellte er den Rückspiegel ein, während ich, ohne auf den Verkehr zu achten, über die Straße sprintete, dabei hielt ich mir keuchend die Seite. Gute Gene – von wegen! Das Lauftraining hätte ich beim letzten Mal besser nicht geschwänzt. »HALT!« Ich war keine zwanzig Meter von seinem Wagen entfernt, da brach dieser Ruf aus meiner Kehle. Der Kopf der Katze fuhr zu mir herum, und bei seinem Grinsen blitzten die Augen ge-

nauso auf wie die Diamanten, die nun an seinen Hemds-
ärmeln hingen. Im Versicherungsschein stand, dass sich
die seltene Farbe der Millennium Twins *Fancy Vivid Blue*
nannte, und in diesem Augenblick verstand ich vollkommen, was an diesem Funkeln so faszinierend war. Genauso wie an dem Funkeln in den Augen der Katze. Dann
schob sich eine Sonnenbrille in das Gesicht, und der Motor des Sportwagens schnurrte auf.

Ich schaffte es. Mit einem letzten Satz erreichte ich das
Auto. »Stehen bleiben!« Mein ausgestreckter Arm hielt
die Handtasche mit dem Bügeleisen hoch. Wirf sie ihm
an den Kopf! Na los, Tilly, mach schon! Aber ich konnte
den Arm nicht bewegen. Missmutig dachte ich an das
Pfefferspray, das im Büro auf meinem Schreibtisch lag.
Aber was hätte ich damit schon tun können? Es ihm in
den Nacken sprühen? Mit einem Elektroschocker hätte
ich ihn vielleicht außer Gefecht setzen können. Was für
ein blöder Fehler. Ein ganz blöder Fehler!

Meine Finger berührten den Türgriff, da spürte ich
einen Ruck, als der Wagen sich in Bewegung setzte, und
der Schwung schleuderte mich zur Seite. Die Tasche
rutschte mir aus der Hand und schlitterte über den Asphalt. Ich knallte sehr unelegant mit dem Hintern auf
den Boden und stieß einen Schmerzenslaut aus. Flu-

chend schlug ich mit der flachen Hand auf den Boden, da stoppte das Fluchtauto völlig überraschend. Ich blickte in ein dunkles Augenpaar, das mich im Rückspiegel über den Rand der Sonnenbrille hinweg prüfend ansah. »Alles in Butter mit Ihnen? Haben Sie sich verletzt?«

Hatte ich richtig gehört? Dieser Gauner fragte mich allen Ernstes, ob bei mir ALLES IN BUTTER WAR? Mit einem Stöhnen kam ich auf die Füße.

»Nichts ist in Butter!«, fauchte ich, und mit jedem Wort wurde meine Stimme lauter. Die Katze wartete meine folgende Tirade nicht ab, sondern stieß nur ein erleichtertes Lachen aus. Sein Wagen setzte sich langsam wieder in Bewegung, und ohne einen weiteren Blick in den Rückspiegel zu werfen, hob er den linken Arm und winkte mir ein letztes Mal zu, bevor er davonbrauste. Was ich dabei entdeckte, verschlug mir endgültig die Sprache: Er hatte meine Uhr. Er trug tatsächlich meine silberne Uhr am Handgelenk!

* * *

Wieso konnte man eigentlich nicht vor Scham sterben? In diesem Augenblick hätte ich gerne auf ein paar Jahre meines Lebens verzichtet, wenn ich dafür nicht hätte ertragen müssen, von den Trauergästen angestarrt zu werden, die nun aus der Kirche strömten wie Kakao über einen Tassenrand.

Ich zog mein Mobiltelefon hervor und ließ mich mit Kommissar Kubitschek verbinden, der die Spuren der Katze schon seit etlichen Monaten verfolgte. Ihm gab ich das Kennzeichen vom Fluchtauto weiter plus eine mehr oder weniger genaue Personenbeschreibung. »Mittelgroß, circa eins achtzig, sportlich, mittelblonde Haare, kurz geschnitten. Augenfarbe …« Ich hielt inne, weil ich beinahe etwas Blumiges wie rehbraun gesagt hätte, und räusperte mich. »Einfach braun. Ganz normales Braun. Mittelbraun halt.« Mir fiel auf, dass ich gerade sehr viel Mittelmäßiges aufgezählt hatte, was wohl die volle Absicht der Katze gewesen sein musste. Denn er war alles andere als mittelmäßig.

»Kleidung?« Kubitscheks Stimme hallte nach, als spräche er in eine Kaffeetasse hinein.

»Er trägt einen schwarzen Anzug, weißes Hemd, schwarze Krawatte«, führte ich aus. Und eine antike Uhr, fügte ich in Gedanken hinzu und biss die Zähne aufeinander. Kubitschek schlürfte und schluckte hörbar. Ich nutzte die Gelegenheit, um ihn über die wichtigsten Erkenntnisse aufzuklären.

»Seine Schuhe sind bemerkenswert. Derbys. Ganz sicher italienisches Kalbsleder. Wenn mich nicht alles täuscht, eine Manufaktur aus Mittelitalien. Eventuell aus Ancona …« Der Kommissar gab ein Schnauben von sich. »Nun gut«, gab ich zu, »sie könnten auch aus Ascoli Piceno sein.«

Im Hintergrund stieß Metall auf Porzellan. »Und sonst haben Sie keine besonderen Kennzeichen festgestellt? Einen Haarschnitt aus Mailand oder eine Maniküre, die ganz sicher in Paris gemacht worden ist?«

»Was hat denn eine Maniküre mit besonderen Kennzeichen zu tun?«, fragte ich, aber da hörte ich schon ein Tuten in der Leitung.

Dieser Kubitschek! Verstand er denn nicht, wie wichtig dieser Hinweis war? Wieso ein Polizeikommissar und auch der Rest der Menschheit keinen Blick für gute Schuhe besaßen, war mir ein Rätsel.

Doch das alles war sinnlos. Meine Beschreibungen waren sinnlos. Wer wusste schon, wie lange die Katze so aussehen würde, wie er gerade aussah. Es wäre nicht das erste Mal, dass er sich innerhalb von Minuten in einen anderen Menschen verwandelte.

Hoffentlich hatte das eben niemand von der Presse gesehen, betete ich, was sich aber als zwecklos erwies, denn wer brauchte schon die Presse, wenn jeder Trauergast über einen Social-Media-Account verfügte? Geschätzte zwanzig Smartphones schossen gerade ein Foto von mir. Morgen würde ganz Deutschland wissen, dass die Katze die Polizei, eine Mafiafamilie und vor allem Secur-SORG-LOS an der Nase herumgeführt hatte. Ach, was hieß ganz Deutschland? Es ging hier um die Millennium Twins, verdammt, es würde weltweit in der Zeitung stehen! Ich war erledigt. Das würde ich diesem Arsch nie verzeihen, denn das war nun nicht mehr rein beruflich – das nahm ich persönlich. Wir hatten zusammen gelacht oder nicht? Wenn ich ehrlich war, dann musste ich zugeben, dass mir diese Diamanten piepegal wären, wenn die Versiche-rungssumme nicht so unsagbar hoch wäre, aber er hatte meine Uhr geklaut! Die Uhr von meinem Uropa Man-fred. Die Uhr mit meinen Initialen. Allein bei dem Ge-danken daran wurde mir schlecht. Wer wusste schon, was er damit machte, wenn er bemerkte, dass sie völlig wertlos war und es sich dabei höchstwahrscheinlich nicht einmal um Silber, sondern bloß um Edelstahl handelte? Würde er sie verkaufen? Verschenken? Womöglich sogar wegwerfen? Mir wollte nicht in den Kopf, warum er das getan hatte. Das war überhaupt nicht sein Stil. Die Katze stahl normalerweise nur äußerst kostbare Dinge, er gab sich nicht mit Peanuts ab. Außerdem mutmaßte ich, dass er auf den ersten Blick den Wert eines Schmuckstücks einschätzen konnte. Genug Erfahrung hatte er, schließlich war er schon seit Jahren im Geschäft. Diese Überlegung brachte mich zu einem weiteren Punkt, der bemerkenswert war: Die Katze war ziemlich jung. Durch die Bilder, die die Überwachungskameras von ihm geliefert hatten, war ich kein bisschen darauf vorbereitet gewesen, wie jung er war. Aus irgendeinem Grund hatte ich eher an einen Mann wie Sean Connery gedacht: schwarzer Anzug, grau melierte Schläfen, schottischer Akzent. Und ein Paar schwarzer Captoe Oxfords wie in *Diamantenfieber*.

Ich verstaute mein Handy und atmete frustriert aus. Der Wagen war vermutlich ebenfalls gestohlen. Das war ganz sicher eine weitere Markierung in seinem Kerbholz. Zu den beiden kostbaren Manschettenknöpfen und meiner Uhr reihte sich dann auch noch ein BMW in die Liste. Ein Oldtimer. Ich konnte nur hoffen, dass der Wagen nicht auch bei Secur-SORGLOS versichert worden war.

»Tilly!« Es war Kunkel, der mit gemächlichem Schritt aus der Kirche kam und sich dabei einen Kamm durch das dünne Haar zog. »Hast du ihn gesehen? Wissen wir, wer es war?«

Ich dachte an die Schuhe der Katze, die ich für wichtiger hielt als einen Fingerabdruck, und schüttelte den Kopf. Betrübt starrte ich auf die Straße, wo eben noch der Wagen gestanden hatte, und konnte ein Flimmern auf dem Asphalt wahrnehmen. In meinen Gedanken flimmerte es ähnlich.

Kunkel steckte den Kamm in seine Brusttasche und fuhr sich mit derselben Hand über den Bauch. »Es ist schon bald Mittag«, sagte er. An Essen konnte ich nun wirklich nicht denken. Eher daran, dass mein Arm an der Stelle juckte, wo ich mit der Teerdecke in Berührung gekommen war. Ich fing an, mich zu kratzen, da bemerkte ich, dass etwas an meinem Ellbogen klebte. Angewidert tastete ich danach und zog einen haarigen Wurm von meiner Haut ab.

»Sauerbraten.« Kunkels Blick schweifte in die Ferne. »In der Kantine gibt es heute Sauerbraten. Wenn wir bis halb eins da sind, ist bestimmt noch was über.«

»Ganz schön haarig«, sagte ich, mein Fundstück heimlich betastend. »Ich meine, äh, es wird ganz schön haarig, noch eine Portion zu erwischen.« Nachdenklich betrachtete ich das Stück Fell in meiner Hand, bevor ich es hinter meinem Rücken verschwinden ließ. Ein Lächeln breitete sich auf meinem Gesicht aus.

Die Katze hatte tatsächlich einen Fehler gemacht. Einen Fehler, auf den ich bereits seit Monaten lauerte. Ich drehte Kunkel den Rücken zu, der nach den Autoschlüsseln für den Dienstwagen suchte und sie mit einem Klirren hervorzog. Heimlich streichelte ich über die dunkelblonden Haare und schnupperte dann daran. Sie rochen nach einem Rasierwasser, das ich nicht kannte, und ein wenig harzig nach dem Klebstoff, der auf der Rückseite haftete. Was ich da in den Händen hielt, war ein Schnurrbart. Der Schnurrbart der Katze.

KAPITEL 3

Der Schnurrbart steckte immer noch in meiner Handtasche, als ich nach Hause kam. Mit dem Fuß trat ich hinter mir das Gartentor zu, das wieder einmal sperrangelweit offen gestanden hatte. Weil ich zu faul war, den Schlüssel für den Briefkasten herauszusuchen, fummelte ich durch den schmalen Schlitz eine Postkarte heraus und wurde dabei prompt von Dominik aus dem ersten Stock erwischt, der sich, ein Paar Kopfhörer um den Hals baumelnd, aus dem Fenster lehnte.

»Hey Tilly.« Er schnalzte mit der Zunge und legte seine Fingerspitzen aneinander, als würde er diese Pose für eine Kabinettssitzung im Bundestag üben. (Was nebenbei bemerkt ganz und gar nicht zu seinem schlabberigen T-Shirt passte. War das da etwa ein Senffleck?) »Ich sach ma so, du siehst grauenhaft aus. Habt ihr heute ein Pferd beerdigt?«

Dominik war insgeheim in mich verliebt. Anders konnte ich mir nicht erklären, dass er eine geradezu diebische Freude dabei empfand, mich zu ärgern.

Ganz automatisch fasste ich mir an den Kopf, um zu prüfen, ob mein Haar auch nicht in alle Richtungen abstand, und berührte das Hütchen, das ich eben nachlässig wieder festgesteckt hatte. »Spar dir deine Witze, ich bin in Trauer!« Und wenn ich an Uropa Manfreds Uhr dachte, stimmte das sogar.

»Das sieht man.« Dominiks Kopf wippte nickend auf und ab wie ein Wackeldackel. Sein Deckhaar hatte er am Hinterkopf zu einem Zopf zusammengebunden, die Seiten waren rasiert und ließen ihn mit dem Schlangentattoo unter dem Ohr gefährlicher aussehen, als er war. Er griff neben sich und zog eine Zigarettenschachtel hervor. Im nächsten Moment wehte mir eine Gauloises-Wolke entgegen. »Ich sach ma so, schlimme Sache mit dem Diebstahl heute. Hab's im Radio gehört. Wirst du Schadenersatz zahlen müssen? Wird diese Familie dich verfolgen, oder dir einen abgeschlagenen Pferdekopf ins Bett legen wie in Francis' bestem Film?« Dominik war ungefähr der größte Francis-Ford-Coppola-Fan des Universums. Außerdem sprach er von Filmregisseuren immer, als wären es alte Kumpels von ihm. Als ich nicht antwortete, runzelte er die Stirn und saugte an dem gelben Filter wie an einem Strohhalm. »Was meinst du«, fragte er und machte eine Pause, um die nächste Wolke auszustoßen, »wie lange wird es noch dauern, bis man dich aus der Firma schmeißt?«

Ich seufzte tief und zerrte den Schlüssel aus meiner Tasche. Die Post unter dem Arm geklemmt, stocherte ich im Schloss herum und überlegte, was ich darauf erwidern sollte. Es war schließlich nicht so, als hätte ich mir diese Fragen nicht auch schon gestellt. Allerdings übertrieb Dominik gern. Er war schon seit Jahren arbeitslos, behauptete aber, ein Hacker zu sein, ein Computer-Genie. Er schaute einfach zu viel fern. Ein echter Hacker hätte das doch bestimmt niemandem verraten, oder?

»Ich glaube, mein Chef gibt mir noch eine Chance. Wäre ja auch schlimm, wenn wir demnächst zu zweit aus dem Fenster starren müssten. Aber falls …«

»Ich könnte dich da raushauen«, unterbrach er mich. Seine Augenbrauen ragten in die Höhe, was seinem Gesicht einen gewichtigen Ausdruck verlieh. »Ich sach ma so … du weißt schon …« Er tippte auf einer imaginären Tastatur herum und schnippte dann etwas Asche ab, die durch die Luft schwebte wie ein nicht ausgesprochener Wunsch. »Kostet mich keine halbe Stunde. Eure Sicherheitsschranken sind ein Witz. Wenn du willst, ändere ich irgendeine von diesen Scheißklauseln, dann müsst ihr keinen Cent zahlen, und es kann dir total egal sein, ob die Klunker wieder auftauchen oder nicht.«

»Netter Vorschlag«, winkte ich ab. »Aber unsere Verträge werden immer noch von Hand unterschrieben. Daran kann selbst ein Computergenie wie du nichts ändern.«

Jetzt legte Dominik lässig den Kopf zur Seite, so dass ich einen perfekten Blick auf sein Schlangentattoo hatte. Von hier unten sah es aus, als würde die gespaltene Zunge an seinem Ohrläppchen lecken. »Kein Ding. Ich könnte auch ein bisschen mit den Bankdaten spielen. Ich sach ma so, wenn der Mafia-Wichser seine Raten nicht bezahlt hat, ist der Vertrag ungültig, oder? Ich schiebe einfach ein paar Zahlen hin und her und zack! ...« Was nach dem Zack passieren sollte, verriet er nicht – er nahm noch einen Zug.

»Im Ernst?« Nicht, dass ich ihm geglaubt hätte, er könne so was wirklich, aber die Idee klang interessant.

Dominik grinste breit. So breit, dass ich einen Kaugummi in seiner Backentasche sehen konnte. »Natürlich mach ich das nicht umsonst. Du könntest mir dafür ... die Wohnung putzen oder so.«

Die Wohnung putzen? Wollte er mich auf den Arm nehmen? Mit offenem Mund starrte ich ihn an.

»Natürlich nicht so.« Seine Hand deutete an mir herunter. »In meine Wohnung lasse ich ja nicht jeden einfach so rein. Zu gefährlich, du verstehst das sicher, ist immerhin mein Hauptquartier. Du müsstest dich vorher von mir durchchecken lassen. Auf Wanzen und so'n Zeug. Ich sach ma so, am besten ziehst du dich komplett aus.«

»Vielleicht komme ich darauf zurück«, sagte ich so ruhig wie möglich, dabei rauschte mir das Blut durch den Kopf.

»Cool.« Er schnippte den Zigarettenstummel auf den Gehweg zu meinen Füßen, und ich unterdrückte das Verlangen, den brennenden Stängel auszutreten. »Hätte nicht gedacht, dass du so locker bist.«

Ich verkniff mir einen Kommentar. Aber als ich die Haustür aufschob, hörte ich dennoch, wie Dominik mir hinterherkrähte, dass auf seinem Bett immer ein Plätzchen für mich frei wäre, dann fiel die Tür ins Schloss. Im Hausflur war es zu dunkel, um die Post genauer in Augenschein zu nehmen, aber ich wusste ohnehin, dass es nur eine Karte von meinen Eltern sein konnte. Die letzte war vor drei Wochen gekommen und hatte völlig euphorisch geklungen:

Du wirst es nicht glauben, wir sind tatsächlich noch

einmal nach Kuba gesegelt! Der Törn hierhin war groß-
artig, kein Gewitter, keine riesigen Wellen, einfach perfekt.
Es hat perfekt zwischen 28 und 35 Knoten gepfiffen. Dein
Vater hat perfekt angelegt …

Perfekt, perfekt, alles perfekt! Ich spürte, wie mir ein
Kribbeln durch die Arme in den Brustkorb fuhr, und ver-
drängte jeden weiteren Gedanken an die perfekte Weltreise meiner Eltern.

Aus unserer Wohnung drang kein Laut. Nicht einmal
Moses gab ein Geräusch von sich, dabei musste er
doch gemerkt haben, wie das Türblatt über die Fliesen
schabte – schon vor Wochen war ein Steinchen unter
die Tür geraten. Als Wachhund war Moses ein Totalaus-
fall. Und das, wo seine Schnauze mir fast bis zur Hüfte
reichte und er wirklich imposant aussah. Ich hatte Moses geerbt. Zusammen mit Oma Juliane. Nicht so, wie
man eine Uhr oder einen Haufen Aktien erbte natürlich.
Und leider auch nicht wie eine alte Villa. Sondern eher
so, wie man ein großes Kinn erbte. Oder krumme Füße.
Und man konnte das Erbe auch nicht ausschlagen. Man
konnte nicht sagen: Sorry, liebe Eltern, aber ich verzichte
darauf, die Hakennase von Onkel Franz zu erben, dafür
nehme ich aber gerne die Brüste von Tante Jutta. So lief
das nicht.

Als meine Eltern zu ihrer Weltreise aufgebrochen waren, waren Moses und meine Oma bei mir eingezogen, weil jemand ein Auge auf sie haben musste. Früher hatte Oma Juliane als Schneiderin in einem Gardinengeschäft gearbeitet, doch seit fünfzehn Jahren war sie in Rente, was sie jedoch nicht daran hinderte, sich jeden Tag an die Nähmaschine zu setzen. Heute trug sie eine weiße Bluse zu einem himmelblau gemusterten Kostüm. Ich erinnerte mich, dass der geblümte Stoff vor ein paar Tagen noch als Vorhang in meiner Küche gehangen hatte, und seufzte.

Omas schlohweißes Haar war perfekt onduliert, die Lippen hatte sie nur dezent geschminkt, jedoch hatten ihre Wimpern etwa die doppelte Länge als noch gestern Abend. Im Augenblick saß sie pfeilgerade in ihrem Sessel, was aber nicht darüber hinwegtäuschen konnte, dass sie tief und fest schlief. Moses lag auf ihren Füßen. Er hob lediglich seine Augenbrauen an, was sein kurzes Misstrauen signalisierte. Und wenn ein Riesenschnauzer seine Augenbrauen anhob, konnte einen das ziemlich verunsichern. Sein ganzer Kopf bestand fast nur aus Augenbrauen. Aus dem kleinen Radio, das in Omas Zimmer stand, swingte leise ein Doris-Day-Song. Ich schloss die Haustür zweifach ab (sonst zahlte keine Versicherung), dann verriegelte ich das Zusatzschloss, das ich erst vor einigen Wochen hatte einbauen lassen. Dabei handelte es sich um einen breiten Riegel, der sich quer über das ganze Türblatt zog und potenzielle Einbrecher zur Verzweiflung treiben sollte. Seitdem ich für Secur-SORG-LOS arbeitete, entdeckte ich immer mehr Sicherheitslücken in meiner Wohnung und bemühte mich, Abhilfe zu schaffen. Leider sah meine Oma das nicht immer ein, und an Dominik biss ich mir ohnehin die Zähne aus. Er behauptete, dass jeder, der es wirklich wollte, in dreißig Sekunden hier reinkäme. Außerdem weigerte er sich, die Fenster in der Nacht geschlossen zu halten. Er bräuchte Luft zum Atmen, behauptete er, aber ich wusste genau, dass er mich damit nur ärgern wollte. Wann immer ich es von draußen kontrollierte, sah ich die weißen Vorhänge auf die Straße wehen, was beinahe einer Einladung für Einbrecher gleichkam. Hätte ein echter Hacker nicht eher alles verrammelt und in einer dunklen Höhle gehaust? Ich war der Überzeugung, dass man nur am täglich klingelnden Pizzaservice merken durfte, dass ein Hacker in dieser Wohnung lebte.

Mit diesen Gedanken beschäftigt, schleppte ich meinen Einkaufsbeutel in die Küche und war erleichtert, dass hier kein Chaos herrschte und meine Oma nicht versucht hatte zu kochen. Es fiel ihr immer schwerer, und ich hasste den Gedanken, dass sie sich mir zuliebe damit abquälte. Für heute hatte ich ihr Erbsensuppe versprochen und hoffte, sie würde nicht merken, dass die bloß aus der Dose war. Aber ich hatte einen verdammt stressigen Tag hinter mir, und mein Magen knurrte lauter als Moses, wenn man seinen Napf zur Seite zog. Hastig, bevor Oma aufwachen und mich erwischen konnte, fischte ich den Dosenöffner aus der Schublade und kämpfte mich mit dem blöden Ding ab. Da hörte ich ein herzhaftes Gähnen, dem ein Quietschen folgte, und war mir sicher, dass es Moses war. (Man sollte nicht in der Nähe seiner Schnauze sein, wenn er gähnte. Es roch daraus wie aus der Biotonne, die hinterm Haus stand. Im Hochsommer wohlgemerkt.) Ich kratzte die letzten Reste aus der Dose in den Topf und band in dem Moment die Schürze zu, als Omas Schritte auch schon über den Flur hallten.

»Christine-Kind?«, nuschelte sie.

Christine ist meine Mutter. »Ich bin's, Oma. Hast du gut geschlafen? Essen ist gleich fertig.« Ich fing an, wie wild im Topf zu rühren, was sich anfühlte, als schlüge man einen Sack Zement auf. »Im Flur liegt eine neue Postkarte von Mama.« Endlich stieg etwas Dampf auf, und die Küche füllte sich mit dem süßlich-herzhaften Geruch meiner Kindheit. Ich hörte Oma durch den Flur schlurfen, dann ging die Tür auf. Über ihrer Goldbrille runzelte sie die Stirn, als sie eintrat. »Bahamas.« Sie drehte und wendete die Postkarte in ihrer Hand, als wäre es ein Wackelbild. »Ich komme da nicht mehr mit. Deine Mutter wollte doch schon längst wieder zurück sein.« Oma hatte ihr Gebiss nicht im Mund, weil es ihr oft am Zahnfleisch wehtat, und lispelte dann immer ein wenig.

»Sie sind auf den Bahamas?« Ich nahm ihr die Karte ab. Auf dem Bild war der typische weiße Sand zu sehen mit nichts außer türkisgrünem Meer im Hintergrund.

Das ist nun schon unser zweites Mal auf den Bahamas. Wir lassen es uns so gut gehen wie die Schweine, die hier durchs Wasser paddeln. Sie sind die Hauptattraktion. Morgen segeln wir nach Harbour Island, wo man in einem alten Leuchtturm herrlich essen kann. Die Schrift wurde immer kleiner und quetschte sich auf die letzten freien Zentimeter:

Pass gut auf Oma auf! Wir werden mindestens noch drei Monate länger unterwegs sein. Dein Vater möchte unbedingt noch nach Fort Lauderdale, den 4. Juli feiern wir dort und segeln anschließend …

Ich ließ die Karte sinken. In einem Nebensatz erklärten meine Eltern, dass sie ihre Weltreise mal eben um ein Vierteljahr verlängerten. Keine Frage danach, ob Oma überhaupt so lange bei mir wohnen wollte, geschweige denn, ob ich damit einverstanden war. Als meine Eltern vor einem Jahr angefangen hatten, ihre Reise zu planen, hatten sie noch versprochen, sich im Sommer eine neue Wohnung zu suchen, sobald ihr Katamaran verkauft wäre. »Also kommen sie noch nicht?«

»Offenbar nicht.« Ich wich ihrem Blick aus, zog ein Messer aus der Schublade, von dem ich nicht wusste, was ich damit tun sollte. In der Schneide spiegelten sich mein Gesicht und im Hintergrund Omas Schultern, die verzerrt nach unten sackten wie in einem Spiegelkabinett. Als ich mich zu ihr umdrehte, sah sie ganz zerbrechlich aus. Ohne das Gebiss lag ihr Mund in Falten wie ein Ballon, dem man die Luft abgelassen hatte.

»Wir kommen doch auch ohne sie gut zurecht«, sagte ich zuversichtlicher, als es sich anfühlte. »Findest du nicht?« Meine Stimme kletterte nach oben. Viel zu hoch, fiel es mir auf. Wenn ich nicht aufpasste, würde sie herunterfallen. Oma nickte stumm.

Ich konzentrierte mich wieder auf den Topf vor mir. Immer schneller rührte ich in der Erbsensuppe, bis sich ein Strudel bildete, den ich wie hypnotisiert anstarrte. Früher hatte ich meine Ferien oft bei meinen Großeltern verbracht. Opa hatte mich damals schon auf seiner alten Vespa sitzen lassen, und wenn wir zum Baden an den See fahren wollten, kletterte Oma hinter ihn und hielt sich an seinem Hemd fest. Ich hockte mich zwischen Opas Füße, die in gepflegten Loafern steckten und herrlich nach Bienenwachs rochen. Zu dritt ratterten wir über die Straße, was nicht erlaubt war, aber erwischt worden waren wir nie. Noch heute konnte ich jeden Stein fühlen, über den wir gerumpelt waren, denn am Ende des Sommers hatten immer blaue Flecken an meinem Hintern geblüht wie ein Strauß Erinnerungen. Den angenehmen Geruch von Opas Schuhwichse hatte ich immer sofort in der Nase, wenn ich daran dachte. Vielleicht war das der Grund, warum ich heute so von Schuhen besessen war.

Und wer wusste schon, wie lange ich meine Oma noch hatte? Wir sollten diese Zeit genießen, sie war ein Geschenk. Auch wenn wir vielleicht ein paar blaue Flecken davontrugen. »Oma«, sagte ich und straffte meinen Oberkörper, »wir schaffen das auch alleine. Es ist nicht schlimm, wenn sie noch etwas länger wegbleiben. Man weiß beim Segeln ja nie, ob der Wind mitspielt, darauf haben sie keinen Einfluss.« Ich hoffte, dass das nicht gelogen war, denn vom Segeln hatte ich in etwa so viel Ahnung wie vom Kochen.

Mit dem Handrücken wischte ich mir eine Haarsträhne aus der Stirn und wandte mich dem nächsten Problem zu.

»Wir können essen. Wo sind deine Zähne?«

»Ja Gott, wo sind meine Zähne?« Man konnte Oma ansehen, dass ihre Zähne das Letzte waren, was sie interessierte. Aber sie sah sich um und überlegte dann laut, wo sie den ganzen Tag über gewesen war. Genäht habe sie und den Müll an die Straße gestellt. Aber da habe sie die Zähne noch angehabt. Außerdem habe sie die leeren Weinflaschen zum Glascontainer gebracht, danach Wasser eingekauft. »Und da war dieser nette junge Mann mit dem alten Sportwagen«, fiel ihr ein. »Der hat angehalten, als ich über den Zebrastreifen gegangen bin. Stell dir vor, er hat mir die Tasche abgenommen und sie bis zur Haustür getragen.«

»Du hast ihn aber hoffentlich nicht in die Wohnung gelassen«, fiel ich ihr ins Wort, weil ich es nicht aushielt.

»Nur kurz«, sagte Oma und entlockte mir damit ein Stöhnen. »Er war aber sehr nett. Ich habe ihm einen Euro gegeben. Als Trinkgeld. Erst wollte er ihn gar nicht annehmen. Er hatte so gute Manieren!« Dann stieß sie plötzlich hervor: »Das Waschbecken!« Sie drehte sich einmal um die eigene Achse. Ich brauchte einen Moment, um ihr gedanklich zu folgen und dann in das kleine Badezimmer hinterherzudackeln, dessen Wände im typischen Achtzigerjahre-Beige gefliest waren.

»Ich bin ziemlich sicher, dass die Zähne hier sind.«

Aber wir fanden die Zähne weder am Waschbecken noch im Spiegelschrank oder dem kleinen Mülleimer unter dem Abfluss, dessen Deckel vor Staub klebte, wie ich beschämt feststellte. »Na ja«, sagte ich, nachdem ich auch im Gäste-WC alles abgesucht hatte. »Die Suppe kannst du ja auch ohne Zähne essen.« Und sie schmeckte sogar. Oma merkte jedenfalls nichts, und mich ließ es diesen schrecklichen Tag fast vergessen. Zumindest so lange, bis ich nach dem Essen die Teller in die Spüle stellte und ganz automatisch an mein Handgelenk griff, um meine Uhr abzunehmen. Erst da fiel mir ein, dass ich sie ja gar nicht mehr hatte. Augenblicklich bildete sich ein Knäuel in meinem Magen. Ich hoffte nur, dass meine Oma mir nicht so bald auf die Schliche kam. Die Uhr hatte ihr Vater getragen, und sie war 1945 mit seinen wenigen Habseligkeiten per Post zurückgekommen. Sie hatte nur wenige Erinnerungsstücke an ihn, und ich konnte den Gedanken nicht ertragen, dass wegen meiner Unaufmerksamkeit eines davon für immer verloren war. Während das Spülwasser einlief, stellte ich mein schlechtes Gewissen in die hinterste Ecke meines Gedankenregals und dann die Kaffeemaschine an. Da Oma nachmittags nie Kaffee trank, wollte ich ihr eine Tasse Wasser für den Tee heiß machen. Mit dem vollen Becher in der Hand öffnete ich die Mikrowelle und starrte auf zwei Reihen perfekter Zähne, die mich aus dem Inneren anlächelten. »Sieh mal an«, sagte ich, als würde etwas Großartiges folgen, doch der Satz lief ins Leere. Ich durfte mir mein Erstaunen nicht anmerken lassen, sonst würde Oma noch denken, sie wurde senil. Ich nahm die Zähne aus der Mikrowelle, als wäre es das Natürlichste der Welt, und reichte sie ihr. Wenig begeistert schob sie sich beide Teile des Gebisses umständlich in den Mund.

»Jetzt fällt es mir wieder ein. Mir war heute Mittag so kalt, deshalb habe ich die Zähne kurz in die Mikrowelle gelegt.«

»Ist dir jetzt immer noch kalt?« Die Frage war heraus, bevor ich sie einfangen und in einen ernsten Tonfall einpacken konnte. Ich kniff die Augen zusammen, die Nase, den Mund, als hätte ich in eine Zitrone gebissen.

»Schau doch nicht so!« Mit den Fingerspitzen klopfte

Oma sich gegen die Zähne. »Jetzt siehst du genauso aus wie Onkel Franz«, ließ sie mich wissen, und ich fasste mir unwillkürlich an die Nase.

KAPITEL 4

Ich war spät dran. Also nicht so, wie wenn man das Weckerklingeln einmal weggedrückt hatte und dann aus dem Bett hochschreckte. Ich meinte, richtig spät! Kein Frühstück, kein Fernsehen, kein Duschen und noch nicht einmal ein »Ich tupfe mir noch schnell etwas Concealer unter die Augen, damit ich nicht so aussehe, als hätte ich die ganze Nacht wegen der Katze sorgenvoll das Bett durchgepflügt«. Denn genau das hatte ich getan.

Und dann hatte Oma mich heute Morgen zu Tode erschreckt. Das war der Grund dafür, dass mein Zeitplan etwas aus den Fugen geraten war. Sie kam um halb sieben in mein Schlafzimmer und trug dabei einen kleinen weißen Terrier unter dem Arm. »Die Kleine ist mir heute Morgen zugelaufen. Schau nur, wie munter sie ist. Wir waren eben Gassi, und jetzt gleich gibt es etwas ganz Leckeres. Nicht wahr, Lucy?« Sie kraulte den zappelnden Hund unter dem Kinn.

Mein erster Gedanke war: Oh, wie schön, Oma hat heute Morgen ihre Zähne schon an.

Mein zweiter: Wer um Himmels willen ist Lucy?

»Oma?« Ich rieb mir den Zipfel meiner Bettdecke über die Augen. »Was ist passiert? Du siehst so ... seltsam aus.« Seltsam war völlig untertrieben. Sie hatte eine Perlenkette umgelegt, die ihr etwa bis zum Bauchnabel reichte. Außerdem war ihr Kleid viel zu kurz für eine Frau ihres Alters. (Und wenn ich ehrlich war auch für eine Frau meines Alters. War das überhaupt ein Kleid? Es sah aus wie ein Shirt!) Ich konnte nur hoffen, dass sie damit nicht vor der Tür gewesen war, ansonsten bekämen wir bald eine Anzeige wegen Erregung öffentlichen Ärgernisses.

»Sei nicht albern, mir geht es blendend! Das liegt bestimmt an der lieben Lucy. Sie ist so brav und hat ganz stillgehalten, als ich sie gebadet habe.«

O Gott. Ich war gefühlt gerade erst vor einer Viertelstunde eingeschlafen und wurde dann durch einen fremden quiekenden Hund geweckt, der versuchte, sich aus Omas Umklammerung zu befreien. Um das Ganze abzukürzen, wollte ich ihn ihr abnehmen und stieß eine Sekunde später einen Schmerzenslaut aus.

Im Nachhinein bin ich mir sicher, dass Lucy mich nicht hatte beißen wollen. Sie war einfach nur so überrascht, dass sie nach mir schnappte. Trotzdem hatte ich nun eine kleine offene Stelle am Arm. Das einzig Gute war: Jetzt würde niemandem auffallen, dass Uropa Manfreds Uhr fehlte, denn ich hatte meine Hand über das Gelenk bis zum Ellbogen verbunden.

Schließlich hatte ich es aufgegeben, Oma zu überzeugen, dass sie den Hund nicht einfach behalten durfte. Ich konnte nur hoffen, dass sein Besitzer es verkraftete, wenn ich mich erst nach der Arbeit darum kümmerte, ihn ausfindig zu machen. Nun schob ich schweißüberströmt meine Vespa durch das Tor zum Firmengelände. Ich war so was von spät dran. Außerdem graute es mir davor, Gina meinen nächsten Reinfall zu gestehen.

Als jemand vor mir durch die Drehtür trat, hechtete ich hinterher und rannte zum Aufzug. Die Tür ging in Zeitlupentempo auf, und ich prallte gegen einen großen breitschultrigen Herrn, der sich anschickte, den Aufzug zu verlassen. »Können Sie nicht aufpassen?«, entfuhr es mir, und ich quetschte mich mit hochrotem Kopf an ihm vorbei. Als ich mich umdrehte, sah ich, dass er die Augenbrauen angehoben hatte und mich kopfschüttelnd musterte. Ich hatte ihn hier noch nie gesehen. Vielleicht ein Besucher. Oder er war neu in der Firma. Ich überlegte, für welche Abteilung ein neuer Mitarbeiter angekündigt worden war, und mir fiel nur die Chefetage ein. Im selben Moment rutschte mir das Herz in die Hose.

Der neue Teilhaber von Secur-SORGLOS. O Gott, bestimmt war das Herr Reyes. Na super, das würde ihn ja gleich für mich einnehmen. Bevor sich die Aufzugtür schloss, hüpfte mir meine Freundin Esther hinterher, gefolgt von einem jungen Mann in Jeans und Rollkragenpullover.

»O Gott, Esther, sag mir bitte, dass das nicht Herr Reyes war! Der Mann da mit dem dunklen Anzug und der Halbglatze. Er geht gerade an den Empfangsschalter.«

Sowohl Esther als auch der junge Mann im Rollkragenpullover schauten interessiert durch die Aufzugtür, die sich in diesem Moment zuschob und ihre Blicke abschnitt. »Keine Ahnung. Den habe ich noch nie gesehen.«

»Kenne ich auch nicht«, sagte der junge Mann. »Ich bin übrigens Patrick.« Er zwinkerte uns zu.

»Esther.« Sie reichte ihm die Hand. »Ich gehöre zum Vermittlerproletariat. Das hier ist Tilly, sie ist eine unserer NO-LIMIT-Agentinnen. Auch wenn sie gerade so aussieht, als wäre sie unser Hauskaninchen. Guck doch nicht so ängstlich!« Sie streckte mir die Zunge heraus, um mich aufzumuntern.

»Mathilde Blum.« Ich nahm kaum wahr, wie ich Patrick die Hand schüttelte, dafür registrierte ich aber sehr wohl Esthers weiße Espadrilles, die ihr meine Bewunderung sicherten.

Esther stieß mich in die Seite. »Tilly, jetzt krieg dich wieder ein. Selbst wenn das Herr Reyes gewesen ist, was hast du gemacht? Ihm auf den dicken Zeh getreten?«

Stöhnend kam ich wieder zu mir. »Ich habe ihn angerempelt und dann auch noch angemeckert, weil er mir im Weg stand. Er wird mich feuern.«

»Dieser Schlussfolgerung kann ich nicht so ganz folgen.« Patrick lachte, und dabei fiel mir auf, dass er schöne Zähne hatte. Überhaupt sah er mit dem leicht blassen Gesicht und den dunklen Augenbrauen gar nicht übel aus. »Warum sollte er dich deshalb gleich rauswerfen?«, hakte er nach. »Vielleicht ist er froh, wenn jemand hier mal eine schnellere Gangart einlegt.«

Ich blinzelte vor Überraschung. Für einen neuen Mitarbeiter war Patrick ganz schön selbstbewusst. »Na ja, vielleicht nicht sofort«, wiegelte ich ab und wandte mich an Esther. »Erst wenn er erfährt, dass ich ihn gerade ein paar Millionen gekostet habe, weil die verdammten Millennium Twins vor meinen Augen gestohlen worden sind. Dann wird er fragen: Wer zum Teufel war mit diesem Fall beschäftigt? Ich werde kleinlaut die Hand heben, und dann überlegt er, woher er mich kennt. Und spätestens, wenn ihm einfällt, dass ich so unfreundlich zu ihm war, kann ich meine Papiere abholen. Er wird mir nie im Leben eine zweite Chance geben.«

Vielleicht übertrieb ich es ein wenig, aber ich hatte schon immer einen Hang zu opulentem Kopfkino.

»Sei nicht albern.« Esther kniff mich mitfühlend in den Oberarm. »So schlimm wird es schon nicht werden. Aber wenn es hart auf hart kommt, ruf mich an, und wir treffen uns in C.211.«

Patrick mischte sich ein. »C.211? Ist das irgendein Club?«

»Das ist ein Raum für Bürobedarf im zweiten Stock«, erklärte Esther bereitwillig. Sie war einfach viel zu offenherzig. »Wir haben dort einen Spezialschrank mit Notfall-Eierlikör und Prinzenrolle.«

Patrick lächelte verstehend, dann wandte er sich an mich. Seine Augen hatten ein Funkeln. »Warst du denn ganz allein an diesem Diamanten-Fall dran?«, fragte er.

Ich wünschte, Esther hätte nicht über unseren geheimen Raum geplappert. Wir kannten diesen Patrick doch gar nicht.

»Quatsch, natürlich war sie nicht allein für diesen Fall verantwortlich, oder Tilly?«, unterbrach mich Esther, bevor ich auch nur ausatmen konnte. »Du arbeitest doch mit Kunkel zusammen. Der alte Herr ist bestimmt wieder eingeschlafen.« Sie beugte sich vertraulich zu Patrick hinüber, so dass ihre Haarspitzen seinen Unterarm streiften. »Ehrlich, ich bin einmal mit ihm im zweiten Stock in den Aufzug gestiegen, und ich schwöre dir, der war in der vierten Etage schon eingeschlafen. Hat hier an der Wand gelehnt und geschnarcht. Wenn ihr mich fragt, so einer gehört in Rente. Der ist doch bestimmt schon siebzig.«

»Achtundfünfzig«, sagte ich schnell. Es war mir unangenehm, dass Esther so von meinem Partner redete. »Das war bestimmt montags, oder?« Ich hatte das dringende Bedürfnis, Kunkel zu verteidigen. »Am Wochenende hütet er immer seine Enkel, weil seine Tochter Nachtdienste im Krankenhaus macht. Sie ist alleinerziehend, die Kinder erst drei und fünf. Bestimmt war Herr Kunkel völlig fertig.« Die beiden sahen kein bisschen beeindruckt aus, deshalb fügte ich noch ein »der Ärmste« hintendran.

Esther zuckte mit den Schultern und drückte noch einmal kräftig auf den Knopf mit der Acht. Diesmal schien der Fahrstuhl ewig zu brauchen. Weil keiner mehr etwas sagte, blickte ich auf den Fußboden. Esthers nagelneues Paar Espadrilles waren, da war ich mir hundertprozentig sicher, von Alexander McQueen, und das Obermaterial aus weißem Leder sah herrlich weich aus. Aber in der nächsten Sekunde bekam ich große Augen, als mir Patricks Füße ins Blickfeld gerieten: Birkenstock?

Nur mit Mühe konnte ich ein Keuchen unterdrücken. Umbrabraunes Leder. Mit einem dezenten Pfeifen blickte ich hinauf zur Decke und versuchte, meine Mundwinkel möglichst gelangweilt hängen zu lassen. Aber Birkenstock? Ich konnte es nicht fassen. Unauffällig schielte ich wieder nach unten. Das Fußbett hatte sich an den Rändern schon gelöst und wellte sich nach oben. Für einen kurzen Moment setzte mein Gehirn aus, dann fing das Areal für Schuhe darin langsam an zu arbeiten. Diese Schlappen kamen mir bekannt vor. Irgendwo hatte ich sie schon einmal gesehen. Ich wusste, das klang verrückt, aber bei Schuhen hatte ich so eine Art sechsten Sinn. Nein, eher ein fotografisches Gedächtnis. Wenn andere von sich behaupteten, niemals ein Gesicht zu vergessen, konnte ich nur lachen. Ich vergaß niemals ein Paar Schuhe.

Innerlich fing ich an, Karteikarten mit Schuhbildern hin und her zu schieben. Ich kannte diese ausgelatschten Sandalen! Das war seltsam, da mir Patrick noch nie zuvor begegnet war. Aber ich war mir absolut sicher, dass ich die Dinger schon mal gesehen hatte. Es hätte auch auf einem Foto gewesen sein können. Aber wer bitte schön würde solche Schluffen fotografieren?

Unzufrieden mit mir, schob ich den Schuhgedanken schließlich beiseite. Ich kam jetzt so oder so nicht drauf, und so wichtig konnte es auch nicht sein.

KAPITEL 5

Na endlich!« Mit einem Wisch beförderte Esther ihre Haare über die Schultern nach hinten und trat aus dem Fahrstuhl. Patricks Kopf bewegte sich, als würde er jeder Regung von ihr folgen, dann drängte er sich an mir vorbei hinter ihr her. Ich nahm es ihm nicht übel, schließlich war ich daran gewöhnt, dass man mir in Esthers Beisein nicht allzu viel Beachtung schenkte. Und außerdem wollte ich ganz bestimmt keinem Mann gefallen, der ausgelatschte Birkenstocks trug, da konnte er oberhalb der Sandalen noch so attraktiv sein.

»Wir sehen uns später«, rief Esther, bevor sie um die Ecke verschwand, und ich sah ungeduldig zu, wie sich die Fahrstuhltür langsam wieder zuschob. Unsere Abteilung der Versicherung lag im elften Stock. Zum hundertsten Mal an diesem Morgen warf ich einen Blick auf mein verbundenes Handgelenk und zog dann das Handy aus der Tasche. Achtzehn Minuten zu spät, verdammt! Meine Schuhspitze trommelte auf den Boden. Als ich endlich aus dem Fahrstuhl stieg, nickte mir Frau Sprenke vom

Empfang knapp zu, bevor sie auf die Uhr sah und mit zusammengepressten Lippen etwas auf einen Zettel notierte. Schrieb sie etwa auf, um wie viel Uhr ich gekommen war? Das fehlte mir gerade noch.

»Guten Morgen«, raunte ich ihr zu und hielt dabei einen Finger auf das Mikrophon meines Smartphones, als hätte ich jemanden in der Leitung, der das nicht hören durfte. »Ich bin etwas später, weil ich seit Ewigkeiten versuche, jemanden von der Polizei ans Telefon zu bekommen. Sie glauben ja nicht, wie schwierig das sein kann.« Ich erwartete ein verständnisvolles Nicken, stattdessen zog die Sprenke ihre Augenbrauen in die Höhe. Mit einem Seufzen hielt ich mir deshalb das Handy ans Ohr und nahm das imaginäre Gespräch wieder auf. »Kubitschek, Sie versuchen mir jetzt seit achtzehn, nein, seit mehr als zwanzig Minuten zu erklären, dass Sie keine Spur von der Katze haben …« Ich machte eine Pause und tat so, als horchte ich auf eine Antwort. Frau Sprenke versuchte nicht einmal zu verbergen, dass sie jedem Wort von mir lauschte. »Das ist ja alles schön und gut … Nein, wenn Sie Informationen von uns haben wollen, dann müssen Sie mir im Gegenzug aber auch … Ja, das verstehe ich alles, aber so funktioniert unsere Zusammenarbeit nicht … Herr Kubitschek, wie lange kennen wir uns nun schon? … Sehen Sie!« Ich klopfte mit den Fingerspitzen auf die Theke vor mir und schielte unauffällig auf den Zettel. Frau Sprenke deckte ihn hastig mit ihrer Hand ab, aber ich hatte genau gesehen, dass sie darauf eine Art Strichliste führte. Ich hatte schon immer geahnt, dass man Menschen nicht trauen konnte, die im Büro Mokassins trugen. Das war der endgültige Beweis.

»Selbstverständlich, Kommissar Kubitschek«, säuselte ich, »was denken Sie denn, was ich seit sechs Uhr heute Morgen mache?« Ich hoffte sehr, dass die Sprenke sich davon beeindrucken ließ und ich nicht zu dick aufgetragen hatte. Mit einem Seitenblick zu ihr entfernte ich mich langsam von der Theke und schwebte auf unsere Bürotür zu.

Da! Sie strich etwas auf ihren Notizen durch, Gott sei Dank! Nur noch ein paar Schritte. Ich streckte die andere Hand nach der Türklinke aus, während ich etwas Zustimmendes in das Mikrophon murmelte, als das Gerät an meinem Ohr plötzlich vibrierte und dann einen Musiktitel abspielte. Ich zuckte zusammen. Jemand rief mich an, verflixt! Mein Kopf fuhr zu unserer Sekretärin herum, die sich hinter der Theke aufgerichtet hatte, während das Telefon in den lautesten Tönen dudelte.

»Ich dachte, Sie telefonieren mit der Polizei?«

Mit einem Kopfnicken zu meinem Handy sagte ich hastig: »Da war die Verbindung wohl kurz unterbrochen, haha.« Mein Lachen klang eine Spur zu fröhlich. »Wollen Sie dann nicht rangehen?« Sprenkes Augenbrauen bogen sich über ihren Brillenrand nach oben.

»Ja, klar.« Natürlich wollte ich das nicht. Da stand Dominik auf dem Display. Ich sollte dringend ein Wörtchen mit meinem Nachbarn reden, er konnte mich doch nicht ständig während der Arbeitszeit anrufen. Unauffällig drückte ich auf den roten Knopf. »Bis später!« Und mit einem Blick auf ihre Kaffeetasse fügte ich noch ein »Genießen Sie Ihren Cappuccino« hinzu.

Ich wollte gerade die Klinke herunterdrücken, da wurde die Tür von innen aufgerissen.

»Da bist du ja endlich.« Meine Kollegin Gina, die im Gegensatz zu Kunkel und mir ausschließlich im Innendienst tätig war, hob eine Kladde in die Höhe. »Kunkel ist auch noch nicht da, und ich hatte den Commissario in der Lei…«

»Alles schon geklärt«, unterbrach ich sie hastig und hielt mein Handy in die Höhe, als wäre es eine olympische Fackel und noch dazu mein Unschuldsbeweis. Schnell zog ich sie ins Büro und stieß die Glastür hinter uns zu. Dann atmete ich hörbar aus.

»Was hast du geklärt?« Über Ginas Nase hatte sich, wie immer, wenn sie sich konzentrierte, eine steile Falte gebildet. Ich hielt mir stöhnend die Hände vor das Gesicht. »Nichts«, brummte ich in die Handflächen, während ich mich schwach an das Türblatt lehnte. »Absolut gar nichts. Dieser Tag ist jetzt schon ein Albtraum, dabei hat er gerade erst begonnen.« Meine Schultern sackten herab. »Was hat Kubitschek dir gesagt?«

Ginas Stirn glättete sich, und ihre Lippen, die sie zusammengepresst hatte, teilten sich zu einem warmen Lächeln. »Der Commissario hat uns gerade die Auswertung der Spurensicherung gefaxt und wollte dich sprechen, wenn du sie dir angesehen hast.« Sie trat an meinen Schreibtisch, wobei ihre Hüften sich so sanft bewegten wie ein Schiff. Immer wenn sie von Kubitschek sprach, bekam sie einen ganz weichen Tonfall und bewegte sich mit leichtem Seegang. »Es sind nämlich dieselben Fingerabdrücke. Kein Zweifel, dass es sich um unsere Katze handelt.« Gina warf mir die Kladde mit dem Bericht der Spurensicherung auf den Schreibtisch, und ich ließ mich schwer atmend in den Stuhl fallen. Der Ausdruck war über und über mit roten Markierungen verziert. Mein Blick huschte über das Deckblatt und nahm die wichtigsten Punkte auf. Sofort bekam ich Kopfschmerzen. Im Grunde dröhnte mir schon der Kopf, sobald ich nur an die Katze dachte. In der Vergangenheit hatten wir unendlich viele Vermutungen angestellt und schienen doch nur auf der Stelle zu treten. Die Akte der Katze wurde mit jedem Tag dicker. Wenn das so weiterging, konnten wir demnächst ein eigenes Archiv für ihn anlegen. Ich war wirklich nicht gut auf ihn zu sprechen.

Gina machte eine ausschweifende Handbewegung, der ich wie hypnotisiert folgte. »Es ist also derselbe Täter wie letzten Monat bei diesem Hotelier. Du weißt schon, der mit den Villen im Ausland.« Es war ein offenes Geheimnis, dass es sich bei diesen Villen nicht um luxuriöse Ferienhäuser, sondern um Bordelle handelte. Gott sei Dank hatte sich bei diesem Einbruch aber herausgestellt, dass Secur-SORGLOS keine Leistung erbringen musste. Die Katze hatte damals aus den Unterlagen des Hoteliers bloß die Daten der Besucher der einschlägigen Etablissements abfotografiert und an die Sittenpolizei geschickt. Seitdem musste sich der Hotelier mit der Staatsanwaltschaft herumschlagen.

»Ich kann nicht sagen, dass mir die Opfer von unserer Katze besonders leidtun«, fuhr Gina fort. »Wenn es jemand verdient hat, bestohlen zu werden, dann dieser

Arsch!«, schimpfte Gina überraschend heftig. »Und di Titta tut mir auch nicht leid.«

Da musste ich ihr recht geben. Ganz abgesehen davon, dass di Titta ohnehin tot war und es gar nicht mehr merkte. Trotzdem, Diebstahl blieb Diebstahl, und eine Versicherung war eine Versicherung. Da die Polizei heillos überlastet war und uns diese Diebstähle schon ein Heidengeld gekostet hatten, war es nicht nur die Aufgabe unserer Abteilung, solche Diebstähle aufzuklären, wir mussten versuchen, sie zu verhindern. Bei der Katze war ich damit bisher grandios gescheitert. Außerdem – er hatte meine Uhr gestohlen, und ich hatte das alles andere als verdient, oder? Doch das konnte ich Gina nicht sagen, denn ich hatte es auch im Bericht nicht erwähnt. Das Ganze war mir so unangenehm, dass ich darüber schweigen würde wie ein Grab. Gott sei Dank hatte Herr Kunkel geschlafen und nicht mitbekommen, dass die Katze direkt neben mir gesessen hatte. Wenn das herauskäme, könnte ich mich hier nicht mehr blicken lassen.

Ich stand auf und goss mir einen Kaffee in die einzig saubere Tasse. »Wir könnten auch mal wieder spülen«, sagte ich unbestimmt in den Raum, aber darauf reagierte Gina nicht. Eine Weile schwiegen wir, bis ich meinte, meine Gedanken hätten sich genug im Kreis gedreht, denn inzwischen war ich wieder bei di Tittas Beerdigung angelangt. »Kann man eigentlich nachvollziehen, wie viel Geld in den Umschlägen gesteckt hat? Ich meine die Trauerkarten.« Gina ließ sich auf ihren Bürostuhl fallen und verzog das Gesicht. Das war nämlich noch so eine Sache: Natürlich hatte sich die Katze auch noch einen ganzen Stapel der Kondolenzschreiben unter den Nagel gerissen. Laut Herrn Kunkel war der Korb nur noch halb voll gewesen, nachdem der Diamantendieb verschwunden war. »Wir haben nur die Aussagen von den Trauergästen, die Kunkel aufgenommen hat«, sagte Gina. »Ein Beweis ist das nicht. Wenn die Angaben der Leute korrekt sind, dann muss es sich um zwanzigtausend Euro handeln.«

Was da für Summen zusammenkamen. Ob das wirklich alles für Grabschmuck gedacht gewesen war? Ohne es zu wollen, knirschte ich mit den Zähnen. Zwanzigtausend Euro. Das Geld hätte die Familie auch wirklich für einen guten Zweck spenden können. Fast verspürte ich einen Hauch Genugtuung darüber, dass die Katze auch noch die Trauerkarten gestohlen hatte. Wenn nur Secur-SORGLOS dabei nicht so blöd dastehen würde. Oder ich.

Mit einem Blick aus dem Fenster nahm ich den dicken LKW wahr, der sich quälend langsam durch die Gasse bewegte und die Sicht auf die Parkplätze gegenüber versperrte. Ich kaute auf meiner Unterlippe. War ich gestern noch davon überzeugt gewesen, dass die Katze einen Fehler gemacht hatte, weil ich seinen Schnäuzer gefunden hatte, war ich heute ernüchtert. Die Schnurrbarthaare halfen uns überhaupt nicht. Jedoch hatte meine Handtasche weitere Indizien geliefert, denn darauf waren die Fingerabdrücke gefunden worden, die wir – unserem Kontakt bei der Kölner Polizei sei Dank – bereits an anderen Orten des Verbrechens identifizieren konnten, nur im Augenblick brachte uns das nicht weiter.

Meine Hand umfasste den Henkel der Kaffeetasse fester. Auch wenn Gina sich noch so sehr freute, mit Kommissar Kubitschek zu plaudern, ich legte keinen gesteigerten Wert darauf und hätte die Katze erwürgen können. Aber das ging natürlich nicht, schließlich war ich bloß eine einfache Angestellte der NO-LIMIT-Abteilung. Demnach war ich sachkundig, kundenorientiert und vor allem rechtsstaatlich. So stand es zumindest auf den Visitenkarten unserer Abteilung. Trotzdem kochten Gefühle in mir hoch, die alles andere als rechtsstaatlich zu nennen waren. Ich starrte weiterhin auf die Straße, wo sich ein Fahrzeug nach dem anderen zwischen den Häusern durchquetschte.

Gina hatte sich am Schreibtisch vorgebeugt und klickte sich durch eine Seite auf ihrem Computer, dann stieß sie mit einem Mal ein freudiges Kichern aus. »Na also!« Ihre dunklen Locken wippten ungezähmt. »Da haben wir doch schon was.« Mit einem zufriedenen Grinsen lehnte sie sich im Sitz zurück, und ich stellte meine Tasse ab, bevor ich mich über ihre Schulter beugte. Hastig überflog ich die Newsseite. Oh, wie hübsch, wollte ich schon ausrufen, hielt mich aber noch rechtzeitig zurück, denn vermutlich spielte Gina nicht auf die Bilder an, die Prinzessin Madeleine von Schweden mit ihren Töchtern zeigten. Obwohl Leonores Schuhe einfach nur entzückend waren. Ich seufzte leise, dann sprang mir eine andere Mitteilung ins Auge.

»Eine anonyme Spende an den Kölner Zoo? Wann war das?«

»Die Nachricht ist eine halbe Stunde alt.« Mit einem Mausklick öffnete Gina die Meldung und scrollte die Seite nach oben. Sie kippte den Bildschirm in meine Richtung, damit ich es besser sehen konnte, doch dann las sie die Stelle selbst vor.

»*Ein unbekannter Spender hat am Nachmittag für große Überraschung im Kölner Zoo gesorgt. Im Tropenhaus wurde ein Umschlag mit einer enormen Geldsumme*

71

gefunden. Laut Ewald W., der als Pfleger für die Papageien aus dem Regenwald zuständig ist, befand sich eine Summe von 19 580 Euro im Kuvert, das ein Unbekannter in der Nähe des Fratzenkuckucks abgelegt hat.« Sie gab ein Schnalzen von sich. »Was um Himmels willen ist ein Fratzenkuckuck?«

»Knapp zwanzigtausend«, überlegte ich laut. »Kann das ein Zufall sein?«

Gina schnaubte. »Wenn das ein Zufall ist, dann war meine Ausbildung völlig umsonst. Hier steht, dass es keinen Hinweis auf den Spender gibt: *Bisher ist ungeklärt, ob der Umschlag unabsichtlich verloren gegangen ist. Merkwürdigerweise ist das Kuvert mit einem schwarzen Rand versehen, wie er sonst nur bei Trauerkarten üblich ist.«* Sie lachte auf. »Brauchst du noch mehr Hinweise?«

»Aber warum sollte die Katze das tun? Das ergibt doch keinen Sinn.«

»Ich finde schon.« Gina verschränkte die Arme vor der Brust. »Vielleicht spielt er Robin Hood.«

Okay, ich musste zugeben, die Theorie klang überlegenswert.

»Bisher hat die Katze seine Beute aber immer für sich behalten«, gab ich zu bedenken. »Das mit dem Geldumschlag könnte ein Zufall sein. Oder ein Versehen. Vielleicht war es auch ein Trittbrettfahrer, der die Aufregung in der Kirche genutzt hat, um sich eine Handvoll Geldumschläge zu schnappen.« Für diesen Einfall zollte ich mir innerlich selbst Respekt. »Vielleicht ist ihm der Umschlag aber auch aus der Tasche gefallen.«

Als er auf der Flucht zufällig am Kölner Zoo vorbeikam? Was für ein Unfug. »Ach, vergiss es! Aber die Katze verschenkt auf jeden Fall niemals seine Beute.« Und wem zum Teufel würde er meine Uhr schenken, falls es doch so war? Auch dem Fratzenkuckuck?

»Jaaa«, sagte Gina gedehnt, »weil wir nicht davon erfahren haben. Aber das bedeutet gar nichts.« Sie zählte die Punkte an ihren Fingern ab: »Di Titta ist ein Mafioso, der Hotelier ein Zuhälter, und ich erinnere dich nur ungern, aber vergiss den Professor nicht. Diesen Arzt, bei dem er vor drei Monaten eingebrochen ist. Der mit den vielen Gemälden.«

Ich zog die Nase kraus. Diesen Teil meiner Ermittlungen hätte ich gerne verdrängt, weil er mir besonders verdeutlichte, wie hilflos wir in der Katzen-Sache waren. Zwar hatte die Katze klare Hinweise hinterlassen, die auf ihn als Täter deuteten – er hatte »Viele Grüße von der Katze« auf die Rückseite einer alten Konzertkarte gekritzelt –, aber bis heute wussten wir nicht, was genau eigentlich gestohlen worden war. Die Polizei hatte uns informiert, aber der Professor hatte im Nachhinein steif und fest behauptet, das Ganze wäre bloß ein Missverständnis gewesen und der Einbrecher ohne Beute verschwunden.

»Wir wissen alle, dass er gelogen hat. Ich werde versuchen herauszufinden, in welchen Kreisen er sich normalerweise bewegt. Vielleicht finden wir da einen Zusammenhang. Ich bin mir sicher, dass unsere Katze nur Leute bestiehlt, die es auch verdient haben.« Sie strich sich eine verirrte Haarsträhne aus dem Gesicht und senkte für einen Moment den Blick. »Wäre das nicht romantisch?«

Mit zusammengebissenen Zähnen dachte ich an Uropa Manfreds Uhr und konnte diesem Diebstahl beim besten Willen nichts Romantisches abgewinnen. Gina ging zum Fenster und griff nach der kleinen Messinggießkanne, um die einsame Aloe Vera auf der Fensterbank zu gießen. Sie starrte aus dem Fenster, während sie einen langen Strahl in die Topfpflanze laufen ließ. »Die Katze ist vielleicht ein herzensguter Mensch, der auf diese Art Gerechtigkeit walten lässt. Bestimmt kann er es nicht ertragen, wenn Verbrecher wie di Titta ungeschoren davonkommen.« Dann hielt sie inne. »Hast du eigentlich den neuen Chef schon gesehen? Herr Reyes soll heute in die

Firma kommen.« Sie nickte nach draußen. »Vielleicht ist das da sein Auto. Reiche Männer stehen auf Oldtimer, oder?«

Oldtimer? Moment mal.

Ich eilte zu ihr ans Fenster. Der nächste LKW schlängelte sich langsam durch die Straße, die elf Stockwerke unter mir verlief, und ich sah … nichts.

»Ein weißer Oldtimer?«, hakte ich nach. Nicht jeder Oldtimer muss gleich etwas mit der Katze zu tun haben. Trotzdem klang meine Stimme leicht panisch. »Wo? Ich sehe keinen verflixten Oldtimer!«

»Auf dem Parkplatz.« Ginas Fingerspitzen tippten gegen das Glas.

Der nachfolgende Laster stockte und ließ eine Lücke zum Vordermann, durch die ich endlich zum Firmenparkplatz auf der anderen Straßenseite blicken konnte. Dort stand ein cremeweißer Sportwagen mit dem Heck in unsere Richtung, doch wurde er in der nächsten Sekunde gleich wieder von einem Sprinter verdeckt. Ob das wirklich der Wagen unseres neuen Teilhabers war? Ich kniff die Augen zusammen. Vielleicht stand Herr Reyes genauso auf Oldtimer wie die Katze.

Ich presste die Nase gegen die Scheibe und stützte mich mit beiden Händen ab. Als das nächste Auto vorbeifuhr, war der federweiße BMW genau zu erkennen, und obwohl Oldtimer im Gegensatz zu Schuhen nicht gerade mein Spezialgebiet waren, hätte ich diesen auch im Dunkeln sofort wiedererkannt. Jetzt wünschte ich, ich hätte Omas Bügeleisen noch dabei, um es von hier oben auf die makellose Motorhaube werfen zu können. Oh, wie ich mich freuen würde, diesem Ding ein paar Beulen zu verpassen!

»Gina«, stieß ich hervor. Ich hatte das Gefühl, meine Kehle müsste zerspringen, so schnell raste mein Puls. Ich wollte ihr sagen, dass sie sofort Kubitschek anrufen musste, die ganze Polizei, den Bundesnachrichtendienst, von mir aus auch die Kavallerie. Aber was, wenn ich mich doch irrte?

»Ich gehe mal ganz kurz an die frische Luft.«

KAPITEL 6

Im Hinausrennen schnappte ich mir noch mein Handy und rief Gina zu, sie solle den Wagen keine Sekunde aus den Augen lassen, dann drückte ich nacheinander alle Knöpfe an den Aufzügen.

Das dauerte ewig.

Bei meinem Glück hatte sich das Auto in Luft aufgelöst, bis ich unten ankam. Oder die Katze würde erneut vor meiner Nase entwischen. Ich konnte unmöglich warten, bis der Aufzug kam, der so langsam war, als würde er von Hand angekurbelt. Mit einem Satz war ich im Treppenhaus und sprang mehrere Stufen auf einmal nach unten, wobei meine Hand über das Geländer fegte. Während ich Etage für Etage zählte, überkam mich Panik bei dem Gedanken, dass die Katze vielleicht noch in der Nähe sein könnte. Was, wenn er im Auto saß und nur darauf wartete, mir etwas anzutun? An Ginas Romantikversion glaubte ich nicht in hundert Jahren. Was, wenn es eine Falle war, und er irgendwo hinter einem Baum auf mich lauerte? Okay, das war wieder mein übertriebenes

Kopfkino. Ich schaltete mein Hirn ab und stürzte durch die schwere Tür in das Foyer, nur um im gleichen Augenblick einem älteren Herrn gegen den Rücken zu prallen, der sich gedankenverloren umgeblickt hatte.

»Können Sie nicht aufpassen?«, keuchte ich und hielt die Hand auf mein rasendes Herz gepresst. »Vor dem Treppenaufgang rumzustehen, ist nun wirklich das Blödeste, was man …« Ich stockte, als ich den Mann erkannte, mit dem ich erst vor einer knappen Stunde schon einmal aneinandergeraten war. Herr Reyes? »Ich meine … äh … Entschuldigung!« Mein Atem pfiff wie eine Luftpumpe. »Es war wirklich sehr ungeschickt von mir, die Tür so hastig aufzureißen. Tut mir total leid. Sie können selbstverständlich überhaupt nichts dafür«, plapperte ich im Weitereilen über die Schulter und rannte dann zum Ausgang, ohne eine Antwort von dem etwas verdattert aussehenden Herrn abzuwarten.

Bitte lass den Wagen noch dort stehen!

Autos brummten, und der Geruch der Dieselabgase, die die Kolonne hinter sich herzog, raubte mir den Atem. Hier war einfach kein Durchkommen. Ich streckte meine Hand mit dem Handy nach vorn, um die Autofahrer auf mich aufmerksam zu machen, in der nächsten Sekunde gab ein Taxi Gas und fuhr hupend an mir vorbei, so dass ich wieder zurück auf den Bürgersteig springen musste. Das durfte doch nicht wahr sein! Jetzt war ich dem Fluchtauto der Katze schon so nah und kam nicht über die verfluchte Straße?

Wild mit den Armen wedelnd, setzte ich meinen rechten Fuß zurück auf die Straße und ging in Gedanken noch einmal meine Unfallversicherung durch. Waren selbstmörderische Fahrbahnüberquerungen darin enthalten?

Als sich endlich eine Lücke auftat, sprang ich mit einem Satz zwischen die Autos, wich einem Motorradfahrer aus, dann hatte ich endlich die andere Straßenseite erreicht.

Kein Zweifel, das war das Fluchtauto. Es leuchtete weiß und jungfräulich vor mir auf. Ich konnte nur hoffen, dass mich niemand beobachtete, erst recht nicht die Katze. Also niemand außer Gina, der ich extra den Auftrag erteilt hatte. Mein Kopf schnellte hoch, und ich suchte die Fenster ab, bis ich den dunklen Haarschopf hinter einer Scheibe im elften Stock entdeckte. Gina hob den Daumen und grinste.

Wieso hatte die Katze das Auto ausgerechnet vor unserer Firma abgestellt? Das konnte doch kein Zufall sein. Ich warf einen Blick über die Schulter, dann starrte ich durch das Seitenfenster. Das schwarze Stoffverdeck beschattete zwar alles, trotzdem war sofort klar, dass niemand im Auto saß. Erleichtert atmete ich aus.

Kubitschek würde sich freuen. Ich drückte die Kurzwahltaste, auf der ich ihn abgespeichert hatte, und lauschte auf das Freizeichen. »Frau Blum.« Es klang weder wie eine Begrüßung noch wie eine Frage. Eher wie eine Anklage. Ein schleifendes Geräusch ließ mich vermuten, dass er wieder in einer Kaffeetasse rührte.

»Ja«, gab ich zu und holte tief Luft. »Sie glauben nicht, vor welchem Auto ich gerade stehe.«

»Sagen Sie bloß, es gibt auf dem Planeten, den Sie bewohnen, auch Autos.«

Ich seufzte. »Die Katze hat seinen Fluchtwagen hier bei uns abgestellt. Auf dem Parkplatz meiner Firma.« Meine Hand fuhr ganz automatisch über den brillanten Lack, dann zum Türgriff. »Es ist fast so, als wollte er, dass ich ihn finde.«

»Sind Sie sicher?«

»Dieses Auto würde ich unter einer Million wiedererkennen.«

»Es hat wohl besondere Schuhe an, was?«

Sehr witzig. »Ich weiß ja nicht, wie das bei Ihnen ist, aber auf meinem Planeten sind die Autos mit etwas ganz Einzigartigem ausgestattet: Nummernschildern.«

Kubitscheks Computertastatur klapperte, doch anstatt auf meine Spitze einzugehen, fragte er bloß: »Straße?«

Besonders gesprächig war Kubitschek heute wirklich nicht. Was Gina an ihm fand, konnte ich nicht nachvollziehen. Außerdem wusste Kubitschek doch ganz genau, in welcher Straße sich meine Firma befand. Ich war mir zwar nicht sicher, was ich erwartet hatte, aber so was wie ein Lob wäre meiner Meinung nach schon drin gewesen. Immerhin hatte ich den Wagen entdeckt, nach dem die Polizei bereits seit, na ja, fast zwanzig Stunden suchte. Missmutig gab ich dem Kommissar trotzdem die Adresse durch, während meine Finger am Türgriff zogen. Mit einem lauten Klack sprang die Autotür auf. Ich erstarrte.

»Was war das?« Kubitschek hörte auf, in seine Tastatur zu hämmern. »War das etwa die Autotür?«

»Äh, ja.«

»Sagen Sie bloß, der Wagen ist nicht abgeschlossen?«

Ich sagte lieber erst mal nichts. »Lassen Sie die Finger von diesem Auto!«, blaffte Kubitschek, und ich hörte, wie er sich aufrichtete und sein Schreibtischstuhl gegen die Tischplatte knallte. Offenbar kam er nun doch in Wallung. »Das ist ein Fluchtfahrzeug und damit ein Fall für die Spurensicherung. Wenn ich Ihre Fingerabdrücke irgendwo im Inneren dieses Fahrzeugs finde, können Sie was erleben!«

Bei seinem strengen Tonfall zuckte ich zusammen. »Ich habe noch überhaupt nichts angefasst.«

»Noch?« Ich sah die Spucketröpfchen förmlich fliegen, so entsetzt hatte Kubitschek das Wort ausgespien. »Frau Blum, Sie warten, bis ich bei Ihnen bin, und wehe, Sie werfen auch nur einen Blick in das Auto!«

Meine Mundwinkel zogen sich nach oben. Wenn er sich aufregte und seine überhebliche Art von ihm abfiel, wurde er mir direkt sympathisch. »Sie können sich auf mich verlassen.«

Nicht. Fügte ich in Gedanken hinzu. »Ich fasse Ihnen zuliebe nichts an«, log ich. »Versprochen.« Dann legte ich auf.

Die Fahrertür stand inzwischen bestimmt zwanzig Zentimeter weit offen. Ich steckte das Handy in die Hosentasche und überlegte. Wirklich praktisch, dass die Tür so leicht war. Wenn ich mich mit der Hüfte nur ein klein wenig dagegenlehnen würde, dann … Oh, die Tür war wirklich sehr leichtgängig. Nur ein kleiner Schubs genügte, und sie schwang vollständig auf. Ich starrte auf den roten Sitz. Es roch nach altem Leder und kein bisschen nach dem bitteren Schnurrbartaroma, das ich in Erinnerung hatte. Hier hatte also die Katze gesessen und sich in aller Seelenruhe meine Uhr angezogen. Meine Uhr! Hatte die Katze sie vielleicht zurückgebracht? Vielleicht hatte er ja ein schlechtes Gewissen? Gedanklich gab ich Gina und ihrer Robin-Hood-Theorie einen Rippenstoß. Die Katze war wohl doch kein so schlechter Mensch, wie ich gedacht hatte. Irgendwo in diesem Auto wird er meine Uhr deponiert haben, überlegte ich. Nur wo? Ich hatte wirklich keine Lust, darauf zu warten, dass der Wagen von der Spurensicherung freigegeben werden würde. Das konnte Wochen dauern. Und dann würde ich nachweisen müssen, dass diese Uhr tatsächlich mein Eigentum war. Und wie sollte ich das machen, wenn ich weder Kubitschek von dem Diebstahl erzählt hatte, noch den Vorfall im Bericht erwähnt hatte, den ich für SecurSORGLOS verfasst hatte? Es konnte bestimmt nicht schaden, wenn ich mal einen kurzen – wirklich sehr kurzen – Blick ins Innere des Autos riskierte.

Nach einem raschen Schulterblick streckte ich den Kopf durch die Öffnung und beugte mich über das elfenbeinfarbene Lenkrad. Das alte Auto war wirklich sehr übersichtlich. Es gab nicht einmal ein Konsolenfach, sondern bloß einen silbernen Aschenbecher, dessen Deckel sich mit dem Fingernagel ganz leicht hochklappen ließ.

Doch außer einem Kassenbon lag dort nichts weiter, und ich schielte zum Handschuhfach auf der Beifahrerseite. Mit einem Taschentuch in der Hand ruckelte ich an dem Verschluss, bekam ihn aber nicht auf. Ich ruckelte fester – nichts. Mit ganzer Kraft zerrte ich schließlich an der kleinen Klappe, dabei kam ich in einem unbedachten Moment mit dem Ellbogen an den Radioknopf, und sofort tönte eine Bassstimme in ohrenbetäubender Lautstärke aus der Box: »Nessun dorma! Nessun dorma! Tu pure, o Principessa …«

Ruckartig fuhr ich zurück und stieß mir den Hinterkopf am Türrahmen. Verflixt!

Mit dem Handballen rieb ich mir über die Stelle, die sofort anzuschwellen schien, während die dunkle Männerstimme voller Inbrunst weiter ihre Arie schmetterte.

Hektisch drückte ich mit dem Taschentuch auf die Knöpfe des alten Kassettendecks, und der Ton erstarb. Das kleine Kläppchen hob sich, und im nächsten Moment fuhr eine alte Musikkassette aus dem Schlitz. Mit so viel Schwung, dass sie auf den Sitz plumpste. Wie paralysiert starrte ich auf das Beweisstück, das sich nun leider nicht mehr an seinem angestammten Platz befand. Kubitschek würde sofort merken, dass ich das gewesen war. Kein Mensch warf seine Kassetten oder CDs auf den Fahrersitz. Allerdings benutzte auch niemand mehr so was Unpraktisches wie eine Kassette. Wenn der Besitzer sich unbedingt ein Radio in dieses alte Auto einbauen musste, hätte er schlauerweise besser gleich eines mit Bluetooth genommen. Ich schielte auf die Musikkassette. Es war auch noch eine selbst aufgenommene, die mit Bleistift beschriftet worden war. Ich entzifferte die krakelige Handschrift mit »Turandot«. Die Katze steht auf Opern?

Noch während ich mit diesem Gedanken beschäftigt war, jaulte eine Sirene auf.

Kubitschek!

Ich schreckte zurück und warf mit dem rechten Oberarm die Fahrertür zu, als das Heulen immer näher kam. Mit dem Hintern gab ich der Tür noch einen letzten Stoß, um sie richtig zu schließen, da fuhr der Polizeiwagen auch schon auf den Parkplatz.

KAPITEL 7

Ich verkniff es mir, unschuldig zu flöten, als Kubitschek mit schnellen Schritten auf den Wagen zukam, ich sah bestimmt auch so schon alles andere als unbeteiligt aus. Kubitschek wischte sich über die verschwitzte Stirn. Normalerweise wirkte er stressresistenter als jetzt.

Ich hob beide Hände. »Ich habe nichts berührt.« Und das war nicht einmal gelogen, denn mit den Fingern hatte ich wirklich nichts angefasst, und das Taschentuch hatte ich in meiner Hosentasche verschwinden lassen. Jetzt hielt ein weiteres Auto, aus dem zwei Männer in papiernen Overalls stiegen. Es klatschte, als sie ihre Einmalhandschuhe am Handgelenk zurechtzupften.

»Weg von dem Wagen!« Allein Kubitscheks Blick brachte mich dazu, mehrere Schritte zur Seite zu machen, da hätte es dieses barschen Tonfalls gar nicht bedurft. In den nächsten Minuten hörte man nur ein gelegentliches Grunzen aus dem Inneren. Mehrere Gegenstände wurden in kleine Plastikbeutel verstaut, darunter auch die Kassette mit Turandot. Ich überlegte schon, ob ich mich davonschleichen sollte, denn neue Erkenntnisse würde mir diese Aktion wahrscheinlich nicht einbringen, da kam Kubitschek auf mich zu. In der Hand einen Plastikbeutel mit einem Papierfetzen. »Können Sie mir sagen, wie das ins Auto gelangt ist?« An seinen angespannten Wangenmuskeln erkannte man, dass er die Zähne fest zusammenbiss, und ich verfluchte mich dafür, dass ich ihn überhaupt angerufen hatte.

»Was ist das?« Ich konnte es nicht erkennen, weil er den Beutel vor meiner Nase hin- und herschwenkte wie eine Fahne.

Kubitschek bleckte die Zähne. Sein Gesicht nahm eindeutig wölfische Züge an. »Eine Opernkarte.«

Du meine Güte, woher sollte ich denn wissen, wie diese Karte dahingekommen war?

»Vielleicht ist der rechtmäßige Besitzer des Autos ein Opern-Fan?«, bot ich das Naheliegendste an. »Die Kölner Oper soll wirklich erstklassig sein. Ich war zwar noch nie da, aber meine Oma hat immer von den Kostümen geschwärmt. Der Chor hat einen hervorragenden Ruf, soweit ich wei…«

»Da steht Ihr Name drauf. Handschriftlich.«

Meinte er jetzt ein unbestimmtes »ihr« oder jemanden im Speziellen? Entweder ich stand auf dem Schlauch, oder Kubitschek gab sich absichtlich nebulös. Jetzt, wo er sich so aufregte, stellte ich fest, dass sich seine kurzen braunen Haare lockten, wenn er Schweißausbrüche bekam. Irgendwie niedlich. Allerdings fing ich ebenfalls zu schwitzen an, was gar nicht niedlich war.

»Mathilde Blum.« Seine Hand drückte sich samt Beutel zur Faust zusammen und dirigierte vor meinem Gesicht nach einem Lied, das ich nicht hören konnte. »Wie kommt eine Opernkarte mit dem Namen Mathilde Blum auf der Rückseite in das verfluchte Fluchtauto der Katze?« Kubitschek zog die Augenbrauen zusammen, so dass er mich an Frida Kahlo erinnerte. »Sie haben mir versprochen, nichts anzufassen.«

Meine Gedanken rasten. Mein Name stand auf der Karte. War es dieselbe Handschrift wie auf der Musikkassette? Kubitschek musste denken, dass diese Eintrittskarte mir gehörte und ich sie beim Rumschnüffeln verloren hatte.

»Tja«, sagte ich gedehnt und hangelte hilflos nach Worten, um dann nach einer Pause meine Schultern demonstrativ hängen zu lassen. »Es tut mir leid. Ich wollte bloß einen kleinen Blick in das Auto werfen und sehen, ob ich darin einen Hinweis auf den Aufenthaltsort der Katze finde. Vielleicht eine Tankrechnung oder so. Und dabei muss ich wohl … diese Eintrittskarte … also meine Eintrittskarte verloren haben.«

Warum um Himmels willen sagte ich das? Diese Eintrittskarte gehörte so wenig mir wie die Luft, die ich im Augenblick durch die Zähne sog. Allerdings – wenn mein Name draufstand, gehörte sie wiederum doch mir, oder? Während meiner Rede hatte ich direkt zusehen können, wie sich Kubitscheks Gesicht entspannte. Offenbar konnte er es lediglich nicht leiden, angelogen zu werden, und allein die Tatsache, dass ich ihm das gerade gebeichtet hatte, schien ihn wieder versöhnlich zu stimmen. Direkt bekam ich ein schlechtes Gewissen. Aber wenn die Katze den Wagen auf dem firmeneigenen Parkplatz von Secur-SORGLOS abgestellt hatte, dann vielleicht nur, damit ich ihn entdeckte, durchsuchte und die Eintrittskarte fand. Diese Eintrittskarte war eine Botschaft an mich. Eine Botschaft. An mich.

Es wäre geradezu frevelhaft, diese Botschaft nicht entgegenzunehmen. Hoffentlich sah Kubitschek nicht, wie meine Hände vor Aufregung zitterten. »Ihnen ist schon klar, dass wir nun zum Vergleich Ihre Fingerabdrücke aufnehmen müssen?«

»Selbstverständlich«, sagte ich schnell, bevor Kubitschek länger über meine Erklärung nachdenken konnte und sie doch noch in Zweifel zog. »Ich habe aber außer dem Türgriff wirklich nichts angefasst. Die Karte muss mir aus der Tasche gefallen sein, als ich mein Handy herausgeholt habe, um ein Foto zu machen«, improvisierte ich.

»Was haben Sie fotografiert?« Das Misstrauen kehrte in sein Gesicht zurück.

Ich winkte ab. »Nur das Auto von innen. Wissen Sie nicht, dass Elvis Presley genau dasselbe Auto gefahren hat? Meine Oma vergöttert Elvis Presley. Ich dachte, sie würde sich freuen, wenn ich ihr Bilder davon zeige.«

Kubitschek zog die Eintrittskarte aus dem zerknitterten Beutel und reichte sie mir, dabei meinte ich, für einen kurzen Augenblick ein Funkeln in seinen Augen zu sehen, aber das bildete ich mir bestimmt nur ein.

Ich nahm die Karte und gab mir Mühe, nicht allzu siegesgewiss auszusehen, auch wenn es schwer war, dann steckte ich sie in meine Gesäßtasche.

»Moment noch«, sagte Kubitschek. »Welchen Sitzplatz haben Sie?« Als ich ihn nur dämlich anstarrte, wurde er ungeduldig. »Auf der Eintrittskarte – welche Sitznummer steht drauf?« Er fuchtelte mit der Hand. »Sitzen Sie im Parkett oder auf dem Balkon?«

Woher sollte ich das wissen? Das ging ihn eigentlich

auch nichts an. »Parkett, Reihe vier, Platz siebzehn«, sagte ich, ohne mit der Wimper zu zucken. Mit einem Nicken wandte Kubitschek sich ab und murmelte: »Aber wegen der Fingerabdrücke kommen Sie spätestens morgen ins Präsidium.«

»Kein Problem. Ach«, fiel es mir gerade noch ein, »Kommissar Kubitschek?«

»Was ist denn noch?«

Ich nahm meinen ganzen Mut zusammen, bevor ich erneut Luft holte. »Wenn Sie wissen, wer der Eigentümer des Wagens ist, können Sie mir dann Bescheid geben?«

»Ganz sicher nicht!«

Einen Versuch war's wert gewesen. »Ich verstehe«, sagte ich und blickte zu Boden. »Dann ist da nur noch eine Sache. Und zwar ist es so, dass … also … Falls Sie zufällig im Auto eine silberne Uhr finden sollten …«

Kubitscheks Augenbrauen rollten in die Höhe. Er sah aus, als würde er gleich einen Blitzschlag erwarten.

»… dann könnte es sein, dass sie von mir ist.« Ich schlackerte mit dem linken Arm, dessen Verband Kubitschek jetzt erst zu bemerken schien. »Eben hatte ich sie nämlich noch an.«

»Das ist jetzt nicht Ihr Ernst.«

»Leider ja.« Es war nicht schwer, ehrlich zerknirscht

auszusehen, denn der Verlust von Uropa Manfreds Uhr hatte mich wirklich getroffen. »Auf der Rückseite sind meine Initialen eingraviert. MB. Es ist also ganz einfach, sie zu identifizieren. Sie müssen sie nicht ins Fundbüro bringen. Oder so«, fügte ich hinzu.

Mit einem Grollen wandte Kubitschek sich von mir ab und stapfte von dannen. »Von Idioten umgeben. Nur von Idioten umgeben«, ranzte er vor sich hin.

KAPITEL 8

Ich überlegte noch, ob ich wegen Kubitscheks letzter Aussage beleidigt sein sollte, als ich mit schweren Beinen in das Büro zurückkehrte. Auf dem Weg wickelte ich den Verband von meinem Arm und stellte fest, dass ich ihn gar nicht gebraucht hätte, denn die kleine Bissstelle war kaum noch zu sehen. Gina klebte an der Fensterscheibe und hatte, so vermutete ich, dort jede Regung von unserem Kommissar verfolgt. Im Umdrehen tippte sie auf ihr Handgelenk. »Du musst noch die Verträge durchgehen, die ich dir auf den Schreibtisch gelegt habe. Die Hauspost geht um elf Uhr raus.« Es klang trotzdem sanft, als müsste ihre Stimme sich erst mühsam aus dem Schlaf kämpfen.

»War der Commissario sehr im Stress?«, erkundigte sie sich. »Er sah angespannt aus. Bestimmt hat er in letzter Zeit viel zu viele Überstunden gemacht, der Ärmste.«

Ich wollte schon fragen, wie sie das auf diese Entfernung hatte erkennen können, entdeckte dann aber das kleine elegante Fernglas auf dem Fensterbrett. Gina war hervorragend ausgestattet. »Ich glaube, es geht ihm ganz gut. Immerhin gut genug, um mich mit Vorwürfen zu bombardieren.«

»Du musst mehr Verständnis für ihn haben. Er ist schon viel länger hinter der Katze her als wir. Bestimmt hat er kein Privatleben mehr, weil dieser Typ ihn so auf Trab hält. Seine Frau wird schon gar nicht mehr wissen, wie er aussieht.« Sie besah sich ihre Fingernägel. »Er hat doch eine Frau, oder?«

»Soweit ich weiß, ist er Single.«

Ihre Miene hellte sich auf. »Kein Wunder, dass er oft so schlecht gelaunt ist.«

Möglich. Wobei ich eher vermutete, dass es eine Charaktereigenschaft war. Ich schlug die Mappe auf, die zuoberst auf meinem Schreibtisch lag. Zurück zum Tagesgeschäft. »Haben wir inzwischen die Risikoanalyse erhalten, die wir für diese Ehefrau aus Lindenthal brauchen?«

»Ist alles beim Gutachten dabei.«

Die Unterlagen vor mir waren alle mit dem firmeninternen Stempel NO LIMIT bedacht worden, was bedeutete, dass der Entwurf nicht auf einer der klassischen Versicherungen beruhte. Es ging bei meinen Fällen nicht um Haftpflicht-, Unfall- oder Risikolebensversicherungen. Mit NO LIMIT wurden unsere Verträge markiert, die keinen Regeln folgten. und die ich für mich »Phantasie-Verträge« nannte. (Natürlich nicht in Gegenwart der Chefetage.) NO LIMIT waren die operierten Brüste, die auch nach zehn Jahren noch nicht außer Form geraten sein durften, oder die Finger des Musikers, die Platin-Schallplatten bespielten. NO LIMIT waren die irrationalen Ängste, die Wahnvorstellungen und die skurrilen Absonderheiten. Auch die Versicherung der Millennium Twins war unter dem Label NO LIMIT zusammengefasst worden.

Ich ging den obersten Vertrag durch. Eine Frau Lauthausen versicherte damit das Risiko, ihren Ehemann an eine Geliebte zu verlieren, die körperlich größer war als sie. Das Ganze war so absurd, dass ich nicht weiter darüber nachdenken wollte. Nicht dass ihr Mann bereits eine Geliebte gehabt hätte, aber er sah sich überdurchschnittlich viele Filme mit sehr großen Frauen an. Kerstin Lauthausen selbst war ein Meter achtzig groß, die Gefahr, dass er jemanden finden würde, die sie noch überragte, war überschaubar. Für die Risikoanalyse waren mehrere Faktoren bewertet worden, wie zum Beispiel die Attraktivität ihres Mannes (gering – er trug einen breiten Oberlippenbart und hatte in der Kindheit vermutlich die Windpocken gehabt und sich gekratzt), seine Spontaneität (ebenfalls gering – er buchte den Familiensommerurlaub bereits im Herbst des vorherigen Jahres), seine Risikobereitschaft (gleich null, da er vierundzwanzig verschiedene Versicherungen bei uns abgeschlossen hatte), seine Internetnutzung (mäßiger Besuch von Pornoseiten) sowie seine Berührungspunkte mit großen Frauen in seinem Arbeitsumfeld. Unsere Risikoanalysten hatten eine Wahrscheinlichkeit von unter drei Prozent ausgerechnet. Das bedeutete, dass sich dieser Mann mit einer Wahrscheinlichkeit von 97 Prozent keine Geliebte über ein Meter achtzig anlachen würde. Trotzdem war Kerstin bereit, monatlich knapp vierhundert Euro zu bezahlen, um diesen unwahrscheinlichen Fall mit einer Million abzusichern. Ich markierte mir im Kalender meines Smartphones das morgige Datum, das ich besonders im Auge behalten wollte. Es war der Tag, an dem die Dreimonats-Frist ablaufen würde. Sollte Herr Lauthausen innerhalb von drei Monaten nach Vertragsabschluss eine Geliebte haben, mussten wir nichts zahlen, danach stand seiner Frau jedoch die volle Schadenssumme zu. Um einen Betrug sicher auszuschließen, würde ich ihn nach der magischen Grenze genau im Auge behalten.

Eigentlich kurios, dass ihr Mann so viele Versicherungen bei uns abgeschlossen hatte, überlegte ich. Weit mehr, als es dem Durchschnitt entsprach. Auch beide Autos der Familie waren bei uns versichert – so stand es in der Akte. Bei dem Thema Auto kam mir gleich wieder die Katze in den Sinn. Schade, dass Kubitschek bei dem Fluchtauto so uneinsichtig war und mir den Eigentümer nicht verraten wollte. Hatte er denn immer noch nicht kapiert, dass wir auf derselben Seite standen? Wenn wir Hand in Hand arbeiten würden, stünden die Chancen, die Katze bald zu erwischen, deutlich höher. Secur-SORGLOS war der größte Versicherer der Region. Es gab kaum ein Auto, das nicht bei uns versichert war …

O Mann.

Ich schnappte mir den Telefonhörer und wurde vor Aufregung ganz kurzatmig. Immerhin möglich, wenn nicht sogar sehr wahrscheinlich, dass der Besitzer des Fluchtautos auch zu unseren Kunden zählte. Wenn es so war, dann würde ich es in Nullkommanix herausfinden, und Kubitschek konnte mir den Buckel runterrutschen. Das hieß, Esther würde es für mich herausfinden!

* * *

Fünf Minuten später wusste ich, wie der Besitzer des BMWs hieß. »Ein Herr Berg«, warf ich Gina breit grinsend den Namen hin. Meine Begeisterung wurde dann allerdings durch ein winziges Detail getrübt. Ich kannte diesen Mann und hatte ihn in nicht allzu guter Erinnerung. »Dr. jur. Berg. Ich bin wirklich erleichtert, dass wir den Autobesitzer in der Kundenkartei haben, aber es hätte jetzt nicht unbedingt dieser Anwalt sein müssen.«

»Hast du Angst, dass er uns verklagt?« Gina beugte sich über den Zweiplattenherd im Büro, auf dem ihr Espressokocher gerade seinen Inhalt hochröchelte.

»Das nicht, aber Anwälte sind einfach anstrengend. Man bekommt nichts aus ihnen heraus, und sie sind so furchtbar kritisch. Außerdem war ich schon mal bei ihm zu Hause wegen eines Versicherungsfalls.« Es war Monate her, aber ich erinnerte mich gut an den Tag, weil ich damals etwas verloren hatte. Mein Lieblingstuch aus Seide. Es war schwarz mit weißen Punkten, und ich vermisste es schmerzlich. Ich beobachtete Gina, die angefangen hatte zu schnaufen und Milch mit rhythmischen Handbewegungen aufschäumte. »Ich weiß nicht, warum du immer noch dieses Hand-Dingens benutzt. Was ist mit dem elektrischen Milchaufschäumer, den du beim Weihnachtswichteln von einer äußerst netten und aufmerksamen Kollegin geschenkt bekommen hast? Oder einem Kollegen«, fügte ich schnell hinzu. »Ist der schon kaputt?«

»Du glaubst doch nicht im Ernst, dass ich so ein Ding benutze«, ächzte sie vor Anstrengung. »Der Schaum wird darin fest wie Beton. Den kann man höchstens noch Frau Sprenke für ihr Hairstyling anbieten.« Endlich war sie fertig. Mit einer geübten Bewegung goss Gina den halbflüssigen Schaum in die Tassen und kratzte den Rest mit einem Löffel aus, den sie anschließend ableckte. »Aber ich weiß genau, dass du es warst, die ihn mir geschenkt hat, Ciccina, und das war sehr lieb von dir.« Sie stellte eine Tasse vor mir ab.

»Grazie«, sagte ich automatisch und fuhr mit dem Zeigefinger den Henkel entlang. Die Notiz mit der Adresse des Autobesitzers lachte mich an. Es war nicht so, dass ich es kaum erwarten konnte, dorthin zu fahren, und ich würde mir auch eine gute Erklärung für meinen Besuch einfallen lassen müssen. Dann fiel mir die Opernkarte in meiner Gesäßtasche wieder ein, und ich holte den Zettel hervor. Bis zur Aufführung am Samstag würde ich mich in Geduld üben müssen, aber ich fragte mich doch, warum es ausgerechnet diese Oper sein musste. »Hast du schon mal eine Oper von Giacomo Puccini gesehen?«

Gina nippte an ihrer Tasse und schien die Wand hinter mir besonders interessant zu finden.

»Ich habe eine Eintrittskarte geschenkt bekommen«, fuhr ich fort, ohne auf eine Reaktion von ihr zu warten. »Turandot. Leider habe ich keine Ahnung, worum es geht. Ist das irgendwas Lustiges?« Ich hoffte jedenfalls sehr, dass es nichts Dramatisches sein würde.

»Woher soll ich das wissen?«

»Du bist doch Italienerin.«

»Macht mich das zu einer Opernspezialistin?«

»Natürlich nicht. Aber ich habe gehofft, du könntest mir sagen, worum es darin geht, damit ich nicht völlig unwissend dorthin gehe.«

Gina stellte ihre Tasse so heftig ab, dass der Tisch mit hellbraunen Tropfen besprenkelt wurde. »Steht bestimmt alles bei Wikipedia.« Mit steifen Beinen stand sie auf, um einen Lappen zu holen. Im Vorbeigehen nahm sie ihre Lesebrille auf und versteckte ihre Augen hinter dem dicken Gestell.

»Turandot ist eine chinesische Prinzessin«, kam es von der Tür. Ich hatte nicht mehr damit gerechnet, dass Kunkel heute noch ins Büro kommen würde und war froh, als ich sein rundes Gesicht auftauchen sah. »Eine grausame Prinzessin, die alle ihre Freier köpfen lässt, wenn sie ihre drei Rätsel nicht lösen können.« Seine Wangen waren rot wie zwei Äpfel und die Lippen darunter glänzten, als hätte er noch einen Rest Butter vergessen abzulecken.

»Herr Kunkel, Gott sei Dank, ich dachte schon, Sie wären krank.«

»Meine Tochter.« Er fuhr sich mit einem Taschentuch über die verschwitzte Stirn und schob es in die Brusttasche seines kurzärmligen Hemdes. »Sie hat sich die ganze Nacht übergeben. Ich musste die Kinder in den Kindergarten bringen.«

»Oje, das tut mir leid. Hoffentlich geht es ihr bald besser.« Ich schob meine Cappuccinotasse von mir weg. Der Schaum war erkaltet und klebte am Tassenboden, und ich hatte nichts, um ihn auszulöffeln. Meine Gedanken kehrten zu der Oper zurück. »Freier zu köpfen klingt nicht sehr romantisch«, murmelte ich und überlegte, warum sich jemand freiwillig so etwas anguckte.

Kunkel stellte seine Aktentasche auf den Schreibtisch und fing an, seine Utensilien akribisch genau neben der Schreibunterlage zu platzieren. Er hatte dabei ein System, dem ich nicht folgen konnte, denn manche Teile sortierte er nach Größe – wie etwa sein Konvolut an Bleistiften – andere nach der Farbe von hell nach dunkel. (Er hat fünf verschiedenfarbige Anspitzer und Radiergummis.)

»Ohne Drama wäre es keine Puccini-Oper.« Kunkels Fältchen vertieften sich, und nachdem er sich gesetzt hatte, sah er Gina und mich mit aneinander gespreizten Fingerspitzen an. Wir liebten es, wenn Kunkel in dieser Stimmung war, und ich kam mir jedes Mal vor, als wäre ich fünf Jahre alt und Kunkel ein Großvater, der mir gleich ein Bonbon Werthers Echte reichen würde.

Ein Blick zu Gina bestätigte mir, dass auch sie an seinen Lippen hing.

»Natürlich gibt es in dieser Oper einen unbekannten Prinzen, der sich unsterblich in die grausame Prinzessin verliebt«, begann er und nahm seine Brille ab, um sorgfältig über die Gläser zu reiben. Während er sie putzte, sagte er keinen Ton, als müsse er sich voll und ganz auf diese eine Tätigkeit konzentrieren. Erst als er sie wieder aufgesetzt hatte, sprach er weiter. »Es ist Calaf, der Sohn eines entthronten Tatarenkönigs, der die Prinzessin eigentlich verfluchen wollte. Doch beim ersten Blick auf Turandot ist es um ihn geschehen, und er lässt sich nicht davon abhalten, das Risiko ebenfalls einzugehen und um sie zu werben. Und weil er ein intelligenter Junge ist, schafft er es auch, die drei Rätsel der Prinzessin zu lösen. Sie ist darüber entsetzt, denn nun muss sie, so will es das Gesetz, den fremden Mann heiraten.« Gina und ich seufzten leise.

Kunkels Stimme weckte uns aus dem sehnsüchtigen Schweigen. »Doch Turandot weigert sich. Aber keine Bange«, er hob beschwichtigend die Hand. »Calaf lässt sich davon nicht beeindrucken, aber er möchte natürlich keine Braut, die dazu gezwungen werden muss, ihn zu heiraten. Er möchte ihre Liebe! Und so gibt er der Prinzessin seinerseits ein Rätsel auf. Sollte sie es lösen, dann würde er auf seine Ansprüche verzichten und sich von ihrem Henker töten lassen.«

»Was für ein Rätsel?« Mir fiel auf, dass ich an meinem Daumennagel gekaut hatte, und hastig schob ich die Hand zwischen meine Oberschenkel. Gina war auf ihrem Stuhl nach vorn gerutscht, ihr geöffneter Mund formte ein stummes O.

»Das ist jetzt ein bisschen wie bei Rumpelstilzchen«, sagte Kunkel schulterzuckend. Es hatte den Anschein, als wäre er von diesem Teil der Handlung nicht sonderlich begeistert. »Turandot muss bis zum nächsten Morgen den Namen des Fremden herausfinden. Der Name ist die Lösung. Und so verbietet sie dem ganzen Land, in dieser Nacht zu schlafen. Alle sollen mithelfen, die Identität des fremden Prinzen zu lüften.«

»Ich frage mich«, warf Gina unvermittelt ein, »was der Prinz bloß an dieser fiesen Prinzessin findet. Wenn er wirklich so intelligent ist, warum interessiert er sich für eine Frau, die Männer köpfen lässt?« Mit vorgeschobener Unterlippe und gerunzelter Stirn sprach Gina nur das aus, was ich auch gerade gedacht hatte. »Das ist eigentlich wie mit unserer Katze. Wir versuchen auch, die Identität eines Mannes zu lüften, genau wie Turandot.«

Das stimmte. Und vielleicht war das der Grund, warum mir die Katze eine Eintrittskarte für ausgerechnet diese Oper zugespielt hatte. Ich hoffte nur, ich würde nicht geköpft werden.

KAPITEL 9

Ich stellte die Vespa ab und dachte einen verwegenen Moment daran, den Schlüssel stecken zu lassen. Ein wohliger Schauer rieselte meinen Rücken hinunter, aber dann siegte doch die Vernunft, und der Zündschlüssel verschwand in meiner Hosentasche. Es gab Dinge, die konnte man nicht einfach so ablegen, und mein Sicherheitsbedürfnis gehörte eindeutig dazu, auch wenn der Weg vom Parkplatz bis zur Haustür des Anwalts nur wenige Meter betrug. Kunkel hatte den Dienstwagen genommen und direkt hinter mir geparkt, aber da er gleich nach unserem Gespräch bei Dr. Berg zum Kindergarten fahren musste, konnte er mich nicht mitnehmen. In meiner Handtasche summte eine Melodie, und ich drückte den nächsten Anruf von Dominik auf meinem Handy weg. Meine Güte, war der heute hartnäckig!

Meine Füße wateten durch ein Gemisch aus Staub und verblühten Rosenblättern. Die Hitze war hier im Wohngebiet deutlich erträglicher, trotzdem flirrte die Luft, und ein Schwarm winziger Mücken wehte mir ins Gesicht.

Ein Auto fuhr vorbei, und die Musik, die aus dem Radio drang, tönte auf wie ein Schluckauf.

»Ruhig Blut.« Kunkel drückte mir die Hand. Woher er wusste, dass ich nervös war, konnte ich nicht sagen, aber ich war verdammt nervös.

»Genau so stellt man sich das Haus eines Juristen vor.« Kunkels Tonfall ließ vor meinem inneren Auge das Bild eines fallenden Thermometers aufleben. Offenbar standen Juristen auf seiner Hitliste der Kunden nicht besonders weit oben. Eine Sache, die uns beide einte. Nun deutete er auf eine demonstrativ an der Hauswand montierte rote Leuchte. »Wer solche Alarmanlagen installiert, hat auch eine Menge zu schützen.«

Das wiederum einte Dr. jur. Berg mit all den anderen Bewohnern seiner Straße. Soweit ich sehen konnte, reihte sich eine Villa an die andere, nur getrennt durch meterhohe immergrüne Hecken, schmiedeeiserne Zäune und Hundegebell. Die Einfahrt des Hauses Nummer zwölf wurde normalerweise durch ein Schiebetor verschlossen, das nun jedoch offen stand, als würden wir bereits erwartet.

»Nur Mut«, beendete Kunkel meine innere Diskussion und ging zielstrebig zur modernen Aluminiumtür, die eher zu einem schicken Loft gepasst hätte als zu diesem alten Gründerzeithaus mit den verzierten Mauer-vorsprüngen. Kunkel klingelte gleich zweimal hinter-einander. Als Antwort ertönte ein Summton aus der Gegensprechanlage, es knackste mehrmals, dann hallte eine Stimme überraschend klar aus dem Lautsprecher über der Tür. »Gehen Sie bitte direkt ins Büro, zweite Tür rechts neben dem Eingang, ich bin gleich bei Ihnen.«

Es surrte. In Anbetracht meines letzten Besuchs – ich hatte nicht das Gefühl, Dr. Berg sonderlich sympathisch gewesen zu sein – hatte ich erwartet, eine Leibesvisita-tion erdulden oder wenigstens meinen Ausweis zeigen zu müssen, deshalb brachte mich der Türöffner aus dem Konzept. Während ich noch auf die Glasscheibe starrte, hatte Kunkel sich schon mit ganzem Gewicht gegen die Türklinke gestemmt und betrat zielstrebig den Flur. Ich folgte ihm mit wackeligem Schritt. Der Flur war eher eine Eingangshalle, in der man Bälle hätte abhalten können. Oder Paraden.

Gemeinsam mit Kunkel betrat ich das Arbeitszimmer, dessen Tür offen stand. »Wie kuschelig«, sagte er mit hochgezogener Nase. Kunkel hatte vollkommen recht. Es war ultramodern eingerichtet, und erst jetzt fiel mir ein, warum ich mich schon beim ersten Besuch vor Mona-ten unwohl gefühlt hatte. Die Bücherregale reihten sich aneinander wie Zähne. Alles war weiß, lediglich über einem schmalen Glasschreibtisch stachen zwei schwarze Zeiger aus der kahlen Wand – eine Uhr? Selbst der Tisch war bis auf einen Laptop leer, und aus einem Loch ragte ein einzelnes Kabel hervor. Dr. Berg musste eine wahnsinnig akkurate Putzkraft haben, die ihm den Tisch frei hielt. In meinem ganzen Leben hatte ich noch nie einen so aufgeräumten Schreibtisch gesehen. Überhaupt war das Innere des Hauses ganz anders, als man von außen vermutete. Man könnte Teppiche erwarten und Bilder. Jede Menge Originalgemälde aus dem Spätbiedermeier. Dunkles Holz, noch dunkleres Leder und überall Messinglampen. Stattdessen gab es nur Glas und weiße Oberflächen. Oma Juliane sagte immer, dass man von der Einrichtung auf den Geist des Bewohners schließen konnte – demnach musste ich geistig verwirrt, kleptomanisch und ängstlich sein, weil ich nie etwas wegwarf und meine Wohnung chronisch unaufgeräumt war. Dr. Bergs Geist schien so klar wie ein Gebirgsbach, ein Mann, der genau wusste, was er wollte. Ein Mann ohne Schnörkel, geradeheraus. Ein Mann, der mir eine Gänsehaut über den Rücken jagte. »Nehmen Sie Platz.« Die Stimme traf Kunkel und mich in den Nacken, war jedoch überraschend freundlich. Dr. Berg war kaum größer als ich und von schlanker Statur. Als ich seine Hand ergriff, blies ich erleichtert die Luft aus. Sie war weder kalt, noch erfasste sie mich wie ein Schraubstock. Wäre Dr. Berg mir jedoch in der Stadt wiederbegegnet, hätte ich ihn nicht wiedererkannt. Sein Gesicht hatte nichts Markantes. Weder war seine Nase groß noch hatten seine Gene Muttermale in das Gesicht getupft. Seine Haut war so glatt wie die Einrichtung seines Hauses und das aschblonde Haar so stark mit Grau durchmischt, dass es mich an gemörserten Pfeffer erinnerte.

»Dass ich Sie so schnell wiedersehen würde, hatte ich nicht erwartet.« Er lächelte bloß bis zur Nasenspitze. Es war schon Monate her, deshalb murmelte ich nur etwas Undeutliches und setzte mich auf einen der beiden Chromstühle, die vor dem Schreibtisch platziert waren. Kunkel füllte die Sitzfläche neben mir vollkommen aus und erkundigte sich, ob Dr. Berg mit seinem aktuellen Versicherungsschutz zufrieden wäre. Dr. Berg bestätigte das. »Aber deswegen haben Sie sicher nicht um diesen Termin gebeten.« Sein Blick wanderte von meinem Kollegen zu mir.

»Ich habe heute Morgen Ihr Auto gefunden«, platzte es aus mir heraus. Je eher wir zum Punkt kamen, umso schneller konnten wir dieses grässliche Haus verlassen.

Bereits nach wenigen Minuten hatte ich das dringende Bedürfnis nach einem heißen Kakao und Plätzchen.

»Sie waren das also.«

»Es war … Zufall.« O Mann, Tilly, halt die Klappe! Am besten überließ ich Kunkel das Reden. Doch meine Neugierde konnte ich nicht im Zaum halten. »Ist der Wagen direkt vor Ihrem Haus gestohlen worden?«

»Wie?«

Kunkel räusperte sich. »Sie haben das Auto vor zwei Tagen als gestohlen gemeldet.« Sein Tonfall war sachlich. Er hob die Aktentasche auf seinen Schoß und klappte die Lasche nach hinten. Mit einem abwägenden Kopfnicken zog er eine Mappe hervor. »Es handelt sich um einen Oldtimer der Bayerischen Motorenwerke. Ein BMW 507 aus dem Jahr 1956. Ist das richtig?«

Bergs Gesicht hellte sich auf. Er lehnte sich in seinem Sitz zurück, und mit Überraschung stellte ich fest, dass sich sein Lächeln nach oben bewegte. Gedanklich machte ich mir eine Notiz: Sachlicher Tonfall kommt bei Juristen gut an.

»Das ist richtig. Allerdings kann ich Ihnen zu diesem Wagen nicht viel mitteilen, er gehört meinem Sohn.«

»Versichert ist der Oldtimer bei uns seit Januar 2016.«

»Da ist er volljährig geworden.«

Es war nicht sehr überraschend, dass der verwöhnte Sohn von einem Dr. jur. Berg ein superteures Auto zum Achtzehnten geschenkt bekam, trotzdem seufzte ich innerlich. Bei meinem letzten Termin mit Dr. Berg hatte ich seinen Sohn nicht gesehen, nur irgendeinen Mann, der draußen im Garten an der Hecke geschnippelt hatte, höchstwahrscheinlich der Gärtner. Und, das musste ich Dr. Berg zugutehalten, der Garten war wirklich das Einzige, was er gut hinbekommen hatte. Er wirkte gepflegt, aber nicht überpflegt und hatte, im Gegensatz zu seinem Haus, auch noch liebevolle Ecken, in denen etwas rumlag wie zum Beispiel eine alte Gießkanne oder ein rostiges Sieb, das mit Sukkulenten bepflanzt worden war. Und es gab Rosen. Rosen über Rosen. Alle im gleichen zartrosa Pastellton, wenn sie inzwischen auch schon fast verblüht waren. Kunkel brummte, schlug die Mappe auf und fuhr mit dem Zeigefinger in einer langen Linie über ein schneeweißes Stück Papier. Ich schielte angestrengt zu ihm hinüber und konnte es nicht fassen. In dieser Mappe stand nichts. Überhaupt gar nichts. Kunkel musste eben auf die Schnelle ein paar leere Blätter zusammengetackert haben.

»Von diesem Modell wurden in den fünfziger Jahren nur 254 Stück produziert. Nach unseren Recherchen wird der Wagen in Sammlerkreisen mittlerweile mit einem Verkaufspreis von über einer Million gehandelt.«

»Tatsächlich?« Berg lächelte unbestimmt in den Raum. Er wusste es. Natürlich wusste er es! Ich fragte mich, was Berg mit diesem demonstrativen Desinteresse bezweckte. Außerdem stand ich gerade unter Schock. Hatte ich wirklich ein Auto angefasst, das eine Million wert war? Und die Katze hatte dieses Auto einfach so abgestellt, ohne es abzuschließen? Mir wurde schummerig.

Kunkel friemelte umständlich ein Taschentuch aus seinem Jackett und tupfte sich damit über die verschwitzte Stirn. »Bereits zum Zeitpunkt des Abschlusses war der Wagen unterversichert. Ich kann leider nicht mehr nachverfolgen, wie dieser Vertrag zustande gekommen ist«, gab er zu. »Aber es wurde damals nur ein Wert von 25 000 Euro angerechnet.«

»Welch ein Glück, dass er nun wieder da ist, nicht?« Dr. Berg saß so entspannt auf diesem höllisch unbequem aussehenden Stuhl, als wartete er auf die nächste S-Bahn. »Wenn er nicht beschädigt wurde, werden wir diese Versicherung schließlich nicht in Anspruch nehmen müssen.«

»So kann man es auch sehen.« Kunkel schlug die Mappe zu und legte sie vor sich auf dem Tisch ab. »Der Vertrag muss trotzdem angepasst werden, damit der volle Wert abgedeckt ist. Es sei denn, wir nehmen eine Klausel zum Unterversicherungsverzicht auf.«

»Dann tun Sie das doch.«

Mir war beim Anblick von Kunkels Taschentuch noch heißer geworden, und allein ein Wort wie Unterversicherungsverzicht hatte zur Folge, dass mir Schweißperlen auf die Stirn traten. Dass Dr. Berg da so kühl blieb, konnte ich gar nicht glauben. Der Mann war wohl durch nichts aus der Ruhe zu bringen. »Hat die Polizei Sie schon darüber informiert, wann der Wagen wieder freigegeben wird?«, fragte ich, um mich auch noch einzubringen und nicht als unqualifiziertes Anhängsel dazustehen. Außerdem hatte ich die Hoffnung auf meine Uhr noch nicht aufgegeben und hätte gern gewusst, wann ich endlich wieder ruhig würde schlafen können.

»Da muss ich Sie an meinen Sohn verweisen. Er hat das Gespräch mit dem zuständigen Kommissar geführt. Herr Kubitschek, wenn ich mich richtig erinnere.«

»Ist Ihr Sohn denn zu sprechen?«

»Bedauerlicherweise ist er nicht da.«

Ich nickte und wartete darauf, dass er mir erklären würde, wann sein Sohn denn da sein würde, aber er besah sich bloß seine rechte Hand, oder genauer gesagt, den dezenten Herrenring, den er am kleinen Finger trug, dann stand er auf und strich sich das Jackett glatt. »Wenn das alles gewesen ist, dann darf ich Sie jetzt bitten zu gehen. Ich erwarte einen Mandanten.«

»Moment!«, platzte ich heraus und warf einen hilflosen Blick zu Kunkel. Der zuckte nur mit den Schultern. Wir konnten doch jetzt nicht einfach so gehen! Wir hatten noch überhaupt nichts erfahren. Anstatt etwas Licht hatte dieser Besuch nur noch mehr Schatten auf die Ermittlungen in der Katzen-Sache geworfen. »Ich habe da noch eine Frage.« Diese Ankündigung machte ich nur, um Zeit zu schinden, was Dr. Berg garantiert merkte. Er legte seine Hand flach auf den Schreibtisch und entfernte ein nicht vorhandenes Staubkorn. »Fragen Sie.«

Okay, frag was, Tilly!

Mir fiel nichts ein. Himmel nochmal, es konnte doch wohl nicht so schwer sein, sich eine Frage auszudenken, die nicht bloß mit dem Wetter zu tun hatte. Ich stand auf und fuchtelte mit den Armen herum, da fiel mein Blick auf die schwarzen Zeiger an der Wand. »Ist das eine Uhr? Ich meine, wie spät ist es? Bitte«, fügte ich noch hinzu, was dem Ganzen aber auch nicht mehr Sinn verlieh. Dr. Berg hob eine Augenbraue. »Ich bin nicht Danni Lowinski, Frau Blum.« Natürlich war er zu gut erzogen, um die Augen zu verdrehen, aber man merkte ihm auch so an, dass er genervt war. »Meine Mandanten zahlen einen Stundensatz von 665 Euro, was bedeutet, dass Sie mich in den vergangenen elf Minuten bereits mehr als hundert Euro gekostet haben. Wenn Sie wissen möchten, wie spät es ist, empfehle ich Ihnen, schaffen Sie sich eine Uhr an.«

Das war mein wunder Punkt. Missmutig sah ich auf die kleine Bissstelle an meinem Handgelenk und dann zu Kunkel, der mit einem »Nun gut« aufgestanden war. Dr. Berg streckte seine Hand zur Zimmertür aus, dann seufzte er. »Ich begleite Sie hinaus.«

KAPITEL 10

Schon wieder klingelte mein Handy. Ich nahm den Anruf zu spät an, sah aber noch, dass es mal wieder Dominik gewesen war. Kunkel hatte sich bereits verabschiedet und war losgefahren, um seine Enkelkinder aus der Kita abzuholen, und ich wollte ein letztes Mal ins Büro, um Gina von meinen Fortschritten – oder vielmehr Nicht-Fortschritten – zu berichten. Ich steckte den Zündschlüssel ins Schloss und tippte den kleinen Engel an, der daran baumelte und mir Glück bringen sollte. Leider war ihm aber ein Flügel abgebrochen, deshalb war das mit dem Glück so eine Sache. Am Ende des Weges sah ich nun einen Radfahrer auf mich zukommen. Mit dem Arm schirmte ich meine Augen vor der tiefstehenden Sonne ab, konnte aber nur eine Silhouette wahrnehmen, der Fahrer huschte als schwarzer Schatten über den Bürgersteig. Mit dem rechten Fuß auf dem Starthebel meiner Vespa trat ich durch und wartete auf das sanfte Tuckern, das auch sofort einsetzte. Ich ließ mich auf den Sitz fallen, und mit einem Bein auf dem Boden drehte ich am

Gas. Nichts geschah. Was war denn jetzt los? Ich drehte erneut am Griff, wobei ich mich ziemlich angestrengt nach vorn beugte. Der Roller bewegte sich keinen Zentimeter, gab nur ein empörtes Brummen von sich, und das Tuckern erstarb.

Mein erster Blick ging zur Tankanzeige. Ich hatte doch hoffentlich nicht vergessen zu tanken? Nein, die Nadel stand über der Hälfte. Ich spielte unschlüssig mit dem Gurt meiner Handtasche, der mir über der Schulter hing, als der Radfahrer mit quietschender Bremse neben mir zum Stehen kam. Ein junger, etwas unscheinbarer Mann mit dunkelblonden Haaren schwang sein Bein über den Sattel.

»Sch-schöne Vespa«, stotterte er und kniff die Augen hinter seinen Brillengläsern wegen der Sonne zusammen. Meinte er das ernst? Das Ding war uralt. Mein Opa war schon damit rumgefahren, und dann war da auch noch diese grässliche Farbe. Das Teil sah aus wie ein Schlumpf!

»Äh, danke«, sagte ich und tat so, als stünde ich nur zum Spaß hier rum. »Ist schon alt.« Ich nahm den Helm ab und hängte ihn über den linken Lenker. Das Bedürfnis, mir durch die platt gedrückten Haare zu fahren, unterdrückte ich. »Eine Primavera.«

Er nickte, sah mir aber nicht ins Gesicht. »W-wurde bis 1982 gebaut, ich schätze aber, dass Ihr Modell noch aus den Sechzigern stammt.« Er runzelte die Stirn und schob sein Rad an mir vorbei. »Siebenundsechzig, höchstens achtundsechzig. Aber egal. V-viel Spaß noch damit.« Er machte Anstalten, mich stehenzulassen.

»Warten Sie!« Ich sprang auf und klappte den Ständer runter. »Kennen Sie sich damit aus?« Es ging mir zwar gegen den Strich, einen wildfremden Mann um Hilfe zu bitten, aber irgendwann wollte ich auch mal wieder nach Hause. Außerdem vibrierte jetzt schon wieder mein Handy bei einer eingehenden Nachricht.

»Ein w-wenig. Habe schon öfter alte Sachen repariert. Ich mag alte Sachen.«

Mein Blick ging kontrollierend zu seinen Füßen. Er trug fast schon prähistorische Chucks, deren Schnürsenkel ausgefranst waren. Ganz offensichtlich mochte er alte Sachen. Außerdem hatte seine Brille einen sehr altmodischen dunkelbraunen Rand, so dass man förmlich darauf wartete, eine 70er Jahre-Stimme aus dem Off zu hören, die verkündete: »Hier ist das deutsche Fernsehen mit der Tagesschau … ta ta ta taaa … Guten Abend meine Damen und Herren …«

»W-ollen Sie nicht rangehen?«

Ich hatte gar nicht gemerkt, dass mein Handy klingelte, und vermutete ein Ablenkungsmanöver, um mir zu entkommen. Der Brillenmann schien schüchtern zu sein. Unbestimmt nickte er in Richtung meiner Tasche, aus der – und das nahm ich erst jetzt wahr – »Un homme et une femme« von Francis Lai dudelte. Oma Juliane war von den Funktionen meines Handys sehr fasziniert gewesen und hatte mir diesen Song als Klingelton ausgesucht. Nun rollte ein melancholisches »Daba daba dab, daba daba da« wie Murmeln über die Straße. Peinlich berührt kramte ich in der Tasche nach dem Ausschaltknopf und blies erleichtert die Luft aus, als das Dudeln verstummte. »Ist nicht so wichtig.«

»Woher wollen Sie das w-wissen, wenn Sie gar nicht draufgeguckt haben?«

»Intuition«, sagte ich und schielte diesmal auf meine eigenen Füße. »Ich komme hier nicht weg. Der Roller springt zwar an, geht aber wieder aus, wenn ich losfahren will. Können Sie mir helfen?«

»Verstehe.« Ohne große Worte schob er sein Rad zur Seite und lehnte es an den massiven Zaun, der das Grundstück von Dr. Berg abgrenzte.

»Ist der Tank voll?«

»Ich bin doch nicht blöd«, platzte es aus mir heraus.

Jetzt grinste er, und ich bemerkte, dass sein rechter Eckzahn ein winziges bisschen schräg stand, was ich überraschenderweise sehr charmant fand. »Dann erübrigt sich wohl auch die Frage, ob der Benzinhahn aufgedreht ist. O-oder?« Weil ich nicht antwortete, ging er in die Hocke und untersuchte geübt meine Maschine. Er straffte sich, drehte den Zündschlüssel um und startete den Motor. Als er den Gasgriff drehte, passierte ebenso wenig wie bei mir, was mich erleichterte. Wenigstens kein Vorführeffekt!

»Ich schätze, der Gaszug ist gerissen. Passiert ziemlich häufig und ist auch k-kein großes Ding. Wenn Sie wollen, ziehe ich Ihnen einen neuen Draht ein. Dauert vielleicht zehn Minuten. Nur wenn Sie w-wollen«, wiederholte er, als wäre es ein unmoralisches Angebot und ihm ein wenig unangenehm.

»Das würden Sie machen?« Ich konnte mein Glück kaum fassen. »Das wäre super. Es ist egal, wie lange es dauert, Hauptsache ich komme heute überhaupt noch nach Hause.« Ins Büro musste ich schließlich nicht unbedingt. »Aber wo …« Meine Hand blieb in der Schwebe, und ich sah mich suchend um.

»Wir k-können die Maschine hier in den Schuppen schieben.« Er wartete meine Bestätigung nicht ab, sondern schwang die Vespa nach vorn und ließ dabei den Ständer hochklappen. Mit Überraschung stellte ich fest, dass er ohne zu zögern durch Dr. Bergs Einfahrt steuerte. »Halten Sie das für eine gute Idee? Ich meine, wir können doch nicht einfach so hier in den Hof fahren. Lassen Sie uns lieber einen anderen Platz suchen. Vielleicht gibt es am Ende der Straße …« Ich hielt inne und starrte den Typen an, der abwartend beide Augenbrauen angehoben hatte. Er schien sehr interessiert, meinem Vorschlag zu lauschen, was mich misstrauisch machte. »Sie wohnen nicht zufällig hier, oder?«

Jetzt wirkte er zerknirscht. »Niklas Berg. Ich dachte, Sie hätten mich erkannt. Sie waren doch schon mal hier und haben meinem Vater in einem Versicherungsfall geholfen.«

»Das stimmt, aber …«

»Sie haben mich damals allerdings kaum beachtet. Wahrscheinlich haben Sie mich für den Gärtner gehalten. Alle h-halten mich für den Gärtner.« Er zuckte mit den Schultern, woraus ich nicht schließen konnte, ob er das gut oder schlecht fand.

»Das ist ja auch ein schöner Beruf. Spricht nichts dagegen, Gärtner zu sein.« Soll ihn das jetzt aufmuntern? Tilly halt die Klappe! Andererseits: Musste ich ihn denn aufmuntern? Auch wenn er schüchtern war und vielleicht ab und zu etwas stotterte, das war immerhin der Sohn von Dr. jur. Berg. Der Sohn, der zum Achtzehnten einen Ein-Million-Euro-Oldtimer geschenkt bekommen hatte. Meine Sympathie schwankte. »Wie auch immer, ich bin Ihnen jedenfalls sehr dankbar, dass Sie mir helfen. Kann ich irgendetwas dazu beitragen?«

Niklas wirkte unschlüssig. Dann nickte er und schob den Roller weiter. Der Schuppen hatte seinen Namen nicht verdient, stellte ich fest, als wir ein weiß gestrichenes Holzhaus mit einem Schiebetor ansteuerten. Es gab sicher genug Menschen, die mit Freuden in diesen Schuppen einziehen würden. (Ich zum Beispiel.) Die rechte Hauswand war mit wildem Wein bewachsen und ließ ein vergittertes Fenster frei. Das Innere war angenehm kühl, allerdings auch etwas dunkel. Niklas betätigte einen Lichtschalter, und im nächsten Moment verstand ich, wie sehr er alte Sachen wirklich mochte. Der ganze Raum war mit Gerümpel vollgestellt. »Gehört das alles Ihnen?« Ich deutete auf das Sammelsurium von Kleinmöbeln, zerbrochenen Spiegeln, alten Fensterrahmen, Koffern, Fahrrädern und aufeinandergestapelten Stühlen. Was für ein Kontrast zum Inneren seines Elternhauses!

»Ich mag alte Sachen«, wiederholte er und schob die Brille, die ihm hinuntergerutscht war, mit gekrümmtem Zeigefinger nach oben.

»Das sind ja alles dieselben Stühle.«

Er nickte. »Die habe ich aus einem alten Café. Das Rohrgeflecht ist gerissen, deswegen sollten sie auf den Sperrmüll. W-was eine Schande ist.« Seine Augen wirkten wachsam, als würde er genau beobachten, wie ich darauf reagierte.

»Ja, wirklich eine Schande.« Ich runzelte die Stirn und überlegte, was er in diesen Stühlen wohl Besonderes sah. Es waren typische Kaffeehausstühle, schwarz lackiert und mit gebogener Rückenlehne. Die Sitzfläche musste aus hellem Geflecht bestanden haben, man sah noch Reste daran hängen.

»S-sie haben keine Ahnung, was das für einer ist, oder?« Er seufzte. »Das ist der Stuhl Nr. 14, Michael Thonet hat ihn Mitte des 19. Jahrhunderts entworfen. Die Technik, das massive Holz zu biegen, war damals noch ganz neu. Ein K-klassiker. So etwas wirft man nicht weg, wenn man es irgendwie noch reparieren kann.«

»Natürlich nicht«, sagte ich. »Sie scheinen sich ja wirklich gut mit alten Dingen auszukennen.«

»Sechs Semester am Kunsthistorischen Institut«, gab

er zu. »Danach wollte ich unbedingt etwas mit meinen H-händen anstellen und habe eine Schreinerlehre gemacht.« Er wartete meine Reaktion nicht ab, sondern schob die Vespa auf die freie Stelle vor der Werkbank und holte einen Werkzeugkoffer. »Wollen Sie es s-selbst machen? Dann zeige ich Ihnen, wie es geht.« Er nickte zur Vespa, und mein Blick löste sich nur langsam von den Stühlen. Ich war nicht so der handwerkliche Typ und vor allem nicht besonders erpicht darauf, den Rest des Tages mit schwarzen Rändern unter den Nägeln rumzulaufen. Doch ich traute mich nicht abzulehnen. »Gerne. Dann kann ich es beim nächsten Mal allein, sollte mir noch einmal dieses Dingens reißen.«

»Der Gaszug.«

»Genau das meine ich.«

Ohne Vorwarnung drückte Niklas mir einen Schraubendreher in die Hand und begann mit seinen Anweisungen. Wir brauchten natürlich viel länger, weil ich nicht besonders geübt in solchen Dingen war, und in der nächsten halben Stunde nahm ich seine teils stotternden, teils strengen Kommandos entgegen. Ich schraubte, kontrollierte, friemelte ein kleines Metallplättchen in eine Halterung und schraubte wieder. Am Ende lief mir der Schweiß den Rücken hinunter, und meine Bluse wurde von schwarzen Flecken geziert, aber ich hatte tatsächlich meine Vespa repariert. Mit meinen eigenen Händen.

»Das ist ein tolles Gefühl«, sagte ich, nachdem ich einen großen Schluck aus der Wasserflasche genommen hatte, die Niklas Berg mir zuvor gereicht hatte. »Ich glaube, ich kann verstehen, warum Ihnen das so viel Spaß macht.«

»D-dir«, sagte er und räumte das Werkzeug zurück in den Kasten. Er schlang den übrig gebliebenen Draht um seine linke Hand und rollte ihn auf. »Nach diesem intimen M-moment sollten wir Telefonnummern austauschen und schon mal nach Kindergartenplätzen Ausschau halten. Wir haben immerhin zusammen einen Gaszug repariert.«

Ich kicherte, und das hatte ich bewusst noch nie so getan, deshalb fasste ich mir unwillkürlich an den Mund. »Ich heiße Tilly. Also eigentlich Mathilde, aber so nennt mich niemand.«

»Ich weiß«, sagte er und grinste. »Dein Name steht auf dem Briefkopf von der Versicherung.«

Stimmt, daran hatte ich gar nicht gedacht. Trotzdem wunderte es mich, dass er sich das gemerkt hatte. Ich hatte mich schließlich kein bisschen an ihn erinnern können. Wenn ich ihn so betrachtete, fiel mir auf, dass er, genau wie sein Vater, eher der unscheinbare Typ von nebenan war. Im Lexikon würde neben »Superreicher Topanwalt« auch nicht unbedingte ein Foto von Dr. Berg kleben. Dazu war er einfach nicht prägnant genug. Und Niklas wirkte mit seinen engen Jeans, dem verwaschenen Hemd und seinem Fahrrad auch nicht gerade wie Superman. Abgesehen von seiner Brille, die wirklich originell war. In dem Sportwagen, den die Katze gestohlen hatte, konnte ich ihn mir überhaupt nicht vorstellen.

»Machst du das häufig? Ich meine, alte Sachen reparieren oder restaurieren.« Mit dem Kinn deutete ich auf einen kleinen Kasten, dessen Intarsien teilweise herausgebrochen waren und der ziemlich heruntergekommen aussah. Die Seitenwände waren mit Schraubzwingen zusammengefügt. Daneben lagen mehrere Lagen Holzfurnier in verschiedenen Tönen, Leim und Schleifpapier.

»Schon«, sagte er. »Ich mache es, wenn ich einsam bin.« Er nahm seine Brille ab und rieb den Staub auf den Gläsern mit dem Saum seines Hemdes ab.

Er hatte es so dahingesagt, als wäre es kaum der Rede wert, aber mir versetzten seine Worte einen Stich. Wenn ich einsam bin. Das hatte ich noch nie jemanden sagen hören. Normalerweise behaupteten Menschen immer, nie einsam, sondern höchstens ab und zu allein zu sein.

Seit Oma bei mir wohnte, war ich nicht allein gewesen, aber ich kannte die Momente, wenn die Geräusche um einen herum durch ein Netz fielen und man selbst ganz still wurde. Die Momente, wenn man sich wünschte, die innigsten Gedanken laut aussprechen und ein vertrautes Gesicht sehen zu können, das sie hörte.

»Die Leute werfen echt viel weg. Vielleicht wissen sie nicht, wie wichtig es ist, ihre Sachen regelmäßig in die Hand zu nehmen. Es reicht nicht, sie einfach nur zu besitzen. Man muss sie pflegen. Das ist wie mit einem Garten: Das Wichtigste ist der Schatten, den der Gärtner auf sein Beet wirft. Ich werfe gern Schatten auf Dinge.« Niklas zuckte mit den Schultern, bevor er die Brille wieder aufsetzte. Er hatte hellblaue Augen, die mich irgendwie an die gestohlenen Diamanten erinnerten. *Fancy Vivid Blue.*

»Ich weiß, ich habe mich viel zu wenig um das Teil gekümmert. Denkst du«, ich deutete auf meine Vespa, »wenn man sie ein bisschen herrichten würde, dann wäre sie wertvoll?« Der Gedanke an den Sammlerpreis seines Autos ließ mich einfach nicht los. Was, wenn ich ebenfalls einen kleinen Schatz von meinem Opa geerbt hatte?

Niklas nickte, dann machte er meine Hoffnungen zunichte, indem er breit grinste. »Eher nicht. Von dieser Vespa gibt es Tausende.«

»Schade.«

»Aber sie ist für dich w-wertvoll, oder?« Er sah nach unten und begann, das Blech mit einem fadenscheinigen Lappen abzureiben. »Woher hast du sie?«

»Von meinem Opa. Ich bin als Kind oft mit ihm darauf gefahren. Meine Großeltern sind damit eigentlich überall hingekommen. Die beiden haben viel gearbeitet und in ihrer kostbaren Freizeit Ausflüge gemacht. Wenn ich in ihrem Fotoalbum blättere, sehe ich fast nur Bilder von irgendwelchen Landschaften mit der Vespa im Vordergrund. Gefeiert haben sie natürlich auch.« Ich zog die Nase kraus. »Es gibt Fotos von meinen Großeltern mit Papphütchen auf dem Kopf.«

»Toll.«

Ich horchte auf einen ironischen Unterton, aber er blieb aus. Insgeheim war es mir peinlich, so viel geplappert zu haben.

»Auch mit Luftschlangen um den Hals?«, fragte er mit einem Zucken am Mundwinkel.

»Jeder Menge Luftschlangen«, bestätigte ich.

»So ein Album wünsche ich mir auch. Das Luftschlangenbild wäre d-definitiv mein Highlight. Bevor ich sterbe, erinnere mich daran, mir ein Papphütchen aufzusetzen!«

»Kein Problem. Ich werde es dir aufsetzen, falls du die Arme nicht mehr hochbekommst.« Es war albern, weil wir uns ja gar nicht kannten, trotzdem hatte ich ein warmes Gefühl im Bauch wie ein Schluck heißer Suppe.

»Danke.«

»Wenn du deinen Tod noch eine Zeit lang hinauszögern könntest, würde ich dir eventuell noch etwas helfen.« Ich breitete die Hand aus. »Aufräumen zum Beispiel. Immerhin stehe ich in deiner Schuld.«

»Es ist aufgeräumt.«

»Du hast noch weniger Ordnungssinn als ich«, stellte ich fest. »Sag doch gleich, wenn du mich loswerden willst. Aber okay, ich verstehe den Wink mit dem Zaunpfahl.« Ich zog mein Handy aus der Tasche, um auf die Uhr zu sehen. Noch im Sperrbildschirm wurden mir mehrere WhatsApp-Nachrichten angezeigt. »Oh«, machte ich, als mich die vielen Ausrufezeichen ansprangen.

Ruf mich zurück!!!

Warum gehst du nicht an dein Handy???

Dringend!!!!! Es geht um deine Oma!

Und dann die letzte Nachricht: *Die Polizei ist da.*

KAPITEL 11

Es tut mir leid«, sagte ich. »Ich muss leider sofort los.«

»Wartet dein Freund mit dem Abendessen?« Niklas warf den Lappen ins Regal und schob die Hände in die Hosentaschen, als wolle er bloß nichts mehr berühren, am wenigsten meine Vespa.

Ich schüttelte den Kopf. »Es ist etwas mit meiner Oma. Ich wäre wohl doch besser mal ans Handy gegangen. Sie war heute Morgen etwas durcheinander, und jetzt hat mein Nachbar mir eine Nachricht geschickt, dass die Polizei da ist. Ich hoffe nur, ihr ist nichts passiert.«

»Oh, okay. Du kannst dich ja melden, falls etwas ist. Also mit deiner V-vespa. Wenn ich dir helfen kann, mache ich das gern.« Er kramte auf dem Tisch nach einem Bleistiftstummel. Die Spitze war so eckig wie mit einem Messer angespitzt. »Vielleicht hast du ja irgendwann Lust, sie zu restaurieren. Es würde sich bestimmt lohnen. Wenn auch nicht finanziell.«

Das Papierstück, das er mir reichte, fühlte sich ganz weich an. Ich schob es in die Tasche. »Und falls du mal

Hilfe brauchst bei einer Versicherung ...« Ich ließ den Satz wie einen Ball über den Tisch rollen und kurz vor der Kante stoppen. Fast erwartete ich, dass Niklas etwas sagen würde wie »Ich wünsch dir noch ein schönes Leben« oder dass er den Ball vom Tisch schubsen und den Satz für mich beenden würde. Was er aber nicht tat.

»Ich hoffe, das mit deiner Oma ist nichts Schlimmes.« Er hob die Hand zum Abschied nur bis zur Hüfte und wandte sich dann dem Kasten auf der Werkbank zu.

Ein Dankeschön murmelnd, schob ich meine Vespa aus dem Schuppen. Dann fiel mir noch etwas ein. »Weißt du eigentlich, wann du dein Auto wiederbekommst? Hat Kommissar Kubitschek dir das schon mitgeteilt?«

Niklas wirkte seltsam enttäuscht, als ich ihn das fragte. Ich hoffte sehr für ihn, dass es nicht so lange dauerte, weil er schließlich an dem alten Auto hing, so viel hatte ich inzwischen kapiert. Ich hatte das nicht nur wegen der Katze gefragt. Oder wegen Uropa Manfreds Uhr. Na gut, schon auch wegen der Uhr.

»Morgen früh. Der zuständige Kommissar hat gesagt, die Spurensicherung wäre damit schon durch, er braucht nicht einmal meine Fingerabdrücke für die Vergleichsspuren.«

Das ging aber schnell! Ich nickte, verschwieg Niklas aber, dass der Kommissar meine Fingerabdrücke sehr wohl haben wollte. Hoffentlich hatte ich mit meinem Taschentuch nichts verwischt.

* * *

»Frau Blum.«

»Es tut mir leid, Herr Kubitschek, dass ich Sie schon wieder anrufen muss. Hoffentlich störe ich Sie nicht beim Kaffeetrinken.« Oje, Tilly, das war frech!

»Eher beim Feierabendbier.« Er klang nicht so schlecht gelaunt wie erwartet.

»Oh, ich wusste nicht, dass das Ihre Privatnummer ...«

»Ist es nicht«, unterbrach er mich. »Was wollen Sie? Haben Sie mal wieder etwas entdeckt? Diesmal vielleicht die Diamanten? Den Unterschlupf der Katze?«

Kubitschek schaffte es immer wieder, mich aufzumuntern, dachte ich ironisch. »Sie sind aber optimistisch. Würden Sie mich ein wenig mehr in Ihre Ermittlung einbeziehen, hätte ich bestimmt den ein oder anderen guten Hinweis für Sie, aber so ...«

»Träumen Sie weiter! Also, was kann ich für Sie tun? Mein Bier wird schal.«

Das konnte ich natürlich nicht verantworten. Aber ich musste einem Auto ausweichen, das halb auf der Fahrbahn parkte, und kam kurz ins Straucheln.

»Was ist das eigentlich für ein Krach bei Ihnen? Haben Sie auch so nette Nachbarn, die Rasenmähen, wenn Sie abends auf der Terrasse sitzen wollen? Laubbläser?«

»Keine Terrasse«, keuchte ich und setzte den Blinker. »Ich … o verdammt!« In letzter Sekunde bretterte ich an einem Auto vorbei, das meine Spur kreuzte. Der Fahrer zeigte mir einen Stinkefinger und betätigte lang anhaltend die Hupe.

»Frau Blum, sind Sie etwa gerade auf der Straße?« Ich hörte, wie Kubitschek sich verschluckte und dann sein Bier auf den Tisch knallte. »Telefonieren Sie etwa während der Fahrt?« Es klang nach mindestens drei Fragezeichen, so sehr war seine Stimme angeschwollen. In letzter Zeit war der Kommissar aber wirklich nicht besonders entspannt. »Aber nur, weil es ein Notfall ist. Ich muss mich beeilen.« Ich brüllte gegen den Verkehrslärm an.

»Sind Sie wahnsinnig geworden? Fahren Sie sofort rechts ran! Nach dem neuen Bußgeldkatalog macht das hundert Euro. Bei Gefährdung hundertfünfzig.«

»Du meine Güte, regen Sie sich nicht gleich auf, ich habe ja ein Headset.«

»Aber Sie halten das Handy in der Hand, richtig?«

Konnte er mich etwa sehen? Ich unterdrückte den Impuls, mich nach hinten umzublicken. Kubitschek war wirklich ein alter Fuchs.

»Natürlich nicht. Das Handy ist in meiner Hosentasche.«

»Ich weiß genau, dass Sie mich anlügen.«

»Aber Sie können mir das nicht beweisen. Sie können mich doch gar nicht sehen. Oder doch?« Langsam wurde ich unsicher. Oder paranoid. »Es ist wirklich dringend …«, begann ich.

Kubitschek legte auf.

Ungläubig starrte ich auf das Handy in meiner Rechten, und meine Vespa schwankte bedrohlich. Nicht zu fassen, dass er mich einfach so aus der Leitung geworfen hatte. Ich verlangsamte die Fahrt. Mit grimmiger Miene fuhr ich bei der nächsten Möglichkeit rechts ran, hielt hinter einem geparkten Sprinter und stellte den Motor aus. Erst dann wählte ich erneut Kubitscheks Nummer.

Er ließ mich warten. Es klingelte sechsmal, siebenmal, achtmal. Ich wollte schon aufgeben, da nahm er das Gespräch endlich mit einem »Ja bitte?« an.

»Ich entschuldige mich«, sagte ich zerknirscht.

»Haben Sie einen schönen Parkplatz gefunden?«

»Ja. Ich habe jetzt einen wunderbaren Blick auf eine Werbeanzeige für einen Gebäudereinigungsdienst …«

Er unterbrach mich. »Ist etwas in Ihrer Firma passiert?«

»Nein. Mein Nachbar hat mir eine kryptische Nachricht hinterlassen, dass die Polizei wegen meiner Oma vor der Tür steht. Ich habe keine Ahnung, was los ist. Ich hoffe nur, sie hatte keinen Unfall. Meine Oma geht nicht ans Telefon. Mein Nachbar auch nicht, und ich brauche bei diesem Feierabendverkehr noch mindestens vierzig Minuten bis nach Hause. Können Sie mir sagen, was passiert ist?«

»Warten Sie einen Moment, ich rufe Sie gleich zurück.« Kubitschek war sofort in Alarmbereitschaft. »Und fahren Sie nicht los!«

Mit dem Handy in der Hand wartete ich. Es dauerte nicht lange, auch wenn mir vor Nervosität der Sekundenzeiger in den Ohren tickte. Mit dem ersten Ton von »Un homme et une femme« wischte ich über den Bildschirm.

»Ja?«

»Ich habe mit den Kollegen vor Ort gesprochen. Offenbar hat es einen Streit mit einem Nachbarn gegeben. Ihre Großmutter hat widerrechtlich einen Hund … mehr oder weniger in Gewahrsam genommen. Sie weigert sich, das Tier dem rechtmäßigen Besitzer auszuhändigen.«

»Ach, du Schande.« Die Sache mit dem Hund hatte ich vollkommen verdrängt. »Sind Ihre Kollegen jetzt noch da? O Gott, das tut mir total leid. Oma war heute Morgen so gut gelaunt und hat sich so über diesen Hund gefreut, der ihr zugelaufen ist. Ich wollte mich heute Abend darum kümmern. Wenn ich mit ihr rede und es ihr in Ruhe erklären kann …«

»Die Kollegen haben den Hundebesitzer fürs Erste nach Hause geschickt. Streng genommen ist es Diebstahl, da Haustiere als bewegliche Sache eingeordnet werden. Trotzdem«, er holte hörbar Luft, »nach Paragraph 242 StGB wird Diebstahl mit einer Freiheitsstrafe von bis zu fünf Jahren oder mit einer Geldstrafe geahndet, das kann man auch nicht einfach so abtun. Fahren Sie nach Hause und regeln Sie die Sache mit Ihrer Oma. Wenn sie das Tier herausgibt und es keinen Schaden davongetragen hat, gibt es in diesem Fall keine Wertminderung. Man kann dann von einer fehlenden Zueignungsabsicht ausgehen. Das müssen Sie mal mit einem Anwalt durchgehen.«

»Anwalt?« Mich durchlief es eiskalt.

»Am besten sprechen Sie erst einmal mit dem Besitzer.

Erklären Sie ihm, was mit Ihrer Oma los ist. Vielleicht ist er so nett und sieht von einer Anzeige ab.«

Die Erwähnung einer möglichen Anzeige machte es auch nicht gerade besser. War mir eben noch kalt, wurde mir jetzt wieder heiß. Ich räusperte mich. »Danke. Ich bin Ihnen etwas schuldig.«

»Das will ich stark hoffen.« Er lachte. »Es würde mir schon reichen, wenn Sie demnächst die Finger von abgestellten Fluchtfahrzeugen lassen würden.«

»Mmh.«

»Machen Sie sich keine Sorgen. Ein Bekannter ist bei Ihrer Oma und guckt mit ihr irgendeine Vorabendserie. Damit ist sie sicher noch eine Weile beschäftigt.«

Das konnte nur Dominik sein.

Erleichtert wischte ich mir eine Haarsträhne hinter das Ohr. So nett wie in diesem Moment hatte Kubitschek noch nie mit mir gesprochen. Das war so unerwartet, dass es mir tatsächlich half, ruhiger zu atmen und nicht in Panik auszubrechen. Außerdem brachte es mich dazu, mein Glück noch etwas auszureizen. »Haben Sie eigentlich schon das Ergebnis der Spurensicherung bekommen?«, fragte ich vorsichtig und zog unwillkürlich den Kopf ein in Erwartung eines Donnerwetters.

Kubitschek lachte. »Netter Versuch. Von Ihnen lass ich

mich aber nicht einlullen. Auch wenn Sie versuchen würden, mich mit einer Flasche Sliwowitz zu betäuben – von mir erfahren Sie diesmal nichts.«

»Ich will Sie überhaupt nicht einlullen«, fing ich an, hielt dann mitten im Gedanken inne. »Mögen Sie Sliwowitz?« In meiner Stimme klang ein Hoffnungsschimmer mit, den ich nicht beabsichtigt hatte, aber ich würde ihm wenn nötig einen ganzen Karton davon kaufen. Das wäre es mir wert.

»Vergessen Sie's!«

Enttäuscht seufzte ich auf. Im Hintergrund hörte ich ein Plopp, als der Verschluss einer Bierflasche aufsprang. »Ihre Uhr haben wir übrigens nicht gefunden, tut mir leid. Ich hoffe, sie war nicht so teuer. Und bevor Sie fragen: Sie werden von mir nicht erfahren, wer der rechtmäßige Besitzer des Fluchtautos ist. Suchen Sie sich ein anderes Hobby.«

Hatte ich wirklich eben noch gedacht, wie nett Kubitschek sein konnte?

»Das ist nicht mein Hobby«, empörte ich mich und verschwieg ihm wohlweislich, dass ich längst wusste, wem das Auto gehörte. »Genau wie Sie versuche ich lediglich, meiner Arbeit nachzugehen. Außerdem: Es wäre für uns beide wesentlich fruchtbarer, wenn wir uns zusammentun würden.« Ich zuckte zusammen, weil sich dieser Satz bei genauerer Überlegung doppeldeutig anhörte, und räusperte mich. »Irgendwann bin ich Ihnen vielleicht mal eine Spur voraus. Irgendwann brauchen Sie vielleicht mal meine Hilfe ...«

»Irgendwann gewinnt Köln vielleicht mal die Champions League«, unterbrach Kubitschek mich. Das Nächste, was ich hörte, war ein Klicken, als er die Verbindung unterbrach.

KAPITEL 12

Von wegen Vorabendserie! Auf dem Bildschirm in meinem Wohnzimmer saßen drei Männer in einer Kajüte. Über dem Tisch flackerte eine Blechlampe und tauchte alles in gelb-braunes Licht, während das Schiff um sie herum knarzte und knackste. »Manchmal sieht dich so ein Haifisch richtig an«, sagte Robert Shaw in diesem Moment in Nahaufnahme, seine Stimme intensiv, drängend, »… blickt dir direkt in die Augen. Und da ist etwas Eigenartiges an ihm. Er hat leblose Augen.« Er machte eine Pause, und ich merkte, wie sich die Haare an meinen Unterarmen aufstellten. »Böse, dunkle, tote Augen …«

Oma Juliane kauerte auf dem Sofa. Über ihrem Kostüm hatte sie eine Kittelschürze gezogen und im Schoß zusammengeknüllt, darauf rollte sich der kleine weiße Terrier zu einer Wurst zusammen. Moses schlief wie immer auf ihren Füßen. Es hätte nach einem entspannten Fernsehabend aussehen können, hätte Oma nicht ihre rechte Hand gehoben, um panisch ein Taschentuch auf ihren Mund zu pressen. Dominik saß neben ihr, die Finger reglos im Inneren einer Chipstüte. Man hörte kein Kauen, kein Rascheln, nicht einmal Atemgeräusche.

»Sag mal, spinnst du jetzt völlig?«, entfuhr es mir, und Oma zuckte so sehr zusammen, dass selbst mir das Herz in die Hose rutschte. Sofort formten meine Lippen eine stumme Entschuldigung, meine Schimpftirade galt schließlich Dominik, diesem Blödmann.

»Du liebe Güte! Wie kannst du mich so erschrecken?« Omas Augen waren geweitet, sie hatte trotz Rouge ein kalkweißes Gesicht. Mit einem Schnaufen sank sie nach hinten in das Kissen und tätschelte den Hund, der aufgeschreckt war und ihr hektisch die Hand leckte. Dominik hatte beim ersten Ton von mir ein lautes Quieken ausgestoßen und die Chipstüte fallen lassen. Nun kauerte er auf dem Polster wie ein Fünfjähriger, der Angst hatte, es könnte etwas unter dem Sofa nach seinen Füßen schnappen. Er hatte die Knie fast bis zu den Ohren angezogen.

»Mann, Tilly!« Stöhnend griff er nach der Fernbedienung und drückte die Pausentaste.

»*Der weiße Hai*?«, blaffte ich, und meine Stimme wurde immer lauter. »Du guckst nicht ernsthaft mit meiner Oma *Der weiße Hai*? Hast du sie noch alle?«

Von diesem Vorwurf schien Dominik völlig überrascht. »Moment mal!«, sagte er, beugte sich nach vorn, um unter das Sofa zu lugen, wobei sein Zopf kopfüber nach unten baumelte. Erst nachdem er sich vergewissert hatte, dass kein Hai unter meinem Sofa lauerte, stellte er die Füße vorsichtig auf den Teppichboden. »Das ist ein Kultfilm. Steven hatte damit seinen ersten richtig großen Erfolg. Außerdem ist das die Originalsynchro, nicht die neue. Weiß nicht, was du hast.« Mir klappte der Mund auf. Dominik kapierte aber auch gar nichts. Sah er denn nicht, dass meine Oma sich vor Angst gleich die Nägel abkaute? Sie war schon über achtzig, verdammt. Sie würde die ganze Nacht kein Auge zutun. Ach, was hieß die ganze Nacht? Sie würde in den nächsten Wochen nachts kein Auge zumachen!

Weil ich nichts sagte, sondern vor Fassungslosigkeit immer noch nach Worten suchte, legte Dominik nach. »Du weißt das nicht, aber Steven hat in einer der Strandszenen die erste Klarinette gespielt. Sogar sein Hund hat eine Rolle gekriegt. Ich sach ma so, drei Oscars!«

Er verschränkte die Arme und hob das Kinn, was zur Folge hatte, dass ich wieder nur auf sein Schlangentattoo starrte, das im Halbdunkeln noch bedrohlicher aussah als sonst.

Ich warf einen hilflosen Blick zu Oma, die inzwischen

die verstreuten Chips zusammengekehrt und aufgesammelt hatte. Der kleine Terrier hatte dabei etliche stibitzt. Sie zog Moses die Füße unter dem Po weg, bevor sie sich seufzend entfernte. »Wir sehen den Film besser ein andermal weiter.«

»Du willst mir doch nicht sagen, dass du diesen Horrorfilm wirklich gucken willst? Oma!« Ich war ehrlich entsetzt.

»Ach Gott, ich kann mich ja an gar nichts mehr erinnern. Es ist schon so lange her, dass ich den Film geschaut habe.«

»Ach, du kennst ihn?«

Sie nickte. »Dein Opa und ich waren damals im Kino.« Ihr Blick bekam etwas Verträumtes, was so gar nicht zur Sache passte. Das konnte ja wohl kein besonders romantischer Abend gewesen sein, oder? »Deine Mutter hat bei Tante Anita geschlafen, das weiß ich noch. Und dein Opa und ich sind ins Odeon gegangen. Ein paar Jahre später haben sie das Kino dann in ein Theater umgebaut, aber wir haben noch viele Filme dort geschaut. Dein Opa war ganz begeistert von diesen Agentenfilmen. Die mit dem Engländer.« Sie fasste sich ans Kinn, wo ihr neuerdings schwarze Haare wie Stacheln herauswuchsen, und kratzte sich.

»James Bond.« Dominik nickte begeistert. »Roger Moore war der Beste. Hat ihn siebenmal gespielt, von dreiundsiebzig bis fünfundachtzig.«

Bevor Dominik sich noch weiter in sein Lieblingsthema reinsteigern konnte, unterbrach ich ihn. »Könnt ihr mir mal sagen, warum keiner von euch ans Telefon geht? Ich habe mir Sorgen gemacht.« Ich starrte Dominik drohend an. »Du schickst mir eine WhatsApp mit der Nachricht, dass die Polizei hier ist, und dann vergisst du das Ganze über einem blöden Film? Weißt du eigentlich, wie mies das ist? Wenn ich Kubitschek nicht erreicht hätte, dann …«

Er hob beide Hände und sah dabei so unschuldig aus wie diese Statue in Rio de Janeiro. »Ich sach ma so, alles im Griff. Das mit der Polizei habe ich geregelt. Wir haben dem Typen gesagt, er soll sich verpissen.«

»Dem Polizisten?«

»Quatsch. Diesem Vogel, der deiner Oma den Hund wegnehmen wollte. Das geht ja wohl gar nicht. Hetzt uns die Polente auf den Hals und meint dann, er kann einfach so mit dem Hündchen hier rausspazieren. Dem habe ich gezeigt, wo der Hammer hängt.«

Ich schloss unwillkürlich die Augen und wollte bis zehn zählen, kam aber nur bis circa dreieinhalb. »Es wäre besser für dich, wenn du gehst.« Dann verzog ich die Lippen und ahmte seinen Tonfall nach. »Ich sach ma so: Du spielst mit deinem Leben, ohne es zu wissen. Also verzieh dich in dein Appartement!« Ich schnappte mir ein Sofakissen und warf es ihm an den Kopf.

* * *

Oma saß am Küchentisch, hatte ein Fotoalbum aufgeschlagen und blätterte vorsichtig eines der transparenten Einlegeblätter um, die die Bilder vor Kratzer schützen sollten. Die meisten waren schwarz-weiß und hatten den typischen weißen Rand. Das Format war winzig, ganz anders als die Fotos, die in meinem Kinderalbum klebten. Mit Bleistift hatte Oma unter jedem Bild Ort und Zeit der Aufnahme notiert. Manchmal dazu auch noch einen halben Satz wie »Inge, Käthe und ich auf dem Eselsweg« oder »Wandern macht durstig« unter einem Foto von Opa und ihr, auf dem sie an einem Tisch sitzen, vor sich zwei bauchige Weingläser und im Hintergrund etwas Rheinromantik am Rolandsbogen. Die Vespa war darauf leider nicht zu sehen, dafür aber das Siebengebirge, was in mir sofort Erinnerungen an einen verschwitzten Nacken, Steinchen im Schuh und Belohnungseis weckte.

Nun schlug Oma etliche Seiten zurück und tippte auf ein Bild, das sie in einem durchgeknöpften Sommerkleid und mit einer getönten Brille auf der Nase zeigte. »Da ist Lucy.« Neben ihr saß ein kleiner weißer Terrier mit einer hellbraunen Gesichtshälfte, die Nase frech in den Wind gereckt. »Ich habe sie nach der Schwester von Willi Millowitsch benannt, die ich mit meinen Eltern damals im Theater gesehen habe.«

»Wie alt warst du da?« Ich setzte mich neben sie und beugte mich über das Album. Unter dem Foto stand mit Bleistift und in winziger Schrift 1952.

»Ich bin vierzehn.« Sie sagte es, als ob es nicht in der Vergangenheit läge, sondern ganz aktuell wäre. Als wäre sie mit einem Blick darauf in das Bild gehüpft und augenblicklich wieder das junge Mädchen mit der gehäkelten Handtasche am Arm.

»Oma«, begann ich vorsichtig und holte tief Luft. »Du weißt schon, dass wir den Hund zurückgeben müssen?«

Ihre Hand hielt im Umblättern inne und zitterte dabei, als hätte sie vorher eine schwere Einkaufstüte getragen. Ganz plötzlich hielt sie sich beide Handflächen vor das Gesicht und fing an zu weinen. Ihre schmalen Schultern zogen sich wie unter Schmerzen zusammen, und das brach mir das Herz. Es ging dabei nicht um den Hund. Es ging darum, dass Oma etwas verloren hatte. Ihr Gefühl für die Zeit, für die Vergangenheit und noch mehr für die Gegenwart. In manchen Momenten wusste sie nicht mehr, wo sie war. Sie sprach von ihren Eltern, als hätten sie erst vor ein paar Minuten das Haus verlassen. Von meinem Opa, als würde er sie gleich für ein Rendezvous abholen. Von meiner Mutter, als würde sie ihr Morgen für Morgen ein Schulbrot schmieren. Und sie vergaß, wofür manche Gegenstände zu gebrauchen waren. Nicht nur, dass sie ihre Zähne in die Mikrowelle gelegt hatte, sie hatte auch einen Stapel Weißwäsche in das Gefrierfach gestapelt, wo ich sie vor ein paar Tagen zwischen zwei Pizzakartons entdeckt hatte. Es machte mir Angst. Und jetzt in diesem Augenblick fragte ich mich, wie viel Angst es erst meiner Oma machen musste.

Ich legte den Arm um sie. Als ihr Kopf gegen meine Schulter sank, tropften ihre Tränen auf mein Schlüsselbein. Alles in mir verkrampfte sich, und beim Gedanken an meine Eltern, die lustig einen Segeltörn nach dem anderen unternahmen, spürte ich einen harten Klumpen im Magen. Nach einer Weile beruhigte sich Omas Herzschlag wieder, und das Beben hörte auf. »Ich mache uns Abendbrot«, sagte sie mit erstarkter Stimme. »Dein Opa hat abends immer Wurstsalat mit Essig und Öl gegessen und ein Roggenbrot mit Butter.«

»Und Bier getrunken«, fügte ich hinzu, wobei mir Kommissar Kubitschek in den Sinn kam. »Ist es in Ordnung, wenn ich den Hund dann jetzt zurückbringe? Ich habe die Adresse von der Polizei bekommen.«

Oma überlegte. »Bist du sicher?«, fragte sie. »Bist du denn wirklich sicher, dass wir sie nicht behalten können?« Ihre Stimme war ganz dünn.

»Ganz sicher«, sagte ich und hasste es.

KAPITEL 13

Bestimmt gehörte der Hund einem entzückenden, kleinen Mädchen, das sich die Augen nach ihm ausweinte. Mit diesen Gedanken stopfte ich den Schlüsselbund in die Tasche und warf mir diese über die Schulter, bevor ich den kleinen Terrier auf den Arm nahm. Der Hund roch gar nicht so sehr nach Hund. Nicht wie Moses, wenn der sich an einem Regentag mit Genuss in Aas gewälzt hatte und anschließend vor der Heizung dampfend sein Fell trocknete. Lucy roch etwas süß nach Wiese und, als sie in meinem Arm gähnte, ganz leicht nach Fisch. Oma hatte ihr Lachsöl unter das Futter gemischt, damit ihr stumpfes Fell mehr Glanz bekam.

Es war nicht weit bis zu der Adresse, die mir Kubitschek geschickt hatte. Das Haus befand sich zwei Straßen weiter neben einem Getränkemarkt. An der Wand hing ein bekritzelter Zigarettenautomat, und vor der Tür stapelten sich Werbeprospekte. Zerfleddert hingen sie aus der Bündelung heraus, als wären sie schon vor Wochen geliefert und dann vergessen worden. Ganz oben auf dem Blättchen war ein Angebot für eine Kapselmaschine abgebildet. Ich klingelte. Der Hund in meinem Arm winselte. Ich war mir nicht sicher, ob ein Winseln bei Hunden auch Ausdruck der Freude sein konnte, und schüttelte das unbehagliche Gefühl ab, das mich beschlichen hatte. Im Haus herrschte Stille. Zumindest bis zu dem Moment, wo sich im Inneren eine Tür öffnete. Von einer Sekunde auf die andere dröhnte Musik auf die Straße wie ein Schwall Erbrochenes. Die Haustür wurde geöffnet, und eine nicht mehr ganz so junge Frau lugte misstrauisch durch den schmalen Spalt. Von ihrem Arm hing ein Schlauch herab, der zu einer bauchigen Wasserpfeife führte. »Was is?«, blaffte sie, womit sie die Musik kaum übertönte und sich ihre Worte im drängenden Rap auflösten. Die Pupillen gingen hektisch hin und her, als schafften sie es nicht, sich auf einen Punkt zu fokussieren.

Der Hund steckte die Schnauze in meine Armbeuge, als versuche er, sich unsichtbar zu machen. »Ich bin mir nicht sicher, ob ich hier richtig bin. Sind Sie Frau Niemeyer?«, fragte ich und betete innerlich: Bitte lass es nicht ihr Hund sein. Bitte lass sich Kubitschek einfach nur mit der Hausnummer vertippt haben! Hoffnungsvoll schielte ich auf das Nebengebäude, aber auch auf der anderen Seite befanden sich keine Wohnungen, sondern bloß Lagerräume.

Sie drehte sich nach hinten um und trat dreimal mit dem Fuß gegen eine Tür. Sofort wurde der Beat auf ein erträgliches Maß gedämpft. »Na also«, sagte sie, und eine Wolke wehte mir in die Nase, die nach abgekratzten Tellern roch. »Das wurde aber auch Zeit, geben Sie her!« Sie nickte zu Lucy, die noch tiefer in meinen Arm zu kriechen schien, und stellte die Pfeife im Hausflur ab. Ich merkte, dass der Hund wieder anfing, nervös an mir zu lecken, und versteifte mich. »Ich habe Ihre Adresse von der Polizei bekommen«, sagte ich abweisend und schlang die Arme fester um den schlanken Körper des Hundes. »Ist das denn wirklich Ihr Hund? Ich meine, haben Sie so was wie einen Pass? Einen Impfausweis? Hunde werden doch normalerweise gechippt und registriert, oder?«

»War uns zu teuer. Die Scheißtierärzte nehmen ein Scheißgeld für so eine Scheiße. Glauben Sie, mein Freund steht nur aus Spaß stundenlang vor Ihrem Kackhaus, um sich den Hund zurückzuholen oder was?« Sie rief über ihre Schulter: »Kev?« Und noch einmal lauter: »KEV! Hier ist die Alte mit Zecke!«

Zecke? Ich konnte ein Schaudern nicht unterdrücken. Wenn der Hund wenigstens mal mit dem Schwanz wedeln würde oder sonst ein Zeichen der Zugehörigkeit von sich gäbe, dann würde mich das beruhigen. Aber Lucy war starr vor Anspannung. Im Abstand von nur wenigen Sekunden ging ein Beben durch den kleinen Körper, und ich machte unwillkürlich einen Schritt rückwärts. Der Boden klebte, und ich zog ungewollt einen Prospekt mit mir.

Die junge Frau war im Dunkeln des Flurs verschwunden, dann kam sie plötzlich zurück, neben sich einen Mann mit einem Pflaster am Mundwinkel. »Das ist mein Hund.« Seine Stimme klang zwar freundlich, aber es war eine Freundlichkeit, die sich ungewohnt und holprig anhörte, als würde er seine Stimme dafür nicht oft benutzen. »Ist die Oma endlich zur Vernunft gekommen? Ich war schon drauf und dran, sie anzuzeigen. Wissen Sie, es gibt Gesetze gegen so was.«

»Es tut mir leid«, sagte ich. Doch je länger ich hier stand und den Geruch von alten Zeitungen, Essensresten und Rauch aufnahm, umso mehr merkte ich, dass das nicht stimmte. Es tat mir kein bisschen leid. »Meine Oma ist sehr alt. Der Hund sieht genauso aus wie der, den sie als Kind hatte.«

»Voll senil.« Er schüttelte den Kopf. Neben seiner Schläfe schimmerte ein dunkler Fleck, als hätte er vor ein paar Tagen die Faust eines anderen daran gespürt. Auf jeden Fall hätte ich nach diesem Spruch gerne meine Faust an seiner Schläfe gespürt. Grimmig starrte ich ihn an. Als er zurückstarrte, entdeckte ich die roten Äderchen, die das Weiße seiner Augen durchzogen, und blinzelte zuerst. Diese Runde hatte ich schon mal verloren.

Lucy ließ sich ohne Murren wegnehmen. Erleichtert, weil sie sich nicht sträubte, ließ ich die Schultern sinken. »Es geht ihr wirklich prima, meine Oma hat sie gefüttert und war mit ihr spazieren. Wir haben uns gut um sie gekümmert.«

»Ach«, sagte die Frau und klemmte sich eine fettige Haarsträhne hinter das Ohr. »Zecke ist nicht empfindlich. Die kann tagelang ohne was …« Ein Rippenstoß brachte sie zum Schweigen.

Irgendwas lief hier ganz verkehrt. In meinem Magen hatte sich ein Knoten gebildet, der bei ihren letzten Worten nach oben gerutscht war und mir nun in der Kehle hing. Ich räusperte mich. »Ich frage mich«, begann ich zaghaft, und erst nach und nach gewann meine Stimme an Festigkeit, »ob Sie sehr an dem Hund hängen. Ich meine, würden Sie das Tier eventuell verkaufen?«

Ich konnte wirklich keinen weiteren Hund in meiner Wohnung gebrauchen. Eigentlich war mir schon Moses zu viel, ganz abgesehen davon, dass nicht einmal meine Oma bei mir wohnen sollte. Und was bitte war mit der Versicherung? Ich würde eine weitere Hundehaftpflichtversicherung abschließen müssen, ein zweiter Hund würde ganz schön zu Buche schlagen. Im Kopf rechnete ich nach: Ein kleiner Terrier fiel wenigstens nicht unter die Kampfhundklausel. Eine Hunde-OP- und Krankenversicherung musste aber auf jeden Fall sein. Das würde richtig teuer. Trotzdem …

Ich spürte, wie mein Herz auf einmal anfing, schneller zu klopfen.

»Wie, einfach so verkaufen, oder was?« Die Frau hatte den Mund offen stehen, dann klappte sie ihn plötzlich zu und warf einen fragenden Blick zu ihrem Partner.

»Eintausend Euro«, sagte der, ohne mit der Wimper zu zucken.

»Kev! Das ist ja wohl nicht dein Ernst! Ey, ich mag Zecke.«

»Ich mag Zecke auch«, fiel ich ihr ins Wort. »Sehr sogar. Aber tausend Euro kann ich leider wirklich nicht bezahlen. Ich hätte vielleicht …« Ich überschlug den Inhalt meines Portemonnaies und seufzte frustriert, »achtzig Euro?«

»Sie wollen uns wohl verarschen?« In der nächsten Sekunde spürte ich einen Windstoß, als die Tür vor mir mit Wucht zugeschlagen wurde.

Ich klingelte.

»Herr Niemeyer?«, rief ich und pochte mit den Fingerknöcheln gegen die abgewetzte Tür. »Kev? Äh, Kevin?«

Die Tür erhielt von innen einen Schlag, der so plötzlich kam, dass ich mir vor Schreck ans Herz fasste, doch sie blieb weiterhin geschlossen.

»Tausend Euro, ist das klar?«, kam es dumpf dahinter hervor. »Wenn du die hast, dann kannste Zecke haben. Ansonsten verpiss dich!«

Und wie zur Bestätigung hörte ich Lucy einen anhaltenden Jaulton ausstoßen.

* * *

Am Abend lag ich mit Magenschmerzen im Bett. Ich hatte Oma angelogen und ihr ein Märchen von einem zuckersüßen Kindergartenkind erzählt, das überglücklich war, seinen Hund wiederbekommen zu haben. Jedenfalls fragte sie nicht weiter nach, und ich verkniff es mir, in wortreiche Erklärungen auszubrechen, weil ihr dann erst recht klar werden würde, dass ich log. Die Magenschmerzen hatten angefangen, nachdem ich online meine Kontoübersicht angesehen und festgestellt hatte, dass ich die tausend Euro niemals würde zusammenkratzen können. Hätte ich etwas, dass ich versetzen könnte, wäre das etwas anderes, aber es gab nichts von wirklichem Wert in meiner Wohnung. Das Wertvollste, das ich besaß, war Uropa Manfreds Uhr, und die lag leider weder bei der Spurensicherung, noch hegte ich die Hoffnung, dass die Katze sie mir irgendwann zurückgeben würde. Vermutlich hatte der Gauner sie einfach weggeworfen. Und nun war auch noch mein Schlüsselanhänger weg. Beim Aufschließen hatte ich es nicht bemerkt, sondern erst, als ich den Schlüsselbund wie gewohnt auf das Garderobentischchen gelegt hatte. Da war mir aufgefallen, dass der kleine Engel mit dem abgebrochenen Flügel fehlte. Wahrscheinlich hatte ich ihn bei Niemeyers verloren. Oder bei Dr. Berg im Garten. Anscheinend musste ich immer etwas verlieren, wenn ich bei diesem unangenehmen Anwalt einen Termin hatte. Noch blöder hätte dieser Tag also nicht enden können. Und nachdem ich Oma und mir einen Tee gekocht hatte, war ich schnurstracks in meinem Zimmer verschwunden.

Inzwischen hatte sich der Tee ausgedampft und war erkaltet. Auf meinem Handy fand ich fünf Nachrichten. Vier davon waren von Dominik, der wissen wollte, ob ich

Lust auf eine Runde Strip-Poker hätte. Nur zur Entspannung natürlich. Wir würden auch nur so weit gehen, wie wir beide wollten. Ich unterdrückte ein Schaudern und auch den Impuls, dieses Angebot überhaupt zu beantworten.

Kubitschek fragte nach, ob ich die Sache mit meiner Oma geregelt hatte, und ich dankte ihm noch einmal für seine Hilfe. Aus meiner Hosentasche hatte ich den Zettel mit Niklas Bergs Telefonnummer gefischt, den ich nun unschlüssig in der Hand hielt. Ob es aufdringlich war, ihn gleich heute Abend anzuschreiben? Ach was, wir hatten ja kein Date gehabt oder so. Ich zuckte mit den Schultern und tippte:

Vielen Dank noch einmal, dass du mir gezeigt hast, wie man einen Gaszug repariert. Das war super nett. Ich fühle mich jetzt gewappnet, falls ich mal eine Atombombe bauen muss. ☺

Die Antwort kam so schnell, dass ich mir sicher war, Niklas habe im selben Moment mit dem Handy in der Hand auf der Bettkante gesessen. Ein Gedanke, der den Knoten in meinem Magen auflöste und mir dafür ein seltsames Grummeln bescherte.

Gern geschehen. Mit deiner Oma alles in Ordnung?

Wie nett von ihm, danach zu fragen. Wie nett, dass er

überhaupt noch daran gedacht hatte. Allgemein stellte ich fest, dass Niklas Berg, der Sohn vom unangenehmsten Juristen, den ich kannte (okay, ich kannte nicht wirklich viele), ein netter Mensch war. Ein unscheinbarer, aber absolut netter Typ von nebenan, der alte Sachen mochte und Gaszüge reparieren konnte. Und ein Auto besaß, das eine Million wert war, fügte der kleine Teufel auf meiner Schulter hinzu. Das war eine Sache, die nicht so recht zu ihm passte, musste ich zugeben. Andererseits – wenn Niklas Berg so geschickt im Reparieren und Restaurieren war, war es auch durchaus möglich, dass sein Oldtimer gar nicht so wertvoll gewesen war, als er ihn zum achtzehnten Geburtstag geschenkt bekommen hatte, oder? Die Vorstellung hatte gleich einen beruhigenden Effekt auf meinen Magen. Ich griff nach der Tasse und schlürfte etwas von dem kalten Tee. Immer wieder ging mir durch den Kopf, was Niklas auf meine Frage geantwortet hatte, ob er öfter alte Sachen reparierte.

Wenn ich einsam bin. Er hatte dabei nicht traurig geklungen, sondern es gesagt, als wäre es überhaupt nichts Besonderes, das zuzugeben. Ich fand das unheimlich mutig.

Danke, tippte ich in mein Handy. *Meiner Oma geht es gut, das mit der Polizei war nur ein Missverständnis. Sag mal, hast du eigentlich dein Auto selbst restauriert? Ich frage das nur wegen der Versicherung.*

Was gelogen war, denn ich fragte das nur aus purer Neugierde, aber das musste Niklas ja nicht wissen. Diesmal dauerte die Antwort einen Moment. Anstatt einfach mit ja oder nein zu antworten, schickte Niklas mir ein Foto.

So sah er aus, als ich ihn bekommen habe.

Auf dem Bild erkannte ich sofort den »Schuppen« wieder, in dem wir heute meine Vespa repariert hatten. Anstatt der großen Werkbank, die nun darin stand, sah man ein großes grün lackiertes Gestell auf Rollen. Darauf war ein Auto aufgebockt worden. Genauer gesagt, nur die Karosserie: Ein rostiges Gestänge, das man allenfalls als Grundgerüst bezeichnen konnte. Lediglich an der Form konnte man erkennen, dass es mal ein Auto werden würde. Eine Schrottkarre, die aussah, als hätte man sie völlig entkernt und ausgeschlachtet auf einem Hinterhof gefunden.

Wow!, schrieb ich zurück, weil mir nicht mehr dazu einfiel. *Wie lange hast du dafür gebraucht?*

Während ich auf seine Antwort wartete, streckte ich mich auf dem Bett aus und stieß die Decke ans Fußende, weil es in meinem Schlafzimmer immer noch viel zu heiß

war und durch das gekippte Fenster kaum Wind hereinkam. Niklas Berg reparierte also, wenn er einsam war.
Er beschäftigte sich mit alten Sachen, weil er alte Sachen
liebte. Ich überlegte gerade, wie lange man einsam sein
musste, um einen Schrotthaufen wie auf diesem Foto zu
einem Schmuckstück restaurieren zu können, da kam
Niklas' Antwort.

Er ist letzte Woche fertig geworden.

Viele Herzschläge lang überlegte ich, was ich darauf
erwidern sollte, und legte das Smartphone auf mein Bett.
Dann nahm ich es wieder auf, immer noch unschlüssig.
Schließlich kam eine weitere Nachricht von Niklas.

*Hast du wirklich nur wegen der Versicherung nachge-
fragt?*

Ich stellte mir vor, wie er kurz die Brille ablegte, um
sich über die Augen zu reiben. Und ich fragte mich, ob er
im Gespräch bei diesem Satz wohl gestottert hätte. Dann
fasste ich mir ein Herz und schrieb wenigstens mit hal-
bem Mut: *Nicht nur. Auch, weil ich ein wenig einsam war.*

KAPITEL 14

Gina hatte ein untrügliches Gespür dafür, wenn sich etwas anbahnte. Sie sagte dann mit gerunzelter Stirn und kleiner Falte über der Nasenwurzel: *Qualcosa bolle in pentola!* Was übersetzt irgendwas mit Blasen im Kochtopf hieß, aber in etwa bedeutete: Da ist etwas im Busch!

Ich wusste das, weil sie diesen Ausspruch relativ oft benutzte, so auch heute.

»*Qualcosa bolle in pentola!* Ich weiß genau, dass auf dieser Party etwas passieren wird.« Auf dem Schreibtisch hatte sie den Veranstaltungskalender des Stadtanzeigers ausgebreitet und tippte auf eine der schmalen Spalten.

Erst hatte ich sie beim Zeitunglesen nicht groß beachtet, weil Gina fast immer nur die Heiratsannoncen las oder die persönlichen Nachrichten, die ich in den meisten Fällen skurril bis gruselig fand. Nachrichten wie: »*Verzeih mir! Dein Rehauge*« oder »*Alles Gute zum Geburtstag, Schnuffelchen!*«. Eben erst hatte Gina mir folgende Botschaft gezeigt: »*Der Tisch ist gedeckt. Du kannst jederzeit dein Nudelholz mitbringen. Dein Märchenonkel.*«

Gruselig, oder? Vor allem, wenn man bedachte, dass irgendwo in der Stadt jemand diese seltsamen Sätze lesen würde, der den Sinn auch noch verstand!

»Was für eine Party?« Ich war nur mäßig interessiert, aber diesmal war die Falte über Ginas Nasenwurzel besonders tief eingegraben, und sie hatte über der Lektüre sogar ihren Cappuccino stehen lassen.

»Ein Empfang von Franz Biermann, diesem Politiker.«

»Ist der nicht in irgendeinen Skandal verwickelt gewesen mit Beraterverträgen oder so was Ähnlichem?«

»Genau«, bestätigte Gina. Sie markierte eine Stelle in der Zeitung und tippte sich anschließend mit dem Kugelschreiber gegen die Unterlippe. »Biermann hat eine Immobilienfirma gegründet und dafür Kredite bei einer Bank aufgenommen, die ihm anschließend horrende Summen für angebliche Beratertätigkeiten als Honorar ausgezahlt hat. Mit diesem Geld hat Biermann wiederum zu einem Großteil die Kredite getilgt. Das Ganze ist total dubios, aber das Verfahren wurde vor einigen Wochen eingestellt. Wegen eines simplen Verfahrensfehlers.«

Ich bewegte den Mauszeiger meines Computers, um den Bildschirm zu wecken. »Ist Biermann Kunde bei uns?«

Gina nahm einen Schluck von ihrem Cappuccino und nickte.

»Super. Darüber will ich mehr wissen. Ich rufe Esther an.« Ich griff nach dem Telefonhörer.

»Das brauchst du gar nicht.« Jetzt grinste sie. »Biermann hat einen NO-LIMIT-Vertrag, du kannst darauf auch auf unserem Computer zugreifen.«

Sofort ließ ich den Hörer sinken, weil ich ein Prickeln im Nacken spürte und mein Puls sich beschleunigte. Jeder NO-LIMIT-Vertrag war wie eine Wundertüte für mich. Was hatte Biermann, der Politiker mit nicht ganz blütenreiner Weste, wohl bei uns versichert? Ich tippte so schnell in den Computer, dass ich mich verschrieb und den Namen mehrmals neu eingeben musste. Ich erwartete irgendeine Sünde, etwas Spannendes, das mit Juwelen, Immobilien oder Gemälden zu tun hatte. Als sich nach einem Klick mit dem Mauszeiger die Datei öffnete, war ich schlagartig enttäuscht.

»Briefmarken? Ist das sein Ernst?«

Gina hatte dieselbe Datei vor sich auf dem Bildschirm und gab ein Seufzen von sich. »Und Wein. Warte, ich drucke dir den Vertrag aus.«

Ungläubig starrte ich auf den Bildschirm, aber egal, wie oft ich die Seite hoch- und runterscrollte, der Inhalt änderte sich nicht. Biermann war Philatelist. Er hatte seine vollständige Sammlung über deutsche Briefmarken aus der Kolonialzeit bei uns versichert. Der Schätzwert belief sich auf achthunderttausend Euro. Dazu kam eine stattliche Weinsammlung, die gleichfalls mit mehreren Hunderttausenden zu Buche schlug. Ganz abgesehen von der Frage, wie ein einfacher Abgeordneter sich so etwas leisten konnte, fand ich auch sein Sammelthema zum Kotzen. Nicht nur, dass seine Briefmarken ausgerechnet die deutsche Kolonialzeit betrafen, unter Biermanns Weinen befand sich außerdem eine französische Seltenheit aus dem ehemaligen Besitz von Nazischwein Hermann Göring, ein Château Mouton Rothschild Pauillac von 1936.

Die Herkunft des Weines war Biermann so wichtig gewesen, dass er es in der Police vermerken ließ, weil es angeblich den Wert noch einmal steigerte. Diese einzelne Flasche war danach auf einen Schätzpreis von knapp 50 000 Euro gekommen.

Da kam mir eine Idee. »Moment mal.« Wie unter Hypnose tigerte ich zum Fenster und starrte auf den Parkplatz, wo gestern noch Niklas' Oldtimer gestanden hatte, und dann wieder zurück zu meinem Schreibtisch. Wenn Biermann durch einen Verfahrensfehler davongekommen war, dann bedeutete das natürlich auch, dass ihn ein

Anwalt herausgehauen hatte. Meine Gedanken rasten. Nein, das war zu abwegig. Ich sank in den Stuhl und gab ein Geräusch von mir, von dem ich selbst nicht wusste, ob es ein Seufzen oder ein Aufschrei sein sollte. Mit einem Kopfschütteln wollte ich den Gedanken verdrängen, aber er hatte sich hartnäckig festgesetzt wie eine Klette. Ich tippte etwas in die Google-Suchleiste, verwarf die Suchbegriffe wieder, weil es mir Niklas gegenüber peinlich war, auch nur so etwas zu denken. Auch wenn sein Vater unangenehm gefühlskalt war, er war immerhin, nun ja, sein Vater. Dann tippte ich doch erneut seinen Namen ein und dazu »Biermann« und »Verfahrensfehler«. Eine Minute später ließ ich mich mit so viel Schwung in die Rückenlehne fallen, dass mein Schreibtischstuhl fast einen halben Meter nach hinten rollte. »Er hat Biermann verteidigt!«

»Ach, Mist!«, schimpfte Gina. »Der blöde Drucker geht wieder nicht.« Kurzzeitig hatte sie den Kopf unter ihren Schreibtisch gesteckt und tauchte nun mit hochrotem Gesicht wieder auf. »Wer?«

Ich presste die Lippen fest aufeinander, als würde die Wahrheit nicht wahr werden, wenn ich sie nicht über die Lippen ließ. Aber es nützte ja nichts. »Dr. Berg. Er war Biermanns Strafverteidiger. Er hat den Verfahrensfehler gefunden und dafür gesorgt, dass dieser Betrüger völlig ungeschoren davongekommen ist.«

»Was für ein Arsch!«, entfuhr es Gina.

Ich konnte Gina da vorbehaltlos zustimmen. Dr. Berg schien noch wesentlich unangenehmer zu sein, als das karge Ambiente seines Zuhauses vermuten ließ.

Gina wiegte den Kopf hin und her. »Vielleicht lehne ich mich mit dieser Vermutung weit aus dem Fenster, aber wenn Dr. Berg auch noch unseren Mafioso verteidigt hat, dann …«

An di Titta hatte ich schon seit Stunden keinen Gedanken mehr verschwendet, dabei war er ein gefährlicher Krimineller. Zwar ein toter gefährlicher Krimineller, aber einer mit einer großen Familie. Im Kopf hörte ich – Dominik hatte mich in dieser Beziehung offenbar schon geschädigt – Marlon Brando drohend und mit schwerem Atem sagen: »*Buonasera, buonasera. Was habe ich dir denn bloß getan, dass du mich so respektlos behandelst?*«

»Stand di Titta denn schon mal vor Gericht?«, fragte ich.

Gina nickte. »Da ist vor zwei Jahren etwas mit Spirituosenschmuggel gewesen. Di Titta ist angeklagt und dann völlig überraschend freigesprochen worden. O Gott!«, stieß sie hervor, »Vielleicht haben wir endlich eine richtig brauchbare Spur.«

Eine richtig brauchbare Spur, die mir ganz und gar nicht behagte. Denn wenn sich Ginas Verdacht erhärtete, war der Vater vom sympathischen Niklas, dem netten Typen von nebenan, ein Anwalt, der sich an richtig bösen Jungs bereicherte. Dieses Detail warf ein ganz neues Licht auf unsere Ermittlungen in Sachen »die Katze«. Und für einen kurzen Moment ließ es das Kätzchen wirklich ein wenig wie Robin Hood aussehen.

Etwa zwei Cappuccinos später hatten wir genug über den Titta-Fall zusammengetragen, um zu wissen, dass da wesentlich mehr im Kochtopf, bzw. im Busch war, als wir es befürchtet hatten. Dr. Berg wurde allerdings in keinem Artikel als Rechtsanwalt namentlich genannt, was mich wunderte. Doch ich fand in einem Käseblatt eine kleine Randnotiz darüber, dass er als »juristischer Berater« aufgetreten war. Das Ganze war so dezent, dass gerade diese Zurückhaltung und Heimlichkeit mich erst richtig misstrauisch machten.

»Aber wieso hast du bei dieser Party heute Abend ein ungutes Gefühl?« Ich hatte die Schublade aufgezogen, weil ich ganz dringend etwas brauchte, um meine Nerven zu beruhigen. Leider hatte ich meinen heimlichen Vorrat an Gummibärchen schon vor Tagen dezimiert, und enttäuscht warf ich die Schublade wieder zu. »Gina!«, rief ich, weil sie nicht reagierte. »Weswegen hast du ein ungutes Gefühl?«

»Eigentlich«, sie seufzte tief. »Eigentlich wegen dieses Schmucks. Es ist eine sehr spezielle Veranstaltung, genau wie die Beerdigung von di Titta. Und es gibt da etwas Besonderes zu holen.« Ich sah von meinen Notizen auf, die sich Seite um Seite mehrten, als Gina die Zeitung wieder aufnahm. »Hier, lies es selbst.« Sie warf mir die Zeitung auf den Schreibtisch, und sie landete mit einem satten Geräusch auf meinem Notizbuch.

Ich faltete die Blätter auseinander und suchte nach der richtigen Stelle.

Köln/Hahnwald – Heute Abend gibt es die seltene Gelegenheit, die historisch bedeutsame Briefmarkensammlung des ehemaligen Abgeordneten Franz Biermann zu sehen. Was für die meisten Menschen nicht sonderlich interessant klingen dürfte, ist für Philatelisten ein Hochgenuss: Biermann zeigt seine kostbarsten Schätze aus den Jahren 1888 bis 1915, darunter auch die nur noch einmal existierende 1-Mark-Briefmarke der deutschen Kolonie Togo aus dem Jahr 1915 und eine 5-Pfennig-Marke aus Tsingtau von 1900. Unter

den geladenen Gästen befinden sich bedeutende Persön-
lichkeiten der Hochfinanz sowie u. a. die berühmte Schau-
spielerin Marianne Kogler, die seit Jahren mit Biermann
befreundet ist und im Vorfeld verkündet hat, dass dieser
Abend endlich mal wieder eine Gelegenheit sei, das Weih-
nachtsgeschenk ihres Mannes Joachim Oppermann (Vor-
standsvorsitzender der Privatbank Oppermann & Söhne,
Anm. d. Red.) auszuführen. Dabei handelt es sich um das
legendäre Cartier-Armband in Form eines Panthers, über
das wir bereits berichteten.

»Du meinst, die Katze hat vor, dieses Armband zu stehlen? O Gott, hoffentlich ist es nicht bei uns versichert!«

»Das habe ich bereits nachgeprüft.« Gina schüttelte
den Kopf und steckte sich ein Giotto in den Mund, das
auf ihrer Cappuccinotasse gelegen hatte. Neidisch beobachtete ich, wie sie für einen kurzen Moment genüss-
lich die Augen schloss. Dann sagte sie: »Gott sei Dank
nicht. Die müssen ein unfassbares Vermögen wert sein.
Sind 2010 bei Sotheby's versteigert worden, soweit ich
weiß. Und ich würde mich nicht wundern, wenn das Unternehmen, das sie versichert hat, morgen früh Konkurs
anmelden muss.«

»Weil«, ich machte eine wirkungsvolle Pause und beendete dann ihren Gedankengang, »ein Panther für die Katze sicher ein ganz besonderer Leckerbissen ist.« Ich bekam eine Gänsehaut und starrte Gina bestimmt an wie eine Maus, die gleich von einer Schlange verschluckt wurde. Unsere Blicke trafen sich. Dann sagten wir es beinahe gleichzeitig, sie auf Italienisch und ich auf Deutsch: »Da ist etwas im Busch!«

KAPITEL 15

Tilly, Sie müssen mitkommen. Wir fahren nach Ehren-feld.«

»Wieso?«, fragte ich und blickte Herrn Kunkel, der gerade hereingekommen war, mit hochrotem Kopf an, weil ich mir gerade eine ganz Handvoll von Ginas Giottos in den Mund gestopft hatte.

»Die Frist von Kerstin Lauthausen ist heute abgelaufen. Wenn ihr Mann nun mit einer Frau über eins achtzig fremdgeht, müssen wir ihr eine Schadenssumme von einer Million auszahlen.« Er hielt eine zusammengerollte Mappe in die Höhe, die vermutlich ebenso leer war wie die Mappe, die er zu Dr. Berg mitgenommen hatte. Das schien so eine Masche von ihm zu sein.

»Aber wieso nach Ehrenfeld?«

»Ich habe Frau Sprenke unter einem Vorwand in Lauthausens Firma anrufen lassen und erfahren, dass er einen Auswärtstermin in Ehrenfeld hat. Im Poseidonbad«, fügte Kunkel bedeutungsschwanger hinzu, als müsste mir das irgendetwas sagen.

Meine Augenbrauen gingen fragend in die Höhe, und ich schluckte die Giottoreste hinunter. »Und was ist daran so außergewöhnlich? Vielleicht trifft er sich mit einem Kunden in der Sauna oder so. In manchen Firmen mag das üblich sein.« Genau genommen hatte ich im echten Leben noch nie davon gehört, aber ich meinte, mich erinnern zu können, dass es Filme gab, in denen sich Männer in Saunas trafen, um Insidergeschäfte zu tätigen oder auch, um einen Mord zu planen.

»Es gibt Leute, die behaupten, das Poseidonbad wäre berüchtigt. Es gibt dort ein Sentō.« Als er meinen Blick bemerkte, der vermutlich dem eines Mondkalbs glich, fügte er hinzu: »Ein Sentō ist ein traditionelles japanisches Badehaus. So was wie eine Sauna.«

Bis wir den Aufzug erreicht hatten, schwitzte Kunkel wieder wie ein Bär und wischte sich mit dem Taschentuch über die hohe Stirn. »Sie müssen mit, weil es dort getrennte Bereiche für Männer und Frauen gibt. Ich werde Sie also brauchen, um die Damen im Auge zu behalten. Hier«, er hielt mir ein Foto hin, auf dem ein Paar mittleren Alters abgebildet war, »prägen Sie sich die beiden Gesichter gut ein.«

»Aber denken Sie wirklich, dass Lauthausen ausgerechnet heute, dem Tag, an dem die Frist abläuft, eine

Affäre beginnen wird? Er weiß doch gar nichts von dem Vertrag. Ist das nicht an den Haaren herbeigezogen?«

Während wir das Gebäude verließen und den Parkplatz ansteuerten, antwortete er mit einer Gegenfrage: »Ist dieser ganze NO-LIMIT-Vertrag nicht vollkommen an den Haaren herbeigezogen? Tilly, ich mag ein alter Mann sein, aber ich verfüge über genug Phantasie, um mir auszumalen, wie eine Frau versuchen könnte, ihren Mann loszuwerden.«

»Herr Kunkel, Sie …«

»Harald«, unterbrach er mich.

»Harald«, sagte ich und bekam heiße Ohren, weil Herr Kunkel einfach nicht der Typ war, den man mit Vornamen ansprach. Außerdem hatte ich nun völlig vergessen, was ich sagen wollte. »Ich habe gar keinen Badeanzug dabei.« Das kam mir plötzlich in den Sinn. »Haben wir noch Zeit, bei mir zu Hause vorbeizufahren?«

Kunkel schloss das Auto auf. »Sie werden keinen Badeanzug brauchen.«

»Ach so.« Ich war erleichtert. »Ich dachte schon, ich soll in das Schwimmbad gehen. Wenn ich draußen die Stellung halten soll, um den Eingang zu bewachen, ist das natürlich was anderes.«

Wir stiegen ein, und Herr Kunkel lachte leise, was sich

bei ihm immer irgendwie nachsichtig anhörte. »Sie brauchen keinen Badeanzug, weil Sie in die Sauna gehen, liebes Kind. In eine Sauna geht man ohne Badebekleidung, wussten Sie das nicht?«

KAPITEL 16

Guten Tag, Herr Biermann, hier spricht Mathilde Blum von der Secur-SORGLOS AG. Wie wir der Zeitung entnommen haben, werden Sie heute Abend einen Empfang geben, bei dem Ihre Briefmarkensammlung ausgestellt wird ...«

»Das ist eine private Veranstaltung, Eintrittskarten sind nicht auf dem Markt. Sind Sie von der Presse? Wir haben nur ein geringes Kontingent an Presseakkreditierungen, und die sind bereits alle vergeben. Wenn Sie sich privat für Briefmarken interessieren, kaufen Sie sich einen Michel!«

Keine Ahnung, was er damit meinte, aber Biermann war ganz offensichtlich nicht in Plauderlaune und ebenso offensichtlich hatte er mir nicht zugehört.

»Bitte entschuldigen Sie die Störung«, schaltete ich einen Gang zurück und versuchte es erneut. »Ich rufe Sie nicht privat an, sondern ...«

»Sie verschwenden meine Zeit, Mädel! Ich stehe hier am sechzehnten Loch! Wenn sonst noch etwas ist, ich habe eine Sekretärin, die sich mit allen Anfragen abmühen darf. Sprechen Sie mit Fräulein Friedrich, Sie finden die Nummer auf meiner Visitenkarte im Internet. Auf Wiederhören.« Im nächsten Augenblick tutete es in der Leitung, und ich starrte fassungslos auf das Display. Nicht nur, dass er seine Sekretärin als Fräulein titulierte und mich einfach ausschaltete, er nannte mich auch noch Mädel! Was für ein Arsch! Herr Kunkel, der aus dem Kofferraum eine Tasche geholt hatte, klopfte mit den Fingerknöcheln gegen die Scheibe der Beifahrerseite und nickte mir zu.

»Ich komme«, rief ich, was er aber kaum hören konnte, denn er wandte sich direkt zum Eingang des Schwimmbads.

Es durfte doch wohl nicht so schwer sein, diesen Arsch von Biermann zu einer Einladungskarte zu bewegen! Einen Fluch grummelnd, stieg ich mit Blick auf mein Handy aus dem Auto und rief Biermanns Homepage auf, die lediglich aus einer Seite mit Kontaktdaten bestand. Ich folgte Kunkel zum Haupteingang des Poseidonbads, das noch aus der Gründerzeit stammte und rund um den Eingangsbogen mit herrlichen Jugendstilelementen verziert war, dabei wählte ich die Nummer von Biermanns Sekretärin. Noch einmal würde ich mich nicht so schnell abkanzeln lassen, schwor ich mir, deshalb gab ich mich betont geschäftsmäßig. »Guten Tag Frau Friedrich! Hier spricht Frau Blum von der Secur-SORGLOS AG. Die Briefmarkensammlung Ihres Chefs, die heute Abend ausgestellt wird, steht unter unserem Versicherungsschutz, und wir haben große Bedenken hinsichtlich der Sicherheitsmaßnahmen, die von Ihnen ergriffen wurden.«

Frau Friedrich plapperte etwas von Sicherheitsdienst, Alarmanlage und Ausgangskontrolle, aber ich ließ sie sich gar nicht erst heißreden.

»Das ist alles schön und gut, jedoch habe ich mit Herrn Biermann besprochen, dass zusätzlich zu Ihren Sicherheitsleuten noch zwei Mitarbeiter unserer Firma zugegen sein werden. Nein, das ist auch vertraglich so vereinbart«, log ich. »Sie können sehr gerne bei Ihrem Chef nachfragen, ich habe überhaupt nichts dagegen, ja, ich bitte Sie sogar darum! Allerdings habe ich gerade erst mit ihm telefoniert, und er ist auf dem Golfplatz. Mit Herrn … äh … dem Herrn Staatssekretär Schmmmmammm.« Ich nuschelte absichtlich, so konnte es sich um Schramm, Schuhmann, Zimmermann, oder sonst wen handeln. Sollte sich Frau Friedrich doch selber ausdenken, von wem ich gesprochen hatte. »Das berüchtigte sechzehnte Loch, Sie kennen das ja, aber rufen Sie ihn nur an!«

Ich gab Frau Friedrich einige Sekunden zum Nachdenken, bevor ich weiterredete, wobei ich durch die Eingangstür des Schwimmbads trat. Hier schallte meine Stimme wie in einer Kirche, was an den vielen Fliesen liegen musste, die, nebenbei bemerkt, wirklich wunderhübsch aussahen. »Ich rufe auch nur an, um Ihnen die Namen der beiden Mitarbeiter durchzugeben, die diesen Auftrag für die Secur-SORGLOS AG übernehmen werden. Wenn Sie sich diese bitte notieren und am Empfang hinterlegen würden, damit man sie einlässt, dann ist schon alles erledigt. Es handelt sich um Bernardi und Blum. Haben Sie das? BERNARDI und BLUM! Wunderbar. Dann wünsche ich Ihnen noch einen guten Tag.« Mehrere Personen hatten sich zu mir umgedreht, und ich bemerkte jetzt erst, wie laut meine Stimme noch nachhallte.

Mit einem beschämten Gesicht entschuldigte ich mich nach rechts und links und ließ mein Smartphone flugs in die Hosentasche gleiten. Kunkel bezahlte unseren Eintritt, und ich war froh, dass wir diesen horrenden Eintrittspreis als Spesen geltend machen konnten, denn mal ehrlich, 24,50 € nur für den Sauna- und Badebereich? Für zwei Stunden? Da war ich sehr gespannt, welche Art Besucher sich hier aufhielt. »Sie sehen mir sehr Sauna-erfahren aus«, säuselte die Dame an der Theke und schenkte Kubitschek ein überfreundliches Lächeln. »Darf ich Ihnen unseren speziellen Funka-zan-Aufguss empfehlen?« Sie reichte ihm ein flauschiges Handtuch. »Der ist für echte Kerle gemacht.«

»Das klingt ganz wunderbar, meine Liebe.« Kunkel, der auch ohne Sauna ständig schwitzte, tupfte sich mit seinem Taschentuch über den Nacken. »Darf ich Sie fragen, ob Herr Lauthausen ebenfalls in dieser Sauna zu finden ist?«

»Tut mir leid«, sagte sie. »Über die anderen Saunabesucher darf ich keine Auskunft geben. Verschwiegenheit gehört zu unserer Geschäftsphilosophie.«

Kunkel legte ebenso verschwiegen die Hand an den Mund. »Sie müssen es mir ja nicht sagen.« Seine runden Augen zwinkerten lustig, und er war wieder ganz der nette Märchenonkel. »Ein Nicken reicht mir.«

Die Dame nickte und lächelte verlegen. Dann wandte sie sich mir zu. »Und Sie? Waren Sie schon einmal bei uns? Welcher Saunatyp sind Sie?«

Verunsichert umklammerte ich mein Handtuchpaket. »Besser nicht zu heiß«, sagte ich schnell. »Ich war noch nie in der Sauna, und es ist heute ohnehin so warm draußen.« Was mich zu der Frage brachte, wieso Lauthausen im Hochsommer ausgerechnet in einer verfluchten Sauna Termine vereinbarte. Wäre eine Eisdiele da nicht viel besser geeignet gewesen?

»Dann vielleicht Batamiruku? Das ist ein sommerlich erfrischender Aufguss mit einer eigens hergestellten Buttermilch-Fruchtmischung.«

Buttermilch-Fruchtmischung? Ernsthaft? »Das hört sich super an, danke!«

Sie schickte Kunkel in Richtung Herrenumkleide und mich in einen anderen Gang, wo ich an einer historischen Tafel mit der Aufschrift »Zu den Schwitzbädern« vorbeikam. Die Damenumkleide war stilvoll eingerichtet mit einfachen Schrankfächern und asketischen Holzbänken, das perfekte Interieur aus dunklem Echtholz und Weiß. Spartanisch, minimalistisch und klar. Ich musste zugeben, dass mir das gut gefiel und sich sofort eine eigenartige Ruhe in mir ausbreitete, die nicht wie gewöhnlich von bunten Farben, Bildern oder Krimskrams abgelenkt wurde. Aber warum nannte man diesen Raum Umkleide, wenn man sich darin gar nicht wirklich umkleidete? Seiner Bestimmung nach hätte er eigentlich Auskleide heißen müssen, dachte ich mit einem skeptischen Blick auf das Handtuch. Kam nur mir das Ding zu klein vor? Hatte ich ein Kindertuch erwischt? Am liebsten hätte ich meine Unterwäsche angelassen, aber ausgerechnet heute hatte ich nicht gerade die schönste aus dem Kleiderschrank gefischt. Ehemals weiß hatte meine Wäsche einen grauen Stich und war auch ansonsten etwas aus der Form geraten. Mit einem Seufzen zog ich die Unterwäsche aus und hüllte mich in das Handtuch. Doch mit allem Ziehen und Zerren reichte es mir von der Brust bloß bis knapp über den Po, und auch vorn waren die fünf Zentimeter, die sich der Stoff überlappte, nichts, was mein Sicherheitsbedürfnis befriedigte. Wenn ich auch nur ein winziges bisschen zu breitbeinig gehen würde … o mein Gott!

Ich starrte an mir hinunter und watschelte testweise an der Sitzbank entlang, als die Tür aufging und zwei Frauen die Umkleide betraten. Die eine hatte lange blonde Haare und war noch dazu so hochgewachsen, dass sie instinktiv den Kopf einzog, als sie durch den Türrahmen trat. Die andere war Kerstin Lauthausen. Ich erkannte sie sofort, ließ mich auf die Bank sinken und tat so, als müsste ich dringend etwas an meinen Fußnägeln kontrollieren. Betont desinteressiert murmelte ich ein kaum hörbares »Guten Tag« und vertiefte mich als Nächstes in die Hornhaut an meiner Ferse. Ein Bimsstein wäre nicht schlecht, brummelte ich, während alle meine Sinne auf die beiden Frauen gerichtet waren, die sich auskleideten und dabei leise flüsterten.

»Was heißt hier, du willst das nicht?«, fauchte Kerstin gerade. »Du weißt doch, was für uns auf dem Spiel steht. Ich muss dich wohl nicht daran erinnern, wer …« Der Rest des Satzes wurde so leise hervorgebracht, dass ich nichts mehr verstand.

Die andere Frau, die ich deutlich jünger schätzte als Kerstin, flüsterte zur Antwort.

»Das interessiert mich nicht.« Kerstin warf mir einen schnellen Blick zu, was ich nur im Augenwinkel wahrnahm, denn ich war vollauf mit meinem dicken Zeh beschäftigt, spreizte ihn hoch in die Luft und hatte alle Hände voll zu tun, dabei das Handtuch in Schach zu halten. »Hier, trink das.«

Ich sah, wie Kerstin der großen Frau eine dunkelgetönte Flasche reichte, und stand auf, um leise summend meine Klamotten zusammenzufalten. Weil ich keinen Grund mehr vortäuschen konnte, länger hierzubleiben, legte ich meine Kleidung sorgsam in einem der Ablagefächer ab und schlüpfte in die Einweg-Frottee-Pantoletten, die mir die Dame an der Kasse ausgehändigt hatte.

Im Rausgehen hörte ich noch, wie Kerstin auf die andere Frau einredete. »Du musst das Handtuch genauso tragen wie die da. Verdammt, deins ist viel zu groß, darin verschwindest du ja völlig! Ich frage an der Kasse, ob sie ein anderes haben. Das ist …«

Die Tür fiel hinter mir ins Schloss, und ich blieb unschlüssig stehen. Ich sollte mich irgendwo verstecken, von wo aus ich beobachten konnte, in welche Sauna die beiden gehen würden. Aber hier gab es nichts, nicht mal einen Pfeiler, hinter dem man sich verbergen konnte. Als sich die Umkleide plötzlich wieder öffnete, schlüpfte ich in den nächstbesten Raum und wurde vom Kräuterduft, der dort in der Luft hing, fast erwürgt.

Ich blinzelte in den aufsteigenden Dampf und sah, dass an den Wänden dicke Kräuterbüschel hingen, die mich nun einräucherten. »Tür zu!«, ranzte mich ein dickbäuchiger Mann an, der einen der Büschel abgenommen hatte und sich damit auf die Schenkel schlug. Hastig riss ich die Tür zu und klebte dann mit der Nase an dem kleinen Fenster, das auf den Gang zeigte. Kerstin und die potenzielle Geliebte ihres Mannes liefen in die entgegengesetzte Richtung und traten durch eine Tür mit der Aufschrift »Utase-Yu Onsen«. Was mich allerdings wunderte, war, dass Kerstin sich eine rote Perücke übergezogen hatte. Auf der Nase trug sie eine schwarzrandige Brille und sah so auffällig verkleidet aus, dass es schon lächerlich wirkte. Was mich aber am meisten ärgerte, war die Länge ihrer Handtücher. Sie hingen locker bis zu den Knien und hätte zweimal um den ganzen Körper gewickelt werden können. Ich hatte definitiv ein Kinderhandtuch erwischt. »Neben mir ist noch ein Plätzchen frei«, sagte der Dickbäuchige und schlug mit dem Kräuterbüschel auf die Holzbank.

»Danke, aber ich muss gleich weiter. Ich habe noch einen Termin in diesem …« Verdammt, wie hieß das denn noch? »Diesem … Funkazan«, fiel es mir gerade noch ein.

»Oh«, machte der Alte. »Respekt!« Er lachte dröhnend, aber nur kurz, dann raubte die Hitze auch ihm den Atem. Ich nutzte die Chance und riss die Tür wieder auf, um den beiden Frauen hinterherzueilen. Die Badelandschaft, die sich mir nach dem Betreten des Utase-Yu Onsen offenbarte, war atemberaubend schön. Aus mehreren Etagen floss das Wasser kaskadenartig herab, und das Licht beleuchtete gedimmt die Natursteine, die das gesamte Becken auskleideten. Bestimmt war das Wasser viel zu warm, überlegte ich und streckte ein Bein aus, um meinen Zeh testweise hineinzutauchen. Im nächsten Moment hörte ich ein bärbeißiges Knurren und zog ertappt meinen Fuß zurück. Ein Mann, den seine weißen Shorts als Bademeister auszeichneten, schob mich zu einem kleinen Holzschemel.

»Bevor Sie in das Wasser dürfen, müssen Sie sich waschen.« Er drückte mir ein Stück Seife und eine Wurzelbürste in die Hand. Der Blick aus Bademeisters Augen brannte mir drohend ins Gesicht, und so setzte ich mich auf den unbequemen Hocker und griff halbherzig nach der Bürste. Mit zaghaften Bewegungen schrubbte ich an meinem Schienbein hoch und runter. »Den ganzen Körper!«, ranzte er mich an und deutete auf die Seife, die ich in der Hand hielt wie einen Ziegelstein. »Ist ja schon gut.« Während ich die Bürste über die Seife rieb und damit dann mein Knie bearbeitete, suchte ich den Raum nach Kerstin und ihrer Komplizin ab, aber es war viel zu dunkel, um die einzelnen Gesichter zu erkennen. Leider war es nicht zu dunkel, um die einzelnen Körperteile zu erkennen, stellte ich kurz darauf fest, als der Dickbäuchige aus der Kräuterbüschel-Sauna hereinkam, sein Handtuch neben einen Holzschemel fallen ließ und sich nackt, wie Gott ihn aus Versehen geschaffen hatte, darauf niederließ.

Ich schoss im gleichen Moment in die Höhe. Bürste

und Seife ließ ich in den kleinen Holzeimer fallen. Das war definitiv nicht meine Vorstellung von einem entspannten Badebesuch. Das Handtuch um meinen Busen zusammengepresst, schlich ich mich am Bademeister vorbei. Die beiden Frauen waren nirgendwo zu sehen, bestimmt hatten sie den Raum nur durchquert, um in einen der anderen Saunabereiche zu gelangen.

»Zum Funkazan-Aufguss geht es da entlang!« Der Dickbäuchige hatte offenbar schon länger beobachtet, wie mein Blick unsicher umherging. Er zeigte auf eine rote Tür. Nebenbei bemerkt, die einzige Tür, die farbig war, was mich da schon hätte misstrauisch machen sollen. Ich straffte mich in Erwartung der Hitzewelle, die mich beim Eintreten erwischen würde, und riss die Tür auf. Damit keine kalte Luft hereinziehen konnte und ich die anderen Saunabesucher nicht verärgerte, warf ich sie direkt wieder hinter mir zu.

Ich sterbe! O Gott, ich sterbe, dachte ich, als die Hitze in meine Lunge eindrang. Todesmutig ließ ich mich auf die unterste Reihe der Holzbänke nieder. Es war unfassbar heiß! Ich beugte mich keuchend nach vorn. Wie Nadelstiche brannte die Luft auf meiner Haut und stach mir bei jedem Atemzug in der Brust. Wie sollte ich denn hier jemanden beobachten und belauschen, wenn ich es nicht einmal schaffte, mich aufs Atmen zu konzentrieren? Unvorstellbar, dass ein sicherheitsbedürftiger Schnurrbartträger mit vierundzwanzig Versicherungspolicen freiwillig in diese Höllensauna ging. Das war mörderisch! Ich versuchte, möglichst flach zu atmen, damit mir diese Gluthitze nicht die Lungenbläschen zusammenschmolz, und schaffte es nach einiger Zeit, mich zu beruhigen und unauffällig nach den anderen Saunabesuchern umzusehen. Neben mir saß eine alte Dame, die es sich nicht hatte nehmen lassen, vor dem Saunagang einen Schwall Parfüm über ihr Dekolleté zu gießen, der nun in meine Richtung dampfte. In der Bank über mir hockten mehrere Männer, und ich glaubte, in einem von ihnen tatsächlich Max Lauthausen zu erkennen. Während ich damit beschäftigt war, meine Körperfunktionen aufrechtzuerhalten, stieg von der obersten Bank ein langes nacktes Bein herab und schob sich zwischen Lauthausen und seinem Sitznachbarn. Es folgten ein zweites nacktes Bein und ein Handtuch, das mit Absicht hochgerollt worden war und viel zu viel Haut zeigte.

»Ich bin Svenja«, flüsterte sie Kerstins Mann zu und schmiegte sich an ihn.

»Max«, stammelte er überrascht.

»Ein schöner Name.«

Gott, war das lahm. Es war klar, dass Kerstin die arme Svenja dazu verdonnert hatte, ihren Mann zu verführen. Bestimmt wusste Svenja über die Versicherung Bescheid und würde ihren Anteil daran erhalten. Der arme Max wusste jedoch vor Verlegenheit gar nicht, wohin mit seinen Körperteilen. Er schlug die Beine übereinander und verschränkte die Arme, nur um sie im selben Moment locker neben sich fallen zu lassen. Doch damit berührte er Svenjas nacktes Bein und zuckte nervös zusammen.

»Verzeihung«, raunte er mit vibrierendem Schnurrbart und klemmte sich die Arme zwischen die Beine.

»Das macht doch nichts.« Svenja beugte sich zu ihm herüber. So weit, dass ich vom Zuschauen allein schon einen steifen Hals bekam.

Und Max war von ihr hingerissen. Verflixt, da bahnte sich etwas an! Ich beugte mich vor, um nichts zu verpassen, was jedoch schwierig war, da in diesem Moment ein anderer Mann von oben herunterstieg und mir die Sicht versperrte. Weißes Handtuch, blasser Rücken. Ich versuchte vergeblich, an ihm vorbeizulinsen. Die Hand des Mannes zog eine Schöpfkelle aus dem bereitstehenden Eimer, und die tropfende Kelle in der Hand drehte er sich zu mir um. Ich bekam gleich wieder Atemnot, als ich den unscheinbaren Herrn erkannte.

KAPITEL 17

Sie hier? Was für ein interessanter Zufall«, sagte Dr. Berg und goss die Schöpfkelle über einer Wanne mit glühenden Steinen aus. Mein Keuchen ging in einem lauten Zischen unter, und im nächsten Moment war der ganze Raum in weißen Nebel gehüllt. Jetzt hätte ich nicht einmal mitbekommen, wenn Svenja und Max sich splitternackt auf der Holzbank vergnügt hätten. Man konnte die Hand nicht mehr vor Augen sehen. Allerdings ließ mir das auch ein wenig Zeit, mich zu sammeln und die Tatsache zu verarbeiten, dass ich gemeinsam mit Niklas' Vater in einer Sauna saß, mein Körper mit nicht mehr als einem briefmarkengroßen Handtuch verhüllt. Wie entsetzlich.

Das wäre der perfekte Augenblick, um im Erdboden zu versinken.

»Einen Funkazan-Aufguss hätte ich Ihnen gar nicht zugetraut«, sagte Dr. Berg, und ich meinte, so etwas wie Anerkennung in seinem Blick zu erkennen. »Ich muss gestehen, ich habe Sie ganz falsch eingeschätzt.«

Ich überlegte noch, ob ich jetzt beleidigt sein sollte, als ein Gong durch den Raum hallte, dann ein zweiter, von dem ich nicht wusste, was er zu bedeuten hatte.

Außerdem war eine Unterhaltung mit einem fiesen Juristen das Letzte, was ich in diesem Moment gebrauchen konnte. Da aber Dr. Berg mit an Sicherheit grenzender Wahrscheinlichkeit in Zusammenhang mit den Diebstählen der Katze stand, konnte es nicht schaden, höflich zu ihm zu sein.

»O ja, da haben Sie mich wirklich ganz falsch eingeschätzt«, schwadronierte ich los, merkte aber dann, dass mir für viel mehr der Atem fehlte. Diese Hitze! »Ich liebe es, zu saunen … saunie…, also in die Sauna zu gehen.« Kaum gesagt, hatte ich das Gefühl, diese Lüge würde mir die Luftröhre verätzen. Hatte ich schon erwähnt, dass es unfassbar heiß war? Jeder Schweißtropfen fühlte sich auf meiner Haut an, als würde Lava an mir hinunterfließen.

»Kommen Sie oft hierher?«, fragte ich und versuchte vergeblich, an ihm vorbei einen Blick auf Svenja zu erhaschen. Dr. Berg lächelte und nahm eine weitere Schöpfkelle mit Wasser auf. Am liebsten hätte ich ihn angefleht, das zu unterlassen, aber die Blöße konnte ich mir nicht geben.

»Jede Woche zweimal«, sagte er und kippte die Flüssigkeit aus. Es zischte und toste, und mir schwanden fast die Sinne. Weil ich es nicht mehr aushielt, sprang ich auf und breitete die Arme aus, um besser Luft zu bekommen.

»Ich werde Sie nun verlassen.« Dr. Berg blickte auf die Uhr an seinem Handgelenk. »Acht Minuten sind für mich genug. Aber wenn Sie das bis zum Ende aushalten, haben Sie meinen größten Respekt.«

»Ach«, winkte ich ab und tat so, als machte ich es mir gemütlich.

Dr. Berg hatte eine Augenbraue angehoben und lächelte nachsichtig. Er warf die Schöpfkelle zurück in den Eimer, und das aufspritzende Wasser versengte mir fast die Füße.

»Wissen Sie eigentlich, was der Name dieses Aufgusses bedeutet?«, fragte er mich, während er zur Tür trat und die Hand auf die Klinke legte. »Selbstverständlich weiß ich das.« Ich hatte keinen Schimmer, und das sah Dr. Berg mir garantiert auch an.

Er seufzte ein wenig. »Funkazan heißt auf Deutsch Vulkan. Bei diesem Aufguss gibt es drei Phasen mit bis zu einhundertzwanzig Grad. Es ist der heißeste Aufguss, den es in diesem Bad gibt.« Sein Blick hatte etwas Diabolisches. »Ich muss Sie aber leider bei Phase drei allein lassen, denn ich habe noch eine Verabredung. Viel Vergnügen!« Er schob die Tür auf und schlüpfte nach draußen, während ich verdattert stehen blieb.

Mit Todesverachtung setzte ich mich wieder auf die unterste Bank, als der Gong dreimal ertönte. Hundertzwanzig Grad? War es nicht verboten, Menschen bei lebendigem Leib zu kochen? Hielt das der Körper überhaupt aus, oder fing man dann bald an zu schmelzen? Nicht, dass sich gleich meine Augen verflüssigten und mir aus dem Kopf flossen oder so.

»O Gott«, keuchte ich auf, und Kerstins Komplizin, die ich fast schon vergessen hatte, beugte sich zu mir herunter. »Das ist unerträglich.«

»Der Horror«, keuchte ich. »Wissen Sie, wie lange das noch dauert?«

Sie zog ein bedauerndes Gesicht. »Ich glaube, nur ein paar Minuten. Hoffentlich.«

Ein paar Minuten hörte sich nicht viel an, aber was, wenn man dabei ein Inferno aushalten musste? Ein paar Minuten war eine verdammt lange Zeit! Ein lebendiger Hummer brauchte bestimmt auch nicht länger, um gar gekocht zu werden. Ich hatte zwar noch nie Hummer gegessen, aber nun schwor ich mir, diese Lücke in meinem kulinarischen Lebenslauf auch niemals zu füllen. Das einzig Gute war, dass diese Gluthitze jegliche Romantik zerstörte, und weder Svenja noch Max Lauthausen schienen Lust zu verspüren, miteinander anzubändeln. Svenja war in sich zusammengesunken, und Max hockte wie ein Häufchen Elend auf der Bank, die Arme seitlich abgestützt und das Gesicht verzerrt, als hätte er Schmerzen. Ich kam nicht umhin, Mitleid mit ihm zu empfinden. Er hatte diesen Ort ganz bestimmt nicht für einen Termin ausgewählt. Je länger ich darüber nachdachte, umso sicherer war ich mir, dass seine Frau diesen Geschäftstermin eingefädelt hatte, um sich als Kupplerin zu betätigen, und er nun vergeblich auf den imaginären Geschäftspartner wartete. Sie hatte es wohl furchtbar eilig, ihren Mann loszuwerden, aber musste sie den armen Kerl deshalb gleich umbringen? Oder mich?

Ich keuchte, als die nächste Hitzewelle mich überflutete. Binnen weniger Sekunden sprangen mehrere Saunagäste auf und verließen den Raum. Der Luftzug beim Öffnen der Tür wurde von Svenja und mir begierig aufgesogen, was aber nur kurze Linderung brachte. Die einzigen Gäste, die weiterhin durchhielten, waren Svenja, Max und ich. Ich fragte mich, wo Kerstin ausharrte, um die beiden in flagranti zu erwischen.

»Können Sie sehen, ob der ältere Herr noch da draußen

irgendwo steht?«, fragte ich Svenja, als sie flach atmend und mit wackeligen Knien an die Tür trat und ihre Stirn gegen das Glas presste. »Nein«, keuchte sie mit zugekniffenen Augen. »Ich sehe niemanden.« Ihre Hände fassten an den Türrahmen, und ich befürchtete, sie würde jeden Moment umkippen. Ich fühlte mich ähnlich blümerant, war aber noch so klar im Kopf, dass ich beschloss, auf Dr. Berg zu pfeifen. Diese Hitze war ja nicht zum Aushalten. Geradezu höllisch. »Das ist genau wie damals«, sagte Max Lauthausen plötzlich, und Svenja und ich fuhren beide zu ihm herum.

»Was?«, hechelten wir.

»Als der Vesuv ausgebrochen ist«, erklärte Max mit Grabesstimme. »Genau so müssen sich die Einwohner von Pompeji gefühlt haben.« Dabei machte er ein Gesicht wie ein Friedhofsgärtner. »Im ersten Jahrhundert nach Christus. Genau so muss es sich angefühlt haben, als die Lavaströme die Stadt unter sich begraben haben. Zuvor hat es Bimssteine geregnet, die aus dem Vulkan in die Luft geschleudert worden sind.«

Svenja und ich starrten beklommen an die Decke, wo aber glücklicherweise nur Holz zu sehen war.

»Die Asche hat alles bedeckt, sie hat sogar die Sonne verdunkelt. Wer nicht bereits an den Staubwolken er

stickt ist, wurde von den Schwefeldämpfen umgebracht.«
Er rieb sich über den feuchten Schnurrbart. »Hier riecht
es auch seltsam.«

»Ich muss hier raus!« Voller Panik schob ich Svenja beiseite, die sich kaum noch auf den Beinen halten konnte
und in den Raum taumelte. Max sprang sofort auf, um
sie zu stützen. »Es tut mir leid, aber ich brauche Luft!«,
keuchte ich und zerrte an der Tür, die sich keinen Zentimeter bewegte. »Wieso geht die verdammte Tür nicht
auf?« Ich rüttelte hektisch am Griff und stemmte mich
mit dem Fuß gegen den Rahmen. Nichts geschah.

Vor Anstrengung traten mir Tränen in die Augen, und
ich blinzelte. Als vor mir ein von einer Vintage-Brille
eingerahmtes blaues Augenpaar auftauchte, zweifelte ich
an meiner Sinneswahrnehmung.

»Die Tür!«, krächzte ich die Gestalt am Fensteraus-
schnitt an und unterdrückte ein Schluchzen. Falls das
doch keine Wahrnehmungsstörung war und Dr. Bergs
Sohn Niklas wirklich vor dieser Tür stand, wollte ich
nicht so würdelos jammern.

»Tilly?«, formte sein Mund, aber kein Laut drang zu
mir.

Hilfe, wollte ich schreien, aber die feuchte Hitze schien
meine Kehle zu verkleben. Sternchen tanzten vor meinen

Augen. Ich sah, dass Niklas den Kopf schüttelte und seine Hand den Türgriff erfasste. Im nächsten Moment fiel ich mit der Tür nach draußen und ihm direkt in die Arme.

* * *

»Die Tür geht nach a-außen auf.«

Okay, das war unangenehm. »Ich habe ein bisschen überreagiert, oder? Trotzdem danke, dass du mich gerettet hast. Diese Sauna ist wirklich das Allerletzte!«

Er nickte und fing an zu grinsen. »Ich gehe da niemals rein. Mir beschlagen da drin die Brillengläser.«

Ich spürte, wie sich meine Mundwinkel ebenfalls nach oben zogen. Und mein Blick hielt sich an seinem schiefen Eckzahn fest wie an einem alten Bekannten.

»Bist du mit deinem Vater hier? Ich habe ihn eben da drin getroffen.« Dann fügte ich mit einem vorwurfsvollen Unterton hinzu: »Er hat kein bisschen geschwitzt.«

Es war wirklich nicht sehr souverän von mir, die eigenen Gedanken so ungefiltert herauszulassen. »Das sollte keine Kritik sein.«

Mit dem gekrümmten Zeigefinger schob er seine Brille ein paar Millimeter nach oben. »Ich weiß, was du meinst. Früher habe ich ihn für ein Alien gehalten«, erklärte er.

»Er kann Stunden ohne Nahrung auskommen, wenn er konzentriert arbeitet. Manchmal hat er sogar vergessen, dass er so was wie eine Familie hat. Ich habe deshalb vermutet, dass seine Energie von einem anderen Planeten gespeist wird.«

»Und jetzt glaubst du das nicht mehr?« Ich presste die Lippen zu einem Strich zusammen. Ich konnte nicht abschätzen, ob er mich nur veräppeln wollte.

Niklas schüttelte langsam den Kopf, als müsse er die Antwort erst noch finden, dann beugte er sich vor, um mir ins Ohr zu flüstern. »Ich habe seinen Bauchnabel gesehen.«

Ich fing an zu lachen, dann räusperte ich mich, weil ich eine unfassbar trockene Kehle hatte. »Komm!« Niklas zog mich am Arm mit sich fort, ohne darauf zu achten, dass ich mit meinem Handtuch rang. »Wo willst du denn hin?« Ich konnte schließlich nicht einfach so meinen Posten verlassen. Ich musste Svenja und Max im Auge behalten oder zumindest beobachten, was Kerstin mit den beiden vorhatte. Kunkel war immer noch wie vom Erdboden verschluckt.

»Du b-brauchst eine Abkühlung.« Im Vorbeigehen schnappte Niklas von einem Bord ein Handtuch und zog mich hinter sich her zu einer Wendeltreppe. »Auf der

Terrasse ist um diese Uhrzeit kein Mensch. Das Wasser oben ist das einzige unter dreißig Grad. Wir dir bestimmt gefallen.«

»Aber ich habe keinen Badeanzug.«

Er blieb so abrupt stehen, dass ich gegen seine Schulter prallte. Wie in Zeitlupe drehte er sich zu mir um.

»Tut mir leid.« Ich lächelte entschuldigend, als wäre das mein Fehler. »Ich hatte nichts dabei, und mein Kollege meinte, … also … Ich hatte keine Zeit, noch einmal nach Hause zu fahren. Eigentlich bin ich dienstlich hier.«

Sein Blick maß den Abstand vom Handtuch zu meinen Knien. »Man hat dir ein Männerhandtuch gegeben«, stellte er fest.

Das erklärte Einiges!

»Was machen wir denn jetzt? Ich kann ja schlecht bloß mit einem Handtuch in das Schwimmbad gehen, oder?«

Wir hatten die letzten Stufen erreicht und betraten die Dachterrasse. Als ich die Umgebung näher in Augenschein nahm, hielt ich mitten in der Bewegung inne und konnte mir gerade noch ein Wow! verkneifen. Das kleine Becken wurde von Natursteinen eingerahmt, und an den Ecken hatte man Windlichter platziert, die jetzt um diese Uhrzeit allerdings noch nicht entzündet worden waren. Der Boden bestand aus ergrauten Holzdielen und wurde von winzigen grünen Sträuchern unterbrochen. An einer Seite waren mehrere Holzliegen aufgereiht, deren weiße Polster herrlich bequem aussahen. Wir traten durch eine Pergola. Außer uns war keine Menschenseele hier oben.

»Und jetzt?« Ich seufzte. Es war wirklich zu schade, dass ich nun nicht in dieses Wasser springen konnte. Mir war immer noch so heiß, dass ich ganz wackelige Beine hatte. »Du gehst schwimmen«, sagte Niklas bestimmt. Er bemühte sich sehr, nicht zu grinsen, schaffte es aber nicht ganz. »Und ich ziehe meine Brille aus.«

KAPITEL 18

Du bist also kurzsichtig, ja?« Ich dümpelte am Beckenrand wie eine Boje und stellte das Wasserglas ab, das Niklas für mich besorgt hatte. Mein Handtuch lag auf dem Boden direkt neben seiner Brille. »Sehr kurzsichtig?«

»M-minus sechs Dioptrien«, brummte Niklas, der es sich auf der Liege gemütlich gemacht hatte und die Arme hinter seinem Nacken verschränkte. »Seit der sechsten Klasse trage ich eine Brille.«

Ich traute ihm nicht ganz, musste ich zugeben. Deshalb hakte ich weiter nach. »Ist das viel?«

Niklas hatte die Augen geschlossen und atmete ganz ruhig. Von hier aus konnte ich gut beobachten, wie sich sein Brustkorb dabei anhob. Ein wenig war ich überrascht, dass er körperlich so gar nicht nach seinem Vater kam.

Er nickte nur.

»Okay«, sagte ich und schwamm ein paar Züge vom Beckenrand fort. »Wie viele Finger sind das?« Ich streckte den rechten Arm in die Luft.

Erst jetzt öffnete Niklas wieder die Augen und kniff sie konzentriert zusammen. »Drei?«

»Knapp daneben.« Lachend bewegte ich mich weiter in seine Richtung, immer darauf bedacht, nur die Schultern aus dem Wasser herausragen zu lassen. »Und jetzt?« Ich hielt alle Finger in die Höhe.

»K-keine Ahnung«, gab er zu. »Einer? Nein, zwei.«

Auweia! Ohne Brille war Niklas offenbar völlig aufgeschmissen. Mutig geworden, machte ich noch einen Schwimmzug auf ihn zu. Das Wasser war unglaublich angenehm. Nicht zu warm und nicht zu kalt. Genau richtig, wenn man kurz vorher bei einhundertzwanzig Grad geschwitzt hatte. Den Beckenrand hatte ich immer noch nicht erreicht. Ich hielt meine rechte Hand in die Luft und spreizte Zeige- und Mittelfinger ab. »Wie viele?«

Niklas richtete sich auf und schirmte die Augen mit der Hand ab, obwohl er im Schatten lag und die Sonne sein Gesicht nicht erreichte. »Das kann ich dir nicht sagen, aber ich sehe gerade, du hast genau zwischen Zeige- und Mittelfinger ein Muttermal. Und da ist eine Mücke auf deiner linken Schulter. Sie guckt ziemlich b-böse, wahrscheinlich überlegt sie gerade, wo sie dich am besten aussaugen kann.«

Mit der flachen Hand schlug ich mir auf die Schulter, aber da war keine Mücke. Es dauerte einen weiteren Moment, bis die Bedeutung seiner Worte vollständig in mein Gehirn vorgedrungen war und ich begriff. Dann gab ich Stöhnen von mir und tauchte unter Wasser.

* * *

In das riesige Handtuch gewickelt, das Niklas mitgenommen hatte, schlich ich hinter ihm her, die Wendeltreppe nach unten. Das schlechte Gewissen plagte mich, weil ich mich in der letzten halben Stunde herrlich entspannt und darüber unseren Auftrag völlig vergessen hatte. Ich konnte nur hoffen, dass wenigstens Kunkel die Stellung gehalten und etwas in Erfahrung gebracht hatte. Ob Svenja immer noch mit Kerstins Mann flirtete? So wie ich ihn einschätzte, müsste man ihn mit vorgehaltener Waffe zwingen. Er machte einen absolut integren Eindruck auf mich. Ich hielt Ausschau nach meinem Kollegen.

»Vielleicht ist er schon nach Hause«, vermutete Niklas, aber ich schüttelte den Kopf. »Kunkel würde nicht einfach so ohne mich fahren.«

»Wir können ja an der Rezeption fragen, ob er eine Nachricht für dich hinterlassen hat.«

Gute Idee. Ich wollte Niklas gerade folgen, als ich seitlich von mir ein Zischen wahrnahm. Unsere Köpfe flogen herum. Hinter einem Pfeiler winkte eine Hand, die mir seltsam bekannt vorkam. Nur die Farbe ... Der Arm war über und über mit graubraunem Schlamm bedeckt. Kunkel linste um die Ecke, die Stirn in tiefe Falten gegraben. Nicht nur seine Arme, nein, sein ganzer Oberkörper war dreckverschmiert, und die grauen Brusthaare ragten daraus hervor wie Grashalme.

»Was ist passiert?« Er sah aus, als hätte er bei einem internationalen Schlammlauf mitgemacht. Da, wo der Dreck bereits eingetrocknet war, bröckelte er ab und rieselte zu Boden. Zu Kunkels Füßen entdeckte ich eine Spur, die zurück zu einem Séparée führte.

»Das ist dein Kollege?«, fragte Niklas.

Ich nickte und lief zu Kunkel, dessen Winken immer hektischer wurde.

»Sie sind im Hammam«, keuchte er und klopfte seine Hüfte vergebens nach einem Taschentuch ab. Mit einem Seufzen gab er auf. »Ich konnte ihnen nicht folgen, weil diese nette Dame mich gerade ...« Er zeigte an sich hinunter. »Nun bin ich mitten in der Behandlung nach draußen ... Habe behauptet, ich müsse schnell auf die Toilette. Aber so kann ich den beiden unmöglich folgen.«

Das war offensichtlich.

»Also ist das hier so etwas wie eine Observierung?« Der schräge Eckzahn wurde sichtbar, als Niklas grinste. »Und ich dachte, du verkaufst bloß Versicherungspolicen.«

»So ähnlich«, sagte ich. »Also eigentlich tue ich das auch. Nur müssen wir unbedingt …«

»Keine Interna!«, blaffte Kunkel und fuchtelte so wild mit seiner Hand, dass kleine Schlammbröckchen durch die Luft flogen. »Gehen Sie in diesen Hammam! Offenbar ist das mit dem türkischen Bad eine Planänderung, um uns zu verwirren. Sehr geschickt eingefädelt. Halten Sie Ausschau nach einer Frau mit roten Haaren!«

Ich nickte ernst. »Ich weiß, wie sie aussieht. Sie können sich auf mich verlassen. Gehen Sie ruhig wieder zurück zu Ihrem … Schlammbad.«

»Das ist Fango«, raunte Kunkel, und unter dem grauen Schlamm röteten sich seine Wangen. »Ein Mineralschlamm vulkanischen Ursprungs. Die Therapie des Bagno di fango wurde bereits von römischen Legionären geschätzt. Äußerlich bei Wundschmerzen, Geschwülsten oder Hautausschlägen und innerlich bei Vergiftungen, Durchfällen und …« Er unterbrach sich selbst mit einem Kopfschütteln. Als er den Faden wiedergefunden hatte, sagte er: »Achten Sie darauf, dass Frau Lauthausen kein Beweismaterial sichern kann. Sie wird eine Kamera dabeihaben oder ein Mobiltelefon, etwas, womit sie das Fremdgehen ihres Mannes belegen kann.« Die letzten Worte hatte er hinter vorgehaltener Schlammhand geflüstert, damit Niklas sie nicht mitbekam, aber ich bezweifelte, dass es etwas nutzte. Niklas war schließlich nicht blöd. Um so unauffällig wie möglich auszusehen, hakte ich mich bei Niklas ein. Für einen kurzen Moment zuckte er zurück, und ich wusste nicht, ob ich den Arm wegnehmen sollte. Vielleicht mochte er es nicht, angefasst zu werden, so wie manche Menschen es nicht mochten, wenn man ihnen in die Augen sah. Vielleicht machte es Niklas Angst, wenn ich ihn berührte. Trotzdem fühlte sich sein nackter Arm gut an. Ähnlich wie das Gefühl, abends in ein frisch bezogenes Bett zu steigen. Man drückte das müde Gesicht in das weiche Kissen und roch noch die Sonne, die tagsüber auf den Bezug geschienen und den Wind, der ihn durchgepustet hatte. Der Geruch, der Niklas anhaftete, kurz bevor wir den Hammam betraten, war mir jedenfalls alles andere als unangenehm.

Der Anblick von Max Lauthausen, der Svenja küsste, war jedoch weniger angenehm. Wir schlenderten in den angrenzenden Raum und wurden von Marmorwänden eingerahmt. Eine Steintreppe führte von der Tür hinab ins Wasser. Die Wände des Hammam zierten Ornamente und blaues Mosaik. Es roch pudrig und samtig nach Sandelholz, Vanille und ein wenig nach Marzipan, was mich an das Parfum erinnerte, den Gina gerne ausführte und das mir regelmäßig Kopfschmerzen bescherte. Ich zog meinen Arm aus Niklas' Armbeuge heraus und hörte, wie er erleichtert aufatmete. »Auf zwei Uhr. Ist das die Frau, die du suchst?«, fragte er und tat so, als interessiere er sich brennend für eine Amphore, die rechts an der Wand stand und vermutlich bloß ein China-Import war. »Oh, ist das hübsch!«, rief ich aus, beugte mich über die Keramik und schielte unauffällig in die Richtung, die Niklas angegeben hatte. Tatsächlich, da war Kerstin Lauthausen. In Hüfthöhe hielt sie ein kleines silbernes Gerät, das kaum größer war als eine Streichholzschachtel. Hoch konzentriert sah sie zu einem Paar, das versteckt hinter einem Pfeiler lehnte. Svenja fasste ihre Hände hinter Max' Nacken zusammen. Erst tätschelte er ihr nur tröstend über den Rücken, doch dann zuckte sein Schnurrbart, und sein Gesicht wurde von ihrem verdeckt.

Mein Kopf fuhr zu Kerstin zurück, die das silberne Gerät in ihrer Hand mehrmals auf- und wieder zusammenschob. Klick-klick-klick machte die kleine Kamera, und mir blieb bei diesem Klicken beinahe das Herz stehen. *Nein, nein, nein.*

Niklas untersuchte die Amphore und fuhr mit dem Zeigefinger die Bemalung entlang. »Warum macht sie Fotos von dem Paar?«

»Eine Million«, raunte ich ihm panisch zu. »Diese Fotos kosten uns eine glatte Million Euro. Ich fasse es nicht. Nie im Leben hätte ich gedacht, dass Svenja ihn dazu bringt. Ich meine, er hat vierundzwanzig Versicherungen. Kannst du dir vorstellen, dass so jemand fremdgeht?«

»Eine Million nur für ein Kussfoto?« Er starrte Kerstin nun interessiert an. »Ich verstehe zwar nicht ganz, wie es dazu kommt, aber ich ahne, du würdest einiges dafür tun, damit eure Firma diese Million nicht zahlen muss. Mit m-mir heute Abend ausgehen zum Beispiel.«

»Was?« Ich hatte nicht richtig zugehört.

»Wenn es mir gelingt, ihr die Kamera abzunehmen. Darf ich dich dann heute Abend einladen? Es gibt da etwas … nichts Außergewöhnliches. Aber da wäre etwas, das ich dir gerne … Hörst du mir überhaupt zu?«

»Doch, natürlich. Niklas, pass auf, das ist jetzt wirklich eine heikle Situation. Ich muss etwas unternehmen, dabei kannst du mir nicht helfen. Diese Frau darf keinesfalls mit dieser Kamera hier rausspazieren, aber ich kann dir das nicht erklären. Das wäre die zweite große Sache in einem Monat, die ich vermassle. Es tut mir wirklich leid.« Ich pirschte mich an der Wand entlang und ließ Kerstin Lauthausen keine Sekunde aus den Augen. »Ich rufe dich morgen an, ja?« Ich schaute mich nicht um und wartete auch nicht auf seine Antwort, sondern schob mich Schritt für Schritt an der Mosaikwand entlang. Ich hatte keinen Plan und nicht den Hauch einer Vorstellung davon, was ich nun machen sollte. Hätte ich wenigstens einen Beweis dafür, dass Kerstin mit Svenja unter einer Decke steckte. Aber so? Inzwischen hatte Svenja sich von Max gelöst, der sich peinlich berührt über den Schnurrbart strich. Was hatte Niklas gesagt? Er würde Kerstin die Kamera abnehmen? Aber wie? Nur langsam tröpfelten seine restlichen Worte in mein Gehirn. Hatte er wirklich gefragt, ob ich mit ihm ausginge? Und hatte ich ihm geantwortet?

Mein Kopf fuhr herum, aber von Niklas war nichts mehr zu sehen. Ich hatte ihm nicht richtig zugehört und ihn einfach so stehen lassen. »Verdammt, verdammt, verdammt!«, fluchte ich und stieß mich von der Wand ab. Natürlich war er gegangen. Mit einem Mal stieß mir der Geruch der orientalischen Gewürze übel auf. Ich watete durch das warme Wasser Richtung Treppe und schlappte mit den nassen Frottee-Pantoletten die Stufen nach oben. Wenn ich Glück hatte, war Niklas noch in der Umkleide, und ich konnte ihn einholen. Ich würde … Gar nichts würde ich, denn in diesem Moment wurde die Tür aufgestoßen und der strenge Bademeister, der mich so grob dazu angehalten hatte, mich mit einer Wurzelbürste zu schrubben, stürzte wutschnaubend in den Hammam. Sein Blick, der mich unvorbereitet traf, hatte die Schärfe eines indischen Currys. »Frau!«, blaffte er. »Rote Haare, Sonnenbrille!«

»Da vorne«, sagte ich ehrlich perplex und deutete in Kerstins Richtung. Der Bademeister spurtete, so schnell seine Badelatschen es erlaubten, über den Marmorboden und stakste dann durch das flache Wasser. In Nullkommanichts hatte er Kerstin erreicht.

»Niemand fotografiert Badegäste in unserem Hammam«, sagte er drohend. Ich sah, wie Kerstin panisch ihre winzige Kamera umklammerte und versuchte, sie hinter ihrem Rücken in Sicherheit zu bringen.

»Ich habe überhaupt nichts fotografiert«, log sie.

»Und was ist das da in Ihrer Hand? Glauben Sie, ich bin bescheuert? Das hier ist eine öffentliche Badeanstalt. Sie dürfen hier nicht fotografieren. Das verstößt gegen unsere Baderegeln.«

»Sie verstehen das nicht«, begann Kerstin. »Es handelt sich um eine Privatangelegenheit ...«

»Die auch privat bleiben wird. Glauben Sie mir, das wird Konsequenzen für Sie haben. Ich erwarte, dass Sie auf der Stelle unser Schwimmbad verlassen. Im Poseidonbad sind Sie ab sofort nicht mehr willkommen.« Er zerrte ihr die silberne Kamera aus der Hand, und ich konnte mein Glück kaum fassen. Bestimmt hatte Niklas den Bademeister alarmiert. Wenn es so war, dann war ich ihm auf ewig dankbar. Federleichten Schritts lief ich aus dem Bad und machte mich auf die Suche nach Niklas Berg.

KAPITEL 19

Natürlich war Niklas schon fort, als ich aus der Umkleide kam. An der Rezeption fragte ich nach Dr. Berg und seinem Sohn, aber die Dame konnte mir keine Auskunft geben.

»Ist das dieser unscheinbare Mann mit den braunen Haaren? Ach nein, das war der Vater, oder? Oder waren sie dunkelblond? Nein, jetzt weiß ich es, sie waren grau, nicht wahr? Und sein Sohn hatte diesen Hut auf. Ach nein, es war eine Brille, oder? Tut mir leid, ich kann mich nicht genau erinnern, aber ich glaube, sie sind schon fort.«

Vater und Sohn waren tatsächlich beide sehr unauffällig, um nicht zu sagen unscheinbar. Dabei war Niklas mit seinem ebenmäßigen Gesicht, der geraden Nase und den blauen Augen sehr attraktiv. (Und hatte ich den leicht schrägen und sehr charmanten Eckzahn schon erwähnt?) Aber das stellte man nur fest, wenn man ihn genau ansah, und aus einem mir nicht nachvollziehbaren Grund tat es niemand. Ich selbst hatte ihn bei unserer ersten Begegnung ja auch nicht weiter beachtet.

Ich schrieb eine kurze Nachricht an Kunkel, der sich wahrscheinlich immer noch in seinem Schlammbad befand, und eine zweite an Gina, um ihr beizubringen, dass sie in knapp zwei Stunden mit mir verabredet sein würde. Nun, wo ich Oma versprochen hatte, früher nach Hause zu kommen, musste ich ihr im Gegenteil klarmachen, dass ich auch noch den Abend außer Haus sein würde. Mit zusammengekniffenen Augen kramte ich nach meiner Sonnenbrille, da fiel mir eine Karte in die Hand. Eine Eintrittskarte. Turandot. Daran hatte ich gar nicht mehr gedacht, und der Termin war bereits an diesem Wochenende. Für einen kurzen Moment beschleunigte sich mein Puls. Ich hatte keine Ahnung, was mich dort erwarten würde. Was sollte ich tun, wenn die Katze tatsächlich dort auftauchte? Das Beste wäre, ich würde Kubitschek einweihen und ihm von meinem Verdacht erzählen, dass die Katze mir mit dieser Eintrittskarte eine Nachricht zukommen lassen wollte. Aber ganz sicher bekäme Kubitschek einen Tobsuchtsanfall – darauf konnte ich gut verzichten. Mit einem Seufzen schob ich die Karte zurück in die Innentasche und zog den Reißverschluss zu.

Dieses Thema musste ich bis zum Wochenende vertagen. Ich strich mir das noch feuchte Haar aus dem Gesicht und machte mich auf den Weg zur Bushaltestelle.

Während ich versuchte, einen einigermaßen sonnengeschützten Platz unter dem Wartehäuschen zu finden, überlegte ich, was ich Niklas schreiben sollte. Oder sollte ich ihn besser gleich anrufen? Allerdings wusste ich nicht, ob er sauer war, weil ich ihn auf seine Frage nach einem Date nicht geantwortet hatte. Besser ich schrieb ihm erst einmal nur eine Nachricht.

Danke, dass du dem Bademeister Bescheid gesagt hast. Du hast mir damit das Leben gerettet! Scheint so, als würde ich immer mehr in deiner Schuld stehen.

Ich schickte die Nachricht ab. Das wäre jetzt auch die Gelegenheit, auf das Date zurückzukommen.

Den Zeigefinger schon auf dem Display hielt ich inne. War das eine so gute Idee? Wollte ich mich wirklich mit einem Mann verabreden, dessen Vater Kriminelle verteidigte? Schließlich ging es hier nicht um Kavaliersdelikte. Di Titta war ein ausgewachsener Mafioso, und auch wenn das Wort auf Italienisch irgendwie niedlich klang, war diese Familie alles andere als harmlos. Und so nett Niklas auch war, so dubios erschien mir der Zusammenhang zur Katze, der es sich offenbar zur Aufgabe gemacht hatte, Dr. Bergs Mandanten zu schädigen. Ich musste dringend nachforschen, welche Fälle Dr. Berg sonst noch so bearbeitet hatte. Oder Gina konnte das für mich tun.

Ich öffnete WhatsApp und hielt den Finger auf das Mikrophonsymbol, um ihr eine Sprachnachricht zu hinterlassen. Nur sollte sie Kubitschek nichts von unserem Verdacht erzählen. Noch nicht. Denn dieser Verdacht mit Dr. Bergs Klienten war ein Hinweis, den ich irgendwann bestimmt noch als Tauschpfand bei Kubitschek brauchen konnte.

* * *

Eine gute Stunde später hatte ich mein wirres Haar geordnet – Lufttrocknen im Hochsommer war keine gute Idee – und mich in ein schlichtes dunkelblaues Blusenkleid gehüllt, das an der Taille von einem braunen Gürtel zusammengehalten wurde und deutlich länger war als das Handtuch, das mir in der Sauna ausgehändigt worden war, und deshalb angenehm meine Knie bedeckte. Dominik pfiff aus dem Fenster, als ich aus der Tür trat, was ich jedoch nicht auf mich bezog, denn diesmal war es Gina, die die Blicke auf sich zog. Sie wartete, an den Kotflügel ihres Autos gelehnt, und trug umwerfende Sandalen, die ich noch nie an ihr gesehen hatte und deren Schnürung die Wade hochlief. Ihre Beine wurden dadurch um einen gefühlten halben Meter verlängert. Ihr dunkles Haar hatte sie kunstvoll hochgesteckt und ließ nur eine einzelne Strähne wie zufällig über ihre Schläfe fallen. Ihr Dekolleté war mit einem leichten Goldpuder bestäubt und glitzerte in der Abendsonne. Sie sah mindestens so umwerfend aus wie Monica Bellucci. Und das sagte ich ihr auch.

»Gina, du siehst aus wie eine Göttin.«

Sie winkte verlegen ab, aber auf ihrem Gesicht breitete sich ein Strahlen aus.

»Ich sach ma so«, ließ Dominik sich vernehmen, die nackte Arme auf die Brüstung gelegt und sich den Hals verrenkend. Die Schlange unterhalb seines Ohrs schien zu pulsieren. Aber anstatt etwas zu sagen, lief er nur rot an.

»Danke.« Gina grinste.

Ich seufzte ein bisschen und sah auf mein Schuhwerk hinab. Flache braune Sandalen mit Wildleder-Quasten, die um das ganze Fußgelenk herum bis auf den Spann fielen und mir einen Hauch Wildwest-Romantik verliehen.

»Bereit, diesen Dieb auf frischer Tat zu ertappen?« Gina stieß sich vom Wagen ab.

»Mehr als bereit«, antwortete ich, dabei war das gelogen. Ich war dauerhaft überfordert. Seitdem die Katze in mein Leben getreten war, befand ich mich in ständiger Alarmbereitschaft. Mit grimmiger Miene ließ ich mich auf den Beifahrersitz fallen und biss in das Käsebrot, das Oma mir auf die Schnelle geschmiert hatte. Sie war der Meinung gewesen, dass ich nicht hungrig zu einem Empfang gehen sollte, weil es dort nur winzige Kanapees geben würde. Oder Salzstangen.

Ich kaute auf dem zähen Graubrot herum und biss unerwartet auf etwas Hartes. Autsch. Mit dem Finger fischte ich nach dem Ding, das mir ins Zahnfleisch pikte. Bei näherer Betrachtung entpuppte sich das kleine Metallstück, das ich herauszog, als Büroklammer. Kopfschüttelnd fragte ich mich, wie Oma das hinbekommen hatte. Hatte sie das Brot etwa auf meinem Schreibtisch geschmiert?

Gina ließ ihr Fenster hochfahren, um den Wind daran zu hindern, ihr Haar durchzupusten. Eigentlich war Oma mir eben ganz klar vorgekommen. Nachdenklich steckte ich die Büroklammer aus Mangel an einem Mülleimer an meinem Kragen fest und beschloss, meine Oma in circa einer Stunde anzurufen, um sie zu fragen, ob alles in Ordnung war. Es war nicht weit bis zu Franz Biermanns Privathaus, in dem der Empfang stattfinden sollte. Wir parkten das Auto in einer Seitenstraße und liefen über den breiten Kiesweg zum Haus. Rechts und links der Einfahrt steckten Leuchtsäulen im Gras, die bereits eingeschaltet waren, obwohl die Sonne noch nicht untergegangen war. Ein Mann in roter Weste nahm von einem Paar den Autoschlüssel entgegen, um deren Mercedes umzuparken. Gina stieß mich in die Seite. Mit Schaudern stellte ich fest, dass die Eingangstür offen stand. So viel zum Thema Sicherheit. Wenn das im Hause Biermann so üblich war, würden wir seine Verträge überarbeiten müssen. Dann bemerkte ich die beiden Sicherheitsleute, die sich neben den kegelförmigen Buchsbäumen postiert hatten. Der Rechte sprach gerade in ein kleines Mikro am Ärmel, der Linke nutzte die Zeit, um grimmig zu schauen. Ich sah die Kabel, die in ihren Nacken nach oben zu je einem kleinen Knopf im Ohr verliefen, und fühlte mich augenblicklich sicherer. Allerdings nur so lange, bis mir einfiel, wie viele bullige Schläger mit Spectators an den Füßen auf Arcangelo di Tittas Beerdigung gewesen waren. Selbst davon hatte sich die Katze nicht abschrecken lassen, und diese Männer hier trugen weitaus billigere Schuhe. Ich besah mir das faltige Leder und die abgeriebenen Absätze, als wir die Tür erreichten. Das hatte deutlich weniger Stil.

»Guten Abend«, summte Gina fröhlich und lächelte die beiden Männer an. Der eine nickte kaum merkbar mit dem Kopf, der andere schaute weiterhin grimmig, aber offenbar sahen wir in ihren Augen harmlos aus, denn sie ließen uns einfach so passieren.

Wir betraten die imposante Eingangshalle und wurden augenblicklich von einem Grundrauschen eingehüllt. Meine glatten Sohlen rutschten über den polierten Marmor, in dem sich das Licht des Kronleuchters spiegelte. Eine Dame im dunkelroten Kostüm begrüßte uns. Da es unmöglich Biermanns Frau sein konnte – ihre Schuhe waren ganz offensichtlich von Deichmann, das erkannte ich an der gummierten Sohle –, tippte ich auf Frau Friedrich, Biermanns Sekretärin, mit der ich am Nachmittag telefoniert hatte. Biermann hielt sie wohl ziemlich kurz. Das ließ ihn in meinen Augen noch tiefer sinken als die Titanic.

»Bernardi und Blum, von der Secur-SORGLOS AG. Man hatte uns bereits am Nachmittag angekündigt. Frau Friedrich?« Ich streckte ihr die Hand hin, die sie etwas überrumpelt ergriff.

»Das ist … richtig.« Die Pause im Satz war so lang, dass sie beide Lungenflügel bis zum Anschlag hätte damit füllen können. »Sie sehen mich etwas irritiert«, gab sie zu und zog die Gästeliste hervor. »Wir hatten erwartet, dass die Versicherung zwei Herren schicken würde. Und da uns lediglich die Nachnamen bekannt waren …«

»Das passiert uns ständig.« Gina knirschte mit den Zähnen.

Frau Friedrich nickte entschuldigend, hakte unsere Namen auf der Liste ab und deutete auf einen bärtigen Kellner, der gerade auf unserer Höhe vorbeikam. »Ein Glas Schaumwein zur Einstimmung?« Damit wandte sie sich ab und begrüßte den nächsten Gast, der die Halle nach uns betreten hatte.

Jetzt konnte ich sie nicht einmal fragen, wo sich Biermann gerade aufhielt. Gina schnappte sich ein langstieliges Glas vom Tablett des Kellners. »Heute werden wir nicht an die Promille denken.« Der Kellner lächelte aus seinem rostroten Hipster-Vollbart. Mir erschien er in seinem schwarzen Anzug fast schon zu gut angezogen für eine Servicekraft. Ganz im Gegensatz zu den beiden Sicherheitsfuzzis vor der Tür. Seine Schuhe, ein Paar richtig schicke, klassische Oxfords, waren blank poliert und hatten meine vollste Aufmerksamkeit.

»Was darf es für Sie sein?«, fragte er mich und senkte das Tablett auf meine Höhe.

»Danke, ich nehme einfach das hier.« Meine Finger

schlossen sich um ein Glas, von dem ich hoffte, dass es Orangensaft beinhaltete.

Wo war Biermann? Und lief hier irgendjemand herum, der Ähnlichkeiten mit der Katze aufwies?

Die Verlegenheit unserer Begegnung in der Kirche steckte mir immer noch in den Knochen. Ich hatte die Katze da schon nicht erkannt und musste im Prinzip jeden Mann in Augenschein nehmen, der noch unter hundert war. Ich traute ihm durchaus zu, dass er sich wieder die Haare gefärbt, bzw. eine Perücke aufgesetzt hatte. Oder dass er sich erneut einen Bart ins Gesicht geklebt hatte. Von mir aus auch einen Hipster-Vollbart wie dieser Kellner. Ich sah den Mann nur noch von hinten, scannte aber seine Erscheinung ab. Die Statur war ähnlich, aber nein, ich schüttelte den Kopf. Die Stimme des Kellners war etwas zu dunkel, fast schon heiser, und die Katze hatte, wenn ich mich richtig erinnerte, mehr Melodie besessen. Ich ließ den Blick schweifen. Die Katze könnte auch einen Fatsuit angezogen haben und sich als dickbäuchiger alter Mann tarnen. Vielleicht sogar als Frau, schoss es mir durch den Kopf, und das raubte mir nun wirklich den letzten Nerv. Es gab einfach nichts, was ich diesem Verbrecher nicht zugetraut hätte. Zumindest, wenn es um seine Tarnung ging.

»Da ist die Kogler.« Gina nickte in Richtung einer sehr zierlichen blonden Dame.

»Schauspielerinnen sind immer so klein«, meinte Gina. »Findest du nicht auch, dass sie winzig ist?«

Ich konnte ihr nicht antworten, weil mein Unterkiefer gerade herabsank. Marianne Kogler hatte die Hand gehoben, um ihrem Begleiter die Wange zu streicheln, und mir war der Panther ins Auge gesprungen, der sich um ihr Handgelenk wand. Er sah einfach umwerfend aus, noch viel schöner als auf den Fotos im Internet. »Siehst du das Armband?« Auch Ginas Stimme war geradezu ehrfürchtig. »Es sieht exakt so aus wie das, was König Edward seiner Wallis Simpson geschenkt hat, findest du nicht? Oh, das ist so romantisch.«

Ich schluckte. Wie geschmeidig sich der Panther um ihr Handgelenk legte und dabei auch noch so lebendig wirkte, ließ mir den Atem stocken, und ich war in diesem Augenblick nur dankbar, dass wir ihn nicht versichert hatten. Das war kein Schmuckstück, dass man einfach so spazieren trug, wenn man nicht gerade die Duchess of Windsor war. Nur widerwillig riss ich mich von diesem Anblick los. »Wir sollten uns lieber um die Briefmarken kümmern. Hast du schon gesehen, wo sie sind? Lass uns mal da hinten zu den Schaukästen gehen.«

Ich wartete nicht auf Ginas Antwort, hörte aber, dass sie mir folgte. Mehrere Glaskästen waren auf einem langen Tisch ausgestellt, um den sich ein Dutzend Menschen drängte. Die Tischtücher reichten bis zum Boden, und ich hoffte, dass Biermann darunter eine Alarmanlage versteckt hielt, denn besonders sicher kam mir das hier nicht vor. Ich konnte es wegen des Gedränges nicht genau erkennen, aber ich vermutete, dass die Kästen alle einzeln abgeschlossen waren. Wir stellten uns in die Schlange und warteten darauf, einen Blick auf die kostbaren Briefmarken zu erhaschen, aber als es endlich so weit war, war ich enttäuscht.

Gina seufzte meine Gedanken heraus. »Wie armselig. Und dafür sind so viele Leute hierhergekommen? Ich kann nicht glauben, dass wir uns dafür angestellt haben.« Sie deutete auf das unscheinbare rechteckige Stückchen Papier, das einsam auf einem Samtkissen drapiert worden war.

Ich musste ihr recht geben. Kaum vorstellbar, dass diese Briefmarke einen solch hohen Sammlerwert besaß, geschweige denn, dass wir sie dafür auch noch abgesichert hatten.

»Ich glaube, wir sind ganz umsonst hergekommen«, fuhr Gina fort. »Aber wenigstens gibt es Sekt.«

»Das ist Champagner«, berichtigte eine Stimme neben uns. Es war der rotbärtige Kellner, der uns eben schon bedient hatte. Er schaute auf die Vitrine und seufzte heiser. »Kaum vorstellbar, dass sich der ganze Aufwand dafür gelohnt haben soll.« Mit einem Kopfnicken deutete er in den Raum, was alle Menschen, die Beleuchtung, die Blumendekoration, die leinenen Tischtücher und überhaupt alles in diesem Haus mit einzuschließen schien. »Aber der Stundenlohn ist okay.« Er wollte sich abwenden, stockte jedoch mitten in der Bewegung. »Oh, nicht erschrecken. Sie haben da was.« Er deutete auf eine Stelle unterhalb meines Kinns.

»Wie?« Hatte ich es geschafft, mich schon innerhalb der ersten halben Stunde zu bekleckern?

»Eine Spinne.«

»Was?« Mein Körper erstarrte. Ich wünschte wirklich, die Menschen würden es einem erst hinterher erzählen, dass man eine Spinne auf sich sitzen hatte, und nicht, während es noch der Fall war. Jetzt wäre mir ein Fettfleck auf der Brust doch lieber gewesen.

»Wo?« Gina trat um mich herum. »Ich sehe nichts.«

»An ihrem Kragen. Besonders klein ist sie aber nicht.«

Ich wünschte außerdem, die beiden würden nicht so reden, als wäre ich gar nicht da.

»Halten Sie das mal kurz.« Der Kellner drückte mir das Tablett vor die Brust, was ich gerade noch rechtzeitig mit den Händen zu fassen bekam, bevor es zu kippen drohte.

»Ich habe mal in einem Roman gelesen, dass eigentlich alle Spinnenarten giftig sind«, erklärte Gina gerade wenig hilfreich. »Nur reicht das Gift je nach Art eben nicht aus, um so große Lebewesen wie einen Menschen zu töten.«

Die Gläser auf meinem Tablett wankten. Der bärtige Kellner kam mir so nah, dass ich sein Rasierwasser riechen konnte. Einen Allerweltsduft, den ich schon öfter gerochen hatte.

»Keine Angst.« Seine Hand fasste mir an den Kragen und schnippte etwas fort. »Und schon ist sie weg. Sie können sich jetzt wieder entspannen.« Seine Augen schimmerten moosgrün, und auf seiner Nase konkurrierten etliche Sommersprossen um den besten Platz. »Danke.« Es tat gut, wieder sprechen zu können, auch wenn ich immer noch ein wenig atemlos war.

»Nach diesem Schreck haben Sie sich eine besondere Erfrischung verdient. Ein Glas Wein?«

KAPITEL 20

Mein Entschluss, heute Abend bloß keinen Tropfen Alkohol zu trinken, kam ins Wanken. Außerdem kam mir kein einziger Mensch in diesem Saal verdächtig vor. Außer vielleicht diese brunette Dame da mit dem Fuchspelz um den Hals, die hatte so viel Make-up aufgelegt, dass sie auch als Drag Queen durchging.

Während Gina sich auf die Suche nach der Toilette machte, folgte ich dem Kellner in einen angrenzenden Raum, der sich als Billardzimmer entpuppte.

»Sollte ich nicht lieber bei den anderen Gästen bleiben?« Mir war etwas mulmig zumute, da sich niemand sonst in diesem Zimmer aufhielt, jedoch entdeckte ich einen benutzten Aschenbecher auf dem Rand des Billardtisches. Das Licht war gedämpft, und es roch nach Zigarre und verschüttetem Alkohol.

Der Kellner lehnte die Tür an. »Aber nur hier gibt es den guten Stoff.« Er lächelte und hob hinter der Tür eine dunkle Flasche vom Boden auf. Es sah aus, als hätte er sie selbst erst vor kurzer Zeit dort hingestellt.

»Haben Sie schon öfter hier gearbeitet?«

Er zuckte mit den Schultern. »Man lernt, sich schnell auszukennen, wenn man häufiger in fremden Häusern arbeitet. Im Grunde sieht es ja überall gleich aus.«

Er ging zu einem großen Wandschrank und zog die erstbeste Tür auf. »Und immer befindet sich die Bar an derselben Stelle«, murmelte er wie zu sich selbst. Er zog zwei Weingläser aus dem beleuchteten Fach und stellte sie auf dem Billardtisch ab.

»Ich würde lieber wieder zu den anderen gehen, wenn Sie nichts dagegen haben.«

»Klar«, sagte er. Doch anstatt mich zu bewegen, sah ich zu, wie er die Flasche hochhob und sie gegen das Licht hielt. »Gerade noch Upper-shoulder. Der Füllstand könnte besser sein, aber ob er noch schmeckt, werden wir gleich wissen.« Aus seiner Hosentasche zog er einen zusammenklappbaren Korkenzieher und bohrte die Spitze in den Flaschenhals. Es quietschte wie ein rostiges Scharnier, als er, die Flasche zwischen die Knie geklemmt, den Korken herauszog. Am Schluss folgte ein dumpfes Plopp. Er roch am Korken und ließ dann die dunkelrote Flüssigkeit in die Gläser laufen. »Nach Essig riecht er jedenfalls nicht.« Er grinste, aber sein Mund wurde so sehr von seinem Bart verdeckt, dass ich es nur erahnen konnte. Dann reichte er mir das eine Glas und nahm selber von dem anderen einen großen Schluck.

»Und?«, fragte ich, weil ich mich mit Wein kein bisschen auskannte.

»Geht so. Bisschen muffig, wenn Sie mich fragen.«

Ich nippte vorsichtig daran und verzog das Gesicht. »Also mich erinnert es irgendwie an Tütensuppe.«

»Stimmt. Es schmeckt nach Maggi.«

Wenigstens musste ich nun kein schlechtes Gewissen mehr haben, denn für einen kurzen Moment hatte ich vermutet, der Kellner hätte heimlich einen richtig teuren Wein beiseitegeschafft. Aber diese Plörre würde ganz sicher niemand vermissen. Im Grunde konnte Biermann froh sein, dass ein Mitarbeiter so schlau war, diese Flasche auszumustern. Ich schüttelte mich und stellte das Glas ab.

Der Kellner platzierte die Flasche mittig auf dem grünen Filz, was mir seltsam vorkam, denn eigentlich wäre es nur logisch gewesen, wenn er versucht hätte, jede Spur davon zu tilgen. Mit einer Handbewegung schickte er mich zur Tür, aber im Augenwinkel sah ich noch, dass er einen Zettel vom Schreibtisch nahm und im Schein der grünen Lampe etwas daraufkritzelte, bevor er ihn zur Flasche legte. Wahrscheinlich eine Warnung vor diesem Wein war. Der war schließlich ungenießbar.

»Ich glaube, jetzt geht es los«, sagte er und deutete zur Tür, hinter der es nach einem kurzen Rascheln auffällig ruhig geworden war. »Wir sollten zurückgehen. Ich befürchte, der Gastgeber wird eine Rede halten.«

»Oje«, rutschte es mir heraus.

Das waren eigentlich die Momente, in denen man versuchen sollte, einen Waschraum aufzusuchen. Der Kellner schien es auf einmal furchtbar eilig zu haben, dieses Zimmer zu verlassen, und kaum hatte er die Tür hinter uns geschlossen, verschwand er auch schon in der Gästeschar. Wahrscheinlich würde er Ärger bekommen, wenn er sich zu lange bloß um einen Gast kümmerte.

»Liebe Freunde!«, begann eine sonore Stimme, und ich verrenkte mir den Hals nach Gina. Ich sah sie nicht weit vom Buffet entfernt, wo sie gerade versuchte, sich ein Schinkenröllchen in den Mund zu schieben. Ich winkte ihr zu, als sie sich kauend zu mir umdrehte, und schob mich durch die Menge.

»Ich werde keine lange Rede halten, wir haben schließlich alle Hunger«, sagte der Mann mit dem Mikrophon, dessen Schopf mehr Öl beherbergte als der Golf von Mexiko. Es folgte geheucheltes Gelächter über seinen Einstieg. Mal ehrlich, jeder Redner, der das sagte, quasselte im Anschluss umso länger.

Biermann hatte sein auffallend gefärbtes Haar nach hinten gegelt. Seine Wangen waren vor Aufregung gerötet, und er hatte auf der rechten Seite einen Bartschatten, als hätte er beim Rasieren heute Morgen eine Stelle vergessen.

Ich drängte mich an der Dame mit der Fuchsstola vorbei, dann erreichte ich endlich Gina. »Hoffentlich dauert das nicht mehr ewig, ich habe einen Bärenhunger«, zischte sie mir zu.

»Ich bin stolz, Ihnen an diesem Abend meine bescheidene kleine Sammlung von Briefmarken präsentieren zu dürfen«, fuhr Biermann fort. »Briefmarken, die uns an ein Deutschland erinnern, das noch groß war. Ein Deutschland, das über eine stolze kaiserliche Marine verfügte. Die Exponate dieser Sammlung«, er deutete hinter sich auf die Schaukästen, »stammen aus einer Zeit, in der die Landkarte von Afrika … noch eine Landkarte von Europa war! Eine Zeit, in der uns allen ein Platz an der Sonne sicher war.«

Vereinzelt wurde geklatscht, ein Mann rief ein lautes »Jawoll!« in den Raum.

Ob es wohl okay wäre, ihm während seiner Rede auf die Füße zu kotzen?

Es war viel schlimmer, als ich es mir vorgestellt hatte.

Zweifelnd sah ich mich um, ob denn niemand sonst diese Rede für das pure Grauen hielt, und entdeckte den rotbärtigen Kellner, der mir aus der Entfernung zuzwinkerte und dann so tat, als müsse er sich den Finger in den Hals stecken, um sich zu übergeben. Ich unterdrückte ein Lachen und hielt mir die Hand vor den Mund. Er stand ganz in der Nähe der berühmten Schauspielerin, und jetzt trat er zu ihr und reichte ihr ein langstieliges Glas. Die beiden sprachen kurz miteinander, dann lächelte der Kellner und deutete auf ihren Arm, um den funkelnden Panther an ihrem Handgelenk zu bewundern. Marianne Kogler lachte apart und ließ sich ein Weilchen von ihm anbeten, bevor sie sich wieder dem redenden Gastgeber zuwandte.

»Besonderes Augenmerk möchte ich dabei auf dieses Stück lenken.« Biermann bewegte seine Hand über der Vitrine wie ein Magier. »Im Jahr 1888 wurde die Reichspost in Togo eröffnet, und dieses kostbare Stück stammt aus der französischen Besatzungszeit. Damals«, er machte eine kunstvolle Pause, »also im Jahr 1915 hatte sie einen Wert von einer Mark. Ich kann Ihnen, liebe Freunde, verkünden, dass sie heute hunderttausendmal so viel wert ist.«

Das Publikum staunte und klatschte Beifall. Biermann

drehte sich mit liebendem Blick zu seiner Briefmarke um. »Es gibt auf der ganzen Welt nur noch dieses eine Exemplar.«

Ich wollte schon die Augen verdrehen und mich ebenfalls den Häppchen zuwenden, als Biermann plötzlich stöhnend nach Atem rang. Die Hand mit dem Ring presste er sich an seine Brust.

Wie erstarrt wartete ich darauf, dass jemand vortreten, Biermann den Kragen lockern und dann laut durch den Saal rufen würde: »Ist ein Arzt hier?« Aber nichts dergleichen geschah.

Gina beugte sich zu mir herüber. »Ah«, machte sie. »Diese Scampi sind einfach superlecker! Möchtest du auch eins?« Sie hielt mir ein Häppchen unter die Nase.

Im nächsten Moment rief jemand im Befehlston: »Keiner verlässt den Saal!«, was bestimmt nicht der Arzt war, denn das wäre der falsche Text. Dann wurde es unruhig, und die Gäste fingen an, wirre Vermutungen anzustellen.

Ich stellte mich auf die Zehenspitzen, um einen Blick auf die Vitrine zu erhaschen. Das konnte doch nicht wahr sein! Ich habe diese Briefmarke doch eben noch gesehen, sie konnte unmöglich gestohlen worden sein. Außerdem war diese vermaledeite Vitrine doch abgeschlossen! Und niemals im Leben war die Katze hier gewesen. Diesmal hätte ich ihn erkannt. Immerhin, so bestärkte ich mich selbst, hatte er in der Kirche mehr als eine halbe Stunde neben mir gesessen. Ich hatte sogar jetzt noch das Aftershave in der Nase, das dem Schnurrbart angehaftet hatte. Es roch ganz ähnlich wie … Oh.

»Gina«, sagte ich schwach und sah mich nach dem Kellner mit dem Hipster-Vollbart um, der aber wie vom Erdboden verschluckt schien. »Ich muss gerade mal etwas nachsehen.« Und damit quetschte ich mich durch die Leute, die sich an ihren Champagnergläsern festhielten und neugierig nach vorn drängten. Bitte, lass das nicht wahr sein, bitte nicht! Ich konnte doch unmöglich schon wieder einen Fall verbockt haben. Das Herz schlug mir bis zum Hals, als ich die Tür zur Billard-Bar-Bibliothek aufstieß und an den Tisch hastete.

Besser ich fasste nichts an.

Wobei das nun auch schon völlig egal war. Ich beugte mich über den grünen Filz und versuchte zu entschlüsseln, was der Kellner mit dem markanten Rasierwasser auf den weißen Zettel gekritzelt hatte. Insgeheim hoffte ich immer noch an einen Zufall.

Schöne Grüße,

die Katze

Mir wurde kalt, eiskalt, weil ich an die Versicherungs-police dachte und wie teuer das werden würde. Und weil ich ihn schon wieder nicht erkannt hatte. Und dann wurde mir heiß, weil er mich hundertprozentig erkannt haben musste.

KAPITEL 21

Das Schlimme ist«, sagte ich zu Gina, nachdem sich die erste Aufregung gelegt hatte, »dass er mir eben noch zugezwinkert hat. Wie kann man nur so ein Arsch sein?«

»Und dabei sah er so nett aus, richtig charmant.« Sie ließ den Zeigefinger über ihrer Nase kreisen. »Hast du die vielen winzigen Sommersprossen gesehen, die er auf der Nase hatte. Er muss sie sich alle einzeln aufgemalt haben. Pünktchen für Pünktchen. Er ist ein Künstler.«

Er ist ein Riesenarsch, dachte ich grimmig.

»Er ist kein schlechter Mensch, Tilly.« Sie putzte sich mit einer Cocktailserviette die letzten Krümel aus den Mundwinkeln und warf das Papier auf den Buffettisch, wo es erst zerknüllt liegen blieb und sich dann langsam entfaltete. »Eigentlich ist er ein Romantiker.«

Da war es, das R-Wort. Ich knirschte mit den Zähnen und biss dann wütend in eine trockene Scheibe Baguettebrot. Die anderen Gäste hatten sich entspannt, nachdem das Buffet eröffnet worden war. Denn es hatte wenig Sinn, die Leute hungern zu lassen, wenn der Salat vor sich hin welkte und sie das Gebäude ohnehin nicht verlassen durften, bis die Befragung durch die Polizei abgeschlossen war.

Auch mir stand das Gespräch mit Kommissar Kubitschek noch bevor. Ich konnte nur hoffen, er kriegte nicht raus, dass ich mit dem Dieb gemeinsam den Wein im Nebenzimmer getrunken hatte. Ich würde jedenfalls den Teufel tun und es ihm erzählen.

* * *

»Ich wusste ja nicht, dass er die Katze ist«, verteidigte ich mich eine halbe Stunde später, nachdem Kubitschek mich in ein kleines Zimmer bestellt hatte, das provisorisch als Verhörraum eingerichtet worden war.

»Frau Blum.« Kubitschek seufzte tief. Zeigefinger und Daumen seiner rechten Hand rollten einen Kugelschreiber auf der Tischplatte hin und her.

»Ja, ich weiß«, sagte ich und seufzte ebenfalls. »Es ist ein Riesenpech, dass ich ihn nicht erkannt habe. Aber wie soll ich das auch bitte, wenn ich nicht weiß, wie er ohne Maskierung aussieht? Das wäre Ihnen genauso passiert.«

Er seufzte erneut. »Das bezweifle ich stark. Leiden Sie

zufällig an Prosopagnosie? An Gesichtsblindheit oder einer ähnlichen Störung?«

»Sie erkenne ich jedenfalls ganz gut«, sagte ich genervt. »Hören Sie, Herr Kubitschek! Ich bin nicht blöd, aber dieser Typ ist einfach ein Meister der Verstellung. Ein Meister der Maske. Gina hat da so eine Robin-Hood-Theorie …«

»Gina ist Ihre Kollegin? Die mit den dunklen Locken?«

Ich nickte, und Kubitschek winkte ab. »Die Phantasie Ihrer Kollegin in allen Ehren, aber bisher gibt es nicht den geringsten Anhaltspunkt, dass die Katze auch nur jemals ihre Beute gespendet oder sonst einem guten Zweck zugeführt hätte.«

»Und der Fratzenkuckuck?«, warf ich ein. »Was ist mit dem Geld, das man im Kölner Zoo gefunden hat?«

»Das hat er auf seiner Flucht verloren.«

Ich hob beide Augenbrauen an und starrte ungläubig auf Kubitscheks humorloses Gesicht. Meinte er das ernst? Und bildete ich mir das ein, oder sah er heute ein wenig verhärmt aus? Er hatte Ringe unter den Augen, die fast lila wirkten. Bestimmt bekam er dank der Katze viel zu wenig Schlaf. Aber das konnte mir egal sein, ich bekam auch viel zu wenig Schlaf wegen dieses Arschs. »Er ist so wie Simon Templar«, fiel es mir ein. »Der Typ aus den

Kriminalromanen. Der hinterlässt immer Visitenkarten an den Schauplätzen seiner Verbrechen. Und die Katze macht das ebenfalls.« Ich nickte in Richtung des Zettels, der in einer Klarsichtfolie vor Kubitschek auf dem Tisch lag. In diesem Moment drängte es mich, die Sache mit der Opernkarte richtigzustellen, was quasi auch wie eine Visitenkarte war, aber ich durfte das nicht tun. Das würde noch viel mehr Fragen aufwerfen, als ich zu beantworten bereit war. Die Sache war nämlich die: Ich hatte ein seltsames Gefühl bei der Katze. Da war eine Verbindung zwischen uns, auch wenn ich ihn nicht erkannt hatte. In der Kirche und auch hier hatte ich ihn irgendwie … gemocht. So, jetzt war es raus. Ich mochte ihn. Ich mochte das, was er sagte, und ich mochte seinen Humor. Er hatte mich bei beiden Gelegenheiten zum Lachen gebracht, was ich für etwas Großartiges hielt. Und man konnte niemanden hassen, der einen zum Lachen brachte.

Vielleicht war es auch eine verquere Art der Anerkennung, denn die Methode, wie er sich jedes Mal aus der Affäre zog und etwas stahl, was in meinen Augen absolut perfekt abgesichert war, hatte Stil. Ich nickte mit zusammengepressten Lippen vor mich hin. Wider Willen war ich vom Können der Katze wohl einfach nur beeindruckt.

»Es ändert jedoch nichts daran, dass er Straftaten begeht.« Kubitschek hörte sich an, als hätte er am liebsten mit dem Fuß aufgestampft. Auch bei ihm brachte die Katze nicht gerade die besten Eigenschaften zutage. »Ob er nun hehre Absichten hat oder nicht, mir ist es völlig schnurz, ob er sich wie Simon Templar, Robin Hood oder sonst wer aufführt. Ich will, dass das aufhört!«

»Es geht ja auch nur darum, zu verstehen, wie er tickt«, erklärte ich. »Wenn wir wissen, was er für Beweggründe hat, können wir auch …«

»*Wir* können überhaupt gar nichts!«, fiel mir Kubitschek ins Wort. »Sie halten sich verdammt nochmal aus unserer Polizeiarbeit raus, ist das klar?«

Ich nickte eingeschüchtert, auch wenn ich damit nicht einverstanden war. Wieso sollten wir nicht zusammenarbeiten, wenn meine Abteilung doch ganz offensichtlich viel erfolgreicher darin war, die nächsten Schritte der Katze vorauszuahnen als seine eigene?

»Eine andere Sache: Haben Sie gesehen, mit wem die Katze in die Bibliothek gegangen ist? Er wird die beiden Gläser sicher nicht allein benutzt haben, und wir fragen uns, welcher Gast ihn begleitet hat. Eventuell handelt es sich dabei um einen Komplizen.«

Ich holte tief Luft. »Ich dachte, ich soll mich aus Ihren Ermittlungen raushalten?«

»Eine Aussage interpretiere ich nicht als Einmischung in meine Arbeit. Also? Haben Sie gesehen, mit wem er den Saal verlassen hat? Ja oder nein?«

»Gesehen habe ich das nicht.« Es war nicht direkt gelogen, denn schließlich hatte ich mir selbst schwerlich hinterherschauen können, oder?

»Aber Sie haben einen Verdacht?« Er blätterte auf seinem Notizblock mehrere Seiten zurück. »Wir haben drei nicht zusammenhängende Aussagen darüber, dass die Katze großes Interesse an dieser berühmten Schauspielerin gezeigt hat. Dieser Marianne Kogler. Können Sie das bestätigen?«

»Na ja«, gab ich zu. »Ich habe gesehen, dass er ihr Armband bewundert hat. Und ganz ehrlich, Gina und ich haben gedacht, dass er hauptsächlich wegen dieses Armbands hierherkommen würde. So superspannend sind Briefmarken ja auch wieder nicht. Ich bin total überrascht, dass sie ihren Panther noch hat, aber macht sie das gleich verdächtig? Auch wenn es seltsam ist, dass er außer der Briefmarke gar nichts gestohlen hat, wo die Gelegenheit doch so günstig gewesen ist.«

»Vergessen Sie den Wein nicht.«

»Das war nur eine Flasche, die wird Biermann schon nicht in den Ruin treiben.«

»Interessant«, sagte Kubitschek, blätterte die Seiten auf seinem Reporterblock wieder um und schrieb etwas auf die nächste leere Seite. »Ich bin davon ausgegangen, dass Sie wissen, was es mit diesem Wein auf sich hat.«

»Wieso? O Gott! Sagen Sie bloß, diese angebrochene Weinflasche ist eine aus Biermanns spezieller Sammlung?«

»Die kostbarste, welche auch sonst. Sie ist laut Biermanns Aussage fast achtzig Jahre alt und stammt aus dem ehemaligen Besitz von Hermann Göring. Die Katze muss sie aus dem alarmgesicherten Weinkeller gestohlen haben. Wie er das geschafft hat, ist bisher unklar.«

Ich presste mir die Hand auf die Lippen. Ich hatte einen Schluck von Hermann Görings Wein getrunken. Mir wurde schlecht. Wein von einem der größten Nazi-Verbrecher aller Zeiten. Wie ekelhaft war das denn? Und wie konnte mir die Katze so etwas nur antun? Ich musste hier raus und mir auf dem Klo dringend den Finger in den Hals stecken.

»Ich kann verstehen, dass das nicht gerade gute Nachrichten für Sie sind, schließlich haben Sie damit gleich zwei Versicherungsfälle in einer Nacht, die wieder einmal auf das Konto der Katze gehen.«

Das war gerade meine geringste Sorge, dachte ich,

während ich versuchte, mir meinen Ekel nicht anmerken zu lassen. Achtzig Jahre alter Nazi-Wein, würg.

»Wenn es nicht so unlogisch wäre«, fuhr Kubitschek fort, »würde ich fast vermuten, dass die Katze das ganze Spiel nur wegen Ihnen anstellt. Sind Sie sicher, dass es niemanden gibt, der noch eine Rechnung mit Ihnen zu begleichen hat?«

»Wieso denn mit mir? Genauso gut könnte er doch auch eine Rechnung mit meiner Firma offen haben. Ich habe jedenfalls mit niemandem Ärger.« Außer vielleicht mit meinem aufdringlichen Nachbarn Dominik, überlegte ich. Oder mit meinen Eltern, aber die schipperten gerade um die Westindischen Inseln herum … »Haben Sie diese Spur bisher eigentlich verfolgt? Ist doch gut möglich, dass uns ein ehemaliger Kunde schaden will. Vielleicht sollten Sie mal, bevor Sie unschuldige Menschen, also mich, verdächtigen, einen Blick in unsere Akten werfen!«

»Und mich damit für die nächsten acht Wochen beschäftigen? Nein, danke! Jetzt werden wir erst einmal von jedem Gast DNA-Proben nehmen müssen, damit wir wissen, wer aus dem zweiten Weinglas getrunken hat.« Er sah mich mit einem durchdringenden Blick an. »Das wird allerdings eine Weile dauern. Pro Person mindestens fünf Minuten. Sie können sich ausrechnen, wie viel Zeit bei dieser Menge an Menschen vergehen wird.« Er sah mit einer unschuldigen Miene auf seine Fingernägel hinab und knibbelte an einem Stück Nagelhaut. »Sie müssen vermutlich dringend wieder nach Hause zu Ihrer Oma, sonst stellt die verrückte alte Frau wieder etwas an«, sprach er wie zu sich selbst und kontrollierte dann die Fingernägel seiner anderen Hand. »Bis heute waren Sie, liebe Frau Blum, jedoch nicht im Präsidium, um sich Fingerabdrücke abnehmen zu lassen, obwohl Sie es mir versprochen haben, und ich bin ein bisschen angefressen deswegen. Wäre also gut möglich, dass gerade Sie erst als Letzte drankommen. Wir können Sie nicht bevorzugt behandeln, wenn nebenan mehrere ehemalige Kabinettsmitglieder sitzen, eine berühmte Schauspielerin, ein Privatbankier, Damen mit Fuchspelz, Hänschen klein«, zählte er auf und sah mich dann mit gespitzten Lippen an.

»Okay«, sagte ich und blies demoralisiert die Luft durch die Backen. »Sie können sich das mit den DNA-Proben sparen.« Kubitschek hatte mich. Ganz bestimmt verdächtigte er mich schon geraume Zeit. »Es ist so«, fing ich stockend an. »Weil ich ja nicht wusste, dass dieser Kellner kein wirklicher Kellner ist … Also … Die

Fingerabdrücke auf dem zweiten Weinglas … die sind höchstwahrscheinlich … von mir«, schloss ich und zog zeitgleich den Kopf ein. Doch anstatt mich anzubrüllen, senkte der Kommissar den Blick und kritzelte etwas auf seinen Block. Dabei nickte er vor sich hin und murmelte etwas. Wahrscheinlich klopfte er sich gerade innerlich selbst auf die Schulter. Wenn ich es nicht besser wüsste, hätte ich vermutet, dass er gar nicht wirklich etwas aufschrieb, sondern bloß eine Show abzog wie Kunkel mit seinen leeren Akten. »Jetzt sind Sie das erste Mal, seit Sie sich vor einer Viertelstunde hier hingesetzt haben, ehrlich zu mir.«

»Ich habe Sie nie angelogen«, bestritt ich.

»Wir wissen beide, dass es Lügen gibt, und es gibt *Lügen*.«

»Ich stecke jedenfalls nicht mit der Katze unter einer Decke, wenn es das ist, was Sie glauben.«

»Ich glaube überhaupt nichts. Für mich zählen nur Indizien. Ich lasse mich nicht von Sympathie oder Antipathie beeinflussen, sondern verfolge Spuren und sammle Beweise.«

»Heißt das, dass Sie mich nicht leiden können?« So hatte ich das eigentlich nicht fragen wollen.

»Ganz im Gegenteil«, sagte Kubitschek, und seine

Mundwinkel hoben sich einige Millimeter an. Diese Antwort war mir ein bisschen peinlich, deshalb hakte ich schnell nach: »Aber Ihre Beweise lassen darauf schließen, dass ich ein Komplize der Katze bin?«

»Leider nein.« Kubitschek seufzte. »Bisher ist das nicht stichhaltig.«

Ich fragte mich, warum er das bedauerte, atmete aber erst einmal erleichtert auf. Offenbar wollte mich Kubitschek nur aus der Reserve locken. Und er hatte es auch geschafft, der schlaue Fuchs. »Wieso haben Sie mich verdächtigt?«, wollte ich wissen. »Sie wussten genau, dass ich in diesem Zimmer gewesen bin, oder? Woher haben Sie gewusst, dass ich aus diesem Weinglas getrunken habe?«

Kubitschek feixte. »Ihr Gesichtsausdruck, als ich gesagt habe, dass es der Göring-Wein ist. Ich habe schon Angst gehabt, dass sie mir hier auf den Tisch speien. Aber wissen Sie was?« Er faltete die Hände unter seinem Kinn zusammen. »Göring hatte die Flasche wahrscheinlich nicht einmal in der Hand. Und es ist ein Wein aus einem der berühmtesten Weingüter der Welt. Aus Pauillac bei Bordeaux. Sie müssen sich davor also nicht ekeln.«

»Danke, dass Sie das sagen.« Trotzdem hätte ich gerne

mit einem Glas Cola nachgespült. Allein schon wegen des Alters.

»Wie hat er denn geschmeckt?« Kubitschek sah ehrlich interessiert aus.

Wenn es nun ein Beweismittel war, durfte er bestimmt nicht mal davon probieren. »Enttäuschend«, sagte ich. »Etwas muffig und nach Tütensuppe. Sie haben also nichts versäumt.«

Um Kubitscheks Augen bildeten sich Fältchen, was man selten an ihm sah, und in meinem Bauch weckte es ein warmes Gefühl für ihn. Ein fast herzliches Gefühl für den schlauen Fuchs.

Apropos schlauer Fuchs …

»Wie hat es die Katze eigentlich geschafft, diese Vitrine aufzubekommen? Ich meine, es standen doch andauernd Menschen davor. Wurde das Glas aufgebrochen?« Ich war wirklich neugierig auf Kubitscheks Erklärung.

»Genaueres wird die Spurensicherung noch feststellen. Aber ich kann Ihnen schon sagen, dass wir den Gegenstand gefunden haben, den die Katze vermutlich als Werkzeug benutzt hat.« Er schob mir eine weitere Klarsichthülle vor die Nase, in der etwas steckte, das wie verbogener Draht aussah.

»Was ist das?«, fragte ich.

»Eine Büroklammer«, sagte Kubitschek. »Eine stink-
normale Büroklammer.«

Unwillkürlich fasste ich mir an den Kragen.

KAPITEL 22

MacGyver«, sagte Dominik. »Ich sach ma so, der hatte es echt drauf und konnte eine Bombe aus einem Kuli bauen. Für den ist eine Büroklammer viel mehr als eine Büroklammer. Für MacGyver ist eine Büroklammer so was wie ein Schweizer Taschenmesser. Wenn überhaupt dann ist ja wohl MacGyver das Vorbild der Katze.«

Ich wünschte, ich hätte Dominik nichts davon erzählt, denn er hatte ganz offensichtlich einen Dachschaden.

Noch von unterwegs hatte ich meine Oma angerufen, die aber nicht ans Telefon gegangen war. (Wie ich jetzt wusste, war sie bei Florian Silbereisens »Die Schlager des Sommers« eingeschlafen – wer konnte es ihr verdenken?) Und Dominik hatte netterweise nach ihr gesehen.

Die ganze Fahrt über hatte Gina von Kommissar Kubitschek geschwärmt (ich liebte sie, aber eventuell hatte sie auch einen Dachschaden), und nachdem sie mich zu Hause abgesetzt hatte, war ich von Dominik im Haus-

flur abgefangen worden. Jetzt saß er in meinem Wohnzimmer auf der Couch und tätschelte die knotige Hand
meiner Oma, die neben ihm schnarchte. Moses lag wie
immer auf ihren Füßen und hob nur müde ein Augen-
lid an, als ich ihn mit einem Schnalzen weglocken wollte.
Selbst die Scheibe Fleischwurst, die ich ihm hinhielt, wies
er zurück. Dafür riss Dominik sie mir aus der Hand, als
ich nicht aufpasste.

»Danke«, sagte er. »Ich bin echt am Verhungern. Kann
ich noch ein Brot dazu haben?«

Seufzend stand ich auf und trabte in die Küche. Ich
hatte nach dem Fiasko auf Biermanns Ausstellung zwar
wenig Lust auf Dominiks Gesellschaft, aber dafür ein
latent schlechtes Gewissen. Schließlich warf Dominik
neuerdings regelmäßig ein Auge auf meine Oma. Er war
den ganzen Tag zu Hause und verließ die Wohnung so
gut wie nie, es sei denn, er schlich sich in den Keller an
die alte Waschmaschine, die von einem Vormieter hinterlassen worden war.

Als ich zwei Scheiben Brot auf das Holzbrett legte und
ein Messer aus der Schublade fischte, fiel mir auf, dass
an dem Platz, an dem für gewöhnlich meine Mikrowelle
stand, ein Loch gähnte. Verwundert drehte ich mich um
die eigene Achse, aber weder auf der anderen Seite der

Küchentheke noch auf dem Boden war das Gerät zu finden. Seltsam.

Ich strich eine Schicht Butter auf das Brot und belegte es großzügig mit Käse und Cornichons, bevor ich, das Brett auf dem linken Handteller balancierend, zurück ins Wohnzimmer ging. »Du weißt nicht zufällig, wo meine Mikrowelle ist?«, fragte ich.

Dominik, der sofort herzhaft in das erste Brot biss, stieß einen Grunzlaut aus, den ich nicht interpretieren konnte. Nachdem er geschluckt hatte, sagte er: »Ich glaube, deine Oma hat sie diesem Schrotthändler gegeben. Habe gesehen, dass so ein Kleinlaster vor der Tür stand. Du weißt schon, einer, der immer so ein Glöckchen bimmelt, wenn er durch die Straße fährt.«

»Aber warum?«

»War die nicht kaputt?«

»Nein, war sie nicht!« Ich benutzte das Teil schließlich jeden Tag und hätte gemerkt, wenn sie kaputtgegangen wäre. Dann fiel mir ein, dass ich wegen Omas Gebiss neulich von allen Geräten den Stecker aus der Steckdose gezogen hatte, und schlug mir gegen die Stirn. »Verdammt!«, sagte ich.

»Ist sowieso ungesund. Von Mikrowellen kann man Krebs kriegen«, er sah langsam an mir hoch, »oder unfruchtbar werden.« Er sah wieder an mir herunter. Mit einem breiten Grinsen lehnte Dominik sich zurück. »Hast du vielleicht Lust, auszuprobieren, ob die Mikrowelle bei dir bereits Schaden angerichtet hat? Ich würde mich für Testzwecke zur Verfügung stellen.«

Der Blick, den er mir zuwarf, hatte eine verstörende Wirkung auf mich. »Nein.«

»Dann eben nicht.« Er schnappte sich die Fernbedienung, während ich überlegte, ob es nicht doch fahrlässig war, ausgerechnet ihn tagsüber mit meiner Oma allein zu lassen. Mit einem Verschwörungstheoretiker, der vielleicht sogar einen Alu-Hut aufsetzte, wenn er ins Bett ging.

»Dann schauen wir uns E. T. an, okay? Ich brauche dringend eine Dosis von Steven, und du weißt, dass ich John vergöttere. Er macht die geilste Filmmusik von allen.« Mit einem Knopfdruck startete er das Video und bohrte seinen Zeigefinger in die Luft und mir dabei fast ins Auge. »E. T. nach Hause telefonieren«, krächzte er. »Nach Haaaaaaause.«

Erst nachts um halb eins – nach E. T. und dem ersten Teil von »Zurück in die Zukunft« – schaffte ich es, Dominik vor die Tür zu setzen. Er ging schließlich widerstrebend nach Hause, allerdings nicht, ohne mir anzubieten, meine ganze Wohnung und speziell mein Schlafzimmer und die Unterwäscheschublade auf Wanzen oder Ähnliches hin zu überprüfen. Die Katze habe mich auf dem Kieker, meinte Dominik, und er sei sich sicher, dass sie mich observiere.

»Aber denk dran, wenn du Hilfe brauchst, ich bin für dich da. Du hast immer einen Hacker an deiner Seite.«

Einen Pseudo-Hacker, der mich wahnsinnig machte, wie ich heute Morgen feststellte. War ich auch vorher schon auf der Hut gewesen, hatte mich Dominiks Gerede von Observierung und Wanzen nun völlig verstört. Jeder Mann, der mir über den Weg lief, wurde von mir mit einem misstrauischen Blick bedacht. Und jede Frau über eins siebzig auch. Frau Sprenke, unserer Abteilungssekretärin, sah ich unter die Schuhsohlen, als sie die Dinger kurz auszog, um sich ein Blasenpflaster aufzukleben. Ich fand aber nichts, was ich als Wanze interpretieren konnte. (Sie trug heute Mokassins in Altherrenbeige, die sich mit ihrem erdbeerroten Rock bissen.) Und als mir Patrick, der neue Mitarbeiter mit den Birkenstocksandalen, über den Weg lief, maß ich im Stillen seinen Augenabstand und die Größe seiner Ohren ab.

Wenn man sich maskierte, überlegte ich, gab es natürlich auch Stellen, die man gar nicht verändern konnte.

Ich würde einfach für mich einige Punkte des Gesichts festlegen und sie mit jedem Mann, der mir begegnete, vergleichen. Und sollte mir die Katze noch einmal unterkommen, würde ich ihn garantiert an den abstehenden Ohren oder der markanten Falte am Hals erkennen. Das Dumme war nur: Die Katze hatte keine abstehenden Ohren. Genau genommen hatte ich keinen einzigen markanten Punkt in Erinnerung, was bestimmt daran lag, dass der Arsch mich mit auffälligen Accessoires wie seinen seltsamen Bärten ablenkte. Ich vermutete, dass das genau sein Trick war. Bei Zauberkünstlern war es schließlich auch so, dass sie ein Mordsgewese machten mit großen Gesten, Rosen, Tüchern und Zaubersprüchen, um einen damit von den entscheidenden Handbewegungen abzulenken. Als ich ins Büro kam, goss Gina mit Hingabe unsere einzige Topfpflanze. Sie hatte sich ein sehr süßes Wickelkleid angezogen und trug ihr Haar offen über die Schulter, nur der Knick in Nackenhöhe ließ erkennen, dass sie es zuvor zu einem Zopf gebunden hatte. »Du weißt schon, dass unsere Aloe vera aus Mexiko kommt?«, fragte ich Gina, die mir den Rücken zugekehrt hatte. »Wenn du sie weiter so ersäufst, überlebt sie diese Woche nicht.« Ich sprach mit mürrischem Ton, was daran liegen musste, dass ich Frust in mir aufkommen spürte.

»Du bist wohl mit dem falschen Fuß aufgestanden.«

Schnaufend warf ich meine Tasche auf den Schreibtisch. Besser, ich sagte nichts. Ich war nämlich nicht bloß mit dem falschen Fuß aufgestanden, ich war im falschen Leben aufgewacht, dachte ich deprimiert. Ganz offensichtlich befand ich mich beruflich in einer Sackgasse. Als NO-LIMIT-Agentin war ich eine Niete, als Spürnase ebenso. Außerdem hatte mir Kubitschek schon um halb fünf eine Nachricht geschickt mit folgendem Inhalt: *Kommen Sie heute um halb zehn aufs Präsidium! Wir brauchen immer noch Ihre Fingerabdrücke. Paragraph 163b, Absatz 2 der Strafprozessordnung: [...] soweit dies zur Aufklärung einer Straftat geboten ist, kann auch die Identität einer Person festgestellt werden, die einer Straftat nicht verdächtig ist [...]*

Diese Nachricht hatte mich dazu gebracht, mir noch vor dem ersten Kaffee drei Fragen zu stellen:

1. Schlief Kubitschek eigentlich nie?

2. Kann er mich wirklich dazu zwingen, meine Fingerabdrücke abzugeben?

3. Kann er diese blöden Paragraphen auswendig, oder muss er sie vorher googeln oder eine KI fragen?

»Du sprichst heute nicht mit jedem, wie?« Gina ließ sich ihre gute Laune nicht von mir verderben. Sie flötete vor sich hin, als sie sich, auf dem Stuhl sitzend, an ihren Schreibtisch zog. »Ich verstehe, dass du schlechte Laune hast wegen der Katze. Aber du musst versuchen, das positiv zu sehen. Hätte die Katze zum Beispiel nicht diesen Sportwagen gestohlen, hättest du den Sohn von diesem Anwalt nicht kennengelernt, und dann hättest du heute nicht dieses Päckchen bekommen.«

Mein Blick, der sich trübsinnig an meiner Schreibtischunterlage geklammert hatte, wo ich seufzend vor mich hin gekritzelt hatte, schoss abrupt nach oben. »Was für ein Päckchen?«

»Dieses Päckchen.« Gina nickte in Richtung der Kaffeemaschine, wo ein kleiner Karton stand, der nicht größer war als eine Zigarettenschachtel.

»Wieso sagst du das erst jetzt?« Überrascht sprang ich auf und war mit einem Satz am Regal. Auf der Schachtel klebte ein handbeschriebener Zettel mit meinem Namen und dem Absender, aber keine Briefmarke. Als ich sie hochhob, fiel mir das geringe Gewicht auf. Als würde man eine Schachtel Luft in den Händen halten.

»Niklas ist hier gewesen? Hast du ihn gesehen?« Er hatte mir immer noch nicht auf meine Nachricht geantwortet, und ich war mir sicher gewesen, dass er sauer war und mich nie wieder sehen wollte.

»Hat das Päckchen bei der Sprenke abgegeben. Es stand schon dort, als ich reingekommen bin.«

Was konnte es schon groß sein? Vielleicht ein Ersatzdraht für meinen Gaszug, dachte ich. Oder eine Zündkerze zur Reserve. Ich schätzte Niklas jedenfalls eher praktisch als romantisch ein. Trotzdem hatte ich das Gefühl, es würden Seifenblasen in meinem Bauch nach oben steigen und in meinem Hals platzen, wenn ich den Mund öffnete. Mit zittrigen Fingern knibbelte ich die kleine Kordel auf, welche die Schachtel verschloss, und zog dann den Deckel ab.

Okay, sagte ich mir, ich bin nicht enttäuscht. Aber vielleicht war ich es doch. Es war nämlich kein richtiges Geschenk. Zumindest nichts, was nicht eh schon mir gehörte. Auf einem kleinen Kissen aus Holzspänen lag der kaputte Schlüsselanhänger, den ich verloren hatte. Nur, dass er nicht mehr kaputt war. Niklas hatte den abgebrochenen Flügel des Engels repariert. Wie er das bei diesem winzigen Gegenstand hatte bewerkstelligen können, war mir ein Rätsel, aber er hatte den Flügel detailgetreu nachgeschnitzt und befestigt. Durch die dünne Farbschicht war die Nahtstelle kaum zu sehen. Ich drehte den Anhänger in den Händen und spürte den Anflug eines schlechten Gewissens. Der Anhänger war bloß ein schlichtes Souvenir. Er war überhaupt nichts Besonderes. Dass Niklas sich die Mühe gemacht hatte, dieses billige Ding zu reparieren, bescherte mir Bauchschmerzen. Er hatte seine Zeit für etwas geopfert, was mir nicht einmal wichtig war, und das brachte mich dazu, meine Konsumgewohnheiten zu überdenken. Ich schämte mich für dieses blöde Ding. Ich sollte keine Dinge kaufen, die mir nicht wichtig waren, keine Dinge, die es nicht wert waren, repariert zu werden, überlegte ich. Mein Zeigefinger fuhr über den kleinen Engelsflügel. Wenn mir der Schlüsselanhänger vorher nicht viel bedeutet hatte, so machte ihn jedoch Niklas' Arbeit gleich wertvoller.

»Das hat er bestimmt mit Liebe gemacht«, sagt Gina und versetzte mir damit einen Schreck.

»So ein Quatsch.« Hastig stopfte ich den Anhänger zurück in die Schachtel und stülpte den Deckel darüber.

»Du hast übrigens gleich einen Termin mit einer Signora Gallo«, ging Gina widerstrebend zum Tagesgeschäft über. »Sie hat heute Morgen ganz früh angerufen, weil sie etwas versichern möchte.«

»Was denn?« Es interessierte mich nicht wirklich, aber Gina zuliebe fragte ich nach.

»Das wollte sie mir am Telefon nicht sagen. Nur dass es um einen Versicherungswert im Hunderttausenderbereich ginge.«

»Um wie viel Uhr kommt sie denn?«

Es klopfte an der Tür, und durch die Glasscheibe erkannte ich den erdbeerroten Schatten von Frau Sprenke. Die Tür öffnete sich, und die Sekretärin sagte mit hochgezogener Braue: »Der Elf-Uhr-Termin ist da.«

»Wir haben doch erst halb zehn.«

»Das ist korrekt«, bestätigte Frau Sprenke, »aber die Dame ließ sich nicht abweisen. Sie sagte, es sei sehr dringend, und Sie würden sie erwarten.«

»Ist schon gut«, sagte ich und schob meine Handtasche mit der Fußspitze unter den Schreibtisch, wo sie wie ein ausgeleierter Luftballon in sich zusammensank. »Dann soll sie bitte reinkommen.« Umso eher hatte ich diesen Termin hinter mir und konnte mich wieder meinem Selbstmitleid widmen. Nur mit Mühe schaffte ich es, mein Ich-bin-die-netteste-Kundenberaterin-der-Welt-Lächeln aufzusetzen und es so lange festzuhalten, bis die Dame eingetreten war. Dann allerdings entgleisten meine Gesichtszüge.

Ich hatte diese Frau schon einmal gesehen. Nur wo?

»Frau Gallo?«, fragte ich.

»Sì«, krächzte die ältere Dame im schwarzen Kostüm. An den Füßen trug sie orthopädische Schuhe mit extradicker Sohle. Ihre Schultern waren so schmal, dass sie vermutlich auch durch ein vergittertes Kellerfenster gepasst hätte. Die Finger, die sich um den Knauf ihres Gehstocks krümmten, erinnerten mich an die Krallen eines Habichts. An ihrem Ringfinger trug sie einen klobigen Siegelring, auf dem eine Krone abgebildet war. Und dieser Ring war es, der in mir eine Erinnerung wachrief. Eine Erinnerung an leblose Hände, die eine weiße Rose festhielten.

Ich stand auf und schob der Dame schnell einen Stuhl heran. »Bitte setzen Sie sich, liebe Frau Gallo.«

Obwohl – lieb sah sie nur bedingt aus, überlegte ich. Ihr Blick hatte etwas Stechendes, als sie mich musterte, und ihre Mundwinkel hingen schlaff nach unten, was nicht gerade einem Lächeln gleichkam.

Mit einem kaum wahrnehmbaren Wink ihrer Hand deutete sie jemandem auf dem Flur, ebenfalls einzutreten. Es war ein großer bulliger Kerl, dessen schwarzweiße Spectators mir bestätigten, wo ich diese alte Dame schon einmal gesehen hatte: auf der Beerdigung von Arcangelo di Titta.

Sofort schien sich ein Seil um meine Kehle zu ziehen,

und ich schluckte. Ich warf einen Blick zu Gina, die unsicher lächelte.

Der Mann stellte mit grimmiger Miene eine sehr lange und große Sperrholzkiste auf den Boden, dann zog er sich dezent zur Zimmerwand zurück, wo er mit gefalteten Händen und gesenktem Blick stehen blieb, um wie der Schakal vor einem Pharaonengrab zu verharren. Ich schluckte wieder. Bestimmt würde sie mich jetzt auf die Millennium Twins ansprechen. »Sind Sie gekommen, um einen ... Versicherungsfall zu melden?« Meine Stimme klang brüchig. Die alte Dame beugte sich vor und stellte ihre schwarze Handtasche auf den Tisch. Es klang, als hätte sie Backsteine darin.

»Nein«, krächzte sie mit heiserer Stimme und starkem Akzent. »Ich bringe Ihnen etwas Wertvolles, das ich versichern möchte.«

»Worum handelt es sich?« Ich nickte fragend zu ihrer Sperrholzkiste und ließ mich vorsichtig auf meinen Sitz sinken, wobei ich bis auf die Kante vorrutschte.

»Es handelt sich nicht um Kunstwerke«, hob sie mit kräftiger Stimme an, sprach dann aber nicht weiter.

»Und Sie haben diese Gegenstände mitgebracht?«, erkundigte ich mich höflich.

»Ja.« Ihr Kopf ging wie ein Specht nickend auf und ab.

»Ich dachte, es ist anschaulicher, wenn Sie meine kleine Sammlung selbst sehen. Alfredo kann die Kiste für uns öffnen.« Der Angesprochene trat nach vorn und ging vor der Sperrholzkiste in die Hocke, so dass ich die Schweiß-perlen auf seiner hohen Stirn sehen konnte. Signora Gallo kratzte sich am Rücken und seufzte vernehmlich. »Es geht um die Waffensammlung meines verstorbenen Mannes.«

KAPITEL 23

Sie hatte die Waffensammlung ihres Mannes mitgebracht? Hierher? Das war doch sicher nicht legal.

Wir waren mit einer Mafiosi-Oma und ihrem Schläger allein im Büro, und sie hatte eine ganze Kiste voller
Waffen auf den Tisch gestellt. Gina und ich wechselten
einen Blick. Meine Finger zitterten, und ich schob sie mir
zwischen die Knie, damit Signora Gallo es nicht sah, und
tastete mit dem Fuß nach meiner Handtasche. Wenn ich
es schaffte, die Tasche unauffällig heranzuziehen, könnte
ich unter dem Tisch eventuell heimlich eine SMS an
Kubitschek schicken.

»Und nun möchten Sie Ihre Waffensammlung versichern lassen?« Meine Fußspitze schob sich unter den
Taschenhenkel, und langsam zog ich die Tasche Zentimeter um Zentimeter zu mir heran.

Signora Gallos spitzes Kinn reckte sich nach vorn.
»Das ist der Grund meines Besuchs. Alfredo, mach die
Kiste auf!«

O nein, bitte nicht!

»Ich glaube, das wird nicht nötig sein«, sagte ich schnell, beugte mich nach unten und kramte unauffällig in der Tasche nach meinem Mobiltelefon. Da war es, Gott sei Dank! Mit einem Stöhnen kam ich wieder nach oben und klemmte mir das Telefon zwischen die Oberschenkel, um dann mit leeren Händen über dem Tisch zu gestikulieren. »Vielleicht können Sie uns einfach eine Aufstellung Ihrer Waffen zukommen lassen. Ich denke, es wird ausreichen, wenn wir die Daten als Liste zugeschickt bekommen. Per Mail genügt völlig. Sie müssen sich dafür nicht extra herbemühen«, fügte ich noch hinzu und dachte: Komm bloß nie wieder hierher.

»Ah.« Sie winkte mit ihrer knochigen Hand ab. »Wo ich schon mal da bin, können wir das auch gleich erledigen. Alfredo!«, blaffte sie. »*Sbrigati*!«

Mit Schrecken beobachtete ich, wie der kräftige Mann das Vorhängeschloss öffnete und den Deckel umklappte. Gina stieß einen Laut aus, der an eine Luftpumpe erinnerte. »Frau Gallo«, sagte sie, »darf ich Ihnen ein Glas Wasser anbieten?« Sie sprang auf und lief zur Anrichte, auf dem auch unser Zweiplattenherd stand, und riss die Wasserflasche herunter, um sie quietschend aufzuschrauben. »Ich habe frische Zitronen gekauft, erst heute Morgen.«

»*Va bene*«, sagte die alte Dame gnädig. »Und Sie, Signora Blum, können schon mal einen Blick auf die Sammlung werfen.« Sie deutete auf ein monströses Rohr, dass Alfredo aus einem Haufen Holzspäne hob, »Das ist der Granatwerfer, den mein verstorbener Mann aus Amerika mitgebracht hat. Alfredo, zeig der Signora auch seinen Lieblingscolt!«

Mir pochte das Herz bis zum Hals, als ich auf die Pistole vor mir starrte.

Das Ganze war ein Albtraum. Signora Gallo war der personifizierte Albtraum. Auch wenn sie so tat, als wäre das hier ein normales Kundengespräch, so war ich mir der unterschwelligen Drohung mehr als bewusst. Es war offensichtlich, dass sie mich mit ihren ganzen Waffen und ihrem Alfredo einschüchtern wollte und es einen ganz anderen Grund für ihren Besuch gab als eine Versicherungspolice.

Um die Situation irgendwie zu retten, gab ich mich ganz fachmännisch. »Für unser spezielles Versicherungsprogramm NO LIMIT benötigen wir eine genaue Auflistung der Waffen und eventuell auch ein Gutachten, was die Sonderanfertigungen betrifft. Signora Gallo«, hob ich an und zückte Block und Kugelschreiber, »Genaueres kann ich Ihnen erst sagen, wenn unsere Risikoanalysten die Daten geprüft haben. Ich schreibe Ihnen aber schon einmal auf, welche Nachweise Sie erbringen müssen. Da wäre zum einen ein Zertifikat über die Herkunft der Waffen. Eventuell reicht es auch, wenn Sie einen Kaufbeleg …«

Signora Gallo klopfte mit ihrer beringten Hand auf den Tisch. »Sie waren Geschenke! Niemand hat Quittungen von Geschenken, eh?«

»Vielleicht können wir uns auch einfach an den gängigen Marktpreisen für Waffen orientieren«, wandte ich ein, um sie zu beschwichtigen, und strich diesen Punkt auf meiner Notiz durch. »Jetzt habe ich nur noch eine Frage nach Ihrer Waffenbesitzkarte. Wir müssen festhalten, dass Sie über die Erlaubnis verfügen, diese Waffen zu besitzen. Benutzen dürfen Sie sie ja nicht.« Das »nicht« betonte ich nachdrücklich.

Ich legte den Stift ab und griff unter dem Tisch nach meinem Handy. Während Signora Gallos Gesicht Farbe bekam, tippte ich mit nur einem Auge auf das Display meines Smartphones schielend: *Mafia mit Waffen im Büro! Granatwerfer! Hilfe!!!*

Ich drückte sofort auf »Senden«.

»Ich denke nicht, dass ich für die Versicherung diesen Nachweis erbringen muss. Das ist nicht Ihre Angelegenheit. Sie setzen nur den Vertrag auf, und ich bezahle die Beiträge!«

Auweia, jetzt klang sie ziemlich sauer.

»Sie haben … recht«, sagte ich stockend. Ich musste diese Frau einfach nur aus dem Büro kriegen. »Ich bin sicher, da können wir Ihnen von der Secur-SORGLOS AG entgegenkommen und Ihnen auch so ein … gutes Angebot machen.«

Meine Finger tippten erneut auf mein Smartphone, weil ich das Wichtigste vergessen hatte. Ich schrieb an Kubitschek *Das ist kein Witz* und fügte noch mehr Ausrufezeichen hinzu.

In der Zwischenzeit wurde Signora Gallo von Gina abgelenkt, die ein Glas Wasser vor ihr abstellte, in dem eine Zitronenscheibe schwamm. Mit spitzen Fingern hob die alte Dame das Glas an die Lippen und hinterließ einen Lippenstiftabdruck, als sie es wieder absetzte.

»Wissen Sie«, begann die alte Dame und wippte mit den Fersen auf und ab, was sie plötzlich wie ein junges Mädchen wirken ließ, »ich bin mir sicher, Sie können mir auch noch in einer anderen Angelegenheit weiterhelfen, eh?«

»Wir von der Secur-SORGLOS AG sind selbstverständlich immer für Sie da«, faselte ich und schluckte dann, weil Gina mir unter dem Tisch gegen das Schienbein trat.

»Es ist eine etwas heikle Angelegenheit«, wiederholte Signora Gallo. Nun faltete sie die Hände im Schoß und sah auf ihren schweren Klunker hinab. »Meine Bruder Arcangelo ist gestorben, wie Sie wissen. Wir alle sind sehr bestürzt, weil sein Leichnam geschändet wurde. So nennt man das doch, wenn man bestohlen wird, eh? Jemand hat seine Manschettenknöpfe auf der Beerdigung gestohlen. Diese Katze hat seine Diamanten geraubt.«

»Das ist wirklich sehr bedauerlich.«

»Sehr bedauerlich, sì. Aber wir wissen auch, dass Sie Kontakt haben zu diesem Verbrecher. Sie!«, betonte sie noch einmal. »Sie persönlich.«

Wollte sie damit behaupten, dass ich eine Beziehung zur Katze hätte? Im Ernst?

Ich hatte Mühe, meine Stimme unter Kontrolle zu halten. »Das ist eine Fehlinformation.«

»Aber Sie wissen, wer die Katze ist.«

Ich schüttelte den Kopf und lachte schrill auf. »Um Gottes willen, nein! Ich habe überhaupt keine Ahnung, wer die Katze ist.«

Alfredo wählte diesen Moment, um sich neben der alten Dame aufzubauen. Sein Brustkorb dehnte sich und ließ das schwarze Hemd aufklaffen, was mir einen verstörenden Ausblick auf eine Tätowierung gab. Ich erkannte eine Krone mit kleinen Diamanten, die auf seiner Brust prangten.

War das nicht dasselbe Symbol wie auf dem Siegelring von Signora Gallo? Demselben Siegelring, den auch ihr Bruder getragen hatte? Kunkel hatte mir mal erzählt, dass die Anzahl der Diamanten in diesem Symbol besagte, wie stark man der *Sacra Corona Unita* verbunden war, und dass sieben Stück wohl die höchste Auszeichnung bedeutete.

Wie hypnotisiert starrte ich auf die behaarte Brust. Das Bild darüber bewegte sich bei jedem Atemzug, und ich kniff die Augen zusammen, um nicht zu blinzeln. Eins, zwei, drei, vier, fünf, sechs … Oh, verdammt!

»Alfredo«, krächzte Signora Gallo mit heiserer Stimme, »gib mir meine Handtasche!«

Alfredo hob die Tasche vom Tisch und stellte sie der Signora auf die Knie. Die alte Dame würde wohl kein Bügeleisen darin mit sich herumtragen wie ich, befürchtete ich.

Als sie begann, darin zu wühlen, räusperte Gina sich.

»Ein Giotto?« Sie raschelte mit der Plastikverpackung. »Möchte jemand etwas Süßes?«

»Hören Sie, Signora Gallo. Ich weiß wirklich nicht, wer die Katze ist. Auf der Beerdigung Ihres Bruders habe ich ihn zum ersten Mal gesehen, und außerdem hat er mich auch bestohlen. Meine Uhr. Wenn … also, wenn wir uns kennen würden, dann würde er doch nicht mich bestehlen, oder?«

»Er hat Ihre Uhr gestohlen?« Sie ließ die Hand aus ihrer Handtasche auftauchen und sah mich mit gerunzelter Stirn an. Die Falten auf ihrer Stirn waren so tief, man hätte geheime Briefbotschaften darin verstecken können. »Was für eine Uhr? Ist sie wertvoll?«

»Ich denke nicht. Aber sie ist für mich wertvoll und vor allem für meine Oma«, sagte ich und spürte, wie mir Tränen in die Augen schossen. Aber vielleicht war das nur der Anspannung geschuldet, oder meiner Angst. »Diese Uhr ist eines der wenigen Dinge, die meine Oma noch von ihrem Vater hat. Es … es ist ein Familienerbstück.«

»Ah, Familie!« Signora Gallo nickte verständnisvoll, und bei einem schnellen Seitenblick nahm ich wahr, wie Gina die Augen verdrehte. »Das ist schlimm. Sehr schlimm, wenn etwas aus der Familie gestohlen wird. Ich merke, wir verstehen uns.« Ihr Zeigefinger pendelte zwischen uns hin und her.

Ich glaubte nicht.

»Genau wie Sie wäre ich froh, wenn ich das Gestohlene zurückbekommen würde und nichts beschädigt ist.«

Sie nickte. »Es ist wichtig, das Gleichgewicht wiederherzustellen«, sagte sie kryptisch. Mit einem Klack schloss sich der Magnet an ihrer Handtasche, und ich atmete erleichtert auf. »Wenn die Katze Ihnen die Uhr Ihres Urgroßvaters gestohlen hat, dann sind wir uns sicher einig, dass Sie etwas gegen ihn unternehmen müssen.« Sie sah dabei so ernst und kaltblütig aus, als erwartete sie eher, dass ich ihr mindestens einen Finger von ihm schicken würde. Oder ein abgeschnittenes Ohr.

Mir lief ein Schauer über den Rücken.

»Das müssen wir, ja«, sagte ich und nickte.

»Sì, denken Sie darüber nach. Denn wenn Sie nichts unternehmen, dann muss Alfredo das erledigen.« Sie lachte heiser. »Jetzt hätte ich doch gerne ein Giotto. Ein oder zwei.«

KAPITEL 24

Nie, wirklich *nie* war Kunkel da, wenn man ihn mal brauchte! Oder Kubitschek! Circa fünf Sekunden nachdem Signora Gallo mit Alfredo und ihrer Sperrholzkiste das Büro verlassen hatte und in den rechten Aufzug gestiegen war, trat Kubitschek aus der anderen Aufzugtür und sah sich stirnrunzelnd um, bis er Gina und mich im Türrahmen entdeckte.

»Gott sei Dank«, stammelte Gina. Sie sah aus, als wollte sie sich ihm in die Arme werfen.

»Was ist passiert?« Kubitscheks Augenbrauen hoben sich.

Nun, wo das Schlimmste überstanden war, wurde mir erst richtig bewusst, wie gefährlich die Situation gewesen war. »Wieso hat das so lange gedauert? Und wo zum Teufel ist Ihre Verstärkung? Es kann doch nicht sein, dass man bedroht wird, und dann lassen Sie sich eine Ewigkeit Zeit! Nicht nur, dass wir hier Todesängste ausstehen mussten und Sie das überhaupt nicht alarmiert, Sie spazieren hier auch noch rein, als wären wir zum Kaffeekränzchen verabredet. Ich … ich«, schnaufte ich und stieß dann ein hilfloses Seufzen aus.

»Sind Sie jetzt fertig?«

Ich nickte.

»Dann können wir uns in Ruhe unterhalten. Im Übrigen«, sagte Kubitschek und zog sein Handy hervor. Er tippte auf dem Display herum und hielt mir den Bildschirm vor die Nase. »Meine Aufgabe als Kommissar besteht nicht darin, irgendwelche Codes zu entschlüsseln. Was sollte das bedeuten?«

»Sie haben meine Nachricht nicht mal gelesen?«, fragte ich ihn verblüfft. Vor mir blitzte meine eigene Nachricht auf, wenn auch nicht exakt so, wie ich mir das gedacht hatte:

Magia mit Waffn im bpro! Grantwrfer!!! Holfe!!!
dassis Kein wirz!!!!!

»Vielleicht«, sagte ich kleinlaut und räusperte mich, »vielleicht hätte ich die Autokorrektur nicht deaktivieren sollen.«

Kubitschek wischte sich mit dem Handrücken über die Stirn. »Das wäre meine nächste Empfehlung gewesen. Ich bin nur gekommen, weil Sie es schon wieder versäumt haben, im Präsidium zu erscheinen. Wir hatten einen Termin, schon vergessen?«

Ach stimmt, die Fingerabdrücke.

Während Gina sich ins Büro verzog, erzählte ich Kubitschek auf dem Flur von den Waffen, die Signora Gallo versichern lassen wollte, und dass sie uns – wenn auch nicht unmissverständlich, so doch andeutungsweise – bedroht hatte. Ich erzählte ihm von Signora Gallos Verdacht, ich würde mit der Katze unter einer Decke stecken, verschwieg ihm aber, dass sie von mir erwartete, allein etwas gegen ihn zu unternehmen.

»Und Sie sind sicher, dass es nichts gibt, was Sie mir erzählen möchten?«, wollte Kubitschek wissen. Er sprach gedämpft, damit Frau Sprenke es nicht hörte. »Sie können jederzeit zu mir ins Präsidium kommen und mit mir reden. Frau Blum«, sagte er und fasste mich am Unterarm, »wenn Sie Ihre Meinung ändern sollten, dann rufen Sie mich an.«

Ich seufzte leise. Offenbar wartete Kubitschek nur darauf, Beweise gegen mich in die Hände zu bekommen. »Es gibt wirklich nichts, was ich Ihnen beichten müsste.«

»Wie Sie meinen.« Er zog seine Hand zurück und blickte zum Fenster. Von der Seite wirkten seine Wangenmuskeln angespannt, als er weitersprach. »Merkwürdig ist es jedoch, dass Ihre Firma diese kuriosen Versicherungspolicen überhaupt abschließt, oder?«

»Das ist nun einmal unser Konzept. Wir bieten perfekt auf den Kunden zugeschnittene Versicherungen an. Für Dinge, an die sich andere Versicherungen nicht heranwagen. Wir arbeiten sachkundig, kundenorientiert und vor allem rechtsstaatlich, Herr Kubitschek.« Es war mir zwar ein bisschen peinlich, den Text von meiner Visitenkarte zu zitieren, aber für diesen Augenblick war er wie geschaffen.

»Bla, bla«, sagte Kubitschek und drehte mir das Gesicht wieder zu. »Und deshalb kommt Frau Gallo auch auf die Idee, gerade bei Ihnen ihr Waffenarsenal versichern zu lassen. So unschuldig sind Ihre Kunden also nicht! Außerdem bin ich Ihrem Vorschlag gefolgt und habe mir von Ihrer Sekretärin einige Akten aushändigen lassen.«

»Wirklich?« Davon hatte Frau Sprenke mir gar nichts gesagt.

»Die Herkunft mancher Versicherungsobjekte ist nicht immer lückenlos nachzuvollziehen. Wussten Sie, dass diese Diamanten, die Arcangelo di Titta in seine Manschettenknöpfe hat einarbeiten lassen, in der Farbe große Ähnlichkeit haben mit einem bestimmten Diamanten, der seit den vierziger Jahren verschollen ist? Gestohlene Diamanten werden gerne mal gespalten und umgeschliffen. Ich habe in der Zeitung gelesen, dass die Farbe der Millennium Twins einzigartig ist und an diesen legendären Venezianer erinnert. Für meinen Geschmack sind da einfach zu viele Zufälle im Spiel.«

Meine Gedanken überschlugen sich, denn noch nie war Kubitschek so offen zu mir gewesen. »Ich dachte, Sie wollten mich nicht in Ihre Ermittlungen mit einbeziehen?«, fragte ich und bereute es sogleich. Hoffentlich hatte ich ihn mit dieser Bemerkung nun nicht gleich wieder davon abgebracht. »Nicht dass ich auf die Idee käme, jemals mit jemand anderem darüber zu sprechen. Ich kann schweigen wie ein Grab.«

Kubitschek zog skeptisch eine Augenbraue hoch. »In dieser Beziehung traue ich niemandem über den Weg. Auch Ihnen nicht. Aber es kann nicht schaden, wenn Sie wissen, in welche Richtung ich denke, und dass Sie damit gewarnt sein sollten. Wenn kostbare Gegenstände gestohlen werden, deren Herkunft nicht bekannt ist, und Ihre Versicherung bezahlt im Schadensfall, dann ist ein Versicherungsbetrug naheliegend. Jetzt ist nur die Frage, wer bei Secur-SORGLOS eine Police über eine horrende Schadenssumme abschließt, wenn die Rechtmäßigkeit des Besitzes nicht vollständig geklärt ist.«

»Denn wenn die Diamanten nicht gestohlen worden

wären, lägen sie jetzt unter einer dicken Erdschicht«, überlegte ich laut.

»Und di Tittas Familie würde keinen Cent davon zu sehen bekommen.«

Ich atmete scharf ein. »Sie denken doch wohl nicht, dass wir bei Secur-SORGLOS einen Maulwurf haben?«, zischte ich. Gleichzeitig merkte ich aber, wie absurd das klang.

»Natürlich nicht.« Jetzt grinste Kubitschek breit und sah dabei gleich viel jünger aus. In seinen Augen steckte ein fast schon jungenhafter Schalk. »Das würde ja bedeuten, dass jemand aus Ihrer sachkundig, kundenorientiert und vor allem rechtsstaatlich arbeitenden Abteilung krumme Geschäfte macht. Auf diesen Gedanken käme ich niemals.« Und damit verabschiedete sich der Kommissar und tippte sich an die Stirn.

»Warten Sie, Commissario!« Gina kam außer Atem aus dem Büro herausgeschossen. »Vergessen Sie Signora Gallo nicht!« In der Hand hielt sie einen Frischhaltebeutel mit einem Glas, das bei jedem Schritt hin und her pendelte. »Bestimmt brauchen Sie ihre Fingerabdrücke. Ich habe der alten Dame deshalb extra ein Glas Wasser angeboten.« Sie errötete bei ihren letzten Worten.

Kubitschek sah ehrlich überrascht und fast ein wenig

beeindruckt aus, was mir eine gewisse Genugtuung bereitete. Aber ich glaubte Gina kein Wort, denn sie war eben genauso panisch gewesen wie ich. Garantiert war ihr die Idee mit den Fingerabdrücken gerade erst in den Sinn gekommen.

»Dankeschön, Frau …«

»Gina. Einfach Gina«, sagte sie und lächelte.

Kubitschek schmunzelte. »So einfach nun auch wieder nicht.«

Mir klappte der Unterkiefer herunter, und ich musste mich zwingen, ihn zum Schlucken wieder zu schließen. Wenn ich Kubitschek nicht schon besser kennen würde, hätte ich fast vermutet, dass er mit Gina flirtete.

KAPITEL 25

Wir haben uns erst in Lake Sylvia daran erinnert, wie unglaublich schwül und heiß es hier ist. In der Nacht noch über 33 Grad. Aber wir haben einen perfekten Ankerplatz gefunden. Dort können wir uns mit den Mangroven quer über den Kanal verspannen, so brauchen wir keine Angst vor dem nächsten Hurrikan zu haben, einfach perfekt. Auf dem Bild siehst du übrigens einen grünen Leguan, der für ein Stück Mango gerne mal auf unser Schiff hüpft. Dein Vater hat schon die perfekte Idee für die nächsten …

Ich warf die Postkarte auf die Kommode im Flur, ohne die perfekten Erlebnisse meiner Eltern zu Ende zu lesen, und ließ meinen Haustürschlüssel daraufplumpsen. Die Küche war verwaist, aber auf dem Esstisch lag das aufgeschlagene Fotoalbum meiner Oma. Ich beugte mich über die Fotos und sah, dass sie eines der Bilder herausgenommen hatte. Unter dem leeren Fleck stand: Lucy genießt ihren ersten Schnee.

Ich seufzte. Und bei dem Gedanken, wie viel Geld meine Eltern auf ihrer Weltreise verpulverten und dass ich für Oma nicht einmal diesen kleinen Terrier kaufen konnte, seufzte ich gleich noch tiefer. Ich wusste nicht, ob es klug war, aber wenn der Hund sie ein Stückchen glücklicher machen konnte, wollte ich es wenigstens versuchen. Bevor ich die Küche verließ, stellte ich fest, dass der Wasserkocher fehlte. Erst vor ein paar Tagen hatte Oma erwähnt, wie überflüssig sie dieses Küchengerät fand – das konnte wohl kein Zufall sein.

Heute trug Oma einen schlichten Rock bis zu den Knien und darüber eine weiße Bluse mit üppigen Rüschen, wodurch sie aussah wie ein Musketier. Sie saß an ihrer Nähmaschine und hielt sich eine Lupe vor die Nase, um das Garn in das alte Gerät zu fädeln. Mit dem Faden stocherte sie auf das Nadelöhr ein und schunkelte zu dem Lied mit, das sich auf ihrem Plattenteller drehte.

Offenbar hatte Oma einen guten Tag, dachte ich noch, bevor ich ihr einen Kuss auf die Wange gab. Ihre Haut war ganz weich und nachgiebig, es fühlte sich an, als würde man seine Lippen auf einen schrumpeligen Pfirsich pressen. Einen Pfirsich, der auf dem Kinn ein paar harte Borsten hatte. Ich kicherte, als ich Omas haariges Kinn an meiner Wange spürte. »Was nähst du denn da?«, fragte ich.

»Nur ein altes Hemd. Dein Opa hat schon wieder den Kragen durchgewetzt. Ich weiß nicht, wie er das immer

schafft.« Sie schüttelte den Kopf und schob den fest-
gesteckten Baumwollstoff unter die Maschine. Ich erstarrte. »Ach … so«, presste ich mühsam hervor und
überlegte, ob ich Oma daran erinnern sollte, dass Opa
schon seit mehr als vier Jahren tot war. Nein, besser nicht.
Wahrscheinlich würde sie diese Episode in ein paar Stunden schon wieder vergessen haben. Die Frage war nur,
konnte ich Oma dann heute Abend allein lassen und in
die Oper gehen? Mein Gewissen meldete sich, und bevor
es Drohbriefe in meine Magengegend schicken konnte,
würde ich Oma lieber direkt fragen.

»Ich habe übrigens eine Karte für die Oper geschenkt
bekommen«, begann ich vorsichtig. »Für Turandot.«

»Auf Italienisch?«, wollte sie wissen und trat auf das
Gaspedal. Sofort ratterte die Maschine los.

»Ich befürchte, ja«, brüllte ich gegen den Lärm an.
Ich hegte ja immer noch starke Zweifel, dass die Katze
wirklich kommen würde, spürte aber trotzdem die Aufregung, die sich von meinem Unterleib bis in die Fuß-
spitzen ausbreitete. Vor allem, weil mich eine Frage sehr
stark beschäftigte: Was wollte er von mir? War es eine
Falle? Hatte er eine offene Rechnung mit mir, von der ich
nichts ahnte, oder war ich schlicht die Maus, mit der er
spielte?

»Ist es okay, wenn ich dich heute Abend alleine lasse? Ich könnte Dominik fragen, ob er dir Gesellschaft leistet. Er kommt bestimmt gern, wenn ich euch ein paar Häppchen mache.«

Oma nahm den Fuß vom Pedal, und das Geräusch erstarb. »Was ziehst du denn an? Du hast doch gar kein Kleid für die Oper. Du musst unbedingt ein schönes Kleid anziehen, Christine-Kind. Vielleicht kann ich dir noch eines von meinen ändern«, überlegte sie laut.

Diesmal berichtigte ich sie nicht.

Sie griff nach meiner Hand und drückte einen feuchten Kuss auf meinen Handrücken. »Bestimmt habe ich genau das richtige Kleid für dich. Achtundsechzig oder neunundsechzig habe ich mit deinem Opa eine Operette gesehen und ein schwarzes Cocktailkleid getragen. Du musst wissen, dass wir damals alle in Jackie Kennedy verliebt waren. Und die hatte doch diesen Leopardenfellmantel …«

»Ich finde schon was Passendes«, sagte ich schnell, bevor Oma sich in das Thema reinsteigern konnte. Auch wenn sie früher in einem Gardinengeschäft gearbeitet hatte und viel vom Nähen verstand, – ihrem Geschmack traute ich nicht über den Weg.

»… der war damals natürlich unerschwinglich, und

heute trägt man sowieso keine toten Tiere mehr. Dein Opa hat mir dann diesen bedruckten Mantel geschenkt, und alle haben mich darum beneidet, weil er fast genauso ausgesehen hat wie der von Jackie Kennedy, auch wenn er nur aus Synthetik gewesen ist. Ich habe ihn immer noch in meinem Kleiderschrank.«

O nein, bitte nicht!

Leider wusste ich sicher, dass Oma ihn im Kleiderschrank hatte, denn er war mir schon aufgefallen, als sie bei mir eingezogen war. »Danke, Oma. Aber es ist draußen viel zu warm für einen Mantel. Ich glaube, ein kleines Bolerojäckchen reicht völlig, und ich habe …«

»Es wäre so schön, dich einmal in diesem Mantel zu sehen …« Oma wischte sich mit dem krummen Zeigefinger über den Augenwinkel. »Ich war so stolz, als ich mit deinem Opa an der Seite diesen Mantel tragen durfte. Und es war das einzige Mal, dass Günther seine Lackschuhe angezogen hat. Danach hat er immer gesagt, dass ihm die Schuhe am Atmen hindern, kannst du dir das vorstellen? So ein Unsinn.« Sie schnalzte mit der Zunge. »Du kannst dann heute Abend auch die Uhr von meinem Vater tragen. Wo hast du sie eigentlich versteckt? Ich habe gestern schon danach gesucht, weil sie freitags immer aufgezogen werden muss.«

»Die ist doch in der Reparatur«, sagte ich und spürte, wie es hinter meiner Stirn pochte. »Habe ich dir das nicht gesagt? Du weißt doch, dass das Schloss immer hakt, weil der Dorn verbogen ist. Ich habe gedacht, es ist besser, wenn das mal repariert wird.«

»Das war eine gute Idee.« Sie tätschelte mir den Arm, und ich fühlte mich augenblicklich wie die größte Betrügerin. »Aber der Mantel«, fing sie noch einmal an. »Er sieht noch aus wie neu. Du kannst ihn wenigstens anprobieren. Soll ich ihn einmal holen?«

* * *

Ich konnte nur hoffen, dass die Katze nicht auftauchen würde, denn mal ehrlich: In einem Mantel mit Leopardenfellaufdruck in die Oper zu gehen, wenn man auf das Auftauchen einer Katze wartete? Wie peinlich war das denn?

Das Einzige, was mich jetzt noch hätte trösten können, wäre mein schwarzes Seidentuch mit den weißen Punkten gewesen, aber das hatte ich ja verloren. Ganz abgesehen davon, konnte es mir natürlich völlig egal sein, was die Katze dachte. Ich kam schließlich nicht hierher, um ihn zu beeindrucken. Er hatte mich hierhergelockt, wie man seine Beute anlockte. Aus diesem Grund hatte ich mir auch noch einmal Omas Bügeleisen ausgeliehen und es in meine Handtasche gesteckt. Wenn die Katze wieder ein krummes Ding abzog, würde ich diesmal nicht zögern, dem Gauner das Eisenteil über die Rübe zu ziehen. Hoffte ich.

Außerdem hatte Dominik mir ein Paar Handschellen mitgegeben. Sie hatten einen Plüschüberzug, und ich wollte gar nicht wissen, was er damit bereits angestellt hatte, aber im Notfall würde ich die Katze damit festsetzen können. Soweit der Plan.

Ich zog den Mantel aus und legte ihn mir über den Arm. Glücklicherweise würde ich das Teil gleich an der Garderobe abgeben können, und für einen Augenblick dachte ich daran, ihn nach der Oper einfach zu »vergessen«. Aber das konnte ich Oma nicht antun. Mit leichtem Fuß schlängelte ich mich auf dem Vorplatz durch kleinere Grüppchen von Menschen in Abendgarderobe, die noch eine letzte Zigarette rauchten oder einen Schluck aus einer Bierflasche tranken. Ich trug als Kontrast zum schwarzen Cocktailkleid ein Paar Satin-Pumps in Altrosa mit winzigen Schleifen an der Seite, was mich einige Zentimeter über den Boden schweben ließ. Als ich auf einen der fünf Eingänge zutrat, vibrierte mein Handy.

Ich zuckte zusammen und seufzte dann ein wenig, weil es mal wieder Dominik war.

Wenn du die Handschellen nicht brauchst, habe ich kein Problem damit, sie heute Nacht mit dir einzuweihen. Ich sach ma so, du weißt, wo ich wohne.

Wenigstens wusste ich jetzt, dass die Handschellen noch unbenutzt waren, was mich tatsächlich erleichterte. Trotzdem ignorierte ich die Nachricht geflissentlich und wollte das Handy gerade wieder wegstecken, als die nächste Nachricht eintraf. Wieder von Dominik.

Fast vergessen: *Deine Oma zeigt Moses gerade Fotos von ihrem früheren Hund und ist beschäftigt. Musst dir also keine Sorgen um sie machen.*

Ich blieb vor dem Eingang der Oper stehen und wurde von den nachfolgenden Besuchern angerempelt. Als es dann erneut plingte, las ich die Nachricht gar nicht erst, sondern drückte sofort auf das Symbol für eine Sprachnachricht.

»Danke, dass du dich um sie kümmerst«, sagte ich in das Mikrophon und trat zur Seite, um die Leute durchzulassen. »In der Küche steht ein Tablett mit Schnittchen, Käse und sauren Gurken. Außerdem habe ich dir den dritten Teil von *Zurück in die Zukunft* besorgt. Liegt im Wohnzimmer auf dem Couchtisch. Oma freut sich auch schon darauf. Sie will wissen, wie Doc Brown Marty McFly einen Brief aus dem Wilden Westen schreiben konnte. Ich hoffe, ihr habt viel Spaß, und du kommst nicht auf die Idee, in mein Schlafzimmer zu gehen.«

Pling. Die einkommende Nachricht schob meine Sprachnachricht nach oben.

Hatte ich nicht vor.

Von wegen. Ich schnaubte, dann scrollte ich den Nachrichtenverlauf nach oben, und mir fiel auf, dass ich in den falschen Chat gesprochen hatte.

Niklas. Mist. Ich hatte nicht aufgepasst, und die letzte Nachricht war gar nicht von Dominik gewesen. Und nun hatte ich Niklas meine Antwort an Dominik geschickt. Mit zusammengebissenen Zähnen tippte ich schnell eine Antwort.

Es tut mir leid. Diese Nachricht war nicht für dich.

Niklas schrieb sofort zurück:

Dabei hätte ich nichts gegen Zurück in die Zukunft einzuwenden.

Mein Mund kräuselte sich, als hätte ich eines dieser Bonbons auf der Zunge, die erst sauer waren, um dann, nachdem man sie einige Sekunden gelutscht hatte, unendlich süß zu schmecken. Niklas war wohl doch nicht böse auf mich. Mein Herzschlag machte einen kleinen Extrahüpfer, dann kam die nächste Nachricht:

Wenn du heute noch nichts vor hast und deine Oma Besuch hat, wie wäre es mit einem Date? Ich könnte versuchen zu kochen. 20.30 Uhr okay?

Oh! Mein Herz, das gerade noch durch meinen Brustkorb gesprungen war, zog sich nun zusammen wie ein Stück geschmolzenes Plastik. Ich sah auf die Eintrittskarte in meiner linken Hand und dann wieder auf mein Handydisplay. Ich musste jetzt hier reingehen. Die ganze Woche hatte ich auf diesen Moment gewartet, da konnte ich doch unmöglich einfach so wieder gehen, oder? Außerdem hatte sich durch den »Besuch« von Signora Gallo eine ganz neue Situation ergeben. Wenn irgend möglich, musste ich zwei Fliegen mit einer Klappe schlagen: Die Katze vor dem Titta-Clan warnen und ihn am besten gleichzeitig überführen und der Polizei ausliefern. Doch wie sollte ich das Niklas beibringen, ohne ihm etwas davon zu erzählen? Die Geschichte war mir nicht nur äußerst peinlich, weil ich in meinem Job versagt hatte. Dank Signora Gallo und ihrem Handlanger Alfredo würde es Niklas vielleicht sogar in Gefahr bringen, wenn er etwas davon wusste. Ich überlegte, wie lange so eine Oper dauerte. Falls die Sache innerhalb einer halben Stunde über die Bühne ging, wäre es noch nicht zu spät, mich mit Niklas zu treffen. Ich hatte sowieso nicht vor, mir diese schauderhafte Oper bis zum Schluss anzuhören. Schnell warf ich einen Blick auf die Uhr meines Smartphones. Dann schickte ich eine Antwort an Niklas.

20.30 Uhr passt perfekt.

Während ich durch die Eingangstür trat, ratterte es in meinem Kopf. Und nur für mich notierte ich innerlich schließlich einen halbwegs ausgereiften 6-Stufen-Plan. Ich würde also:

1. Die Katze entlarven.
2. Ihn vor dem Titta-Clan warnen.
3. Ihn mit den Plüsch-Handschellen irgendwo anketten.
4. Kubitschek anrufen.
5. Während wir auf das Eintreffen der Polizei warten, Uropa Manfreds Uhr von der Katze zurückverlangen.
6. In einem Affenzahn zu Niklas fahren und so tun, als wäre nichts gewesen.

Wäre doch gelacht, wenn ich das nicht schaffte!

KAPITEL 26

Schweren Herzens lief ich mit Omas Leopardenfellmantel an der Garderobe vorbei. Ihn dort abzugeben, würde mich nun auf dem Rückweg unnötig Zeit kosten – Zeit, die ich brauchte, um pünktlich um halb neun bei Niklas zu sein –, deshalb rollte ich ihn zusammen und klemmte ihn mir möglichst unauffällig unter den Arm. Im Gewimmel der wartenden Menschen färbte die freudige Erwartung ein klein wenig auf mich ab. Allerdings freute ich mich weniger auf den Operngenuss als vielmehr auf die Genugtuung, der Katze endlich den Garaus zu machen. Inzwischen hatte sich eine neue Idee in mir ausgebreitet, woran ich die Katze erkennen würde. Da ich ihn bisher weder an seinem Gesicht, seiner Art zu sprechen, zu gehen oder seinem Kleidungsstil identifizieren konnte, blieb mir nur eine Sache, die unverwechselbar war und bei der meine Trefferquote nahezu hundert Prozent betrug: Schuhe.

Ich würde einfach nach seinen Schuhen Ausschau halten. Bisher war die Katze mir immer nur mit den exklusivsten Schuhen begegnet. Beim ersten Mal in der Kirche hatte er sehr teure, handgefertigte Derbys getragen. Und hatte ich mich nicht gewundert, wieso ausgerechnet der Kellner bei Biermanns Empfang klassische Oxfords an den Füßen hatte? Wieso war es mir da nicht schon klar gewesen?

Je länger ich darüber nachdachte, umso sicherer wurde ich mir, dass ich die Katze wegen seiner Schuhe entlarven würde. Ich konnte den Moment kaum erwarten, an dem ich ihn Kubitschek übergeben würde. In meinem Kopfkino sah ich den Arsch in Handschellen zwischen zwei Polizisten eingeklemmt. Und kurz bevor man ihn in das gepanzerte Fahrzeug verfrachtete, würde er darum betteln, mir noch eine einzige Frage stellen zu dürfen. »Warten Sie«, würde er rufen und sich in seinen Fesseln winden. »Wie sind Sie darauf gekommen? Womit habe ich mich verraten?«

Und ich würde mit einem lässigen Schulterzucken sagen: »Ihre Schuhe. Und das war fast schon zu einfach.«

Diese Vision bescherte mir ein Hochgefühl, das so lange anhielt, bis ich mithilfe meiner Eintrittskarte und eines jungen Mannes, der zum Personal gehörte, meinen Platz gefunden hatte. Dann allerdings verflog das Gefühl in der Tiefe des Saales. Mit offenem Mund starrte ich auf den Balkon, den der Platzanweiser mir zugewiesen hatte, und wich zurück. Der Balkon ragte in Form eines Schlittens tief in den Raum hinein, als hätte man auf einer Küstenstraße zu spät gebremst und würde nun mit dem Fahrzeug über einem Abgrund hängen. Gruselig.

Ich würde mich ganz nach hinten setzen und hoffen, dass ich die Katze wenigstens für einen Moment verwirren konnte, weil ich nicht auf meinem Platz saß.

»Ich nehme mal an, dass Sie hier gut versichert sind«, sagte ich zu dem jungen Mann im schlichten schwarzen Anzug und kontrollierte unwillkürlich seine Schuhe. (Oje, braunes Veloursleder und das nach sechs Uhr abends.)

Ich beugte mich vor, um einen vorsichtigen Blick über die Brüstung zu werfen. »Ich meine, falls hier mal etwas passiert.«

»Selbstverständlich ist die Oper versichert. Außerdem wurde das statisch berechnet.«

»Ich bleibe trotzdem lieber erst mal hier hinten.«

»Wie Sie meinen.« Kopfschüttelnd zog der Platzanweiser ab, und ich hockte mich nervös auf den samtbezogenen Stuhl. Mangels Uhr zog ich jede Minute mein Handy hervor, trotzdem verging die Zeit keinen bisschen schneller. Die Katze würde pünktlich sein müssen, sonst ließ man ihn gar nicht mehr in den Saal, so viel wusste ich. Es blieben also nur noch acht Minuten. Hinter mir war ein schwerer Brokatvorhang zugezogen worden, der mich vom Gang abschirmte. Der ganze Saal funkelte im Lichterglanz, und das Geplapper der Besucher schwoll immer mehr an. Ich beobachtete die Damen in ihren üppigen Abendgarderoben. An ihren Hälsen und den Ohren glitzerte so viel Schmuck, dass ich mich fragte, wie man damit noch aufrecht gehen konnte. Falls die Katze hier einen weiteren Coup plante – es würde sich lohnen.

Noch vier Minuten.

Langsam wurde meine Nervosität unerträglich. In meinem Bauch kribbelte es, und mein Herzschlag flatterte, als wäre ich gerade die elf Stockwerke ins Büro zu Fuß hochgelaufen. Angespannt wippte ich mit den Zehenspitzen.

Ob der Katze auffallen würde, was für schöne Schuhe ich trug? Man konnte diesem Mistkerl ja allerhand vorwerfen, aber er besaß definitiv Geschmack.

Noch zwei Minuten.

Ich verkniff es mir, zum x-ten Mal über meine Schulter nach hinten zu blicken. Eventuell war die Katze schon längst hier und beobachtete mich dabei, wie ich ungeduldig auf dem Sitz hin- und herrutschte. Demonstrativ schlug ich die Beine übereinander, als wäre ich herrlich entspannt und kurz vorm Wegdösen. Was jedoch gar nicht so einfach war, denn das Herz schlug mir bis zum Hals.

O Gott, wo zum Teufel blieb die Katze?

Und war da nicht ein Luftzug hinter mir?

Ich durfte mir nichts anmerken lassen.

Ob die Katze bemerken würde, dass ich mir vor Anspannung die Fingernägel abgekaut hatte? Sah man mir an … Gott, ich hielt es einfach nicht mehr aus, und als ich ein leises Knistern hörte, fuhr ich ruckartig herum …

Nichts.

Keine Spur von der Katze. Der Vorhang hinter mir bewegte sich keinen Millimeter, er war so starr wie ein Wachposten vor dem Tower of London. Mehrere Gefühle strömten abwechselnd durch meinen Körper. Einmal Erleichterung, dann wieder Enttäuschung und zuletzt Ärger. Wieso lockte er mich mit einer Eintrittskarte hierher und tauchte dann nicht einmal auf?

Außerdem blieben alle Sitze außer meinem leer. Seltsam war das schon. Und nun ging auch noch das Licht aus. Innerhalb einer Sekunde wurde der Saal vollständig in Dunkelheit getaucht, und die Zuschauer verstummten. Vereinzelt erklang noch ein letztes Husten, hier und da raschelte ein Programmheft, und dann hätte man fast eine Stecknadel fallen hören können. Er war zu spät, dachte ich und krallte mich an den Armlehnen fest.

Im Saal brandete Applaus auf, dabei war der Vorhang noch geschlossen. Ich beugte mich nach vorn, um über den Rand der Brüstung nach unten zu sehen, da setzte die Musik so heftig ein, dass ich mit einem kleinen Aufschrei nach hinten schreckte. Die Töne klangen fremd und exotisch in meinen Ohren, und wider Willen war ich sofort gefesselt. Vor mir öffnete sich eine andere Welt, erstanden die Stadtmauern von Peking, und eine Menge hatte sich davor versammelt, die ihre Aufregung heraussang.

Für einen kurzen Augenblick dachte ich daran, dass dieser Abend hinsichtlich meiner Ermittlung wohl verschenkt war, aber dann katapultierten mich das Glockenspiel und der Anschlag des chinesischen Gongs in eine fernöstliche Märchenwelt.

Ich war froh, dass Kunkel mir die Handlung vorher erzählt hatte, so war ich nicht darauf angewiesen, die Übertitel über der Bühne mitzulesen. Die nächsten Minuten war ich wie hypnotisiert. Ich nahm nichts um mich herum wahr, folgte jeder Regung auf der Bühne und ließ die Musik in meinen Körper fließen. Unfassbar, dass der Held um Turandot freien wollte – er riskierte damit sein

Leben! Und das nur, weil die Prinzessin schön war? Was für ein Idiot!

»Ein liebeskranker Trottel, nicht wahr?«, sagte eine Stimme ganz nah an meinem Ohr.

»Ja«, bestätigte ich. »Er lässt sich nur von ihrem Aussehen blenden, dabei hat die Prinzessin ein Herz aus Granit.« Dann, als ich realisierte, dass außer mir noch jemand hier war, erstarrte ich. O mein Gott! Ich wagte nicht, mich zu bewegen, und hatte das Gefühl, mein Brustkorb müsste in dieser Sekunde vor Anspannung explodieren. Mein Herz wummerte so hart in meiner Brust, dass es schmerzte.

Ich roch das Aftershave, das mir auch schon bei Biermanns Empfang aufgefallen war, und spürte die Nähe eines fremden Körpers. Die Nähe eines fremden Körpers, der sich sehr warm und angenehm gegen meine Schulter drückte.

»Sich von bloßer Schönheit blenden lassen«, schnurrte die Katze in mein Ohr. »Das könnte mir nicht passieren.«

KAPITEL 27

Die bekannte heisere Stimme. Er setzte sich neben mich, und als ich den Mut aufbrachte, meinen Kopf ein winziges Stück nach rechts zu drehen, bemerkte ich, dass das Licht der Bühne kaum bis zu seinem Gesicht reichte. Und da war etwas, was ihn halb verdeckte. Eine Maske?

Okay, er trug eine dieser venezianischen Masken, deren Nase sich scharf nach unten krümmte und den oberen Teil seines Gesichts vollkommen verhüllte. Gina würde es wahrscheinlich romantisch finden, dachte ich grimmig. Ich fand es einfach nur unbefriedigend, denn so konnte ich nichts anderes erkennen als sein Kinn und die Lippen, die sich nun zum Sprechen öffneten.

»Mögen Sie die Oper?«

»Sie gefällt mir irgendwie«, sagte ich ausweichend.

Er unterdrückte ein Grinsen, was schade war, denn so konnte ich mir nicht seine Zähne einprägen. Und Zähne waren doch immer etwas sehr Markantes. Vorsichtig schielte ich nach unten, um einen Blick auf seine Schuhe zu erhaschen, aber es war viel zu dunkel, um sie zu erkennen. Ganz sicher waren sie schwarz. Ich tippte auf einen Derby Lackschuh. Rahmengenäht. Von Hand, nicht maschinell, schließlich musste ein Dieb wie die Katze bestimmt nicht jeden Cent einzeln umdrehen.

Das wenige Licht, das auf den Brustkorb der Katze fiel, bewies mir, dass er sich einen Smoking angezogen hatte. Er war absolut stilsicher. Ich liebte Männer im Smoking. Ich würde unheimlich gerne einmal Niklas im Smoking sehen, überlegte ich, aber Niklas war eher der Jeans-und-Sneakers-Typ. Bei diesem Gedanken wurde ich unruhig. Wie spät war es eigentlich? Meine Hand fand unauffällig den Weg in meine Handtasche und ertastete die Handschellen und das kalte Bügeleisen. Später. Ich zog mein Handy hervor und ließ den Bildschirm aufflammen.

»Tse.« Die Katze schnalzte mit der Zunge und drückte meinen Arm nach unten. »Soll unser Rendezvous denn so schnell vorbei sein?«

»Ich hatte nicht … ich wollte nur auf die Uhr sehen«, zischte ich und stopfte mein Handy wütend zurück in die Tasche. »Und außerdem haben wir kein Rendezvous. Was soll das hier werden? Sie haben mich reingelegt«, begann ich unsere Begegnungen von hinten aufzurollen. »Sie haben sich über mich lustig gemacht und mich dazu gezwungen, diesen Nazi-Wein zu trinken. Ich habe wirklich gedacht, Sie wären ein Kellner! Und die Diamanten? In der Kirche haben Sie so getan, als wären Sie irgendein Tölpel, der nicht bis drei zählen kann.«

»Meine Spezialität.«

»Und Sie haben meine Uhr gestohlen.« Das war der Punkt, der mich am meisten beschäftigte. »Ist das auch Ihre Spezialität?«

»Nun ja. Sie musste dringend restauriert werden.« Er lehnte sich gelassen im Sitz zurück. Meine Kritik schien völlig an ihm abzuprallen. »Sie hätten nicht zulassen dürfen, dass sie so heruntergekommen aussieht. Das Glas war ganz zerkratzt.« Er klang missbilligend. »Nichts gegen ein wenig Patina, aber einen antiken Chronographen muss man mit Sorgfalt behandeln. Das Leder hätten Sie wenigstens einmal einfetten können.«

Das Leder einfetten? »Das geht Sie doch überhaupt nichts an.« Ich suchte nach Worten. »Außerdem ist sie nur aus Stahl und nicht mal wertvoll«, verteidigte ich mich.

»Es ist eine Tutima Glashütte.« Er klang nun doch ein wenig irritiert. »Aus den dreißiger Jahren. Das Material spielt da überhaupt keine Rolle.«

»Ach nein?« Ich konnte nicht glauben, dass ich mich hier mit der Katze um das Material von Uropa Manfreds

Uhr stritt. Diese Uhr ging ihn doch einen Scheiß an. »Für den Wein entschuldige ich mich«, sagte er unerwartet. Ich spürte, wie sich seine Hand auf meinen Arm legte. »Der war wirklich ungenießbar, das hätte ich Ihnen nicht zumuten müssen. Jedoch … Sie müssen zugeben, dass es den Spaß wert war.«

Spaß? Was meinte er damit? Den Diebstahl? Dass ich nun einen weiteren, sehr teuren Versicherungsschaden zu bearbeiten hatte? War das alles für ihn nur ein Spaß? Ich schluckte. Aus seiner Sicht mag es wirklich urkomisch gewesen sein, uns alle an der Nase herumzuführen, aber leider konnte ich nach dem Besuch von Signora Gallo nicht mehr darüber lachen. Offenbar bemerkte er, dass ich mich ärgerte, denn er sagte mit einem warmen Tonfall: »Ich habe mich nicht über Sie lustig gemacht. Eigentlich habe ich gedacht, Sie würden das Ganze mit Humor nehmen.«

In diesem Augenblick hätte ich ihm gerne Omas altes Bügeleisen über den Schädel gezogen. Mal sehen, ob er das auch mit Humor nehmen würde. Ich knirschte mit den Zähnen.

Es war mir klar, dass ich wutgesteuert wahrscheinlich einen dummen Fehler nach dem anderen begehen würde, deshalb atmete ich tief ein und aus und versuchte, meinen schnellen Herzschlag zu beeinflussen, indem ich langsam zählte. Als ich bei sieben angekommen war, platzte trotzdem ein Vorwurf aus mir heraus. »Jetzt ist es schon so weit, dass die Polizei mich verdächtigt, mit Ihnen unter einer Decke zu stecken!«

»Eine Vorstellung, die ihren Reiz hat, das müssen Sie zugeben«, antwortet er.

»Eher nicht« Ich schüttelte den Kopf. »Ihretwegen hatte ich heute im Büro einen unangenehmen Besuch.«

»Dieser Kommissar schon wieder?«

»Eine Signora Gallo. Sie ist Arcangelo di Tittas Schwester und alles andere als zimperlich, kann ich Ihnen sagen.«

Ruckartig fuhr sein Kopf zu mir herum. »Aber sie hat Ihnen nichts getan?«

Ich schreckte zurück, damit sich seine lange Maskennase nicht in mein Auge bohrte. Aus den dunklen Augenlöchern der Maske schaute er besorgt an mir herunter.

»Sie hat mir mehr oder weniger gedroht. Aber ich glaube, ich konnte sie davon überzeugen, dass ich keine Ahnung habe, wer die Diamanten ihres verstorbenen Bruders gestohlen hat. Sie müssen begreifen, wie gefährlich die ganze Sache wirklich ist. Das ist kein Spiel mehr.«

»Ich habe nie behauptet, dass es ein Spiel ist. Aber glücklicherweise sind Sie ja bewaffnet.« Die gebogene Nase der Maske deutete nach unten. »Das Bügeleisen in Ihrer Tasche.«

Gott, wie peinlich. Hatte er mir etwa unbemerkt in die Tasche gegriffen? Wenn er von dem Bügeleisen wusste, dann wusste er auch von den Handschellen, und mein ganzer schöner 6-Stufen-Plan war im Eimer!

Ich musste mich konzentrieren. Egal, wie einnehmend er sein konnte, die Katze war vor allem ein Dieb. Vorsichtig schob ich meine Hand durch den offenen Reißverschluss und fummelte die Handschellen hervor. Ich musste es jetzt sofort tun, sonst wäre die Chance verflogen. Wenn er von den Handschellen wusste, dann war ich erledigt, aber falls nicht, dann wäre jetzt die letzte Gelegenheit …

»Prinzessin Turandot liegt genauso falsch wie Sie«, sagte er unerwartet nachdenklich und sah nach vorn zur Bühne, wo Turandot mit einem üppigen goldenen Kopfschmuck bestückt, ihre dramatische Arie sang. Über die Maske der Katze fiel eine dunkle Haarsträhne hinab, und ich fragte mich, ob er eine Perücke trug, oder ob sein Haar tatsächlich so dunkel war. Er würde sie wohl kaum für diesen einen Abend gefärbt haben, oder? Umständlich öffnete ich eine der Handschellen und legte meine Hand ganz nebenbei auf die Armlehne der Katze, um mich vorzutasten.

»Wieso liege ich falsch?«, fragte ich.

»Turandot ist sich absolut sicher, dass die Rätsel, die sie Calaf stellt, in seinem Tode enden werden«, sagte er. »Dabei wird nichts im Tode enden. Alles wird in der Liebe enden.« Seine Stimme klang plötzlich ganz weich, und das irritierte mich. »Was?« Fragend starrte ich ihn an. Oder zumindest das, was von ihm zu erkennen war. Da ich bloß einen Teil seines Mundes im schwachen Schein sehen konnte, der von der Bühne ausging, starrte ich wie hypnotisiert auf seine Lippen. Diesmal trug er keinen aufgeklebten Bart, und ich hatte das Gefühl, in dem sanften Schwung seines Mundes etwas Vertrautes wiederzuerkennen. Seine Unterlippe glänzte ein klein wenig, und es bildete sich eine winzige Kerbe am Mundwinkel, als er mein Starren bemerkte.

»Ich glaube, ich kann Ihre Gedanken lesen«, sagte er in die kurze Stille hinein.

»Das glaube ich kaum. Ich bin nur hergekommen, um Sie vor dem Titta-Clan zu warnen. Diese Familie ist gefährlich. Es ist nicht so, dass ich mir große Sorgen um Sie machen würde, aber ich habe etwas gegen Schmerzen. Und was man Ihnen androht, klingt nach großen Schmerzen. Ist es das wert? Mal ehrlich, warum tun Sie das überhaupt? Wie ich Sie einschätze, haben Sie doch ein Unrechtsbewusstsein«, sagte ich bestimmt, obwohl ich vom Gegenteil überzeugt war. Die Katze hatte so was von keinem Gefühl für Anstand, sonst hätte er wohl nicht Uropa Manfreds Uhr gestohlen. »Sie könnten bestimmt auch …«

»Kellnern?«, unterbrach er mich und erinnerte mich an den Abend in Biermanns Haus. »Mathilde«, sagte er so zart, dass seine Stimme mir unwillkürlich ganz vertraut vorkam. Natürlich hatte ich sie schon gehört, aber meist mit einem heiseren Unterton, und nun war ich mir sicher, dass er normalerweise anders sprach, dass er sie nur verstellte. Auf einmal hatte ich das Gefühl, dass ich schon Stunden mit ihm gesprochen hätte, als würde ich ihn sehr lange kennen. Vielleicht war er doch ein Mitarbeiter von Secur-SORGLOS, und ich hatte gegenüber Kubitschek diese Vermutung vorschnell abgetan.

»In bestimmten Dingen kann ich einfach nicht nichts tun«, sagte die Katze nebulös. Was auch immer er damit meinte, ich konnte auf keinen Fall jetzt darüber nachdenken. Ich musste dringend Punkt 3 in Angriff nehmen, deshalb schloss ich das eine Ende der Handschellen leise um die Armlehne. Klick. Das Geräusch war kaum wahrnehmbar gewesen, trotzdem brach mir der Schweiß aus. Und im nächsten Moment sogar noch mehr, denn die Hand der Katze legte sich auf meine.

Die Katze beugte sich zu mir und legte den Kopf schief. Ich war wie versteinert, als sein Atem meine Wange streifte. Ein wildes Pochen in meinem Hals ließ mich keuchend Luft holen, während die Finger meiner anderen Hand krampfhaft versuchten, die zweite Handschelle zu öffnen. »Tilly«, raunte er. Die lange Nase seiner Maske drückte sich gegen meine Schläfe und rutschte ein Stück nach oben. Wenn ich den Mut besäße, hätte ich sie ihm einfach so vom Kopf reißen können, aber ich war wie gelähmt. »Ich kann wirklich Ihre Gedanken lesen«, wiederholte er, dabei streiften seine Lippen mein Ohr, und ein Prickeln lief mir vom Hals bis hinab in den Unterleib.

Fassungslos, dass mein Körper so reagierte, sog ich geräuschvoll den Atem ein. »Was denke ich denn?«

Ich spürte das leise Lachen mehr auf meiner Haut, als dass ich es hörte. »Sie fragen sich gerade, wie Sie mich überrumpeln können, um mir unauffällig die Handschellen anzulegen, die Sie in der Hand halten.«

Ich erstarrte. Und wie zum Beweis gab das Metall trotz Plüschbezug ein klapperndes Geräusch von sich.

»Das bedarf einhändig wirklich ein wenig Geschicks«, erklärte er geduldig. Sein Atem schickte mir eine Gänsehaut vom Ohr über meinen gesamten Körper. »Sie haben vergessen, vorher die Arretierung zu lösen. Versuchen Sie, den kleinen Hebel oben mit dem Daumen zu erwischen und schieben Sie ihn nach unten. Im Übrigen empfiehlt es sich, zuerst den Mann zu fesseln und dann die andere Seite zu befestigen. So wie es jetzt ist, haben Sie zu wenig Spielraum.«

Mühsam schluckte ich und tat, was er mir gesagt hatte. Mein Daumennagel drückte den Verschlussdorn nach unten, und ich konnte die Handschelle durchdrehen, bis sie vollständig geöffnet war. »Sehr gut«, schnurrte die Katze und atmete gegen meinen Mundwinkel. Unwillkürlich folgte ich seiner Bewegung.

»Aber niemals«, betonte er, wobei sein Mund für einen Sekundenbruchteil an meinem Mundwinkel verweilte, »niemals dürfen Sie dabei so sorglos vorgehen wie jetzt.«

Es gab ein ratschendes Geräusch. Ich spürte einen Ruck an meinem eigenen Handgelenk und wusste, dass ich einen Fehler gemacht hatte. Einen fatalen Fehler.

KAPITEL 28

Mein ganzer schöner Plan war verdorben, so viel war mal klar. Während ich noch versuchte, die seltsamen Empfindungen abzuschütteln, die die Nähe der Katze in mir auslöste, wollte ich meinen Arm heben, wurde aber von meinen eigenen Handschellen daran gehindert.

»Es tut mir wirklich leid«, sagte die Katze, und in seiner Stimme war tatsächlich ein Hauch des Bedauerns zu vernehmen. »Aber ich kann nicht zulassen, dass Sie mich fesseln und womöglich noch mit einem altertümlichen Bügeleisen erschlagen, um mich dann dieser Signora Gallo auszuliefern. Ich hänge an meinem Leben.«

Keuchend holte ich Luft, weil ich ihm anstatt des Bügeleisens gerne wüste Beschimpfungen an den Kopf geworfen hätte, aber aus meinem Mund kam nur heiße Luft. Schließlich fauchte ich: »Machen Sie mich sofort wieder los!«

Er schüttelte den Kopf und lehnte sich wieder im Sitz zurück. »Lassen Sie uns lieber den Rest der Oper genießen.« Das Letzte, worauf ich nun Lust hatte, war diese bescheuerte Oper! Aber mir blieb wohl nichts anderes übrig, als zähneknirschend die Klappe zu halten und auf einen besseren Moment zu hoffen. Vielleicht war es mir ja noch möglich, Kubitschek anzurufen. Die Katze nickte nach vorn. »Gleich kommt der beste Teil. Calaf kann nämlich die drei Rätsel von Turandot beantworten. Aber das Biest bittet ihren Vater, Calaf trotzdem zu töten, was er als Ehrenmann aber ablehnt. Turandot ist entsetzt, denn nun muss sie Calaf heiraten.«

Ich schnaubte: »Wie schön für Calaf«, und zerrte an den blöden Handschellen. Leider saßen sie bombenfest. »Sie müssen mir das nicht erzählen, ich kenne die Geschichte bereits. Außerdem empfinde ich gerade sehr viel Sympathie für Turandot.«

Die Katze seufzte, ließ sich aber nicht davon abhalten weiterzusprechen. »Seien Sie nicht so streng. Das ist natürlich nicht das, was Calaf will – eine Frau gegen ihren Willen zur Heirat zwingen. Er will ihre Liebe! Deshalb bietet er ihr einen Ausweg: Wenn sie es schafft, bis zum ersten Licht des Morgengrauens seinen Namen herauszufinden, darf sie ihn töten lassen. Turandot ist nun wild entschlossen, dem Fremden sein Geheimnis zu entreißen.«

»Und was ist mit Ihnen?«, zischelte ich ihm zu. »Sagen Sie bloß, Sie werden mich auch erst hier befreien, wenn ich Ihren Namen herausgefunden habe? Das ist ein saublödes Spiel!«

»Um ehrlich zu sein, ich hatte mir das auch anders vorgestellt. Aber nun, da Sie mir erzählt haben, dass man Sie der Mittäterschaft verdächtigt … Auf diese Art kann ich Sie ganz einfach von jeder Schuld reinwaschen.«

»Auf welche Art?«

»Indem ich Sie zu meinem Opfer stilisiere.«

»Was soll das heißen?«

»Ich lasse Sie hier sitzen, bis die Oper zu Ende ist. Oder bis Ihr Kommissar Sie findet.«

»Aber ich kann nicht hierbleiben!«, fiel es mir siedend heiß ein. »Ich habe noch eine Verabredung.«

»Ach wirklich?« Überrascht drehte er sich zu mir um. Die lange Maskennase schien gleich noch weiter nach unten zu ragen und gab ihm ein misstrauisches Aussehen.

»Es ist wirklich wichtig!«

»So wichtig kann es ja nicht sein, sonst wären Sie gar nicht erst hergekommen«, gab er zurück.

»Ich habe ein Date!«, platzte es aus mir heraus.

Ich hätte wetten können, dass er nun die Augenbrauen

anhob, konnte das wegen der Maske aber natürlich nicht sehen. Das Schmunzeln um seine Mundwinkel war jedoch sehr wohl erkennbar.

»Wenn Sie ein Date haben, dann frage ich mich ernsthaft, warum Sie mit mir in die Oper gehen. Der arme Kerl, der da auf Sie wartet.« Er schüttelte langsam den Kopf und stand auf. »Ich befürchte, das wird eine lange Nacht des Wartens für Sie beide werden.«

Verzweiflung kochte in mir hoch. »Sie müssen mich sofort losbinden! Immerhin bin ich hierhergekommen, um Sie zu warnen. Signora Gallo ist nicht gut auf Sie zu sprechen, und es ist nur noch eine Frage der Zeit, bis Kommissar Kubitschek Ihnen auf die Schliche kommt. Es ist nicht sehr clever gewesen, sich die Opfer alle aus dem Klientenkreis von ein und demselben Anwalt auszusuchen. Machen Sie mich los, oder ich werde Kommissar Kubitschek darauf mal hinweisen.«

»Ach wirklich?« Die Katze hatte einige Schritte Richtung Vorhang getan und bereits die Tür dahinter geöffnet. Ein schmaler Streifen Licht fiel aus dem Flur genau auf seine Füße, und mir stockte der Atem. Er trug doch keinen rahmengenähten Derby-Lackschuh, wie ich es vermutet hatte. Aber, o Gott, diese Schuhe! Sie waren einfach perfekt!

Unwillkürlich hörte ich auf, an den Handschellen zu reißen.

Mattseidiges tiefschwarzes Leder schmiegte sich passgenau an den Fuß der Katze an. Keine Verzierung oder Naht lenkte mein Auge von der klaren Linienführung ab. Eine klassisch geschlossene Oxford-Schnürung verlieh ihm eine überaus vornehme Note. Keine Fersennaht – das war ein Seamless Oxford, mit dessen Herstellung jede herkömmliche Schuhmanufaktur vollkommen überfordert sein dürfte. Und es war mit Abstand der schönste Schuh, den ich je in meinem Leben gesehen hatte!

Jetzt war mir völlig klar, warum der Wholecut Oxford die Top-Ten unter den elegantesten Herrenschuhmodellen der Welt anführte. »Haben Sie gewusst«, begann ich völlig fasziniert und mit schwacher Stimme, »dass man für die Schuhe, die Sie tragen, fast doppelt so viel Leder benötigt wie für einen Plain Oxford?«

Er sah kurz an sich hinunter. »Selbstverständlich wusste ich das.«

»Dieser Schuh ist wirklich pure Vollendung«, sagte ich und spürte im nächsten Moment, wie mein Gesicht rot anlief. Was ist mit deinem 6-Stufen-Plan, Tilly? Mein Plan hatte jedenfalls nicht vorgesehen, der Katze Komplimente zu machen.

»Sie sind wirklich … eine unglaubliche Frau«, sagte die Katze. Er überlegte. »Na gut.« Mit einem Seufzen zog er etwas aus der Tasche, dass ich mit Schrecken als mein eigenes Handy identifizierte. »Sicher haben Sie diesen Kommissar auf einer der Kurzwahltasten abgespeichert. Die Eins?«, fragte er.

»Auf der Zwei«, verbesserte ich zähneknirschend. Ich konnte nicht glauben, dass er mein Smartphone hatte stehlen können, ohne dass ich auch nur den Hauch eines Verdachts gehabt hatte. Während ich gedanklich mit seinen Lippen beschäftigt gewesen war, hatte er doch wirklich jede Chance genutzt, dieser Arsch.

»Der Code zum Entsperren ist …«

»Den brauche ich nicht«, unterbrach die Katze mich. »Hey Siri«, sagte er laut, um den Sprachassistenten zu wecken, und das Licht leuchtete auf. Er tippte in kurzer Folge auf das Display, aber ich konnte nicht erkennen, was er da tat. Dann legte er das Handy vor mir auf den Fußboden. Jedoch weit genug entfernt, so dass ich vermutlich nicht drankommen würde. Auf dem Display leuchteten Kubitscheks Name und das Symbol für den Lautsprecher auf.

»Falls Sie einen guten Draht zu Kommissar Kubitschek haben, wird er wohl auch noch um diese Uhrzeit rangehen«, sagte die Katze. »Dann ist alles in Butter.«

Nichts ist in Butter!

An der Tür drehte sich die Katze noch einmal um. »Übrigens finde ich Ihre Schuhe verboten sexy«, sagte er. »Diese kleine rosafarbene Schleife an der Seite macht mich schon den ganzen Abend verrückt.«

»Wirklich?« Verdammt, es sollte mir eigentlich schnuppe sein, ob er meine Schuhe sexy fand oder nicht. Aber es wäre schön, wenn sie Niklas gefallen würden, dachte ich mit einem schlechten Gewissen.

»Sie sind sogar noch schöner als Ihre Sandalen vom letzten Mal mit den Wildleder-Quasten, und die waren schon atemberaubend.«

Mir rutschte das Herz in die Hose. »Ich wusste, dass Sie an diesem Abend bei Biermann auftauchen würden«, sagte ich. »Warum haben Sie eigentlich nicht das Pantherarmband gestohlen? Ich hätte schwören können, dass Sie nur deswegen gekommen sind.«

»Leider war das Armband nur eine billige Kopie«, sagte die Katze bedauernd. »Schauspielerinnen sind auch nicht mehr das, was sie mal waren.« Dann deutete er auf das Handy. »Viel Glück!« Und in der nächsten Sekunde war er durch die Tür verschwunden.

Ich hingegen war in der nächsten Sekunde auf dem Fußboden und versuchte, das Telefon zu erreichen. Leider waren die verdammten Stühle am Boden festgeschraubt, und die Armlehne verbreiterte sich zum Ende, so dass ich die Handschelle nicht darüberschieben konnte. Erst testete ich, ob ich mit der linken Hand an das Telefon gelangte, aber als das nicht funktionierte, schlüpfte ich aus den Schuhen und streckte die Zehen danach aus.

Diese verfluchte Katze!

Und was, wenn Kubitschek nicht rangehen würde? Es klingelte schließlich schon eine halbe Ewigkeit. Musste ich dann etwa warten, bis das Reinigungspersonal mich hier finden würde? Oder noch schlimmer, dieser blasierte Platzanweiser mit dem schlechten Geschmack? Oder sollte ich, sobald das Licht angehen würde, mit Rufen und Winken die Besucher auf dem Nachbarbalkon auf mich aufmerksam machen? Keine sehr verlockende Vorstellung. Zu meinem Glück war es auf der Bühne gerade sehr still geworden. In Peking war die Nacht hereingebrochen. Calaf befand sich allein auf der Bühne, während der Kölner Opernchor im Hintergrund ganz leise »Niemand schlafe, niemand schlafe!« intonierte. Egal wie lang ich mich auch streckte, meine Zehen konnten das Handy nicht erreichen. Schließlich legte ich mich auf den Bauch, und als nach einer Ewigkeit das Gespräch angenommen wurde, hätte ich vor Erleichterung fast geweint. »Kubitschek?«, zischte ich einen Hilferuf. »Können Sie mich hören? Hallo?«

Der harte Boden drückte mir unangenehm gegen das Brustbein, und der Rock meines Cocktailkleides war mir bis über die Hüften nach oben gerutscht. »Ich bin hier in der Oper. Kommen Sie bitte schnell! Ich sitze in einem von diesen bescheuerten Balkonen und bin gefesselt. Hallo?«

Aus dem Telefon hörte ich eine Stimme, aber es war unmöglich, etwas zu verstehen.

»Bitte glauben Sie mir, das ist kein Witz! Die Katze hat mich überfallen und mit Handschellen an den Stuhl gekettet. Bitte kommen Sie sofort. Wenn Sie sich beeilen, dann können Sie ihn noch erwischen. Er trägt einen schwarzen Smoking und ein Paar Schuhe mit unübertroffenem Esprit und Sti…« Ach, was sollte ich ihm die Details erzählen! An Schuhen hatte Kubitschek sowieso kein Interesse, der Banause. »Helfen Sie mir«, knurrte ich in Richtung Telefon. Und das war der Augenblick, in dem Calaf zu seiner weltberühmten Arie ansetzte.

Nessun dorma! Nessum dorma!

Ich sah, wie das Licht meines Handys erlosch, und hätte

weinen können vor Frustration. Offenbar hatte Kubitschek wegen des Lärms nichts verstanden und aufgelegt, und diesmal konnte ich es ihm nicht einmal verübeln.

Niemand schlafe! Niemand schlafe!

Auch du, Prinzessin,

In deinem kalten Zimmer

Siehst die Sterne, die beben

Vor Liebe und Hoffnung!

Aber mein Geheimnis ist verschlossen in mir,

Niemand wird meinen Namen erfahren!

Nein, nein, auf deinem Mund werde ich ihn nennen,

Wenn das Licht glänzt!

Und mein Kuss wird das Schweigen beenden,

Durch das ich dich gewinne!

Auf dem Boden liegend, konnte ich die Übersetzung über der Bühne nicht lesen, doch verstand ich den Chor auch so und hätte vor Wut über mein eigenes Versagen in den Parkettboden beißen können. Ich würde niemals herausfinden, wer die Katze war, dachte ich verzagt. Und der Chor sang zeitgleich:

Seinen Namen wird niemand erfahren …

Und wir müssen sterben, sterben!

KAPITEL 29

Können Sie mir sagen, warum das schon wieder so lange gedauert hat?«, fauchte ich Kubitschek an. Er stand im Türrahmen neben dem Platzanweiser mit den braunen Schuhen und starrte stumm und mit erhobenen Brauen auf mich herab.

Der Platzanweiser war leider nicht ganz so stumm. »Sie hätten ruhig sagen können, dass Sie Höhenangst haben.« Er kniff die Augen zusammen. »Sie müssen sich aus Sicherheitsgründen wirklich nicht anketten.«

»Es ist in Ordnung«, sagte Kubitschek und nickte dem Platzanweiser zu. Mit der Hand bedeutete er ihm, uns allein zu lassen. »Vielen Dank für Ihre Hilfe.«

»Können Sie endlich die verdammten Handschellen aufschließen?«

Kubitschek ließ sich neben mir in den Sitz gleiten und schlug seufzend die Beine übereinander. »Wir haben ihn nicht erwischt.« In der grellen Beleuchtung, die nach dem Ende der Oper den Saal erhellte, wirkten seine Augenringe noch dunkler als sonst. Er zog einen winzigen

Schlüssel aus der Hosentasche und schloss meine Hand-schellen auf. Obwohl sie nicht eng gewesen waren, hatte ich das Gefühl, dass mein Arm jetzt erst wieder richtig durchblutet wurde, und ein Kribbeln breitete sich über meine Schultern aus. Außerdem war es mir unendlich peinlich, dass ich von Kubitschek gerettet werden musste.

»Es tut mir leid, dass ich Ihnen den Abend verdorben habe«, sagte ich, nachdem ich nun wieder etwas klarer denken konnte. »Ich hoffe, ich habe Sie nicht gerade bei einem Candlelight-Dinner gestört.«

»Wohl kaum.« Er fuhr sich mit beiden Händen durch die Haare. »Ich bin bereits seit halb sechs hier in der Oper.«

»Sie sind was?«

»Sie glauben doch wohl nicht, dass ich mich von Ihnen übertölpeln lasse. Mir ist von Anfang an klar gewesen, dass Ihnen diese Eintrittskarte von der Katze zugespielt worden ist. Aus irgendeinem Grund wollte er Sie treffen, und jetzt möchte ich von Ihnen erfahren, warum.«

Er hatte es gewusst? Und mich trotzdem eine Ewig-keit hier hängen lassen? Meine Brauen zogen sich zu-sammen. »Keine Ahnung. Vielleicht wollte die Katze nur mal einen netten Abend mit weiblicher Begleitung ver-bringen? Vielleicht hatte er auch einfach Lust auf ein paar

Fesselspielchen?« Langsam kochte die Wut wieder hoch, von der ich dachte, dass sie sich bereits heruntergekühlt hatte. »Wenn Sie schon seit Stunden hier sind, können Sie mir dann sagen, warum ich so lange auf Sie warten musste?« Ich stand auf und stopfte mein Handy zurück in die Tasche.

»Tut mir leid, Frau Blum, aber Sie zu befreien stand nicht ganz oben auf unserer Agenda. Wir sind hier, um die Katze festzunehmen.«

»Womit Sie anscheinend äußerst erfolgreich gewesen sind«, sagte ich und faltete meinen Leopardenfellmantel auseinander. Aus irgendeinem Grund war mir plötzlich eiskalt geworden.

»Hätten Sie diesen verfluchten Mantel die ganze Zeit anbehalten, dann hätte mein Team Sie auch nicht aus den Augen verloren. Wir hatten zivile Polizisten an jedem gottverdammten Ausgang dieser gottverdammten Oper! Und was haben wir in der Hand? Das hier!« Er zog etwas aus der Innentasche seines Jacketts und warf es auf den Fußboden. Ein Stapel Fotos verstreute sich zu unseren Füßen. Ich war gerade mit dem zweiten Arm in den Mantelärmel geschlüpft und nahm eines der Bilder auf. Es war die etwas unscharfe Aufnahme einer Überwachungskamera. Ein äußerst eleganter Mann im Smo-

317

king schlenderte darauf durch einen ansonsten menschenleeren Flur. Er trug immer noch seine Maske und tippte sich im Vorbeigehen mit zwei Fingern grüßend an die Stirn.

»Er ist wie eine Ratte«, knurrte Kubitschek. »Er kann sich durch jedes noch so kleine Loch nach draußen winden. So langsam hasse ich ihn.«

»Kann ich die anderen Aufnahmen mal sehen?«, fragte ich. »Sie haben doch bestimmt noch welche vom frühen Abend, kurz vor dem Einlass, oder?« Ich hatte den unbestimmten Verdacht, dass die Katze nicht den ganzen Abend mit dieser venezianischen Maske durch das Gebäude gelaufen war. Wenn er also schon vorher hier gewesen war, um den Tatort auszukundschaften, dann würde ich ihn an seinen Schuhen erkennen.

»Glauben Sie mir, wir haben bereits alles durchgesehen. Dafür haben wir Spezialisten, die sich mit so was auskennen. Wir haben sogar einen Super-Recognizer zur Unterstützung angefordert. Er ist besser als jede Polizeisoftware. Er kann auch deutlich verfremdete Gesichter sofort wiedererkennen und hat sich die Bilder gleich angesehen. Trotzdem – nichts!«

Ob dieser Super-Recognizer sich auch mit Schuhen auskannte? Es war ja schön und gut, wenn sich bei so

einem Profi fremde Gesichter in das Gedächtnis ein-
brannten, aber was, wenn die Kamera davon kaum etwas
einfing? Auf den Fotos war die Perspektive eine andere.
Der Kamerawinkel fiel von schräg oben ein und zeigte
mir viel mehr von den Schuhen als von den Gesichtern
der Opernbesucher.

»Aber es schadet nicht, wenn Sie mir die Fotos zeigen«,
beharrte ich. »Vielleicht fällt mir doch etwas auf, was Sie
oder Ihr Super-Recognizer übersehen haben.«

»Kommen Sie mir jetzt bloß nicht wieder mit Ihrem
Schuhtick!«

»Riskieren Sie es doch einfach. Vielleicht kann ich Sie
auch mal überraschen.«

»Es mag Sie vielleicht überraschen, aber Sie sind auch
so schon ein einziger Glückskeks für mich, Tilly Blum!«
Ächzend erhob sich Kubitschek und bot mir schließlich
an, die Fotos bei ihm im Präsidium anzusehen. »Sie müssen sowieso noch wegen der Fingerabdrücke vorbeikommen«, erinnerte er mich.

* * *

Punkt 4 und 5 meines 6-Stufen-Plans konnte ich getrost
vergessen. Aber mir blieb immer noch Punkt 6: In einem

Affenzahn zu Niklas fahren und so tun, als wäre nichts gewesen.

Nur was sollte ich ihm sagen? Ich kam zwei Stunden zu spät. Bereits als ich meine Vespa durch das Tor auf das Grundstück seines Vaters schob, hatte ich Bauchschmerzen, und das wurde auch nicht besser, als ich die Musik hörte, die aus Niklas' Schuppen drang. Das Tor war zur Seite geschoben worden, und Vera Lynns Herzschmerz schien über den Kiesweg zu rinnen. Das Erste, was ich sah, war ein großer Pizzakarton auf Niklas' Werkbank, dann seine blauen Chucks, die unter dem alten BMW hervorlugten. So sehr, wie die edelsten Lederschuhe zur Katze gehörten, so sehr gehörten diese Chucks zu Niklas, und mein Herz machte einen kleinen Hüpfer. Er hatte mich nicht kommen gehört. Nun gab er ein Ächzen von sich und veränderte seine Position. Er stellte sein rechtes Bein auf, und unter dem Saum seiner Jeans kamen überraschenderweise schwarze Strümpfe zum Vorschein.

Ich sollte mich ganz dringend bemerkbar machen, dachte ich, denn nun fing er auch noch an zu singen.

»*Till the sun comes shining through again, till we see a sky of blue again, till I'm back with you, my love, till then, it hurts to say goodbye.*«

Ich räusperte mich. Es war einfach zu schön, Niklas mit seiner warmen Stimme dieses traurige Lied brummen zu hören. Dann konnte ich nicht anders, hockte mich vor sein Auto und sang leise mit. »*Wherever you are, you will always be near to me …*«

Niklas erstarrte für einige Sekunden, dann schob er sich auf seinem Rollbrett langsam unter dem Auto hervor. Als Erstes erschienen seine Knie, dann der flache Bauch, der unter dem hochgeschobenen T-Shirt hervorblitzte, und schließlich ein zerzauster Schopf aschblonder Haare. Die von der dunklen Brille eingerahmten Augen blinzelten mich an.

»F-falls du noch Hunger hast, es ist noch Pizza da«, stotterte er, klopfte sich den Staub von der Hose, machte aber keine Anstalten aufzustehen. »Hat das mit dem Kochen nicht geklappt?«, fragte ich vorsichtig.

»Eigentlich schon, a-aber der Rauchmelder war anderer Meinung als ich.« Er grinste, und wie immer brachte mich der niedliche Anblick seines schräg stehenden Eckzahns außer Fassung. Ich wünschte, er würde aufstehen, damit ich nicht so blöd auf ihn runterschauen musste, und weil ich nicht wusste, wohin mit meinen Händen, schob ich sie nervös in die Taschen von Omas Mantel. »Es tut mir so leid, dass ich zu spät bin«, sagte ich ehrlich zerknirscht. »Ich wäre wirklich gerne früher gekommen, aber ...«

»Ich hoffe j-jedenfalls, es war etwas B-berufliches.« Wenn er aufgeregt war, stotterte er stärker, so viel hatte ich inzwischen kapiert. Dann wollten die Worte einfach nicht aus seinem Mund fließen, sondern purzelten ihm unbeholfen über die Lippen.

»Auch, wenn es nach einer Ausrede klingt, ja, es hatte wirklich mit meinem Job zu tun und ...«

»Du befandest dich in einer w-weit entfernten Galaxis ohne Handyf-f-unkmasten. Ich kenne das, du m-musst mir nichts erklären.« Mit den Armen fasste er unter den Wagen, und ich konnte nur hilflos zusehen, wie sein Körper wieder unter dem Auto verschwand.

Auweia, auch wenn sein Tonfall ruhig gewesen war, schien Niklas diesmal wirklich sauer zu sein. Ich kniete mich hin und versuchte, einen Blick unter das Auto zu werfen, wurde aber von der Arbeitsleuchte geblendet, die er darunter angebracht hatte. »Kann ich das irgendwie wiedergutmachen? Es tut mir wirklich leid.«

»Na ja«, sagte Niklas. Werkzeug klapperte, und eine Metallschelle fiel scheppernd zu Boden. »Wo du gerade d-da stehst, könntest du mir einen S-siebzehner reichen.«

Ich warf einen Blick auf die Metallkiste neben seinen Füßen. Auf den Schraubenschlüsseln standen Nummern, und die siebzehn hatte ich schnell gefunden. Trotzdem sagte ich: »Einen Moment noch!« Ich wollte nicht, dass Niklas allein unter diesem Auto arbeitete. Der Gedanke daran, dass er das immer tat, wenn er einsam war, zog mir das Herz wie Blei nach unten. Also schlüpfte ich aus dem Leopardenfellmantel und ignorierte schweren Herzens die Tatsache, dass ich mein schönstes Cocktailkleid trug. Mit dem Fuß zog ich ein zweites Rollbrett heran und legte mich umständlich darauf.

»Wo bleibt der Siebzehner?« Niklas' Hand tauchte unter dem Auto auf.

Ob so ein Wagenheber auf Dauer auch wirklich das Gewicht dieses Wagens aushielt? Und hatte ich eigentlich die erste Rate für meine neue private Krankenzusatzversicherung schon überwiesen? Ich stieß ein Seufzen aus. »Kommt sofort.« Mit den Händen fasste ich an das Blech über mir und zog mich unter das Auto. »O Gott, ist das eng hier. Da bekommt man ja Platzangst.«

»Was soll das?«

»Ich möchte dir helfen.«

»Es hilft m-mir kein bisschen, wenn du zu mir unter den Wagen kletterst. Du lenkst mich nur ab. W-wo ist der Schraubenschlüssel?«

»Liegt auf meinem Bauch«, ächzte ich und wartete darauf, dass Niklas ihn mir abnahm, was er aber nicht tat. Mit meinen Satin-Pumps stupste ich seinen Fuß an.

»Du hast den Ruß gleich ü-überall auf deinem Kleid«, stammelte er und rührte sich immer noch nicht.

»Etwa so?«, fragte ich und griff an die Leitungen, an denen er gerade gearbeitet hatte. Meine Hand war nun schwarz verschmiert, und ich fasste mir damit an die Stirn, fuhr mir durch das Gesicht und den Hals hinab bis zum Dekolleté. Neben mir sog Niklas scharf die Luft ein und starrte mich völlig entgeistert an. »Ja«, raunte er. »Genau das habe ich gemeint.«

»Oder doch eher so?« Ich fasste erneut an die rußverschmierten Rohre. Der Saum meines Kleides war hochgerutscht. Ich wischte mit der Hand über meine Knie und die Außenseite meiner Oberschenkel und hinterließ überall schwarze Streifen.

»Hör s-sofort auf damit!«

Wie auf Kommando startete der nächste Song im Radio mit einem verführerischen Saxophonsolo, was mich ermunterte, die Situation noch ein wenig auszunutzen. »Du hast dich da übrigens auch ganz schmutzig gemacht«, sagte ich und strich mit meiner schwarzen Hand über die nackte Stelle über Niklas' Hosenbund. Er zuckte zusammen wie nach einem Stromschlag. »Tu das nie wieder«, knurrte er mich an, aber ich sah das Glitzern in seinen Augen. Obwohl wir beide nun vermutlich nur nach Ruß und Schmieröl rochen, hatte ich immer noch den Geruch des Rasierwassers der Katze in der Nase. Er ließ sich einfach nicht abschütteln, und das ärgerte mich. Ich wollte nicht an die Katze denken, wenn ich mit Niklas unter seinem Auto lag. »Und da hast du auch noch was«, sagte ich und fasste Niklas unter das Kinn. Mit dem Daumen wischte ich ihm über die Wange. Prompt zierte ihn dort ein weiterer schwarzer Streifen. Ich musste lächeln.

Niklas fummelte einen Lappen aus seiner Hosentasche, der schon ziemlich benutzt aussah.

»Du solltest dich dringend sauber machen.« Er beugte sich zu mir rüber und wischte mir mit dem dreckverschmierten Lappen durch das Gesicht und lachte leise.

Ich legte mich auf die Seite, und der Schraubenschlüssel polterte von meinem Bauch hinunter. Mit dem Fuß drückte ich mich vom Boden ab, und mein Rollbrett stieß gegen das von Niklas. Hinter den Brillengläsern weiteten sich seine blauen Augen und schimmerten klar wie zwei Eiswürfel.

»Was reparieren wir hier eigentlich gerade?«

»Der Wagen hat Öl verloren, und ich musste die Ölablassschraube nachziehen. Aber w-wie das so ist …« An seinem Unterarm traten deutlich die Venen hervor, als er über Kopf eine Schraube löste. »Wenn man einmal an-fängt, f-findet man doch immer wieder was, das man re-parieren kann. Eine Auspuffschelle ist gerissen, die wollte ich austauschen.«

»Darf ich es mal versuchen?«

»Klar.«

Ich hatte die Hand nach dem Schraubenschlüssel aus-gestreckt, und Niklas legte ihn ohne zu zögern hinein. Das Metall, das sich eben noch kalt angefühlt hatte, war durch Niklas' Hand ganz warm geworden. Er nickte nach oben in Richtung der Auspuffrohre. »Die beiden Verbin-dungsstücke müssen fest ineinanderstecken.«

Mit einem Ächzen versuchte ich, das eine Rohr in das andere zu schieben. Niklas assistierte mir und hielt beide Rohre fest, damit ich die neue Schelle darum schließen konnte. Dabei streiften meine Finger über seine Hand.

»Und jetzt?« Über Kopf zu arbeiten war doch anstren-gender, als ich gedacht hatte.

»Nur noch festschrauben.« Seine Stimme klang dun-kel und schwer, als hätte er gerade einen Schluck heiße Schokolade getrunken, der ihm nur langsam die Kehle hinunterrann. Unsere Oberarme berührten sich, und ich hatte Mühe, mich auf die Arbeit zu konzentrieren. Mein Blick ging immer wieder zu Niklas, der stur auf das Auspuffrohr starrte. Er runzelte die Stirn. Während Niklas das eine Ende der Schraube mit einem Schraubenschlüssel fixierte, setzte ich an der anderen Seite den zweiten Schlüssel an.

Niklas legte die rechte Hand auf meine und zog mit mir gemeinsam die Schraube fest. Unsere Schultern pressten sich eng aneinander, und es war unmöglich, dabei nicht auf Niklas' Brustkorb zu achten, der sich bei jedem Atemzug anhob. Mir pochte das Herz bis zum Hals, als er in der Bewegung innehielt und seine Finger wie unabsichtlich über meinen Handrücken strichen. Niklas' raue Finger glitten über meine, und sein Daumen massierte meinen Handteller. Der Schraubenschlüssel fiel mir aus der Hand und sprang scheppernd über den Boden, doch Niklas hörte nicht auf, meine Hand zu streicheln. Ganz leicht nur berührten mich seine Fingerkuppen, und als sich unsere Hände ineinander verschränkten, gab ich ein leises Seufzen von mir.

Im nächsten Moment erhielt ich einen unerwarteten Stoß gegen meine Fußsohle, und ich zuckte zusammen.

»Sieh mal an«, sagte eine Stimme, die nicht zu Niklas gehörte und die ich in diesem Augenblick auch überhaupt nicht hören wollte. »Sie habe ich doch neulich erst in der Sauna gesehen. Was für ein interessanter Zufall«, sagte Dr. Berg, und ich sah ein Paar edler Oxfords um das Auto herummarschieren. Niklas fluchte leise. Dann wurde das Radio abgedreht.

KAPITEL 30

Und dann hat er dich rausgeworfen?«, fragte Gina.

»Natürlich nicht«, sagte ich. »Dafür ist Dr. Berg zu höflich.«.

Ich hatte Gina nicht alles erzählt. Keine Details. Nichts davon, wie heiß sich Niklas angefühlt hatte und wie unsere Hände sich verschränkt hatten. Und dass wir uns beinahe geküsst hätten. Wäre Dr. Berg nicht so urplötzlich aufgetaucht, hätten wir uns ganz bestimmt geküsst.

»Er hat mich ins Haus gebeten.« Ich unterdrückte ein Schaudern. »Dieser Mann ist mir unheimlich. Ich habe wie ein Schornsteinfeger ausgesehen, und er hat das nicht mal kommentiert, sondern mir einen Drink angeboten.«

»Und du hast abgelehnt?«

»Ich habe meine Oma als Ausrede benutzt.«

Gina nickte und beugte sich wieder über die Zeitung, wo sie skurrile persönliche Nachrichten las. »Hör dir das mal an: *Nach vielen unbeantworteten Fragen … darf ich trotzdem fragen, wie war die Veranstaltung? Gab es Streuselkuchen? Liebe Grüße.*« Sie kicherte in sich hinein. »Und das hier erst: *Ich hoffe, das Baden hat Dir gefallen. Bezahlen kannst Du es auf dem üblichen Weg. Dein Märchenonkel.*« Ihr Finger fuhr unbestimmt über die Seite nach unten. »Es wäre wesentlich einfacher, sie würden miteinander telefonieren, anstatt so dubiose Nachrichten abdrucken zu lassen. Aber es wäre auch nur halb so lustig für uns Außenstehende.«

»Woher wissen die Leute eigentlich, dass sie gemeint sind?«

»Ich habe keine Ahnung. Vielleicht machen sie ein Codewort aus? Vielleicht ist das Wort Streuselkuchen ja der Code? Oder Baden. Übrigens«, sagte sie und wechselte das Thema, »es gibt eine neue Schadensmeldung, die dich interessieren wird.« Gina legte die Zeitung beiseite und zog eine Akte aus dem Stapel auf ihrem Schreibtisch.

»Solange sie nicht vom Titta-Clan kommt, ist mir alles recht«, sagte ich. Ich klappte den Deckel auf und ignorierte Ginas Grinsen. Mit der flachen Hand strich ich über das Deckblatt der Akte, die Gina angelegt hatte, und hielt bei dem Namen Kerstin Lauthausen inne.

»Das ist nicht ihr Ernst!« Zwei Fotos rutschten auf meinen Schoß. Fassungslos hielt ich eines der Bilder hoch und erkannte Max Lauthausen in inniger Umarmung mit Svenja. Auf dem zweiten Foto küssten sie sich.

»Du musst zugeben, dass er schon irgendwie glücklich aussieht.«

»Aber das wird er nicht bleiben, wenn er erfährt, dass seine Frau diese Affäre eingefädelt hat und Svenja ihn nur benutzt, um einen Anteil an der Versicherung zu kassieren.« Ich konnte nicht fassen, dass Kerstin ihren Mann wirklich dazu gebracht hatte fremdzuküssen. Er war doch überhaupt nicht der Typ dafür!

»Wer ist denn deiner Meinung nach ein Typ fürs Fremdgehen?« Gina verzog skeptisch die Nase, und erst jetzt wurde mir bewusst, dass ich meine Gedanken laut ausgesprochen hatte.

»So jemand wie die Katze zum Beispiel«, sagte ich prompt. »Der ist garantiert keiner Frau treu.« Allein, wenn ich daran dachte, dass er selbst mich für einen kurzen Augenblick hatte schwach werden lassen! Also fast. Dabei stand ich kein bisschen auf Risikomänner, und die Katze war ganz klar ein Risikomann. Wenn also im Lexikon neben dem Begriff »unscheinbar« ein Foto von Dr. Berg und Niklas kleben würde, dann haftete neben dem Begriff »riskant« ganz sicher ein Bild der Katze. Inklusive Maske und drei warnender Ausrufezeichen!

»Ich hoffe jedenfalls, dass Maximilian Lauthausen seine Geliebte schnell durchschaut. Er tut mir leid.«

»Woher willst du so genau wissen, dass Svenja ihn nur benutzt? Vielleicht hat sie das ursprünglich so geplant, aber dann hat sie Max kennengelernt und sich in seinen entzückenden Schnäuzer verliebt. Irgendwann beichtet sie ihm die ganze Sache, und er wird ihr vergeben. Und das Geld, das Svenja von seiner Ex bekommen hat, spenden sie für einen wohltätigen Zweck, weil sie ihr Glück nicht auf diesem Betrug aufbauen wollen. Das ist eine unheimlich romantische Geschichte, die sie irgendwann einmal ihren Enkelkindern erzählen können.«

Ich war schon nach dem Oxymoron *entzückender Schnäuzer* gedanklich ausgestiegen und grübelte darüber nach, wo diese Fotos wohl entstanden sein mochten. Der Hintergrund sah zumindest nicht nach Schwimmbad oder Sauna aus, also waren es nicht die Bilder aus dem Poseidonbad. Bei genauerer Betrachtung erkannte ich hinter Max einen der beiden Türme des Kölner Doms. Am oberen rechten Rand ragte etwas Fleischfarbenes ins Bild. Wahrscheinlich hatte der Fotograf eine einfache Handykamera benutzt und einen Finger halb auf der Linse.

»Wo ist eigentlich Kunkel schon wieder?«, fragte ich. Eventuell wusste er schon mehr über diese Fotos oder hatte eine Idee, wie wir die Beweise von Kerstin entkräften konnten.

»Er hat sich heute Morgen bei Frau Sprenke krankge-
meldet. Aber mach dir nichts draus, er hat die neue Schadensmeldung schon bearbeitet und abgesegnet. Diese
Kerstin bekommt ihr Geld.«

Das ging aber schnell. Wann hatte er das denn gemacht?

»Es ist etwas mit seinen Enkelkindern. Die beiden haben eine Sommergrippe, und Kunkel muss sich um sie
kümmern. Er ist echt ein toller Opa.«

Ich schielte zu Kunkels Schreibtisch, wo ein gerahm-
tes Foto von seinen Enkelkindern stand. Um halb fünf
hatte ich schon wieder eine SMS von Kubitschek bekommen. Offenbar hatte er auf seinem Smartphone eine Er-
innerungsfunktion aktiviert und nervte mich nun jeden
Morgen damit, dass ich zu ihm ins Präsidium kommen
sollte, um Vergleichsproben von meinen Fingerabdrücken nehmen zu lassen. Vielleicht sollte ich es endlich
hinter mich bringen. Dann könnte ich mir auch die Fotos von der Überwachungskamera aus der Oper ansehen. Gerade als ich mit dieser Aussicht zu liebäugeln
begann, ging die Tür auf und Frau Sprenke brachte uns
die Post. Gina ging die Briefe durch und hielt eine Postkarte hoch.

»Die ist für dich.« Auf ihrem Gesicht breitete sich ein

Lächeln aus, als hätte sie gerade etwas ekelhaft Süßes gegessen.

Schickten meine Eltern mir jetzt schon ihre Urlaubs-
grüße ins Büro? Aber auf der Vorderseite waren kein
blaues Meer und weißer Sandstrand zu sehen, sondern ein
Postkartenklassiker: die Hohenzollernbrücke, beleuchtet
und bei Nacht vor dem Kölner Dom. Erstaunt drehte ich
die Karte um. Neben meinem Namen und der Adresse
der Secur-SORGLOS AG stand in krakeliger Handschrift
ein Satz, der mein Herz zum Aussetzen brachte.

Ich hätte Sie auch gerne geküsst.

Keine Unterschrift. Kam das von Niklas? Aber wieso
siezte er mich auf einmal wieder? Am unteren Rand war
noch ein Postskriptum untergebracht worden.

PS: Ich konnte sehr wohl Ihre Gedanken lesen.

Oh!

Meine Hände zitterten.

»Du siehst so komisch aus«, bemerkte Gina und
schenkte mir ein Glas Wasser ein. »Hier, trink mal was!«
Sie schob das Glas langsam über den Tisch, was ich wie in
Zeitlupe wahrnahm. Mein Blick wanderte über die Postkarte …

… auch gerne geküsst …

Plötzlich wurde alles um mich dunkel, als würde ich

wieder in der Oper sitzen und von Calafs Arie eingefangen. »Ich kann wirklich Ihre Gedanken lesen«, hatte die Katze gesagt und mit seinen Lippen mein Ohr gestreift. Wieder lief mir ein seltsames Prickeln vom Hals bis hinab in meinen Unterleib.

»O mein Gott«, hauchte ich, als ich auf der rechten Ecke der Postkarte etwas entdeckte.

»Was ist denn los?«, fragte Gina besorgt.

»Die Briefmarke«, keuchte ich, und mir wurde beinahe schwarz vor Augen. Wie konnte er mir das nur antun? Wie konnte er nur?

»Hm«, machte Gina. »Komische Briefmarke. Sieht voll altmodisch aus. Ach, du Schande!«

Gina wurde kreidebleich. »Reichspost. Eine Mark. Lome-Togogebiet 1915.«

In diesem Moment hätte ich weinen können. Oder lachen. Ich wusste nicht, wohin mit meinen Gefühlen. Die Katze schickte mir eine Karte und hatte einfach so eine Hunderttausend-Euro-Briefmarke aufgeklebt. Eine gestohlene Hunderttausend-Euro-Briefmarke, die unsere Firma versichert hatte, wohlgemerkt! Und sie war abgestempelt worden!

Tränen traten mir in die Augen, weil ich vergeblich versuchte, einen völlig unpassenden Lachkrampf zu unterdrücken. Das Ganze war einfach nur verrückt. Und leider süß. O Gott, es war einfach umwerfend süß von der Katze. Oder vielmehr: Es *wäre* unfassbar süß von der Katze, wenn wir diese Briefmarke nicht versichert hätten. Wenn nicht ich die Schadensmeldung würde bearbeiten müssen und es Secur-SORGLOS ein Vermögen kostete.

Mit dieser Aktion brachte er mich in verdammt große Schwierigkeiten.

»Ich verstehe nicht, wieso er das gemacht hat«, sagte Gina. »Es ist fast, als würde er uns damit verhöhnen, aber dann schreibt er so nette, romantische Worte. Wir müssen es dem Commissario sagen.«

»Nein!«, brach es aus mir heraus. Und dann etwas ruhiger, nachdem ich einen Schluck Wasser getrunken hatte: »Ich werde es Kubitschek selbst sagen. Ich fahre jetzt aufs Präsidium.« Hastig stopfte ich die Postkarte in meine Handtasche. »Ich muss sowieso noch meine Fingerabdrücke abnehmen lassen.«

KAPITEL 31

Kommissar Kubitschek hat mich angeschrieben«, sagte ich. »Ich soll meine Fingerabdrücke zu Vergleichszwecken abnehmen lassen.«

»Warten Sie hier einen Moment.« Die Polizistin deutete auf eine Stuhlreihe im Flur. »Mein Kollege wird Sie gleich reinrufen, er ist noch im Gespräch.«

Mir war klar, dass das nur Routine war, trotzdem rumorte es in meinem Magen, und ich nutzte die Wartezeit, um zu Hause anzurufen. Natürlich ging Oma wieder nicht ans Telefon, deshalb schickte ich Dominik eine WhatsApp. Ich schlug die Beine übereinander und wartete. Ich wartete unendlich lange. Ob sie das mit Absicht machten und einen so lange warten ließen, bis man innerlich ganz mürbe geworden war?

Ich wechselte die Beine, weil mein linker Fuß schon eingeschlafen war und angefangen hatte zu kribbeln. Dominik schickte eine Antwort, alles wäre okay, er und Oma hätten zusammen Popcorn gemacht und würden sich gleich »R. E. D. 2« ansehen.

Und dann wartete ich wieder.

Die Postkarte der Katze sah schon ganz zerfleddert aus, weil ich sie die ganze Zeit in den Händen gehalten und hin- und hergedreht hatte. Je öfter ich sie mir ansah, umso weniger interessierte mich die verflixte Briefmarke. Ich starrte nur noch auf den Satz, den die Katze geschrieben hatte.

Ich hätte Sie auch gerne geküsst.

Ich fing an zu schwitzen. Die verfluchten Worte wiederholten sich immer wieder in meinem Kopf, ich hörte sogar schon die Stimme der Katze, die heiser und atemlos in mein Ohr raunte. Ich spürte seinen warmen Atem und die lange Maskennase, die gegen meine Schläfe drückte. Seine Lippen streiften meinen Mundwinkel.

Ich kann Kommissar Kubitschek unmöglich die Karte zeigen. Er würde den Satz lesen und zwei und zwei zusammenzählen und fünf herausbekommen. Mit einem Ächzen stand ich auf, stopfte die Postkarte zurück in meine Tasche und lief den Gang auf und ab. Ich musste versuchen, an etwas anderes zu denken. An Niklas. Er war nett, er war witzig, und er konnte tolle Dinge mit seinen Händen anstellen. Er war sexy, und mir fiel nichts ein, was ich an ihm nicht mochte. Außerdem war er absolut vertrauenswürdig. Ganz im Gegensatz zur Katze, die einfach nur gefährlich war. Die Katze war ein Risiko-mann. Die Katze war heiß. Aufregend. Unfassbar auf-regend.

Ich stöhnte gequält und marschierte zu Kubitscheks Tür, weil ich es nicht mehr aushielt.

Ich klopfte einmal kurz und stieß direkt die Tür auf.

»Frau Blum.« Kubitschek klang überrumpelt. Hastig warf er sein Handy auf den Tisch und fuhr sich durch das Haar, was es noch wirrer aussehen ließ als zuvor.

»Haben Sie da etwa gerade Clash Royale gespielt?« Ich schlug die Tür hinter mir zu. Ich war mir sicher, etwas Buntes auf seinem Display gesehen zu haben. »Ich warte hier seit Stunden vor der Tür, und Sie daddeln auf ihrem Smartphone? Ist das Ihr Ernst?«

»Ich habe überhaupt nicht gedaddelt. Das war … privat.«

»Aha.«

»Was heißt denn hier aha? Nichts aha«, blaffte er.

»Sie erledigen private Dinge während der Arbeitszeit und lassen Ihre Kunden stundenlang vor der Tür warten.«

»Sie sind nicht meine Kundin.« Etwas perplex schüt-telte Kubitschek den Kopf.

»Klientin?« Irritiert biss ich mir auf die Unterlippe. »Bürgerin? Suchen Sie sich was aus!«

»Setzen Sie sich hin, Frau Blum.« Seine Augenbrauen berührten sich fast, als er mich über den Rand seines Computers finster anblickte. Wie automatisiert griff er nach seiner Kaffeetasse, nur um festzustellen, dass sie leer war. Eine Frustrationsfalte bildete sich auf seiner Stirn, was ich gut verstehen konnte. Ich war auch frustriert. Und einen Kaffee hätte ich auch vertragen können. Kein guter Start also für dieses Gespräch.

»Sind Sie also endlich gekommen, um Ihre Fingerabdrücke registrieren zu lassen.«

»Ich hoffe, ich kann mir danach hier die Hände waschen«, sagte ich immer noch verärgert über die lange Wartezeit. Die Karte konnte Kubitschek sich abschmieren. Ich würde sie ihm auf keinen Fall zeigen.

»Das läuft bei uns alles digital«, erklärte er. »Wir benutzen schon lange keine Druckerschwärze und Papier mehr für die erkennungsdienstliche Behandlung. Kommen Sie mit!«

Er führte mich aus dem Zimmer heraus und den endlos langen Gang entlang. Kubitschek ging zielstrebig durch den Keller des Präsidiums und öffnete eine weiße Tür. Der schmucklose Raum erinnerte mich – bis auf die aufgebaute Fotowand – an die Praxis meines Hausarztes. Auf einem Tisch stand ein Computer, und an der Wand gab es eine Messlatte, darunter eine Personenwaage. »Ganz egal was Sie mir vorwerfen«, sagte ich, »ich werde mich nicht auf diese Waage stellen!«

Kubitschek lachte. »Ich denke, darauf können wir verzichten.« Er weckte den Computer aus seinem Halbschlaf und wischte mit einem Tuch über eine kleine Glasplatte, unter der ein grünes Licht schimmerte. »Wir scannen die Finger und auch die gesamte Handfläche. Dauert nicht lange.« Er tippte etwas ein und griff dann zuerst nach meiner linken Hand. Ich ließ zu, dass er meine Fingerglieder nacheinander über die Platte abrollte, bis vor uns auf dem Bildschirm ein kryptisches Gemälde aus Linien und Wellen entstand. Dann machte er dasselbe mit meiner anderen Hand.

Während ich auf die geschwungenen Linien starrte und der Computer meine Daten verarbeitete, dachte ich an Niklas.

»War der Sohn von Dr. Berg eigentlich schon hier?«, erkundigte ich mich. »Sollte er nicht auch seine Fingerabdrücke abnehmen lassen?«

Kubitschek brummte und startete eine Art Suchlauf auf dem Rechner. Ich vermutete, dass er überprüfte, ob es in seiner Datenbank bereits Abdrücke gab, die mit meinen übereinstimmten und von anderen Tatorten stammten. Mir war natürlich klar, dass er da nichts finden würde, trotzdem machte mich die nur langsam steigende Prozentanzeige auf dem Bildschirm nervös.

»Nein«, sagte Kubitschek. »Nach einem Gespräch mit ihm habe ich das auch nicht für nötig gehalten. Wir haben im Auto etliche Fingerabdrücke der Katze gefunden, deshalb sind wir auf den Vergleich nicht angewiesen.«

Ich bekam ein schlechtes Gewissen. Immerhin hatte die Katze Niklas' sehr kostbaren Oldtimer gestohlen. Auch wenn er ihn wieder zurückgebracht hatte, ich wusste, dass Niklas sehr daran hing. Außerdem suchte die Katze sich seine Opfer häufig unter den Klienten seines Vaters aus. Wenn ich also Informationen zurückhielt, die bei den Ermittlungen helfen konnten, schadete ich damit nicht nur Secur-SORGLOS, mir selbst und den polizeilichen Ermittlungen, ich schadete damit auch Niklas und seinem Vater. Und dann hatte ich auch noch fast unser Date ruiniert, weil die Katze mich in der Oper gefesselt hatte. Es war völlig idiotisch, die Postkarte zu verbergen, nur, weil mir dieser Arsch irgendwie sympathisch war.

Ich konnte unmöglich die Katze schützen und dafür Niklas hintergehen. »Ich schätze«, sagte ich, »Sie sind für jeden noch so kleinen Hinweis über die Katze dankbar.«

Kubitschek murmelte etwas Zustimmendes.

Vor uns öffnete sich ein Pop-up-Fenster mit dem negativen Ergebnis, und ein wenig erleichtert atmete ich aus. »Bestimmt können Sie es auch als Ermittlungserfolg verbuchen, wenn diese Briefmarke wieder auftaucht. Die Briefmarke, die die Katze von Biermann gestohlen hat.«

Kubitschek starrte auf den Bildschirm und runzelte die Stirn. Als er sich zu mir umdrehte, wölbten sich seine Augenbrauen zu einem halben Fragezeichen. »Haben Sie mir etwas zu sagen?« Und dann nach einer kurzen Pause fügte er hinzu: »Ich wusste, dass Sie mir etwas verheimlichen.«

»Ich verheimliche Ihnen überhaupt nichts. Außerdem habe ich es eben erst bekommen«, sagte ich. Dann schob ich meine Hand in die Tasche und tastete nach der Postkarte. Ohne ein Wort der Erklärung reichte ich sie Kubitschek und wartete auf seinen Ausbruch.

Der aber nicht kam.

Kubitschek atmete mehrmals hintereinander tief ein und aus. Auf seinem Gesicht spiegelten sich unterschiedliche Gefühle. Überraschung, dann Unglauben, dann Zweifel und schließlich Verstehen.

»Ich muss zugeben, dass ich beruhigt bin«, sagte der Kommissar, und seine Gesichtszüge entspannten sich.

»Was? Wieso?«

»Ich war der festen Überzeugung, dass da zwischen Ihnen beiden etwas läuft.« Er steckte die Karte in seine Brusttasche. »Aber nun ist es offensichtlich, dass das nicht der Fall ist. Auch wenn die Katze das vielleicht gerne hätte.«

Ich zog eine Grimasse.

»Frau Blum«, sagte Kubitschek mit einem fast väterlichen Tonfall, »vergessen Sie niemals, dass Katzen mit ihrer Beute spielen. Und wie es aussieht, hat die Katze Sie als Beute auserwählt.« Und dann tat er etwas, das er noch nie gemacht hatte, er umfasste meine Schulter und drückte sie sanft. »Gehen wir nach oben, dann zeige ich Ihnen ein paar Schuhe.«

KAPITEL 32

Vor mir auf dem Schreibtisch lagen Hunderte von Fotos. Die Spurensicherung hatte sich die Mühe gemacht und von jedem Schuh, der auf dem Video der Überwachungskamera zu sehen gewesen war, einen Abzug erzeugt. Seit mehr als einer halben Stunde studierte ich Bild für Bild und hatte schon einige Leute identifiziert. Zum Beispiel war ich ganz überrascht, dass Biermanns Sekretärin auch am Opernabend dort gewesen war. Ihre Deichmann-Schuhe waren mir bei unserer ersten Begegnung schon negativ aufgefallen. Und ich erkannte ein Paar Schuhe mit unterschiedlich hoher Sohle, die ganz klar zu Herrn Wondraschek gehörten, der als Hausmeister in unserer Firma arbeitete. Er hatte mir an meinem ersten Arbeitstag erzählt, dass sein linkes Bein zwei Zentimeter kürzer als das rechte war und er deshalb an Hüftproblemen litt.

»Da sind Ihre Schuhe!«, sagte ich freudig zu Kubitschek, der sich inzwischen einen Kaffee besorgt hatte und nach dem ersten Schluck das Gesicht verzog.

»Woran erkennen Sie das?«

Ich schob das Bild über den Tisch zu ihm. »Sie haben leichte O-Beine«, erklärte ich ihm. »Immer wenn ich Sie auf mich zugehen sehe, muss ich an John Wayne denken. Dadurch sind Ihre Sohlen immer etwas schräg abgelaufen. Sehen Sie hier.« Ich tippte auf die etwas verschwommene Abbildung. »An der zackigen Sohle sieht man sofort, dass sie aus Gummi ist. Außerdem ist das kein sehr teures Modell, und irgendwann haben Sie einen der beiden Schnürsenkel ausgewechselt. Ich wollte Ihnen das schon länger mal sagen. Sie haben nicht den richtigen Farbton getroffen. Ihre alten Schnürsenkel waren grau und der neue ist taupe. Ein kleiner aber sehr feiner Unterschied, wenn Sie mich fragen.«

»Ich frage Sie aber nicht«, blaffte er, aber dann verzog sich sein Mund doch zu einem Lächeln. »Sie sind unglaublich.«

»Das hat die Katze auch gesagt«, sagte ich mit einem Seufzen. Ich legte das Bild ab und untersuchte das nächste. Das Ganze wäre sicherlich eine interessante Sozialstudie, aber auf Dauer wurde es doch recht eintönig. Die Leute hatten mitunter einen scheußlichen Schuhgeschmack. Und nur die wenigsten wussten ihre Schuhe angemessen zu pflegen. So langsam konnte ich verstehen, warum die Katze mir Uropa Manfreds Uhr gestohlen hatte. Wahrscheinlich hatte ihm der Anblick körperliche Schmerzen zugefügt, so wie sich mir im Augenblick das Herz zusammenzog, als ich einen hochhackigen Schuh mit rotgefärbter Ledersohle durch das Bild huschen sah. Ein Radiergummi für Wildleder hätte hier Wunder gewirkt. Seufzend ließ ich das Bild fallen und schnappte mir das nächste. Leise summte ich *The Music Played* von Matt Monro vor mich hin. Ich wusste nicht mehr, ob ich das Lied bei Oma gehört hatte, oder ob Niklas es hatte laufen lassen, als ich bei ihm unter dem Auto gelegen hatte. Jedenfalls war es eine sentimentale Schnulze, und Kubitschek hustete kurz und tat so, als hätte er sich verschluckt.

Sandalen mit ausgefransten Riemen.

Langweilige Loafer.

Ein Budapester Oxford-Schuh mit schwarzer Zehenkappe. Hier hielt ich kurz inne, denn die sahen wirklich schick aus.

Chelsea Boots, die ich immer ein bisschen peinlich fand, gerade bei Herren.

Damen-Ankle-Boots.

Die Fotos flogen mir nur so durch die Hände, während ich Matt Monro bei seinem Herzschmerz summend begleitete. So langsam wollte ich nach Hause oder wenigstens noch einmal in der Firma vorbei, deshalb warf ich immer kürzere Blicke auf die Bilder.

Stöckelschuhe mit trichterförmigem Absatz.

Oxford Full Brogues.

Plateauschuhe, von denen ich gehofft hatte, dass sie bereits ausgestorben wären. Die Abzüge flatterten über den Tisch.

Ein Paar derbe Arbeitsschuhe mit Stahlkappen. Die Beleuchtung ließ vermuten, dass dieses Bild am frühen Nachmittag entstanden war. Wahrscheinlich ein Mann von der Technik.

Ein Plain Derby.

Ein Quarter Brogue.

Ein Paar Penny Loafer und am Rand desselben Bildes halb abgeschnitten die Ferse eines einzelnen Turnschuhs.

Das Foto landete auf dem Tisch.

Moment – dieser Turnschuh … Mein Summen erstarb. Fahrig tastete ich nach dem Bild, und als ich es wiedergefunden hatte, klemmte ich mir nachdenklich die Unterlippe zwischen die Zähne.

Das war unmöglich.

Aber das kreisrunde Symbol war seitlich noch gut zu erkennen. Dann der winzige Stern, der halb abgerieben war und die weiße Sohle, die einen schwarzen Striemen aufwies, genau an der Stelle, die ich in Erinnerung hatte. Und das letzte Mal, als ich sie gesehen hatte, steckten ungewöhnlich feine schwarze Strümpfe darin, so als wäre jemand hastig aus einem Paar eleganter Herrenschuhe in die Chucks geschlüpft – ich schluckte hart. Das konnte ein Zufall sein. Nein, das musste ein Zufall sein! Immerhin war das einer der meistverkauften Schuhe der Welt. Er war nichts aber auch überhaupt nichts Besonderes. Nichts, was man im Alltag genauer beachten würde. Dieser Schuh hatte fast etwas von einer Uniform. Die Uniform von Leuten, die locker und unkompliziert erscheinen wollten. Diese Chucks waren in etwa so auffällig wie Jeans, nämlich gar nicht. Der unscheinbarste und gewöhnlichste Schuh der Welt.

Und doch war gerade das Wort *unscheinbar* der Anstoß für mich, eben doch nicht an einen Zufall zu glauben. Es könnte eine Million Gründe geben, warum gerade dieser Schuh am Nachmittag der Turandot-Aufführung, oder auch ein, zwei Tage früher, das Operngebäude betreten hatte, oder es gab eben nur einen einzigen Grund. Mit einem Mal hatte meine Welt aufgehört sich zu drehen. Hinter meiner Stirn bildete sich eine dumpfe Leere.

»Haben Sie was entdeckt?« Kubitschek blickte über den Tassenrand. »Frau Blum?«

»Was? Nein!« Ich ließ das Foto fallen.

»Aber Sie haben aufgehört zu summen«, sagte er. »Lassen Sie mich mal sehen!« Er streckte die Hand aus, und erst jetzt wurde mir bewusst, dass ich einen richtig doofen Fehler gemacht hatte, als ich Kubitschek die Postkarte der Katze gegeben hatte. Einen saudoofen Fehler. Und es war nicht der einzige in der vergangenen Woche. Dieses Foto wäre Kubitschek niemals aufgefallen. Es wäre nicht der Spurensicherung aufgefallen und auch keinem Super-Recognizer. Aber allein die Tatsache, dass ich bestimmt ein aschfahles Gesicht hatte, machte es zu etwas Wichtigem, zu einem Indiz. Möglichst unauffällig schob ich das Foto unter den Stapel.

»Moment!« Kubitschek knallte die Tasse auf den Tisch.

Aus einem Impuls heraus beugte ich mich über die Tischplatte und mischte die Bilder durch. »Es ist überhaupt nichts.«

»Stopp, stopp, stopp«, rief Kubitschek. Er versuchte, meine Hände festzuhalten, aber ich schob die Fotos wie wild durcheinander, bis einzelne über die Tischplatte zu Boden flogen. Kubitschek sprang auf und starrte mich mit einem Wutblick an. »Was glauben Sie, was Sie da machen? Mau-Mau spielen?«

Unsere Blicke trafen sich, und Kubitscheks Oberkörper

sah so angespannt aus, als würde er jeden Moment aus Wut in zwei Teile zerbrechen. Ganz langsam stand ich von dem Stuhl auf.

»Ich glaube, das war's.«, sagte ich und strich mir über die Oberschenkel, obwohl der Stoff meiner Hose ohnehin glatt anlag. »Es tut mir leid, dass ich Ihnen nicht weiterhelfen kann. Aber Sie haben ja eh gewusst, dass ich Ihnen keine große Hilfe bin. Sie hatten leider recht. Das mit den Schuhen war eine total blöde Idee von mir.«

»Wollen Sie mich verarschen?«, polterte Kubitschek los.

»Natürlich nicht. Ich habe wirklich gedacht, ich könnte die Katze anhand seiner Schuhe identifizieren, aber das kann ich nicht«, log ich.

Kubitscheks Kiefermuskeln zuckten. »Welches Foto haben Sie sich als Letztes angesehen? Ich will sofort wissen, welches Foto das war.« Nur mit Mühe konnte er seine Wut im Zaum halten. Mit zusammengepressten Lippen schob Kubitschek die Bilder auseinander und suchte nach etwas, von dem er nicht wissen konnte, was es war.

Ich bückte mich und schob die Fotos zusammen, die heruntergefallen waren. Mit einem Seufzen legte ich den Stapel zurück auf die Tischplatte. »Ich weiß es nicht«, sagte ich und mischte so viel Gleichgültigkeit hinein, wie ich konnte. »Ich glaube, es war das Foto mit den Louboutins. Das sind die mit der roten Sohle«, erklärte ich. »Dieser französische Designer wird meiner Meinung nach völlig überschätzt. Aber ich mag auch grundsätzlich keine Schuhe mit so riesigen Absätzen.«

»Mich interessiert nicht, welche Schuhe Sie mögen. Frau Blum, ich warne Sie, das ist kein Spiel. Wenn Sie irgendwelche Beweise zurückhalten, dann wird das für Sie ernsthafte Konsequenzen haben.«

»Aber ich halte doch gar keine Beweise zurück. Habe ich Ihnen nicht eben erst ein wichtiges Beweisstück mitgebracht? Noch kooperativer kann man doch wohl gar nicht sein. Sollte mir noch irgendetwas einfallen, dann kann ich mich ja wieder melden.« Mir selbst war hundeelend zumute.

Kubitschek folgte mir zur Tür und hielt mich im Rahmen noch einmal auf. »Ich verstehe nicht, warum Sie mir nicht vertrauen. Wen versuchen Sie damit zu schützen?« Ich sagte nichts. Und als sich das Schweigen zwischen uns ausdehnte, fügte er hinzu: »Ich glaube, Sie irren sich. Sie irren sich gewaltig. Selbst der netteste Mann kann sich als perfider Verbrecher herausstellen. Lassen Sie sich nicht täuschen.«

»Ich weiß nicht, wovon Sie sprechen.« Die Kälte in meiner Stimme ließ mich erschauern. Ich mochte Kubitschek. Ich mochte ihn sogar sehr, aber ich konnte ihm unmöglich sagen, was ich herausgefunden hatte, weil ich es mir selbst gegenüber nicht eingestehen wollte. Weil Niklas mich die ganze Zeit belogen hatte. Tränen schossen mir in die Augen, als ich den Druck von Kubitscheks Fingern an meinem Oberarm spürte.

»Vertrauen Sie mir«, sagte er. Und das Letzte, was ich sah, als ich ihn verließ, war die Enttäuschung darüber, dass ich es nicht konnte.

KAPITEL 33

Gina tat ganz zerknirscht, als ich ins Büro zurückkam, aber ihre gute Laune klebte ihr im Gesicht wie Pattex. Sie stellte mir einen frisch aufgebrühten Espresso auf den Schreibtisch und legte mir zwei Giottos auf die Untertasse. Dankbar trank ich den Kaffee, aber die Giottos ließ ich liegen.

»Das ist das erste Mal, seit ich dich kenne, dass du nichts Süßes möchtest«, stellte Gina fest. »Liegt es daran, dass du in letzter Zeit so viel allein machen musstest? Tröste dich, Kunkel war eben hier und hat sich einen Stapel Akten mit nach Hause genommen.« Ginas Stimme drang so dumpf an mein Ohr, als würde sie die Worte durch einen Wattebausch sprechen. »Oder ist es, weil du herausgefunden hast, wer die Katze ist?«

Mein Kopf fuhr ruckartig hoch. »Wenn Kubitschek dich angerufen hat, um dich auf mich anzusetzen, dann kannst du ihm gleich sagen, dass ich nichts sagen werde. Also, ich meine, ich weiß ja auch überhaupt nichts. Und warum bist du eigentlich so schrecklich gut gelaunt?«

Gina spitzte ihre Lippen und stieß einen kleinen Pfiff aus. »Ich habe nicht vor, dich auszufragen.« Sie schüttete einen Schwung Kaffeebohnen in ihre kleine Mühle und klemmte sie sich zwischen die Beine. Mit angestrengtem Gesichtsausdruck fing sie an, an dem Holzknauf zu kurbeln. »Aber ich möchte wirklich wissen, was du herausgefunden hast. Ich sterbe vor Neugierde.« Das gemächliche Ratschratsch der Mühle hatte eine beruhigende Wirkung auf meine Nerven, und erst jetzt sah ich die Akte, die Kunkel mir auf den Schreibtisch gelegt hatte. Auf dem Deckel klebte ein Post-it mit dem Vermerk »Bitte heute noch bearbeiten!«.

Die Unterlagen liefen auf den Namen Arcangelo di Titta und betrafen seine NO-LIMIT-Versicherung der Millennium Twins. So. Jetzt war es also so weit, dachte ich seufzend und mit einem Anflug von Fatalismus. Jetzt war eh schon alles egal.

Ganz zuoberst lag eine Kopie des Erbscheins, der nach seinem Tod ausgestellt worden war und der seine älteste Schwester Lucretia Elisabetta Gallo begünstigte. Allein der Name genügte, um mich schwermütig werden zu lassen. Und die Summe, die auf Seite zwei des Vertrages in Fettschrift abgedruckt worden war, gab mir endgültig den Rest. Warum hatte Kunkel diese Akte nicht mitgenommen? Wieso musste ausgerechnet ich diesen Fall bearbeiten? Ich war der Meinung, dass man, wenn es um solche Summen ging, unmöglich eine relativ unerfahrene Mitarbeiterin wie mich damit beauftragen durfte. Kunkel war schließlich seit einer Ewigkeit hier angestellt und hatte ohnehin den Plan, frühzeitig in Rente zu gehen, damit er sich ganz seinen Enkeln widmen konnte. Da war es doch nicht zu viel verlangt, wenn er seine Unterschrift daruntersetzte.

Ich klappte den Deckel der Akte zu und warf sie auf meine Zu-Erledigen-Ablage. Das klatschende Geräusch klang in meinen Ohren fast wie ein Fallbeil. Mit zitternden Fingern zog ich die Computertastatur zu mir heran und öffnete den Vorgang, den ich als Letztes bearbeitet hatte. Doch ich konnte meinen Blick nicht auf die Paragraphen vor mir fokussieren. Ich wollte nur noch nach Hause. Ich wollte meine alte Welt wiederhaben, in der ein nerviger Dominik mich belästigte und meine Oma mit Moses auf den Füßen im Wohnzimmersessel saß und Doris-Day-Platten hörte. »Gina, ich mache Schluss für heute«, sagte ich, aber es klang eher wie eine Frage.

Sie sah von ihrem Handy auf und ließ die Hand sinken. »Du bist ganz blass um die Nase, geht es dir nicht gut?«

»Ich glaube, ich bekomme auch diese Sommergrippe, die gerade rumgeht.«

»Wie?«, machte Gina. »Was für eine Sommergrippe? Kein Mensch hat eine Sommergrippe.«

»Wirklich nicht? Ich dachte …« Ach egal, was auch immer ich dachte, ergab im Moment sowieso kaum Sinn. »Außerdem muss ich nach meiner Oma sehen. Ich kann sie nicht ständig mit Dominik allein lassen, der beschallt sie ununterbrochen mit Action-Filmen, nachher ist sie ganz verstört.« Ich hob meine Handtasche auf und stopfte mein Handy und die Schlüssel hinein. Der kleine Holzengel daran schien mich zu verhöhnen.

Ohne Ginas zustimmendes Gemurmel zu beachten, schleifte ich meine Tasche zur Tür und zog sie auf. Keine zwei Sekunden später schmiss ich sie ruckartig wieder zu und warf mich schwer atmend mit dem Rücken an die Zimmerwand. »O nein.«

»Der Commissario?«, fragte Gina und wirkte dabei viel zu erfreut.

»Die Mafiosi-Oma«, sagte ich schwach und sah mich nach einer Fluchtmöglichkeit um, die sich aber nicht ergab. Denn mal ehrlich, elf Stockwerke waren mir definitiv zu hoch, um aus dem Fenster zu springen. »Vielleicht solltest du besser Kubitschek anrufen.«

»Ist dieser Alfredo dabei?«

»Ich weiß es nicht, ich habe ihn nicht gesehen. Aber Frau Sprenke wird sie jeden Moment reinbitten. Also beeil dich!« Ich hastete zu meinem Schreibtisch zurück, warf die Tasche zwischen die Stuhlbeine und ließ mich auf den Sitz fallen.

Ginas Blick flackerte, als sie mit zitternden Fingern Kubitscheks Nummer wählte. »Kommissar Kubitschek? Es ist dringend!«, schoss sie los, ihre Augen weit aufgerissen. »… Signora Gallo ist hier … kommen Sie bitte schnell!«, flehte sie. Dann, als die Tür aufging, legte sie hastig auf.

Ich schnappte mir die Titta-Akte, zückte einen Kugelschreiber und tat so, als wäre ich seit Stunden darin vertieft. Als ich jemanden eintreten hörte, hob ich, auf dem Stiftende kauend, müde den Blick.

»Da ist Frau Gallo für Sie«, sagte Frau Sprenke und hatte die Augenbrauen angehoben. Ein beigefarbener Mokassin schabte über den Fußboden. »Wenn Sie Ihre Termine nicht eintragen, kann ich sie auch nicht planen, Frau Blum. Eine gute Planung ist das A und O eines funktionierenden Unternehmens. Es ist mir unbegreiflich, wie Sie bei Ihrer Arbeit den Durchblick behalten wollen, wenn Sie nicht fähig sind, Ihren Outlook-Terminplan-Assistenten zu bedienen.«

Es war mir unbegreiflich, wie Frau Sprenke in diesem Moment eine ihrer berüchtigten Standpauken halten konnte. Spürte sie denn nicht die Gefahr? »Äh, danke, Frau Sprenke. Ich verspreche Ihnen, ich werde mich bessern.« Mein Kundenberaterinnenlächeln sah sicher gequält aus, als ich mit wackligen Knien aufstand und Signora Gallo einen Stuhl frei machte. Den Stapel Kopierpapier, der darauf gelegen hatte, ließ ich aus Versehen mit einem Knall auf den Boden fallen, was Gina dazu brachte, auf ihrem Schreibtischstuhl einen erschrockenen Satz nach hinten zu machen. »Diese Frau hat ein fürchterliches Benehmen«, sagte Signora Gallo mit Blick auf die davoneilende Sekretärin. »Und schreckliche Mokassins.« Sie schüttelte sich.

»Ich hatte nicht erwartet, Sie so bald … also … das ist ja eine … freudige Überraschung.« Mit einer Wischbewegung säuberte ich die Sitzfläche von imaginärem Staub. »Bitte nehmen Sie Platz, Frau Gallo.« Ich sollte die Höhe meiner Lebensversicherung überdenken. Wenn ich meine Oma schon allein zurücklassen würde, dann sollte sie wenigstens finanziell abgesichert sein und nicht auch noch für meine Beerdigung aufkommen müssen. Gedanklich machte ich mir eine Notiz.

Die alte Dame stakste auf ihren knorrigen Beinen zum

Stuhl und setzte sich. Ihre schwarze Handtasche wackelte auf ihren Knien, als balanciere sie einen Haufen Kieselsteine. An Signora Gallos Fingern ragte der große Siegelring wie eine Ruine auf einem zerklüfteten Felsen in die Höhe. »Alfreeedooo?«, krähte sie, und ihr persönlicher gemeingefährlicher Schläger mit Stiernacken hastete in den Raum und zog sich dabei noch schnell den Hosenschlitz zu. Neben der Tür nahm er eine soldatische Haltung an und verschmolz mit der Wand. »Wie kann ich Ihnen helfen?«, fragte ich, nur mühsam ein Zittern in meiner Stimme unterdrückend. »Sobald habe ich gar nicht mit Ihrem Besuch gerechnet. Unsere Risikoanalysten sind noch damit beschäftigt, den Versicherungsbeitrag für Ihre Waffensammlung zu berechnen.«

»Ich komme nicht wegen meiner Sammlung«, winkte Signora Gallo ab. »Bisher haben Sie sich nicht wegen der Katze bei mir gemeldet, und ich warte auf … Neuigkeiten.« Sie sah zutiefst betrübt aus, als wäre sie persönlich von meinem Versagen enttäuscht. »Da habe ich mich gefragt, ob Sie Hilfe benötigen. Alfredo könnte Ihnen unter die Arme greifen. Oder einer seiner Brüder.«

Alfredo hatte auch noch Brüder? Gleich mehrere?

»Ich bin … nah dran«, sagte ich. »Es ist überhaupt nicht nötig, Herrn … also … Alfredos Zeit zu beanspruchen.

Wir sind auch tatsächlich einem neuen Hinweis auf der Spur und arbeiten intensiv mit der Polizei zusammen. Ich bin sicher, dass es nicht mehr lange dauern kann, bis die Manschettenknöpfe Ihres Bruders gefunden werden. Der zuständige Kommissar hat mir erklärt, dass der Markt für einen solchen Verkauf äußerst klein ist«, phantasierte ich drauflos. »Es ist so gut wie unmöglich für die Katze, die Diamanten zu verkaufen, ohne dass die Ermittler auf ihn aufmerksam werden.«

»Sì, aber das stellt noch kein Gleichgewicht wieder her. Nicht in meinem Leben, und auch nicht in Ihrem!« Ihr Zeigefinger dirigierte durch die Luft. »Oder haben Sie die Uhr Ihres Großvaters vergessen?«

»Nein, natürlich nicht. Sie haben vollkommen recht.« Hilflos sah ich zu Gina, die sehr vertieft in irgendwelche Unterlagen stierte. Sie schien meinen Blick zu spüren, jedenfalls blinzelte sie vorsichtig nach oben und straffte sich dann. »Darf Ich Ihnen etwas zu trinken anbieten, Frau Gallo? Ein Mineralwasser vielleicht?«

Unwirsch winkte die alte Dame mit der beringten Hand. »Un caffè!«, krächzte sie, und Gina sprang sofort auf und griff nach der kleinen Espressokanne. Signora Gallo sah stirnrunzelnd dabei zu, wie Gina das kleine Sieb mit Kaffeepulver füllte und die Kanne zusammenschraubte. »Signora Gallo«, begann ich mutig. »Wir haben Ihre Schadensmeldung erhalten, und ich bearbeite sie gerade. Sehen Sie, es fehlt nur noch meine Unterschrift.«

Ich blätterte die Seite ihrer Akte um und tippte auf die Linie ganz unten auf dem Blatt. Den Kugelschreiber konnte ich kaum halten, so sehr zitterte meine Hand. »Ich unterschreibe das jetzt. So, schon passiert. Es wird also nicht lange dauern, bis Sie eine Entschädigung für Ihren Verlust erhalten werden. Auch wenn das natürlich kein Ersatz für Ihren Familienschmuck ist, das verstehe ich vollkommen.«

O mein Gott, ich hatte tatsächlich unterschrieben! Ich konnte es nicht fassen. So schnell wechselte also schrecklich viel Geld den Besitzer.

Die alte Dame schien mir jedoch gar nicht zuzuhören. Sie beobachtete Gina, die inzwischen eine winzige Tasse bereitgestellt hatte. »Woher kommen Sie?«

Gina erstarrte. »Aus Köln.«

»Ich meine Ihre Eltern.« Signora Gallo wippte ungeduldig auf ihren orthopädischen Schuhen. »Wenn ich Kaffee bestelle, bekomme ich sonst immer einen Americano, verdünnt mit viel Wasser. Aber Sie machen einen richtigen caffè. Ecco, di dov'è?«

Gina trat von einem Bein auf das andere. »Meine Eltern kommen ursprünglich aus Brindisi.« Es war nicht zu übersehen, dass sie das lieber für sich behalten hätte.

»Ah«, machte Signora Gallo und wechselte einen tiefen Blick mit Alfredo. »Wie heißen Ihre Eltern? Bestimmt kenne ich sie. Ich habe ein kleines Castello in Brindisi.«

»Sie waren leider schon lange nicht mehr in Italien«, sagte Gina, und sogar für mich war offensichtlich, dass sie log. Ihr Gesicht war so rot wie eine reife Erdbeere, und auf ihrer Stirn traten Schweißperlen hervor.

»Aber natürlich haben Sie noch Familie in Italia, eh?«

»Leider nicht.«

»Sie müssen doch noch irgendwelche Verwandten haben. Onkel? Tanten? Cousinen?«

»Meine Eltern waren beide Einzelkinder«, sagte Gina stur.

»Großeltern?«

»Alle tot.«

Signora Gallo schnalzte missbilligend mit der Zunge. Dann winkte sie so hektisch nach ihrem Espresso, dass ihr Siegelring verrutschte. Als Gina ihr die Tasse reichte, nahm die alte Dame einen kräftigen Schluck. »Aber wenn Sie das nächste Mal nach Brindisi kommen, müssen Sie mich in meinem Castello besuchen.« Sie trank.

»Danke für die Einladung«, sagte Gina und sah verlegen zu Boden.

»Ich denke, wir haben dann nun alles besprochen.« Signora Gallo ließ sich von Alfredo aus dem Sitz helfen. »Sie haben endlich die Schadensmeldung bearbeitet, und ich erhalte mein Geld aus der Versicherung.« Ihr Blick schien mich regelrecht zu durchbohren, und ich nickte schnell. Als sie auf ihren wackeligen Beinen stand, trat sie zu Kunkels Schreibtisch und nahm den Bilderrahmen in die Hand, auf dem seine Enkelkinder zu sehen waren, und mich überlief ein Schauer.

»Bitte nicht«, rutschte es mir heraus. »Das gehört meinem Kollegen, und er mag es nicht, wenn wir seine Sachen anfassen.« Ich griff nach dem Bilderrahmen und wollte ihn ihr aus der Hand reißen, aber Signora Gallo ließ ihn partout nicht los. Ihre alten Krähenaugen stierten auf die beiden Kinder, dann bildete sich ein Lächeln auf ihren faltigen Zügen, das mir eine Gänsehaut verursachte. »Ein sehr schönes Foto. Niedliche bambini, eh?«

In diesem Moment klopfte es an der Tür, und endlich gab Signora Gallo nach. Ich presste den Bilderrahmen mit den Kinderfotos schützend an meine Brust, als Frau Sprenke einen Paketboten hereinließ. »Es tut mir leid, dass ich Sie mitten im Termin stören muss, aber der junge Mann hat es eilig.« Sie betonte das Wort Termin mit einem Augenrollen.

Die armen UPS-Männer haben es immer eilig, dachte ich, war aber heilfroh über die Unterbrechung. »Ein Päckchen für Mathilde Blum«, sagte eine rauchige Stimme, und ein Mann mit pullmanbrauner Uniform marschierte mit großen Schritten in den Raum. »Das bin ich.« Ohne aufzusehen, griff ich nach dem Klemmbrett und wollte meine Unterschrift auf das Formular setzen. Blöderweise hielt ich aber immer noch Kunkels Familienfoto in der Hand, und kurzerhand drückte ich es dem Paketboten vor die Brust. »Können Sie das mal kurz halten?« Mit einem Klicken drückte ich dann die Kugelschreibermine heraus und schrieb meinen Namen auf das Empfangsblatt. Dabei kamen mir die Schuhe des Paketboten ins Blickfeld, und ich hielt mitten in meinem Nachnamen inne.

Cognacfarbene Plain Derbys. Sehr schöne und vor allem äußerst gepflegte cognacfarbene Derbys. Trugen Paketboten normalerweise nicht diese hässlichen Arbeitsschuhe? Und dieser Paketbote benutzte sogar Schuhspanner, das war unverkennbar.

Signora Gallo gab ein Krächzen von sich. »Und wenn sich bald etwas ergibt, was die Katze betrifft, dann melden Sie sich bei mir.« Sie zog sich den hoch-gerutschten

Saum ihres Chaneljäckchens runter und blickte dann den Paketboten wohlwollend an.

»Ja, das machen wir«, sagte ich tonlos.

»Die Katze?«, fragte der UPS-Bote mit einem Lachen in der Stimme. »Ist Ihnen Ihr Haustier entlaufen?«

Signora Gallo winkte ab.

Mir rutschte das Herz in die Hose. Vergeblich versuchte ich, die Gesichtszüge des Mannes genauer zu erkennen, doch die tief in die Stirn gezogene Schirmmütze warf einen Schatten auf das unrasierte Kinn. Das konnte diesmal wirklich nur ein Zufall sein, sagte ich mir. Es musste ein Zufall sein! Wahrscheinlich war er einfach nur ein UPS-Bote mit einem guten Stil – kein Ding der Unmöglichkeit. Ein UPS-Bote mit einem guten Stil, einem exklusiven Schuh-Geschmack und einer Ausstrahlung, die mein Herz heftig pochen ließ. Stirnrunzelnd schrieb ich meinen Namen fertig und reichte dem Boten seinen Stift zurück.

»Danke«, brummte der UPS-Bote. »Hier, Ihr Bild.« Er gab mir den Rahmen, und mir entging nicht, wie er mit dem Zeigefinger über eines der Kindergesichter fuhr. »Interessantes Foto«, sagte er.

Diese Hände. Mir wurde ganz schummerig. »Eigentlich nicht«, sagte ich mit schwacher Stimme.

»Vielleicht meine ich auch eher seltsam«, antwortete er wenig erhellend.

An diesem Foto war nun wirklich überhaupt nichts interessant, geschweige denn seltsam. Was hatte denn bitte jeder mit diesem Foto? Schnell stellte ich den Rahmen zurück auf den Schreibtisch.

Wahrscheinlich wäre mir das folgenschwere Geschehen gar nicht aufgefallen, weil ich viel zu beschäftigt war mit meinen widerstreitenden Gefühlen und vor allem mit Signora Gallo, aber als der Bote mir das kleine Päckchen reichte, streiften seine Finger wie aus Versehen meinen Handrücken, und diese Berührung löste eine seltsame Empfindung in meinen Eingeweiden aus. Vielleicht lag es aber auch an dem Geruch seines Rasierwassers, das irgendeine ferne Erinnerung weckte. Jedenfalls beobachtete ich ganz genau, wie der UPS-Bote sich rumdrehte und, um Gina zu grüßen, mit zwei Fingern an seine Mütze tippte. »Alfredo«, bellte Signora Gallo, weil es ihr schwerfiel, sich nach ihrer Tasche zu bücken.

»Warten Sie, ich helfe Ihnen.« Noch bevor sich Alfredo aus seiner steifen Soldatenhaltung lösen konnte, hatte der UPS-Bote schon nach Signora Gallos Handtasche gegriffen und ihr den Henkel über den steifen Arm gestreift. »Mille grazie.«

Die Signora tätschelte dem Boten die Wange und lächelte fast mädchenhaft. Und da sah ich es, wenn auch nur im Profil.

Als der Paketbote grinste, tauchte unter der Schirmmütze ein schräg stehender Eckzahn auf. Ein sehr charmanter schräg stehender Eckzahn. Ich sah die Hand der alten Dame und das kurze Aufblitzen eines Rings. Das Ganze passierte so schnell, dass ich kaum meinen Augen traute. Doch im nächsten Moment reichte mir Signora Gallo graziös ihre Hand zum Abschied, und mit Schrecken stellte ich fest, dass der auffällige Ring mit dem Siegel der *Sacra Corona Unita* nicht mehr an ihrem Finger steckte.

KAPITEL 34

Das Päckchen lag leicht in meiner Hand. Der raue Karton fühlte sich noch ganz warm an, als hätte der Bote ihn lange im Arm getragen. Ich war immer noch so erschüttert von meiner Beobachtung, dass ich gar nicht reagierte, als Gina mich ansprach.

»Das ist ja noch mal gut gegangen.« Erleichtert blies sie die Luft aus, nachdem die Tür ins Schloss gefallen war und wir wieder allein waren. Wenn Gina wüsste!

Wahrscheinlich mussten wir alle morgen den Kontinent verlassen, sollte Signora Gallo feststellen, dass ihr hier bei uns ihr Siegelring gestohlen worden war. Oder wir bräuchten ein Sondereinsatzkommando der Polizei. Aber so unzuverlässig wie Kubitschek war, würde ich mich darauf nicht verlassen.

Im nächsten Moment klingelte Ginas Handy, doch ich hörte ihrem aufgeregten Wortwechsel mit Kubitschek nicht weiter zu.

Irgendwann fingen meine Finger ganz von allein an, das Papierklebeband abzuknibbeln und den Karton zu öffnen. Ich wusste nicht, was ich erwartete. Einen Scherz-artikel. Vielleicht irgendeine kleine Gemeinheit. Etwas von dem Diebesgut, das die Katze einem reichen Ekel entwendet hatte, aber ganz sicher nicht Uropa Manfreds Uhr.

Doch da lag sie. Gebettet auf einer Filzunterlage und von einem weichen Tuch bedeckt, tickte die alte Uhr in neuem Glanz vor sich hin. Das Lederarmband war einge-fettet worden und das Glas poliert. Keine Ahnung, wie er das geschafft hatte, aber man konnte nicht mehr den kleinsten Kratzer auf der Glasabdeckung erkennen. Auch die Rostflecken auf der Rückseite waren verschwunden. Der verbogene Verschluss war gerichtet worden, und der Dorn glitt mühelos in das eingestanzte Loch, als ich mir die Uhr umlegte. Und mit einem Mal fühlte sich mein Brustkorb so übervoll an, als würden Blütenknospen in mir aufpoppen. Sehr viele Blütenknospen. Hunderte von Blütenknospen. Ja, ich hatte eine ganze Blumenwiese in meiner Brust, deren Duft mir die Sinne benebelte. »Der Commissario hat meine Sprachnachricht eben erst abge-hört«, erklärte Gina. »Und er hatte ein Sexualdelikt und einen Brand in der JVA, deshalb konnte er nicht kom-men. Hörst du mir eigentlich zu? Tilly?«

»Ja, natürlich. Das ist ganz wunderbar.«

»Du findest einen Brand ganz wunderbar?«

»Ja«, flüsterte ich. »Verrückt, oder?« Ich hörte ihr kein bisschen zu, sondern starrte mit einem verklärten Blick auf die Uhr an meinem Handgelenk.

»Sag bloß, du hast deine Uhr zurückbekommen? War sie etwa in dem Paket?« Gina fasste nach meinem Handgelenk und kugelte mir fast den Arm aus, als sie meine Hand zu sich drehte.

»Autsch.«

»Ich kann nicht glauben, dass die Katze dir die Uhr mit der Post geschickt hat. Nach all dem, was passiert ist.«

»Das ist es ja gerade«, sagte ich schwach. »Er hat sie nicht mit der Post geschickt.« Ich war immer noch ganz benommen und ganz bestimmt nicht zurechnungsfähig. »Er hat sie persönlich vorbeigebracht.«

Die Worte kamen einfach so aus mir heraus, unüberlegt, und dabei wurde mir etwas schwindelig. Hinter Ginas Stirn fügten sie sich trotzdem zu einem sinnvollen Gebilde zusammen, und ihre Augen weiteten sich auf Handballengröße. Da erst wurde mir bewusst, dass ich das besser nicht gesagt hätte.

»Du meinst … Der Bote gerade war die Katze?« Die Fülle der Empfindungen auf ihrem Gesicht reichte von totalem Unglauben bis hin zu Faszination und einer Spur

Anerkennung, bis sich Verstehen darauf abzeichnete.

»Der Commissario muss das erfahren!«, platzte es aus ihr heraus.

»Nein!« Ich sprang auf und schüttelte Gina an der Schulter. »Kubitschek darf das auf keinen Fall erfahren! Du musst mir versprechen, dass du ihm kein Wort davon erzählst! Bitte, Gina!«

»Aber warum? Seit Monaten dreht sich alles um die Katze. Ständig hinken wir ihm hinterher, und nun sind wir ihm so nah wie noch nie. Willst du denn etwa nicht mehr, dass man diesen Gauner erwischt?«

»Natürlich will ich …« Ich hielt inne und klappte den Mund fest zu. Ich schluckte. »Also wenn du es genau wissen willst, ich habe keine Ahnung, was ich will. Bis gestern habe ich gedacht, ich wüsste es, aber seit heute ist alles anders. Ich kann dir auch nicht erklären, warum. Jedenfalls jetzt noch nicht.«

»Hmh«, machte Gina. »Und das nur, weil er dir deine Uhr zurückgebracht hat? Das war sehr nett und vielleicht auch romantisch, ja, aber ist das ein Grund dafür, ihn davonkommen zu lassen? Wir könnten ausnutzen, dass er dich mag, und dich als Köder benutzen. Aber wenn du …« Sie verstummte.

Ich hasste es, zu sehen, wie sie nachdachte. Ich hasste

es vor allem, da sie mich danach immer so wissend ansah. Jetzt in diesem Augenblick kam sie wohl zu einem Ergebnis, denn ihre dunklen Augenbrauen hoben sich, und da war dieses leichte Zucken um ihren Mundwinkel.

»Okay … Tilly, du hast ein Problem.«

»Ich weiß«, seufzte ich. »Ich bin eine Idiotin. So wie es aussieht, habe ich mich in den schlimmsten Betrüger aller Zeiten verliebt. Und ich muss versuchen, ihm den Hals zu retten, auch wenn er das vielleicht gar nicht will.«

»Dann weißt du also, wer er ist?«

»Nicht hundertprozentig. Eher zu neunundneunzig Prozent. Komma Periode neun«, verbesserte ich mich. »Das Blöde ist nur … Wie soll ich ihm gestehen, dass ich es weiß? Das Leben ist doch keine Oper. Ich kann nicht bis zum Morgengrauen warten und dann feierlich seinen Namen verkünden.«

»O Tilly, das ist so ro…«

Ich stieß ein Knurren aus. Mein durchdringender Blick ließ Gina wenigstens diesmal verstummen.

»Außerdem kann ich unmöglich einen Mann lieben, der glaubt, dass er nach Lust und Laune stehlen kann.«

»Aber er bestiehlt doch nur Arschlöcher«, entfuhr es ihr.

»Das Gesetz ist aber doch kein Buffet!«, sagte ich, weil

ich das mal irgendwo gelesen hatte und fand, dass es sich klug anhörte. Aber je länger ich darüber nachdachte, umso mehr wünschte ich mir, man könnte je nach Lage ein wenig davon naschen. Ich meinte, wer würde sich nicht wünschen, dass Recht häufiger mit Gerechtigkeit zu tun hätte? Aber um das zu beurteilen, wusste ich einfach zu wenig, warum die Katze das tat. Bestahl er die Klienten seines Vaters, nur um ihm eins auszuwischen? Wäre das nicht ein idiotischer und irgendwie pubertärer Grund?

Gina seufzte tief. »Es ist trotzdem unendlich romantisch.«

Es rumpelte vor der Tür, und beide sahen wir erschrocken auf. Hoffentlich war es nicht Signora Gallo, der die Sache mit dem Ring aufgefallen war. O mein Gott, warum nur hatte die Katze das getan?

Ein Schatten verdunkelte die Glastür, und eine Sekunde später stürmte Esther völlig aufgelöst ins Büro. Nahmen die Dramen denn heute nie ein Ende? Esther sah sich hektisch um. Als ihr Blick auf Gina fiel, stoppte sie abrupt, straffte ihren Körper und glättete sich hastig das wirre Haar. »C.211«, sagte sie zu mir mit einem bedeutungsschwangeren Augenaufschlag und tippte sich dann auf die roségoldene Uhr, die sie am Handgelenk trug.

»In fünf Minuten.« Und damit schwirrte sie wieder hinaus.

Gina und ich wechselten einen Blick.

»Oh, oh«, machte sie und fügte dann seufzend hinzu: »Qualcosa bolle in pentola!«

»Ich fürchte, da hast du recht«, sagte ich.

* * *

»Ich bin sicher, ich bekomme heute meine Kündigung.« Esther riss einen der Schränke auf, in dem wir unsere Notfallrationen aufbewahrten und der nun bis auf ein paar Schreibblöcke gähnend leer war. »Ich habe schon alles beseitigt. Wenn sie unser Lager hier finden würden, wären wir erledigt. Ich hätte nie gedacht, dass dieser Kerl so ein mieses Miststück sein kann!«

Ich hatte keine Ahnung, von wem sie sprach, aber es schien ernst zu sein. »Patrick?«, fragte ich ins Blaue hinein.

»Ich bin nur einmal mit ihm ausgegangen, aber ich wette, er hat belastendes Material über mich gesammelt. Er steht super da, wenn er beim neuen Teilhaber direkt ein paar Fehlerquellen nennen kann. Jetzt, wo sie auch noch diesen Berater eingestellt haben. Garantiert bin ich die Erste auf der Liste. Esther Schmitz hat keine Kinder, für die sie sorgen muss, und fällt aus dem Sozialplan gleich raus. Esther Schmitz hat in den vergangenen zwei Monaten auch unterdurchschnittlich wenig Verträge vermittelt. Ja, Esther Schmitz können wir gleich abschießen.«

»Meinst du nicht, du übertreibst ein wenig. Ich meine, niemand hat Herrn Reyes bislang gesehen. Wir wissen doch gar nicht, was er vorhat. Vielleicht hat er diesen Berater auch nur eingestellt, um einige Abläufe zu optimieren. Ist doch nicht gesagt, dass er gleich mit Einsparungen anfangen will.« In dem Moment, in dem ich es sagte, wurde mir klar, wie blödsinnig es war. Natürlich würde Herr Reyes Einsparungen vornehmen. Ganz bestimmt würde er das. Und noch viel klarer wurde mir, dass er mit meiner Kündigung viel mehr einsparen konnte als mit Esthers. Ich hatte ihm einen Millionenschaden verursacht. Im Prinzip konnte ich froh sein, wenn er mich nicht bis an mein Lebensende verklagte. Allerdings war mir das im Augenblick so egal wie nur irgendwas!

»Woher weißt du denn, dass dich jemand angeschwärzt hat?«, hakte ich nach. »Was ist denn überhaupt passiert?«

»Ich habe einen Termin in der Personalabteilung. Das hatte ich das letzte Mal vor vier Jahren bei meiner Einstellung. Das kann einfach kein Zufall sein.«

Ich lachte erleichtert auf. Immerhin kannte ich Esther seit der dritten Klasse, und an ihre Art, aus kleinen Dingen Elefanten zu machen, war ich längst gewöhnt. Wenn es also weiter nichts war. »Das muss doch nichts bedeuten. Vielleicht hat dich auch jemand für eine Beförderung vorgeschlagen. Im Mai hieß es doch noch, dass Mitarbeiter der Vermittlungsabteilung einen Kollegen vorschlagen dürfen und …«

»Niemand hat mich für irgendetwas vorgeschlagen«, winkte Esther unwirsch ab. »Wenn du es genau wissen willst: So einen Bogen habe ich auch ausgefüllt und mich selbst unter falschem Namen empfohlen. Das bringt gar nichts. Ich wette, die da oben lesen das nicht mal.«

Sie hatte sich selbst unter falschem Namen vorgeschlagen? Hilflos nach weiteren Argumenten suchend, die Esther beruhigen sollten, klappte ich den Mund auf und wieder zu. »Ehrlich gesagt, kann ich mir nicht vorstellen, dass Patrick dich angeschwärzt hat. Er ist doch neu, da wird er sich nach einer guten Woche in der Firma nicht gleich so etwas leisten.«

»Darf ich dich daran erinnern, dass du selbst gesagt

hast, einem Mann, der Birkenstocksandalen trägt, ist nicht zu trauen?«

Ich nickte und zählte die Notizblöcke im dritten Fach von oben. Es waren sieben, und eine gerade Zahl wäre mir deutlich lieber gewesen. Beherzt griff ich in den Schrank und verteilte die Blöcke auf zwei Stapel. Links drei, rechts vier.

»Ich glaube, Patrick ist einfach ein Spinner.« Ich nahm den überzähligen Notizblock an mich.

»Da wäre ich jetzt gar nicht draufgekommen«, sagte Esther und schnaubte.

»Das finde ich ein bisschen unfair«, sagte eine viel zu hohe Männerstimme von der Tür her. Mit Entsetzen sahen wir eben jene Sandalen auf uns zukommen. »Ich weiß wirklich nicht, was ihr mir unterstellt. Habt ihr vergessen, dass ich ganz neu hier bin? Ich bin doch einer von euch.«

Esther und ich warfen ihm synchron einen skeptischen Blick mit hochgezogenen Brauen zu. »Na ja«, sagte Esther. »Das ist auch sicher der Grund dafür, warum du mich einfach so abserviert hast.«

»Ich habe dich nicht abserviert«, wehrte er sich. »Ich wollte nur nicht wieder mit dir ausgehen, wenn hier gerade Einsparungen vorgenommen werden, weil das bestimmt nicht gern gesehen ist, und dann bin ich der Erste, der seine Tasche packen kann.«

»Dann hast du mich gar nicht beim neuen Teilhaber angeschwärzt?«

»Was? Wie?« Er war sichtlich überrascht. Sein ohnehin schon blasses Gesicht wurde kalkweiß. »Wie kommst du denn auf die Idee?«

»Ich habe am Montag einen Termin in der Personalabteilung«, sagte sie, als erklärte das alles.

»Verdammt!«, entfuhr es ihm. »Ich auch.«

Mit dieser Aussage verblüffte er uns beide. »Meint ihr, das hat etwas zu bedeuten? Ich dachte, man will mich fragen, wie es mir in der Firma gefällt. Ob ich mich gut eingelebt habe oder so was.«

Esther klappte den Mund zu einer Erwiderung auf, doch ich unterbrach sie hastig. »Ganz bestimmt ist das genau der Grund. Nicht wahr, Esther?«

»Ja, bestimmt.« Sie kaute auf ihrem rechten Mundwinkel und machte ein schiefes Gesicht. Nach einer Weile, in der sie schweigend und mit gekräuselter Nase vor sich hin gestarrt hatte, sagte sie: »Ich frage mich, ob sie deinen Märchenerzähler auch rauswerfen. Der ist immerhin schon uralt und schläft ständig ein. Und hast du nicht gesagt, dass er dich andauernd im Stich lässt?«

»Welchen Märchenerzähler?« Dieses Wort aus Esthers Mund gab mir einen unerwarteten Magenschwinger. Märchenerzähler? Wo hatte ich das schon einmal gehört?

»Na, dein Kunkel. Kunkel weiß doch immer alles und erzählt dir irgendwelche Geschichten.«

»Er lässt mich nicht andauernd im Stich«, nahm ich meinen Kollegen in Schutz. »Das habe ich garantiert nicht gesagt. Er hat ein paar private Schwierigkeiten und hilft seiner Tochter, was ich nett von ihm finde. Welcher Opa kümmert sich schon so intensiv um seine Enkelkinder? Ich wünschte, meine Eltern würden sich nur halb so viel um meine Oma kümmern. Kunkel zeigt eben Verantwortung. Und da kommt es eben schon mal vor, dass er hier bei einem Auftrag fehlt.«

»Ja klar.« Esther rollte mit den Augen.

»Außerdem habe ich ihn nie Märchenerzähler genannt.«

»Ist doch auch egal«, sagte Esther. »Auf jeden Fall ist er unzuverlässig, und Angestellte in seinem Alter kosten die Firma ein Vermögen. Aber wahrscheinlich ist es auch egal, weil er eh bald in Rente geht.«

Ich hing immer noch an diesem Wort fest. Märchenerzähler? Wo nur hatte ich das gerade erst gehört? Ein unangenehmes Kratzen bildete sich in meinem Rachen.

Ein Kratzen, das sich auch nicht einfach so wegräuspern ließ. Märchenerzähler?

Nein, Märchenonkel!

Diese skurrile Nachricht, die Gina mir aus der Zeitung vorgelesen hatte, war mit »Dein Märchenonkel« unterschrieben worden.

Schon ein komischer Zufall, überlegte ich. Aber was, wenn es gar keine Zufälle gab? Meine Erlebnisse mit der Katze hatten mich jedenfalls gelehrt, nicht mehr an Zufälle zu glauben, und diese seltsame Meldung war wirklich … na seltsam eben.

Meine Gedanken preschten ungebremst vorwärts. Diese seltsame Nachricht kam ausgerechnet dann, nachdem wir gerade erst den Fall von Kerstin Lauthausen abgeschlossen hatten? Moment, Kunkel hatte den Fall abgeschlossen! Er hatte sich gar nicht mehr mit mir abgesprochen, und eigentlich war ich davon ausgegangen, dass wir die Ansprüche von Frau Lauthausen erst einmal abschmettern würden. Dass wir von Secur-SORGLOS so mir nichts dir nichts eine solche Summe auszahlten, war eher ungewöhnlich.

Mir kam die Akte von di Titta in den Sinn und dass ich vor wenigen Minuten wegen Signora Gallo ganz spontan und ohne nachzudenken meine Unterschrift auf das

Papier gesetzt und damit die Auszahlung der Schaden-summe ins Rollen gebracht hatte. Was, wenn nicht nur Signora Gallo ein Interesse daran hatte, dass die Versicherung, so schnell es ging, in Kraft trat? Kunkel hatte mir doch extra noch ein Post-it auf die Akte geklebt, damit ich den Fall noch heute abarbeitete.

Das, was ich jetzt dachte, konnte gar nicht stimmen!

Aber wenn es doch stimmte, dann …

O mein Gott!

KAPITEL 35

Entschuldigung«, rief ich, als ich die Tür vom Treppenhaus aufstieß und in den Gang schoss. In meiner Hand
hielt ich den überzähligen Notizblock, auf dem ein extra-
großes Firmenlogo prangte und mit dem ich die Männer-
gruppe vor mir zu verscheuchen suchte. Wieso mussten
die auch hier im Gang rumstehen?

»Es tut mir leid, ich habe es eilig!« Mit dem Notizblock
klopfte ich dem Mann, der mir am nächsten stand, auf
die Schulter. Mit einer etwas verwirrten Miene drehte
sich der Anzugträger um, und mir war, als würde mit
einem Mal jegliche Luft aus meinen Lungen gepresst.

»Sie schon wieder«, sagte der alte Herr, den ich in der
Vergangenheit bereits zweimal angerempelt hatte. Um
seinen Mund bildete sich ein verschmitzter Zug, der
ihn gleich jünger wirken ließ. »Vielleicht lernen wir uns
jetzt endlich einmal richtig kennen«, sagte er und fasste
nach meiner Hand, um sie sanft daran zu hindern, weiter
mit dem Notizblock auf seine Schulter zu klopfen. »Das
heißt, wenn Sie aufhören könnten, mich zu züchtigen.«

Durch die umstehenden Männer ging ein Hüsteln. Die Hitze schoss mir in die Schläfen, und hastig ließ ich die Hand sinken.

»Mein Name ist Reyes. Arthur Reyes. Ich bin der neue Teilhaber, was Sie aber nicht weiter beunruhigen muss.«

»Blum«, sagte ich. »Tilly Blum. Abteilung NO LIMIT.« Und es klang genauso bedeutungsschwanger wie bei ihm, was mir unendlich peinlich war. »Verzeihen Sie bitte, ich muss ganz dringend in mein Büro. Es geht …«

»Um Leben und Tod?«, erkundigte sich Herr Reyes zuvorkommend.

Unruhig hüpfte ich auf der Stelle. »Nein«, sagte ich mit glühend heißem Gesicht. »Aber um Geld. Um ziemlich viel Geld.«

»Warum sagen Sie das nicht gleich?«, fragte er bestürzt. Er wandte sich an seine Kollegen. »Diese junge Dame ist in Eile. Andauernd. Ich wünschte, wir hätten mehr Mitarbeiter dieses Kalibers in unserer Firma. Also los, worauf warten Sie noch, Frau Blum«, bellte er mir zu. »Und hinterher kommen Sie in mein Büro und berichten mir davon.«

»Selbstverständlich, Herr Reyes«, sagte ich und drängte mich an den Männern vorbei. »Bis später!« Ich winkte ihm noch zu und sah im Weiterhasten, dass er einen auffälligen Halfbrogue trug. »Übrigens mag ich Ihre Schuhe«, rief ich über meine Schulter, weil ich nicht anders konnte. »Die stehen Ihnen auch viel besser als die Budapester, die Sie beim letzten Mal getragen haben.«

Die anderen Männer schüttelten die Köpfe, aber ich hörte, wie Herr Reyes leise lachte. Doch das war auch schon egal. Ich hastete weiter. Wenn sich bestätigte, was ich befürchtete, würde ich ohnehin ein längeres Gespräch mit meinem neuen Vorgesetzten führen müssen, auch wenn es mir davor graute.

* * *

Die Rezeption war ausnahmsweise verwaist, keine Sprenke weit und breit, wie ich erleichtert feststellte. Die Strenge dieser Frau jagte mir regelrecht Angst ein. Ihre Strenge und auch ihre Mokassins, was vermuten ließ, dass darin ein Zusammenhang bestand.

»Gina«, stieß ich hervor und gleichzeitig die Tür auf. »Hast du noch die Zeitung, aus der du mir heute Morgen vorgelesen hast?« Die Türklinke prallte mit einem Rumms gegen die Seitenwand des Aktenschranks. Gina stand müde, aber mit geröteten Wangen am Faxgerät und ließ einen Zettel hinter ihrem Rücken verschwinden. »Im Papierkorb unter meinem Schreibtisch«, sagte sie, wobei sich zwei rote Flecken auf ihren Wangen bildeten. »Wieso?«

»Weil dieser Märchenonkel, der dort inseriert hat, vielleicht etwas mit unserer Abteilung zu tun hat.«

Mit fliegenden Händen suchte ich meinen Schreibtisch ab. Irgendwo hier hatte ich die Akte von di Titta abgelegt. Wo zum Teufel war sie? Ich schob die Tastatur beiseite und blätterte den Stapel durch, den ich bereits bearbeitet hatte, und als ich die Akte dort auch nicht fand, hob ich die Papierunterlage an, auf der ich für gewöhnlich meine Telefonkritzeleien hinterließ. Nichts.

Gina wedelte mit dem dünnen Blatt. »Hier ist die Zeitung. Braucht Esther jetzt die Stellenanzeigen? Sie war ja völlig aufgelöst und …« Sie hielt inne. »Und was suchst du da eigentlich?«

»Die Akte von di Titta. Ich habe die Schadensmeldung eben abgesegnet, als Signora Gallo hier war, und jetzt ist sie wie vom Erdboden verschluckt. War die Sprenke hier und hat sie mitgenommen?«

»Das kann sein. Ich habe mit dem Commissario telefoniert und nicht aufgepasst. Ich glaube, sie sollte etwas für Herrn Kunkel holen, er hat draußen gewartet.«

Nein, bitte nicht! »Er hat draußen gewartet? Wo?«

Gina trat ans Fenster. »Unten im Foyer. Frau Sprenke hat gesagt, er hatte es ziemlich eilig, weil sein Enkel sich im Kindergarten verletzt hat und er mit ihm ins Krankenhaus fahren musste. Ich habe gesehen, wie er mit einem kleinen Köfferchen über den Parkplatz geeilt ist.« Sie deutete nach draußen.

»Ich denke, die Kinder sind krank und sowieso zu Hause? Wie kann sich dann eines von ihnen im Kindergarten verletzt haben?« Das Ganze wurde immer seltsamer, und für eine Sekunde dachte ich an das Foto der Kinder, das sowohl Signora Gallo als auch die Katze ausgiebig betrachtet hatten.

Gina zuckte nur mit den Schultern und holte den Zettel hervor, den sie hinter ihrem Rücken versteckt hatte. »Der Commissario hat mir eben etwas geschickt«, sagte sie und biss sich auf die Unterlippe.

»Gibt es neue Informationen?« Ich machte einen Schritt auf sie zu.

»Nein, das … Es ist etwas Persönliches.«

»Oh.« Wie angewurzelt blieb ich stehen.

Wie konnte mir nur entgehen, dass sich da zwischen den beiden etwas anbahnte? Gina sah richtig glücklich aus, und ich war nur mit mir selbst beschäftigt. Ich drückte ihren Arm. »Ich stand da wohl etwas auf dem

Schlauch. Das ... freut mich für dich. Tut mir leid, wenn ich dir das Gefühl gegeben habe, dass du nicht mit mir reden kannst. Du weißt, dass ich Kubitschek eigentlich echt gern mag, oder?«

»Natürlich weiß ich das.«

»Bitte sei nicht böse auf mich, weil ich gestresst, genervt und außerdem auch noch eine totale Niete bin.« Ich gab ihr einen Kuss auf die Schläfe und konnte sehen, wie sie aufatmete. »Ich bin dir zurzeit keine gute Freundin, oder?«, fragte ich. »Aber diese Sache macht mich wahnsinnig. Und wenn Kunkel diese Schadensmeldung bereits in der Abteilung weitergereicht hat, habe ich wirklich ein großes Problem. Ich kann nur hoffen, sie ist noch nicht zur Auszahlung freigegeben.«

»Das verstehe ich vollkommen. Aber was willst du mit der Zeitung?«

»Einem Verdacht nachgehen.« Mit einem Seufzen nahm ich Gina das zerfledderte Käseblatt ab und breitete es auf ihrem Schreibtisch aus. »Ich glaube, dass Kunkel da irgendwie mit drinsteckt.«

»Pah«, machte Gina. »Unser Kunkel? Völlig absurd.«

»Ich hoffe, du hast recht.« Mit dem Finger fuhr ich die Seite entlang.

Ich umarme und küsse dich jeden Tag. Dein Zwiebelchen.

Das war es jedenfalls nicht gewesen. Ich überflog die weiteren persönlichen Nachrichten.

Bedingungslose Liebe? Wäre doch langweilig. Wie Suppe o. Salz. Wartest du darauf? Deine Butterfly

Du meine Güte. Endlich fand ich die Nachricht, über die wir am Morgen noch gelacht hatten und die mit »Dein Märchenonkel« unterschrieben worden war.

Ich hoffe, das Baden hat Dir gefallen. Bezahlen kannst Du es auf dem üblichen Weg. Dein Märchenonkel

Falls es wirklich einen Zusammenhang zwischen Kerstin Lauthausen und Kunkel geben sollte, dann taten sich da Abgründe auf. »Auf dem üblichen Weg« bedeutete schließlich, dass sie das nicht zum ersten Mal taten.

Ich kaute auf meiner Unterlippe und bückte mich nach dem Mülleimer, um nach den Zeitungen der vergangenen Tage zu suchen. »Gina, kannst du für mich herausfinden, ob Kerstin Lauthausen schon einmal einen Schadensfall bei uns gehabt hat? Ihr Mann hat doch zig Versicherungen bei uns abgeschlossen. Bestimmt haben sie eine davon schon mal in Anspruch genommen.«

»Klar, kein Problem.« Sie zog ihre Tastatur unter der Zeitung hervor und öffnete eine Bearbeitungsmaske auf dem Rechner. Währenddessen gab ich es auf, den Mülleimer zu durchwühlen. Unser Reinigungspersonal arbeitete tipptopp und leerte die Papierkörbe täglich. Ich fand nur eine alte Giotto-Schachtel, eine leere Kaffeeverpackung und zerrissene Zuckertütchen. Und sie wischten auch jeden Tag den Bilderrahmen ab, der auf Kunkels Schreibtisch stand, überlegte ich. Aus einem Impuls heraus nahm ich den Rahmen in die Hand, um zu ergründen, was die Katze an dem Bild so seltsam gefunden hatte. Im Nachhinein kam es mir fast so vor, als wollte er mir mit dieser Bemerkung einen Hinweis geben, aber vielleicht hörte ich inzwischen auch Flöhe husten. Auf den ersten Blick war das Foto völlig normal. Ein Junge und ein Mädchen lächelten süß in die Kamera, im Hintergrund verschwamm der helle Studiohintergrund. Das Einzige, was mir bei näherer Betrachtung auffiel, war, dass die beiden Kinder wirklich ausnehmend hübsch waren. Die beiden Zwerge sahen fast schon zu schön aus, da hatte der Fotograf mit Photoshop ordentlich nachgeholfen. Eine Textzeile unter den Kinderköpfen war so winzig, dass ich sie nicht entziffern konnte. Ich vermutete aber, dass es sich dabei bloß um den Copyright-Hinweis handelte. Allerdings – druckte man so was neuerdings auch auf private Fotos?

Ich wusste, dass Kunkel es nicht leiden konnte, wenn man seine persönlichen Dinge anfasste, aber darauf konnte ich jetzt keine Rücksicht nehmen. Mit wild po-chendem Herzen schob ich die kleinen Metallhaken des Bilderrahmens nach oben und zog die Rückseite aus der Halterung. Dann stockte mir der Atem.

Das Bild der Kinder war überhaupt kein richtiges Foto, und erst jetzt fiel mir auf, was mich schon die ganze Zeit gestört hatte: Das Papier war so dünn, dass es fast durchscheinend wirkte. Und noch dazu kam, dass sich auf der Rückseite ein Werbeaufdruck befand. Eine halb abgeschnittene Anzeige für Doppelherz. Nicht zu fassen! Kunkel hatte das Bild aus einer alten Zeitschrift aus-geschnitten. Ich tippte auf »Bild der Frau« oder »Apothe-ken-Umschau«.

»Gina«, sagte ich, riss den Papierfetzen aus dem Rah-men und hielt ihn in die Höhe. »Das glaubst du nicht.«

»Mmh.« Gina hörte überhaupt nicht zu, so vertieft war sie in ihre Recherche. Dann fuhr sie mit einem lau-ten »Ha! Volltreffer!« in ihrem Stuhl zurück. Ein breites Grinsen breitete sich auf ihrem Gesicht aus. »Ich habe et-was gefunden. Frau Lauthausen hat uns tatsächlich schon eine Menge Geld gekostet. Im vergangenen November hat sie sehr wertvollen Schmuck als gestohlen gemeldet. Noch im Dezember ist es zur Auszahlung gekommen, pünktlich vor Weihnachten.«

Ich ließ das Bild sinken. »Ich brauche das genaue Datum der Schadensmeldung«, sagte ich und weckte meinen eigenen Rechner auf. »Wann ist sie bei uns eingegangen, wer hat sie bearbeitet, und wann wurde der Fall abgeschlossen? Wäre doch gelacht, wenn es für diese persönlichen Zeitungsannoncen im Internet kein Archiv gäbe. Und wenn es eine passende Nachricht vom Märchenonkel für diesen Zeitraum gibt, dann haben wir mehr als ein Indiz für deinen Kommissar.«

»Robert«, sagte Gina mit einem Lächeln.

»Was?«

»Der Commissario«, erklärte Gina. »Er heißt Robert mit Vornamen.«

Kubitschek hatte einen Vornamen? Ich biss mir auf die Lippe. »Schöner Name.«

»Robert bedeutet auf Deutsch Ruhm und Ehre«, führte Gina weiter aus, und ihr Gesicht verklärte sich.

»Wird er bekommen, wenn er sich unsere Ermittlungen genauer ansieht«, sagte ich. Jetzt, wo ich Ginas Aufmerksamkeit hatte, reichte ich ihr das Bild aus Kunkels Rahmen. »Kunkel hat uns angelogen. Seit Jahren, quasi seit wir hier arbeiten. Wahrscheinlich ist Kunkels ganze Familiengeschichte eine einzige Lüge. Er hat keine Enkelkinder, und wahrscheinlich hat er nicht einmal eine

Tochter, die Krankenschwester ist. Und wer weiß, was er sonst noch alles angestellt hat und mit wem er unter einer Decke steckt.«

Hoffentlich nicht mit der Katze!

Gina starrte ungläubig auf das Bild, das wir tagtäglich gesehen hatten. »Dieser Arsch!«, fauchte sie, und ich konnte ihr nur zustimmen.

KAPITEL 36

Hätte die Katze mir einen Hinweis auf dieses Bild gegeben, wenn er mit Kunkel zusammenarbeiten würde? Dieser Gedanke beschäftigte mich noch, als ich nach Hause kam. Ich schloss die Haustür auf, und es roch, als wäre in meiner Küche ein Wunder geschehen. Konnte Dominik etwa kochen?

Ich ließ den Schlüssel in das Schälchen auf der Kommode klirren und streifte meine Ballerinas ab. Aus dem Wohnzimmer knatterte es, als wäre dort der dritte Weltkrieg ausgebrochen, was mir bewies, dass es unmöglich Dominik sein konnte, der in meiner Küche kochte, weil er sich ganz sicher auf meiner Couch breitgemacht hatte. Misstrauisch geworden, schlich ich auf Zehenspitzen zur Küchentür. Hinter der Milchglasscheibe schimmerten zwei Silhouetten. Waren meine Eltern zurück?

Ihre letzten beiden Postkarten hatte ich nicht gelesen und sie einfach im Papierkorb verschwinden lassen. Ich war immer noch böse auf sie und nicht bereit, ihnen so schnell zu verzeihen. Immerhin hatten sie Oma einfach so bei mir einquartiert und waren losgesegelt, da reichte kein leckeres Essen, um mich zu besänftigen. Andererseits – es roch wirklich köstlich, und mein Magen knurrte schon seit Stunden. Ich drückte vorsichtig die Tür auf, und aus einem der beiden Schatten bildete sich ein Paar Jeansbeine heraus mit ausgetretenen Chucks an den Füßen. Ich war so überrascht, dass ich kein Wort herausbrachte. Oma stand in ihrem Lieblings-Doris-Day-Outfit am Herd und schob in einer monstrosen Pfanne Zwiebelwürfel hin und her. Niklas kippte ein Schneidebrett über der Pfanne aus, und ein Berg in Scheiben geschnittene Kartoffeln fiel zischend in das Fett. Zwischen den Füßen der beiden lümmelte Moses in stoischer Gelassenheit, und Oma stieg unbeholfen über ihren Hund hinweg, um nach der Pfeffermühle zu greifen, als sie mich entdeckte. »Christine-Kind, da bist du ja endlich.« Ihre Lippen waren knallrot angemalt. »Wir machen Bratkartoffeln, du kannst schon mal den Salat waschen, er liegt noch im Kühlschrank.« Sie deutete hinter sich, um dann festzustellen, dass sich der Kühlschrank auf der anderen Seite der Küche befand. Stirnrunzelnd fuhr sie mit der Zunge ihre Zähne entlang und brachte ihr Gebiss zum Klappern. »Oder da.«

»Hallo, Oma«, sagte ich, hatte aber nur Augen für

Niklas. Aus meinem Bauch strahlte eine unerwartete Wärme bis in meinen Hals. »H-hi«, stotterte Niklas und grinste.

Omas altes Fotoalbum kam in mein Blickfeld. Es lag offen auf der Küchentheke und zeigte mehrere Bilder von ihr mit Lucy. Niklas war wohl schon länger hier und hatte sich tapfer alle Fotos mit ihr angesehen. In meinen Blick legte ich Hunderte von Fragen hinein. Die wichtigsten waren:

- Was machst du hier?
- Woher weißt du, wo ich wohne?
- Bist du wirklich die Katze?
- Warum hast du den Ring von Signora Gallo gestohlen?
- Warst du der UPS-Bote?
- Arbeitest du mit Kunkel zusammen?
- Bestiehlst du die Klienten deines Vaters, um ihm eins auszuwischen?
- Warum hast du mir Uropa Manfreds Uhr zurückgegeben?
- Weshalb bist du so nett zu meiner Oma?
- Kannst du an meinem Grinsen sehen, wie hoffnungslos verliebt ich bin?

Niklas wandte sich ab, ohne eine meiner ungestellten Fragen zu beantworten. Er schnitt einen Büschel Petersilie von der Topfpflanze auf der Fensterbank ab und legte ihn auf das Holzbrett. »Essen dauert nicht mehr lange.«

»Das ist der nette junge Mann, der mir neulich die Einkäufe getragen hat. Weißt du noch?« Sie beugte sich vertraulich zu mir. »Der Junge mit den guten Manieren.« Leider sprach sie so laut, dass Niklas es hören musste, und brachte mein Gesicht damit zum Glühen. Außerdem schüttelte mich dieses weitere Detail durcheinander. Wieso hatte Niklas meiner Oma geholfen, als wir uns noch gar nicht gekannt hatten? Aber halt, wenn er wirklich die Katze war, dann hatten wir uns da bereits auf der Beerdigung getroffen. Verwirrt blickte ich von einem zum anderen. »Du hast ihm einen Euro gegeben«, fiel es mir ein. Das Ganze war so verrückt, dass mir keine vernünftigere Bemerkung in den Sinn kam. Ich konnte nicht fassen, dass Oma der Katze ein Trinkgeld zugesteckt hatte. Wenn sie wüsste, wer Niklas wirklich war!

»Stimmt«, sagte Niklas und hackte die Petersilie klein. »Mir hat noch niemand zuvor einen Euro geschenkt.«

Ganz sicher, dachte ich mit einem leisen Anflug von Groll. Normalerweise klaute er sich ja auch, was er haben wollte, da war er auf Trinkgeld nicht angewiesen.

Oma drückte mir Besteck und Servietten in die Hand, bevor sie mich aus der Küche scheuchte. Ich lief ins Wohnzimmer, wo Dominik mit der Hand in einer Chipstüte auf den flackernden Bildschirm starrte.

Nervös warf ich das Besteck auf den Esstisch und ging dann zu meinem Nachbarn, um ihn schnellstmöglich aus meiner Wohnung hinauszukomplimentieren. »Dominik«, raunte ich, meine Stimme mühsam beherrschend. »Du kannst hier nicht auf dem Sofa sitzen bleiben.«

»Wrumm?«, mampfte er.

»Hast du nicht mitbekommen, dass ich, also dass wir Besuch bekommen haben?«

»Bin doch nicht taub.«

Ungläubig starrte ich auf sein erschlafftes Gesicht, das sich sofort wieder dem Bildschirm zugewandt hatte. Eine neuerliche Schießerei dröhnte aus den Lautsprechern und ließ mich zusammenzucken.

»Dominik!«, rief ich in einer Mischung aus Flüstern und Brüllen. »Du krümelst den Teppich voll und siehst dir in einer ohrenbetäubenden Lautstärke irgendeinen Stirb-langsam-Mist an, während meine Oma mit einem ihr völlig fremden Mann in der Küche kocht.« Es war eine Feststellung und keine Frage, vielleicht war das auch der Grund dafür, dass Dominik nicht reagierte. Ich riss ihm die Chipstüte vom Schoß.

»Mann!« Dominik zerrte die rechte Hand aus dem Bund der Jogginghose heraus und griff dann nach der Fernbedienung.

»Weiß nich, was du hast.« Er drückte erst auf den falschen Knopf, die Lautstärke schwoll weiter an, bis er sie schließlich auf ein erträgliches Maß herunterregelte. »Deine Oma hat gesagt, sie kennt den Typen und der wär in Ordnung. Ich hab den ganzen Tag hier aufgepasst, weil deine Oma nach draußen wollte, um diesen kleinen Köter zu suchen. Das war voll anstrengend, und jetzt muss ich mich auch mal entspannen. Ich sach mal so, wenn du ein Problem damit hast, wer hier in deiner Wohnung ist, dann kannste deine Oma nicht den ganzen Tag allein lassen.«

»Aber das ist Niklas«, raunte ich und hoffte, dass mein Flüster-Schrei-Ausbruch nicht bis in die Küche zu hören war. Mit meinen Augenbrauen sandte ich Dominik bedeutungsschwangere Zeichen, die er aber nicht entschlüsselte.

»Häh?« Die Schlange an Dominiks Hals schien mir zuzuzischeln. »Von den Zeugen Jehovas wird er nich sein. Hat keine Heftchen dabeigehabt und wollte auch nichts sammeln. Nicht mal Altkleider wollte er haben, obwohl ich ihm einen ganzen Sack angeboten habe.«

»Du hast ihm Altkleider angeboten?«

Dominik zuckte mit den Schultern. »Hat deine Oma aus deinem Schrank aussortiert.«

»Okay.« Ich atmete tief durch. Mein Blick wurde vom Fernseher angezogen, wo Bruce Willis gerade in einem blutverschmierten Unterhemd an der Wand kauerte. Eigentlich trug Bruce Willis andauernd blutverschmierte Unterhemden, dachte ich in einem Anflug von Resignation. »Ich muss unbedingt mit unserem Besuch alleine reden. Meinst du, du könntest für ein paar Minuten mit Moses nach draußen gehen? Es ist wirklich wichtig.«

Als Erstes drehte sich die Schlange an seinem Hals zu mir um, so jedenfalls kam es mir vor, dann folgte ein Blick aus Dominiks dunkelgrauen Augen. Wie immer waren seine Pupillen unnatürlich geweitet, was in mir die Vermutung nährte, er habe bereits eine andere Tüte intus außer den Chips. »Ey, entspann dich mal. Oder willst du etwa was von dem Vogel?«

Mein Mund klappte zu. Hilflos blickte ich zur Flurtür und wieder zurück zu Dominik, der sich mit seinem Hintern geradezu in mein Sofa eingrub.

»Ich hab Hunger«, sagte er. »Und der Typ macht Bratkartoffeln.«

Okay, ich sah ein, dass ich ihn unmöglich vor dem Essen fortschicken konnte. Vor allem nicht, weil ich ihm sehr zu Dank verpflichtet war, nachdem er sich in letzter Zeit so viel um meine Oma gekümmert hatte. »Dann nach dem Essen?«, fragte ich kleinlaut, aber Dominik achtete schon nicht mehr auf mich. Nachdem die letzten Töne der Ode an die Freude verklungen waren, sah er lieber zu, wie Bruce Willis inzwischen ohne blutverschmiertes Unterhemd und ohne Schuhe über Scherben tapste.

Etwa zwanzig Minuten später saß ich meiner Oma schräg gegenüber am Tisch, und Niklas wollte sich an meine Seite setzen. »Ey«, bellte Dominik und schubste Niklas mit der Schulter beiseite, »da sitze ich schon.« Er griff nach der Gabel, leckte sie demonstrativ ab, um sie zu markieren, und ließ sie auf den leeren Teller fallen. Niklas hob eine Augenbraue an, dann setzte er sich neben meine Oma.

»Die einfachen Gerichte sind doch immer noch die besten«, sagte Oma und lächelte selig. »Früher hat meine Mama mir immer Bratkartoffeln gemacht, und wenn ich krank war, dann gab es danach ein Glas eingelegte Kirschen.«

Während sie so plauderte und Dominik mit einem düsteren Blick mampfte, konzentrierten sich alle meine Sinne auf den Mann mir gegenüber. Unter dem winzigen Tisch berührten sich unsere Knie. Diese Nähe stürzte mich in Verlegenheit, vor allem, da Dominiks Gesichtsausdruck sich zusehends verfinsterte. Die ganze Zeit hatte ich es kaum erwarten können, mit Niklas zu reden, aber unter Dominiks und Omas Augen war das unmöglich. Ganz abgesehen davon, dass es mir unendlich peinlich war, das Thema anzusprechen. Denn auch, wenn ich Gina gegenüber behauptet hatte, mir zu neunundneunzig Komma neun Prozent sicher zu sein, überkamen mich doch Zweifel, als ich sah, wie unschuldig Niklas seine Bratkartoffeln aufspießte. Was, wenn ich es ihm auf den Kopf zusagte und er keine Ahnung hatte, wovon ich sprach. Was, wenn er mich auslachte? Was, wenn ich mich irrte?

Das Beste wäre, Niklas würde von sich aus das Thema ansprechen. Er musste derjenige sein, der sich mir anvertraute, nicht umgekehrt. Ich musste ihn also dazu bringen, mir alles zu gestehen. Nur wie?

Nervös schluckte ich ein salziges Stück Kartoffel herunter und suchte nach etwas, dass ihn aus der Reserve locken könnte. Mein Zeigefinger spielte mit dem Rand des Wasserglases, und ich beugte mich leicht über den Tisch. »Was ich dich die ganze Zeit schon fragen wollte«, begann ich und verstummte dann.

»Ja?« Hinter den Brillengläsern leuchteten seine blauen Augen klar wie die Millennium Twins. Er sah in diesem Moment so süß und sorglos aus, dass ich an meinem Verstand zweifelte.

»Äh«, machte ich und kratzte mit den Zehen an meiner linken Wade. Ich musste ihm einfach nur andeuten, dass ich ihn überführt hatte, dann würde er sich mir schon anvertrauen. Was hatte die Katze noch zu mir gesagt, als ich ihm auf der Beerdigung hinterhergelaufen und hingefallen war? Alles in Butter mit Ihnen? Okay, damit würde ich es versuchen. Ich schluckte. Es bestand trotzdem noch die Gefahr, mich hoffnungslos zu blamieren.

»Ist eigentlich …« Ich hob die Augenbrauen und ließ den angefangenen Satz eine Weile in der Luft hängen. »… alles in Butter mit dir?«

KAPITEL 37

Aber sicher.« Niklas wirkte kein bisschen verlegen. Er stotterte nicht einmal, und auch kein Zucken ließ erkennen, dass er diese Frage sonderbar fand oder dass sie ihn an seine eigenen Worte (die Worte der Katze!) erinnerte. Er pickte ein Salatblatt auf und schob es sich in den Mund, ohne mit dem Dressing zu kleckern.

»Prima«, knirschte ich. Nun gut, das war nichts. Mit einem Seufzen schob ich das Wasserglas von mir und nahm die Gabel auf, um mit den Zinken die Kartoffelstücke auf meinem Teller hin und her zu jagen.

Im nächsten Moment schob ich den Ärmel meiner Strickjacke nach oben. »Schau mal, Oma, heute ist Uropa Manfreds Uhr aus der Reparatur zurückgekommen. Sieht sie nicht aus wie neu?« Wie eine Gewehrkugel schoss mein Arm zu ihr über den Tisch. Ich drehte mein Handgelenk und schielte im Augenwinkel nach Niklas' Reaktion. Aber er sah überhaupt nicht ertappt aus. Ganz im Gegenteil. Er drehte meine Hand zu sich und lächelte. »Ist das eine G-glashütte?«, fragte er interessiert. »Die ist sicher mehr als siebzig Jahre alt, oder?«

Ich presste die Lippen zusammen und nickte. Natürlich kannte Niklas sich mit alten Uhren aus, schließlich hatte er Kunstgeschichte studiert und restaurierte ständig antike Dinge, das allein war kein Beweis.

»Was bin ich erleichtert«, sagte Oma. »Ich war mir sicher, dass du sie verloren hast. Sie müssen wissen, dass Tilly ständig Dinge verliert. Und als sie mir erzählt hat, dass sie die Uhr reparieren lässt, hätte ich schwören können, dass sie mich angeflunkert hat und die Uhr für immer ...«

»Häh?« Das war der Moment, in dem Dominik endlich mal zu kauen aufhörte und sich mit einbrachte. »Ich dachte, die Uhr hat dir die Ka...«

Unter dem Tisch gab ich Dominik einen Pferdekuss. »Hmh?«, fragte ich unschuldig. Meine Finger krallten sich noch fester in seinen Oberschenkel. Er gab ein Stöhnen von sich und presste die Lippen zusammen. Dann lehnte er sich zurück und ließ seinen Blick misstrauisch zwischen Niklas und mir hin und her wandern.

Dieses Essen war ein Albtraum. Ich hatte das Gefühl, über rohe Eier zu balancieren.

»Woher kennst du Tilly eigentlich?«, fragte Dominik

unerwartet und brannte mit seinen Augen beinahe ein Loch in Niklas' Stirn.

Wir haben uns auf einer Beerdigung kennengelernt, hätte ich am liebsten gesagt, verkniff es mir aber. Mir kam nämlich eine Idee, und die versuchte ich sogleich in die Tat umzusetzen. Um Niklas außer Fassung zu bringen, schob ich mein linkes Knie zwischen seine Beine.

»Beruflich«, sagte Niklas in diesem Moment und sog dann hörbar den Atem ein. Ich zuckte nicht einmal mit der Wimper, sondern lächelte ihn nur unschuldig an. Mit keiner Miene gab ich ihm zu verstehen, dass diese Berührung absichtlich geschehen war.

»M-meine Familie hatte einen V-versicherungsfall, den Tilly bearbeiten musste.«

»Stimmt«, bestätigte ich, »und danach kamen wir ins Gespräch.« Meine Stimme war ganz warm und zärtlich. Ich senkte die Lieder, und mein Knie drückte die Beine auseinander, die Niklas zuvor überrascht zusammengepresst hatte. Jetzt musste er wissen, dass es meine volle Absicht war.

»Heute hatte ich übrigens einen absoluten Horrortag im Büro«, warf ich in die Runde und versuchte, mir nicht anmerken zu lassen, dass ich unter dem Tisch gerade mein Bein an Niklas rieb. »Ich habe herausgefunden, dass mein Kollege, mit dem ich seit mehr als zwei Jahren zusammenarbeite, unsere Firma betrogen hat. Er hat offenbar einigen Kunden voreilig und sogar unrechtmäßig Geld ausgezahlt, obwohl der Leistungsfall von uns problemlos hätte abgelehnt werden können. Ist das nicht unglaublich?«

Oma gähnte und tupfte sich den verschmierten Lippenstiftmund an ihrer Serviette ab. Ein roter Striemen lief nun bis zu ihrer Nase hinauf. Dominik produzierte einen Grunzlaut, der bezeugte, wie langweilig er meine Arbeit fand, und selbst Moses, der neben Omas Füßen lag, gab bloß lautlos einen unangenehmen Geruch von sich.

Niklas beugte sich unsicher auf seinem Stuhl rutschend vor. »Herr Kunkel? Der M-mann, mit dem du bei m-meinem Vater gewesen bist?« Oh, Niklas war wirklich ein sehr guter Schauspieler, dachte ich zähneknirschend. Er sah ja so überrascht aus. »Ja«, raunte ich und streckte die Hand unter dem Tisch aus. Mit einer kreisenden Bewegung zeichnete ich sein Knie nach.

»Wir vermuten, dass Kunkel an diesen Versicherungsbetrügereien beteiligt ist.« Meine Hand fuhr die Innenseite seiner Oberschenkel entlang. Leider kam ich nicht sehr weit, sonst hätte ich mich halb unter den Tisch drängen müssen, und das wäre meiner Oma und Dominik sicher aufgefallen.

Es fiel mir zwar selbst schwer, noch einen klaren Gedanken zu fassen, aber Niklas Gesicht hatte nun deutlich Farbe angenommen. Er schob seine Brille hoch, um sich den Schweiß von der Nasenwurzel zu wischen.

»Wir«, begann ich vorsichtig und streichelte sanft über die Naht seiner Jeans, bevor ich die Bombe endgültig platzen ließ, »wir vermuten, dass Kunkel auch etwas mit dem Diebstahl der Titta-Diamanten zu tun hat.«

Zumindest hatte ich angenommen, dass diese Aussage einer gezogenen Handgranate gleichkommen musste, aber nichts geschah. Keine Explosion, kein Aufschrei, nichts.

»W-wirklich?« Niklas schien ehrlich überrascht.

»Ich glaube, dass Kunkel mit der Katze zusammenarbeitet. Wahrscheinlich sind sie Komplizen.«

»Und was ist daran jetzt so spannend?«, fragte Dominik und pulte mit dem Finger ein Stück Zwiebel aus seinem Backenzahn. Wahrscheinlich hätte er lieber weiter »Stirb langsam 1–5« geguckt, anstatt meinem firmeninternen Kriminalfall zuzuhören.

Oma quälte sich seufzend aus dem Sitz. »Ich glaube, ich habe das nicht alles verstanden.« Sie strich ihren Strickrock glatt und tastete nach der Tischkante, um sich abzustützen. »Aber was ich weiß, ist, dass dieser Dieb sich besser der Polizei stellen sollte, dann wird er bestimmt nicht so hart bestraft.« Mit wackeligen Beinen stakste sie durch das Zimmer. »Ich setze mich ein wenig in meinen Sessel, wenn ihr nichts dagegen habt.«

Niklas stand auf, um Oma den Fußhocker zurechtzurücken, was ich mit einem Seufzen quittierte. Wieso musste er so furchtbar zuvorkommend sein?

»Aber unser Dieb weiß ja gar nicht, dass wir ihm auf die Schliche gekommen sind«, gab ich zu bedenken und warf Niklas einen vielsagenden Blick zu. Ich weiß alles, sollte ihm dieser Blick sagen. »Aber ich finde auch, dass die Katze sich stellen sollte. Je früher desto besser.«

»Wirklich?«, fragte Niklas.

»Bist du bescheuert?«, brach es aus Dominik heraus, und er stieß mit der Gabel gegen sein Wasserglas. Es klirrte. »Da wäre die Katze aber schön blöd. Bisher ist doch alles super gelaufen für ihn. Er hat wahrscheinlich schon so viel Kohle gescheffelt, dass er sich bald auf Hawaii ein schönes Leben machen kann. Wie Thomas Magnum«, fügte er hinzu. »Sich stellen, pfff, so etwas Beknacktes kann auch nur einer Frau einfallen. Ich sach ma so, wenn er sich stellt, ist er am Arsch.«

»Und wenn er sich nicht stellt, wird es immer schlimmer werden. Er kann niemals ein normales Leben führen.«

»Vielleicht will er das ja gar nicht?«, wandte Niklas ein, und das erste Mal hatte ich das Gefühl, ein winziges bisschen von der Katze durchscheinen zu sehen. Allerdings verflog dieses Gefühl recht schnell, denn Niklas faltete seine Serviette sorgsam und scheinbar unbeteiligt zusammen, um dann die Hand auszustrecken und Moses am Hals zu kraulen.

»Aber warum sollte er das nicht wollen?« Mir fiel nun wirklich überhaupt kein Grund ein, der dagegensprach, ein normales und friedliches Leben inklusive der einen oder anderen Lebensversicherung zu führen. »Na ja«, begann ich, ohne zu wissen, wo der Satz enden würde, »vielleicht ... vielleicht findet er ja auch eine Frau, die das alles mitmacht. Ich kann mir das zwar nicht vorstellen, aber ...«

»James Bond«, unterbrach mich Dominik. »Der hat jede Frau gekriegt, die er haben wollte. Jede außer Miss Moneypenny. Und keine von denen hat es interessiert, ob er etwas gestohlen oder jemanden abgemurkst hat.«

Genervt sagte ich: »Aber James Bond hat für die Regierung gearbeitet.«

Dominik lachte. »Als ob das nicht scheißegal wäre. Natürlich findet die Katze eine Frau, die mit ihm nach Hawaii fliegt, was für eine bescheuerte Frage. Er kann irgendein Supermodel mitnehmen. Wahrscheinlich stehen sie Schlange.«

Supermodel? Ich knirschte mit den Zähnen und ärgerte mich, mit diesem Thema überhaupt angefangen zu haben. Toll, bring Niklas damit noch auf blöde Ideen. »Dann soll er doch irgendein Supermodel mit nach Hawaii nehmen. Ich wäre jedenfalls lieber Miss Moneypenny als eine der vielen Frauen auf seiner Liste, an die er sich wahrscheinlich eine halbe Stunde später schon nicht mehr erinnern kann.«

»Das ist ja mal wieder typisch.« Dominiks Hals schwoll an, und die Schlangenzunge leckte ihm wild am Ohrläppchen. »Das sagt ihr Frauen immer, und ich glaube euch kein Wort. Natürlich würdest du lieber mit der Katze nach Hawaii fliegen, als zum Beispiel mit mir auf dem Sofa in Köln zu sitzen.«

»Der Vergleich ist irgendwie unfair«, entschlüpfte es mir.

Niklas räusperte sich. »Ich f-finde es interessant, welche Vorstellungen ihr in die K-katze hineininterpretiert. Ich hoffe, er enttäuscht euch nicht und verspürt t-tatsächlich den dringenden Wunsch, mit einem Supermodel nach Hawaii zu fliegen. Wäre schön blöd, wenn er bloß mit seiner F-familie an einen Baggersee möchte.«

Dieses Lächeln war einfach … wow! Niklas machte mich doch tatsächlich sprachlos. Also fast.

»Ich würde sehr gerne an einen Baggersee fahren«, sagte ich. »Und du?«

»Mit Miss Moneypenny?«

»Ja, zum Beispiel.«

»Sofort.« Niklas' Augen hinter den dunklen Brillen-rändern funkelten diamantengleich. Wie hatte ich nur je-mals finden können, dass irgendetwas an ihm unschein-bar war? War ich denn vollkommen blind gewesen? Und in diesem Moment war es mir völlig egal, ob er nun die Katze war oder nicht.

»Leider müssen wir das aber auf einen anderen Tag verschieben«, sagte Niklas plötzlich und brachte damit die rosafarbenen Luftballons, die schon vor meinem in-neren Auge aufgestiegen waren, zum Platzen. »Ich habe heute Abend noch eine V-verabredung.«

KAPITEL 38

Es war erst halb sechs, und ich wälzte mich schon seit einer Ewigkeit in meinem Bett. Niklas hatte sich nicht verraten, und ich war eigentlich so schlau wie zuvor. Außerdem quälte mich die stehende, warme Luft in meinem Schlafzimmer. Stöhnend rollte ich mich auf die andere Seite und stupste mit den Zehen die dünne Decke von der Matratze. Heute Vormittag hatte ich einen Termin bei Herrn Reyes, und das würde kein sehr angenehmes Gespräch werden, denn immerhin musste ich Kunkel bei ihm anschwärzen. Kunkel, den ich trotz allem immer noch mochte. Allein bei dem Gedanken bekam ich Bauchschmerzen. Gina und ich hatten ein Dutzend Anzeigen im Archiv der Zeitung gefunden, die mit »Dein Märchenonkel« unterschrieben worden waren, und bereits vier passende Schadensfälle aus den letzten sechs Monaten rekonstruiert. Wenn Kunkel bloß einen Anteil von wenigen Prozent daran erhalten hatte, war er ein reicher Mann. Reich genug jedenfalls, um sich mit einem Handköfferchen in Richtung Fidschi-Inseln zu verabschieden. Ein winziger Splitter hatte sich in mein Herz gebohrt und mir verraten, dass ich ein ganz klein wenig neidisch auf ihn war, aber das hatte ich Gina gegenüber nicht zugegeben. Gina war überhaupt so erbost gewesen, dass ich mich auch nicht wunderte, bereits um diese Uhrzeit einen Anruf von ihr zu bekommen. Bestimmt wälzte sie sich genauso wie ich schlaflos in ihrem Bett. Daba daba dab, daba daba da kullerten die Töne über meinen Nachttisch.

»Tilly?«, raunte Gina ins Telefon. Sie war kaum zu verstehen. »Bist du schon wach?«

»Wäre ich sonst ans Telefon gegangen?« Ich klang verschlafen, dabei war ich hellwach, deshalb räusperte ich mich.

»Du musst …« Es rauschte und klang so dumpf, als würde sie in ihre hohle Hand sprechen, »… du musst sofort ins Präsidium fahren. Es geht los!« Es knisterte wie durch ein altes Walkie-Talkie.

»Was geht los?« Ich hatte ebenfalls zu flüstern begonnen und ganz automatisch die Hand über meinen Mund gelegt. »Wovon sprichst du? Und wieso flüstern wir überhaupt?«

»Ich weiß auch nicht, wieso wir flüstern«, flüsterte Gina. »Aber du musst sofort losfahren.«

Ich wisperte zurück: »Aber es ist erst halb sechs.«

»Robert hat Nachtdienst. Er hat mir eben eine SMS geschickt, weil wir zum Frühstück verabredet sind und mir gesagt, dass er später kommt.«

»Kommissar Kubitschek?«, fragte ich, immer noch krampfhaft über mein Smartphone gebeugt. Langsam schmerzte mir der Rücken.

»Natürlich der Commissario.« Jetzt klang sie ungeduldig. »Er hat mir geschrieben, dass es später wird, weil Niklas Berg plötzlich aufgetaucht ist. Tilly«, raunte sie eindringlich, »Niklas will sich Fingerabdrücke abnehmen lassen.«

»Aber wieso?«

»Robert hat ihm gesagt, dass das nicht nötig ist. Sie brauchen keine Vergleichsspuren von ihm. Sein ganzes verdammtes Auto war voll von den Fingerabdrücken der Katze! Ausschließlich Fingerabdrücke von der Katze! Aber Niklas besteht darauf. Und er will diesen Test machen.«

Um mich herum drehte sich alles. Warum um Himmels willen wollte Niklas seine Fingerabdrücke abgeben. War er verrückt? »Was für einen Test?«

»Einen DNA-Test.«

O nein, o nein, o nein. »Aber …«

»Du musst sofort hinfahren und das verhindern. Wenn die einmal seine DNA haben, dann gibt es kein Zurück mehr. Der Computer braucht nur ein paar Minuten, um seine Daten mit denen der Verbrecherkartei abzugleichen. Innerhalb von Sekunden weiß das LKA über ihn Bescheid.«

Ich sprang auf, und das Herz wummerte mir bis in die Ohren. Ginas Stimme wurde immer hektischer. »Und bevor du mich jetzt fragst, woher ich weiß, dass Niklas die Katze ist, dann lass dir gesagt sein, dass ich nicht blöd bin! Tilly, ich wusste es wahrscheinlich schon, bevor du selbst es wusstest. Du bist nun wirklich der treueste Mensch, den ich kenne. Du bist ja nicht mal richtig böse auf Kunkel, weil du ihn so gerne magst. Und du tust wirklich alles für deine Oma, obwohl sie hinter deinem Rücken deine Klamotten und deine Küchengeräte verscherbelt und diesen stinkenden Hund in deine Wohnung geschleppt hat. Glaubst du, sonst wären deine Eltern einfach so zu einer Weltreise aufgebrochen? Sie wissen, dass sie sich hundertprozentig auf dich verlassen können. Du bist Sternzeichen Jungfrau! Und du liebst sogar deinen bescheuerten Nachbarn. Wenn jemand nett zu dir ist, dann bewahrst du ihn für den Rest deines Lebens im Herzen, und du würdest nie jemandem untreu werden oder ihn hintergehen. Ich weiß, wie sehr du in Niklas verliebt bist, und dann habe ich gesehen, wie deine Augen geleuchtet haben, als die Katze dir die Uhr zurückgebracht hat. Du kannst einfach nicht in beide verliebt sein, deshalb wurde mir da sofort alles klar. Du hast doch sogar ohne zu zögern diese bescheuerte Lebensversicherung bei uns abgeschlossen, obwohl die anderen Versicherungsunternehmen viel billiger sind als wir. Du kannst einfach nicht illoyal sein.«

Das stimmte nicht ganz. Ich hatte wirklich daran gedacht, mich woanders zu versichern, aber ich hätte mich wie eine Verräterin gefühlt. »Wie lange ist Niklas schon bei Kubitschek?«

Ich hörte, wie sich ihr Mund kurz vom Telefon entfernte. »Seit sechseinhalb Minuten.«

»O Gott, das schaffe ich niemals. Ich muss mir etwas anderes einfallen lassen.«

»Ich habe Robert gesagt, er soll Niklas abwimmeln und ihn nicht weiter beachten, weil ich hier auf ihn warte. Aber ich weiß nicht, ob er ihn einfach so wegschicken kann. Womöglich lässt Niklas sich nicht abwimmeln und wendet sich an einen Kollegen.«

»Danke, Gina!« Ich wollte schon auflegen, nahm das Handy aber noch einmal ans Ohr. »Ich liebe dich, du bist die beste …«

»Natürlich liebst du mich, du Verrückte, weil ich dich doch auch liebe.« Sie legte auf.

In der gleichen Sekunde stürzte ich aus meinem Zimmer und eilte den Flur hinunter zur Haustür. Ich konnte nur hoffen, dass Dominik mich nicht all die Jahre angelogen hatte. Wenn es einen gab, der mir jetzt noch weiterhelfen konnte, dann er. Ich raste in den ersten Stock und trommelte wie eine Irre an seine Tür. »Dominik!«, schrie ich.

Bitte, lass ihn nicht in irgendeinem Drogenrausch hängen!

»Dominik!« Meine Hand schmerzte, so fest hatte ich mit dem Ballen an seine Tür gehämmert. Als die Tür schließlich aufging, hätte ich ihn beinahe geschlagen.

»Ich brauche deine Hilfe!«, stieß ich hervor und drängte mich in seine Wohnung. Dann blieb ich ruckartig stehen und sah mich völlig überrascht in seinem Apartment um. Es roch wie in einer Shisha-Bar. Allerdings quollen von mehreren Schreibtischen Kabelknäuel wie Gedärme herunter, was meine Shisha-Bar-Phantasie zum Absturz brachte. Es blinkte überall, und die Hitze, die Dominiks diversen Rechnern entströmte, war fast so schlimm wie in dieser verdammten Sauna.

»Hast du noch gar nicht geschlafen?«

»Schlafe nie vor acht. Kann ich mir nicht leisten.«

Er trug immer noch seine Jogginghose, und ich vermutete stark, dass dies schon seit mehreren Tagen der Fall war. Aus dem Hosenbund hing ein Feinripp-Unterhemd heraus, was bei ihm aber längst nicht so sexy aussah wie bei Bruce Willis. Am Saum klebte etwas Weißes, von dem ich nur hoffen konnte, dass es Speisequark war. Völlig perplex glotzte Dominik an meinem Nachthemd herunter. Dann hob er die Hand, um an der Zigarette, die zwischen Zeige- und Mittelfinger hing wie ein abgerissenes Pflaster, einen tiefen Zug zu nehmen. »Ich wusste es.« Er blies mir den Rauch ins Gesicht und zog den Bauch ein. Seine Augen verengten sich zu schmalen Schlitzen. »Ich wusste von Anfang an, dass du total scharf auf mich bist. War nur eine Frage der Zeit, bis du nachts an meine Tür hämmern würdest. Wir können nicht jahrelang nebeneinander wohnen, ohne dass etwas passiert. Ich sach ma so, keine Frau der Welt hat so viel Selbstbeherrschung. Nicht mal du.«

»Dominik«, sagte ich schwach.

»Du musst nichts sagen. Zieh dich einfach aus.«

»Dominik Ianis Antonescu, ich habe nur eine Frage an dich, und es geht um Leben und Tod. Also um mein Leben und um … Es ist wirklich wichtig!«

»Aber«, er stierte immer noch auf meine Brüste, »werden wir danach Sex haben?«

Ich schüttelte den Kopf. »Wir sind doch Freunde, du Idiot.«

»Ja, ich weiß.« Er seufzte. Schlagartig entspannte sich sein Körper, und der Bauch, den er krampfhaft eingezogen hatte, wölbte sich wieder über seinen Hosenbund. »Dann frag.«

Ich holte tief Luft. »Bist du wirklich ein Hacker?«

KAPITEL 39

In meiner Handtasche steckte ein USB-Stick, der nicht viel größer war als eine Zahnplombe. Es waren keine zehn Minuten vergangen, seit Gina mich angerufen hatte, und ich raste (wenn man im Zusammenhang mit einer Vespa aus den Sechzigern von Rasen sprechen konnte) die Stolkgasse hinunter. Ich hatte meinen Helm vergessen, aber dafür meine Lieblingsschuhe angezogen. Ein Paar Spangenschuhe im Zwanzigerjahre-Design und mit einem zarten T-Riemen. In diesem Moment vermisste ich mein schwarzes Seidentuch schmerzlich, denn es hätte wunderbar zu meiner Stimmung gepasst.

Noch hoffte ich, dass ich Dominiks Hilfe nicht in Anspruch nehmen musste. Ich hatte keine Ahnung, ob er wirklich die Wahrheit gesagt hatte und uns mit diesem USB-Stick das Leben retten konnte.

Mein Haar hatte ich zu einem Pferdeschwanz hochgebunden, und nachdem ich meine Vespa abgeschlossen hatte, strich ich die Strähnen, die während der Fahrt herausgerutscht waren, hastig zurück. »Ich muss sehr dringend mit Kommissar Kubitschek sprechen! Er erwartet mich«, log ich. Bestimmt würde Kubitschek nicht so gemein sein und mich einfach abblitzen lassen. Es sei denn, er witterte durch mich weitere Komplikationen, die ihn von Gina und ihrem gemeinsamen Treffen fernhalten würden.

»Um was geht es?« Die junge Polizistin war so schroff wie Rügens Kreidefelsen. »Er hat mich angerufen und mir gesagt, dass ich vorbeikommen soll, weil der Mann bei ihm, nun ja, ein Freund von mir ist. Er ist etwas seltsam.« Ich ließ meinen Zeigefinger auf Höhe meiner Schläfe kreisen und leistete gleichzeitig innerlich Abbitte. Sollten sie ruhig glauben, dass Niklas plemplem war, Hauptsache sie hielten ihn nicht für einen Kriminellen.

»Einen Moment.« Sie griff nach einem Telefonhörer.

Bitte Kubitschek, tu dieses eine Mal nur das, was ich von dir erwarte, bitte!

Die Zeit drängte, und mir lief jetzt schon der Angstschweiß den Rücken hinab. Wenn ich Pech hatte, dann war es längst zu spät. Wenn ich Glück hatte, hing trotzdem alles an einem hauchdünnen Seidenfaden namens Dominik. Und selbst wenn Dominik das für mich regeln konnte, bedeutete das noch lange nicht, dass sich Niklas einfach so fügen würde. Schließlich hatte er einen Grund dafür, hier aufzukreuzen. Wahrscheinlich war es meine Schuld. Weil ich gesagt hatte, die Katze solle sich der Polizei stellen. Ich wollte mir selbst in den Hintern beißen. Dominik hatte vollkommen recht gehabt, so etwas Bescheuertes konnte auch nur mir einfallen. Ich wischte mir mit dem Handrücken über die Stirn, da hängte die Polizistin den Hörer ein und nickte mir zu. »Ihren Ausweis.«

Ich gab ihr die Plastikkarte, und sie drückte auf den Türöffner. »Ich bringe Sie nach unten.«

Ich hätte jetzt gerne gesagt »Das ist nicht nötig, ich kenne den Weg«, aber es wäre zu auffällig gewesen, wenn ich wie eine Furie durch das Treppenhaus geschossen wäre. Deshalb lächelte ich gleichmütig und bemühte mich, meinen Schritt an den der Polizistin anzupassen. Wir kamen gemächlich an einem Tischchen vorbei, auf dem einige Flyer zum Thema »Wie schütze ich mein Eigenheim vor Einbrechern« auslagen und eine Vase mit korallenroten Rosen stand. Wer bitte brachte denn Rosen auf ein Polizeirevier? Davor standen ein paar verwaiste Stühle. Endlich stiegen wir die Treppe hinab, wobei jeder einzelne Schritt mir bestimmt ein graues Haar bescherte.

Du meine Güte, was ging die aufreizend langsam! Das machte mich ganz kribbelig. Und dann diese Schuhe! Wurden weibliche Polizeibeamte etwa gezwungen, so etwas zu tragen? Ich unterdrückte ein Stöhnen. Jeden Moment konnte Kubitschek den Treffer seiner Karriere machen, und diese Frau schlurfte über den Flur, als wandelten wir tödlich gelangweilt durchs Römisch-Germanische Museum.

»Hier werden die ED-Behandlungen durchgeführt.« Sie deutete auf die weiße Tür, die ich schon kannte, und klopfte, bevor sie mich endlich hindurchschickte und die Tür hinter mir schloss. Jetzt gab es kein Zurück und auch keine Ausreden mehr.

»Frau Blum!« Kubitscheks Stimme hatte noch nie so erleichtert geklungen. Normalerweise war er von mir genervt, oder er schnauzte mich grundlos an. Manchmal versuchte er auch, mich mit seinem Tonfall zu maßregeln. Aber diesmal war er tatsächlich froh, mich zu sehen. Er saß in sich zusammengesunken auf dem weißen Stuhl vor dem Computer mit der Scanvorrichtung und fuhr sich mit Daumen und Mittelfinger über das raue Kinn. Die durchwachte Nacht war ihm deutlich anzusehen, aber in seinen Augen blitzte ein Hoffnungsschimmer auf. Suchend wanderte mein Blick durch den Raum, und mir rutschte das Herz in die Hose. Auf der Waage an der Wand und mit dem Rücken zu mir stand …

… die Katze!

Das hieß, stehen konnte man das eigentlich nicht nennen, denn er hing schlaff wie ein Luftballon an der Wand, die Stirn gegen das Plakat gedrückt, auf dem die Positionen abgebildet waren, die ein Verdächtiger für die Polizeifotos einnehmen sollte. Seine Arme hingen kraftlos an ihm herab. Obwohl ich ihn noch nie ohne Maskierung gesehen hatte, war er unverkennbar die Katze, denn er trug den Smoking, den er auch am Opernabend getragen hatte. Über seine Schulter hing eine zerfledderte Fliege wie eine abgezogene Tierhaut. »Das ist das erste Mal, dass ich mich freue, Sie zu sehen«, sagte Kubitschek für meinen Geschmack viel zu ehrlich. »Ich weiß wirklich nicht, was ich mit diesem Jungen anfangen soll. Er ist sturzbetrunken.«

Erst jetzt fiel mir auf, dass die Füße der Katze von atmendem Fell bedeckt wurden. Und dass der Fußboden darunter feucht glänzte. Auf den schwarzen Wholecuts kauerte ein weißer Terrier zu einer Wurst zusammengerollt und verfälschte nicht unerheblich das Gewicht. Zwei braune Punkte markierten das struppige Rückenfell.

»Ist das Lucy?« Durch meine Stimme geweckt, hob das Tier den Kopf. Ein Ohr hing aufgeklappt nach oben und ließ den Hund aussehen wie eine Fledermaus.

»Ich habe keine Ahnung«, sagte Kubitschek. »Dieses Vieh hat er mitgebracht und ließ es sich auch nicht abnehmen. Es roch, als hätte er es aus einem Schornstein gezogen. Er hat den Hund auf unserer Besuchertoilette unter den Wasserhahn gehalten und mit der Handseife geschrubbt.« Kubitschek schüttelte den Kopf, und ich starrte ungläubig auf die Wasserlache, die sich unter den teuren Oxfords ausgebreitet hatte und nun von der Waage tropfte. Das gute Leder! Laut sagte ich: »Was will er denn hier?«

Kubitschek seufzte tief. »Er behauptet, dass er uns im Titta-Fall wichtige Indizien liefern kann und dass wir wegen seines Autos unbedingt seine Fingerabdrücke abnehmen müssten. Ich habe ihm erklärt, dass es nicht nötig ist, ihn zu verspuren. Sowieso werden die aufgenommenen Spuren von Unbeteiligten direkt wieder gelöscht. Aber er ist hartnäckig.« Kubitschek verdrehte die Augen. »Sie kennen ihn, oder? Er hat mir erzählt, dass sein Auto bei Ihrer Firma versichert ist.«

»Ja«, sagte ich und dann etwas lauter, »Ich kenne ihn sehr gut. Man könnte fast sagen, ich weiß alles über ihn.«

Kubitschek ging nicht weiter auf meine seltsame Formulierung ein. »Dann schaffen Sie ihn mir vom Hals!« Er sah auf die Uhr an seinem Handgelenk. »Ich habe heute

Morgen noch einen wichtigen beruflichen Termin, und der Junge stiehlt mir meine kostbare Zeit.«

Einen wichtigen beruflichen Termin. Ich grinste doof. »Kein Problem. Kann ich ihn einfach so mitnehmen?« Die Erleichterung, die mich durchflutete, ließ meine Knie schwach werden. Ich würde Dominiks Hilfe nicht einmal brauchen, Halleluja!

»Gerne.« Der Kommissar sah genauso befreit aus, wie ich mich fühlte.

»Nein«, kam nun eine gepresste Stimme vom Wandplakat. Es wäre auch zu schön gewesen, wenn die Katze keine Widerworte gegeben hätte. »Erst müssen Sie noch meine Fingerabdrücke scannen. Und eine DNA-Probe nehmen.« Der Kopf der Katze rutschte zur Seite. Er hatte die Augen geschlossen, so viel konnte ich von hieraus sehen. »Für gewöhnlich werden doch auch Stimmproben genommen, oder?«, schnarrte er mit seiner gewohnt heiseren Katzenstimme. »Und Sie müssen aufschreiben, dass ich ein Muttermal im Nacken habe. Außerdem steht mein rechter Schneidezahn schief.« Er dachte einen Augenblick angestrengt nach. »Meine Schuhgröße ist dreiundvierzig, ich bin eins achtundsiebzig groß und wiege«, er ließ den Kopf hängen, um die Anzeige unter sich lesen zu können. »Ich habe zugenommen.«

»Das ist der Hund«, sagte ich schnell, »Komm!« Mit einem Satz war ich bei Niklas und versuchte, ihn von der Waage zu zerren. Der Geruch nach altem Kognak, der ihm entströmte, war atemraubend. »Ich bin mit der Vespa gekommen. Weißt du noch, wie wir sie zusammen repariert haben? Ich fahre dich damit nach Hause.«

»Ich bin nicht betrunken.« Niklas öffnete ein einzelnes blaues Auge und starrte mich damit gefährlich an. »Ich habe schon seit Stunden keinen Tropfen angerührt, aber ich habe wahnsinnige Kopfschmerzen und wenig Geduld. Wenn du also bitte nicht die Beweisaufnahme stören würdest …« Seine abweisende Handbewegung wäre wirkungsvoller gewesen, wenn er sich dabei nicht an der Wand hätte abstützen müssen.

»Und wie viel hast du getrunken, bevor du vor ein paar Stunden damit aufgehört hast?«, erkundigte ich mich interessiert.

Er kniff die Augen mit einem schmerzverzerrten Gesicht zusammen. »Nur ein einziges Glas Wein. Da ist allenfalls ein sehr kleiner Promillesatz Restalkohol in meinem Blut.«

Mir fiel auf, dass er überraschend flüssig sprach. Der Restalkohol schien sich positiv auf sein Stottern auszuwirken. »Niklas«, begann ich sanft.

»Nick«, verbesserte er mich. »Wenn ich keine Turnschuhe trage, bevorzuge ich Nick.«

Das war interessant! Ich lächelte ihn an. Genauso, wie ich einen Kunden anlächeln würde, der bei mir einen fast schon sittenwidrig teuren Versicherungsschein unterschreiben sollte. Aber hier ging es nicht bloß um einen NO-LIMIT-Vertrag, hier ging es um ein One-Way-Ticket. Ein One-Way-Ticket in den Knast. »Nick Berg, bitte komm jetzt mit.« Ich zupfte an seiner Smokingjacke und bemerkte, dass der Ärmel feucht war. »Vergiss alles, was ich gestern gesagt habe. Das war wirklich saublöd von mir, und es tut mir leid. Ich würde das gerne rückgängig machen.«

»Heißt das, du wärst doch nicht gerne Miss Moneypenny?«

»Ja. Nein. Doch! Aber vor allem würde ich gerne in Ruhe mit dir reden. Ich glaube, es gibt da einiges …«

Niklas hatte angefangen zu summen. Er hörte mir nicht einmal zu. Dann streckte er die Hand aus, und sein Daumen strich mir leicht über die Wange. »Kein Grund zu weinen.«

»Ich weine doch überhaupt nicht!«, sagte ich mit hörbar zittriger Stimme und blinzelte. Mir war tatsächlich nach Heulen zumute. Warum musste die Katze aber

auch so stur sein und völlig unnötig den Märtyrer spielen? Ich zerrte ihn von der Waage herunter, wobei er über
Lucy stolperte und mir gegen den Brustkorb sackte. Ich
wünschte wirklich, Männer mit Restalkohol besäßen
mehr natürliche Körperspannung!

»Es reicht jetzt! Herr Berg, Sie sollen Ihre Fingerabdrücke bekommen, damit das hier endlich ein Ende nimmt!«
Kubitschek weckte den Rechner mit einem Klick aus seinem Dämmerschlaf. »Und was für Rollenspiele Sie beide
sich ausgedacht haben, geht mich überhaupt nichts an.
Miss Moneypenny ...« Er schnalzte angewidert mit der
Zunge.

»Endlich werden Sie vernünftig«, bescheinigte Niklas
dem Kommissar und befreite sich aus meiner Umklammerung. Er streifte meine Hände von seiner Smokingjacke wie lästige Staubflusen und schritt energisch und
überraschend aufrecht zur Scannvorrichtung am Polizeicomputer.

»Das ist doch wirklich unnötig«, sagte ich lahm, wobei
ich eigentlich hätte schreien mögen. Was sollte ich tun?
Ich konnte mich ja schlecht vor Niklas werfen und den
Scanner mit meinem Oberkörper abdecken. Fieberhaft
überlegte ich, was ich sagen sollte. Aber jeder weitere Satz
von mir würde Kubitschek nur misstrauisch machen. Ich

wunderte mich sowieso schon, weshalb er nicht beim Anblick von Niklas' umwerfenden Wholecuts sofort die Handschellen ausgepackt hatte. Es musste ihm doch auffallen, dass dieser Mann die schönsten Schuhe auf Gottes Erdboden trug, oder? Und das allein machte ihn verdächtig.

»Wahrscheinlich haben Sie recht.« Schweren Herzens nickte ich. »Scannen Sie seine Fingerabdrücke, und dann besorgen Sie ihm am besten einen starken Kaffee«, schlug ich vor.

Kubitschek zerrte Niklas' Ärmel hoch und presste die Handflächen auf die Glasabdeckung.

Mir wurde übel. Ich überlegte, wie lange es bei mir gedauert hatte, bis der Suchlauf meine Daten mit denen der Abertausend anderen verglichen hatte. Sechs, sieben, höchstens acht Minuten, wenn ich mich richtig erinnerte. Über Kubitscheks gebeugten Rücken sah Niklas mit einem abwesenden Blick durch mich hindurch. Er musste im Laufe des Abends eine seiner Kontaktlinsen verloren haben, denn er blickte aus einem braunen und einem blauen Auge. Hoffentlich sah Kubitschek das nicht!

»So«, raunte Kubitschek, »damit wäre das erledigt. Und den Rest machen wir dann gegebenenfalls an einem anderen Tag. Ich glaube aber nicht, dass wir noch einmal auf Sie zukommen werden.«

»Wie Sie meinen«, schnurrte Nick, die Katze. Um seinen Mund spielte ein sanftes Lächeln. »Falls Sie es sich anders überlegen, ich stehe Ihnen jederzeit zur Verfügung.«

Nur über meine Leiche!

Auf dem Bildschirm zeigte ein Pop-up-Fenster den Fortschritt der Datenverarbeitung an, und in meinem Kopf fing das Blut an zu rauschen. »Kommissar Kubitschek«, begann ich bemüht heiter, »weswegen ich eigentlich gekommen bin ...« Ich stockte und beobachtete die tickende Uhr am oberen Bildschirmrand. O Gott, Tilly, lass dir etwas einfallen! Schnell!

Kubitschek sammelte Handy, Schlüsselbund und irgendeine Karte ein, die ich nicht näher in Augenschein nehmen konnte. »Warum sind Sie überhaupt gekommen?«

»Weil, äh, es ist so ...« Ich könnte Kunkel an die Polizei verraten, schoss es mir durch den Kopf. Das würde Kubitschek garantiert von Niklas ablenken. Ich würde ihm von Ginas und meiner Entdeckung erzählen, und er würde anfangen, oben in seinem Büro das Zeitungsarchiv nach dem Märchenonkel zu durchwühlen, während ich die Katze rettete. Aber trotzdem Kunkel uns über viele Monate angelogen hatte, brachte ich es einfach nicht übers Herz, ihn an die Polizei auszuliefern. Sollten sie ihm doch selbst draufkommen, dachte ich grimmig. Und Herr Reyes sollte einfach mal aufpassen, wen er als Nachfolger so einstellte. »Ich bin nur gekommen, weil … weil Sie doch gleich noch einen wichtigen beruflichen Termin haben.« Meine Augenbrauen hüpften in die Höhe, und ich zwinkerte dem Kommissar auffällig-unauffällig zu. »Und da ist mir eingefallen, dass … dass …«

Ja, Himmel, was denn?

»… dass Sie vielleicht nicht wissen, wer … heute Namenstag hat«, schloss ich.

»Es ist mir völlig schnuppe, wer heute Namenstag hat. Sind Sie noch ganz bei Trost?«

Ich hob erneut die Augenbrauen an. »Aber heute ist Ginas Namenstag.« Ich trat näher an Kubitschek heran, um ihm ins Ohr zu flüstern. »Ich habe mir schon gedacht, dass Sie das nicht wissen und Ihnen deshalb … einen Blumenstrauß mitgebracht. Er steht oben im Flur.«

Hinter Kubitscheks Stirn arbeitete es. »Sie haben mir einen Blumenstrauß mitgebracht.« Offenbar hing Kubitschek noch an dieser Tatsache fest und war noch nicht viel weitergekommen. Verliebtheit schien also auch einen

schlauen Fuchs wie den Kommissar intellektuell zu be-
einträchtigen, dachte ich erleichtert.

Sein Gesicht hellte sich auf. »Danke«, sagte er überrascht.

Ich bekam ein schlechtes Gewissen und wand mich
unbehaglich in meiner Haut. Diese Lüge musste ich unbedingt wiedergutmachen. Allerdings schlug ich damit
gleich zwei Fliegen mit einer Klappe, deshalb konnte sie
wohl nicht allzu verwerflich sein.

»Dann bringe ich Ihnen am besten mal eine Tasse Kaffee«, sagte Kubitschek unerwartet gnädig.

»Das ist eine wirklich gute Idee von Ihnen.«

Kubitschek drehte sich zur Tür. »Auf dem kleinen
Tisch im Flur«, rief ich ihm nach. »Es sind korallenrote
Rosen.«

Kaum, dass die Tür hinter Kubitschek ins Schloss gefallen war, hastete ich an Niklas vorbei zum Computer.
»Verflixt!«, fluchte ich, weil ich keine Ahnung hatte, wo
bei diesem Teil die USB-Anschlüsse zu finden waren.

»Kann ich dir irgendwie behilflich sein?«, fragte Niklas
höflich. »Es könnte vielleicht das Letzte sein, was ich für
längere Zeit für dich tun kann.«

Im Augenblick hasste ich ihn. Warum nur hatte er so
etwas Bescheuertes tun müssen? Ich könnte ihn erwür-

gen! Aber das würde mich nur wertvolle Zeit kosten. Ich ließ mich auf die Knie fallen und suchte mit fahrigen Händen die Rückseite des Rechners ab. Die könnten hier unten auch mal Staubwischen! Lucy beschloss, mir bei der Suche zu helfen, und schnupperte aufgeregt durch den Kabelsalat. Schließlich fand ich etwas, das sich tatsächlich wie ein USB-Anschluss anfühlte. Meine Finger zitterten, während ich den kleinen silberfarbenen Stick in den Schlitz steckte. Als dann ein kleines Lämpchen grün aufblinkte, hätte ich vor Erleichterung fast geheult.

»Darf ich fragen, was du da machst?« Niklas half mir auf die Füße. Unter dem Geruch von Alkohol lag das Rasierwasser, das ich das erste Mal in der Kirche St. Aposteln gerochen hatte und das es auch jetzt wieder schaffte, mir die Knie weich werden zu lassen.

»Ich versuche, dich zu retten!«, schimpfte ich und stieß ihn von mir.

»Darum habe ich dich nicht gebeten.«

»Das weiß ich, aber ich mache es trotzdem!« Ich riss mein Handy aus der Tasche. Es tutete nur zweimal, dann wurde abgenommen.

»Dominik?«, raunte ich in den Hörer. »Du bist drin.« Ich schickte ein Stoßgebet in den Himmel, dass Dominik wirklich so gut war, wie er behauptet hatte. Und dann wandte ich mich an den Mann mit dem blauen und dem braunen Auge, um ihn doch noch zu erwürgen.

KAPITEL 40

Du hast eine deiner Kontaktlinsen verloren«, sagte ich, und meine Stimme klang viel zu weich. Eigentlich hatte ich ihn anbrüllen wollen, aber wie er so dastand in seinem feuchten Smoking mit der zerfledderten Fliege um den Hals und der ungleichen Augenfarbe, wirkte er so verletzlich. In diesem Moment sah er viel mehr aus wie der Niklas, den ich kannte, als wie die raffinierte Katze.

»Das erklärt, warum ich dich nur verschwommen sehe«, sagte er. »Muss im Casino passiert sein.« Der Hund hatte sich wieder zu Niklas' Füßen begeben und leckte das Wasser von seinen Oxfords.

»Aber …« Verwirrt schüttelte ich den Kopf. »Niklas«, fing ich an und wurde dann von seinem Grinsen aus dem Konzept gebracht. »Nick«, versuchte ich es noch einmal.

»Miss Moneypenny.«

Er sollte endlich aufhören, so unfassbar hinreißend und verwegen auszusehen, sonst konnte ich mich gar nicht mehr konzentrieren! »Wenn es nicht klappt und Dominik uns nicht helfen kann, dann …« Ich stockte. »Wie viele Treffer werden dann gleich in der Datenbank angezeigt? Ich meine, wie viele Male hast du … also Nick …«

Er verstand und seufzte leise. Doch anstatt mir zu antworten, presste er eine Hand gegen die Stirn. »Diese Kopfschmerzen machen mich wahnsinnig. Kannst du mir die Kontaktlinse herausholen? Ich habe gerade keinen Spiegel.«

Ich sollte ihm die Kontaktlinse rausholen? Jetzt? War er verrückt? Ich wollte sagen: Aber ich kann doch nicht an deinem Auge rumfummeln, während gerade die Welt untergeht! Stattdessen sagte ich zaghaft: »Ich kann es versuchen.«

Auf den Zehenspitzen stehend, fasste ich an seine Schläfe. »Ich habe das aber noch nie gemacht.«

»Aber du kannst einen Gaszug reparieren«, sagte er und verursachte mir mit seiner Nähe ein starkes Herzklopfen. Niklas starrte nach oben, als ich mich an ihn lehnte. Ganz vorsichtig zog ich sein unteres Lid herab. »Keine Angst«, sagte er und lachte. »Es reicht, wenn ich die habe.«

Na toll! Jetzt wurde ich gleich noch nervöser! Mit dem Zeigefinger tippte ich vorsichtig die farbige Linse an und schob sie nach unten. Niklas blinzelte. Seine Wimpern streiften meine Fingerkuppe, dann rann eine Träne über meinen Finger. »Es wäre einfacher, wenn du mich nicht mit deinem Restalkohol einnebeln würdest«, sagte ich scherzhaft, um zu überspielen, wie sehr mich der Anblick dieser einzelnen Träne von ihm erschütterte. Ich hatte die Katze für unverwundbar gehalten. Für einen Gauner, der aus jeder Situation heil herauskommen würde, der immer Oberwasser behielt. Aber diese Träne zeigte mir, dass ich mich irrte. Er war nicht unverwundbar. Ganz im Gegenteil – er riskierte es, von mir verwundet zu werden. Das Herz schlug mir hart gegen die Brust.

Und überrascht stellte ich fest, dass Niklas gar nicht wirklich nach Alkohol roch. Es war allein seine Smokingjacke, die den Kognak ausdünstete. »Du hast wirklich kaum was getrunken, oder?«

»Jemand hat mir seinen Drink über den Ärmel geschüttet«, erklärte er.

Diese Bemerkung schrie nach einer näheren Erläuterung, aber dieses Puzzleteil musste ich erst noch einmal beiseiteschieben. »Du hast meine Frage noch nicht beantwortet. Wie viele Treffer wird der Polizeicomputer finden? Ich meine, wie oft bist du … deinem Job nachgegangen?«, fragte ich, um dann hoffnungsvoll hinzuzufügen: »Deinem Hobby?«

»Das sage ich dir, wenn sich deine Fingernägel nicht mehr in der Nähe meines Augapfels befinden.«

»Einverstanden.« Ich war so nah an ihn herangerückt, dass er meinen Atem spüren musste. Zwischen Zeigefinger und Daumen drückte ich die Linse zusammen und hob sie ab. Eigentlich war es ganz einfach, dachte ich erleichtert. Fast genauso einfach, wie die Katze bei seinem richtigen Namen zu nennen. Es sollte mir nichts ausmachen, und doch spürte ich immer noch die Träne an meinem Finger. »Also?«, hakte ich nach. »Wie oft hat die Katze seine Spuren hinterlassen?«

Erst jetzt fiel mir auf, dass Niklas seinen Arm um meine Taille gelegt hatte. Über mangelnde Körperspannung konnte ich nicht klagen, als er mich an seine Brust zog.

»Wenn die Polizei sorgfältig gearbeitet und wirklich jede Spur von mir aufgenommen hat, dann werden es vermutlich … sechs, nein, sieben …«

Ich unterbrach ihn. »Sieben Mal! Du musst wahnsinnig sein!«

»Und du solltest mich besser ausreden lassen«, empfahl er mir. Seine Lippen streiften erst meine Stirn und dann meine Schläfe.

»Aber …«

»Siebenundzwanzig«, sagte er in mein Haar. »Sie werden Spuren von siebenundzwanzig Tatorten von mir haben. Aber wie gesagt, nur wenn sie wirklich sorgfältig waren.«

Mir blieb fast das Herz stehen. Diese Zahl war einfach ungeheuerlich. Wann hatte er damit begonnen? Kurz nach dem Kindergarten? »Seit wann?«

»Seit zwei Jahren …« Er stockte. »Tilly«, raunte er, und ich wankte. Mit diesem warmen Timbre konnte er mir den Verstand rauben. Wie machte er das nur? Fast vergaß ich, warum wir uns überhaupt hier in diesem Raum aufhielten. Ich spürte Niklas' warmen Atem auf meiner Haut und dachte an die Worte, die die Katze auf die Postkarte geschrieben hatte.

Ich hätte Sie auch gerne geküsst.

O ja, seufzte ich tief. Dann wurde ich von einer Berührung an meinem Knie abgelenkt. Etwas leckte über mein Schienbein, um dann plötzlich ein Jaulen von sich zu geben.

»Was will der Hund?«, fragte Niklas mich, als ich meine Hände um seinen Nacken legte.

»Ist mir völlig egal.« Ich schmiegte mein Gesicht an Niklas' Hals und nahm seinen Geruch in mich auf. Nie wieder würde die Katze mir begegnen können, ohne dass ich ihn erkannte. Niemals wieder.

»Vielleicht mag der Hund es nicht, wenn das Handy in deiner Tasche vibriert und niemand rangeht.« Ich hörte das Lächeln in seiner Stimme und hätte ewig so mit ihm stehen können. Aber wieso vibrierte mein Telefon?

»Dominik!« Ich schob Niklas von mir. Hoffentlich hatte Dominik es geschafft! Hektisch wühlte ich in meiner Handtasche und zog das Smartphone heraus. Auf dem Sperrbildschirm leuchteten vier Worte und drei Ausrufezeichen auf.

Erledigt. Stick sofort rausziehen!!!

Ich stieß mir den Kopf am Tisch. Mit einem Ratsch riss ich den Stick aus der Buchse und stopfte ihn zurück in meine Tasche.

»Ich hoffe wirklich, du bist deinem Nachbarn jetzt nichts schuldig«, sagte Niklas und tätschelte Lucy den Kopf. Seine Miene war unergründlich.

Ich rieb mir über die angeschlagene Stirn. »Und ich hoffe, du machst so was nie wieder. Es kann doch nicht sein, dass du dich von Kubitschek überführen lassen willst. Freiwillig.«

»Nicht unbedingt freiwillig. Aber wenn Miss Moneypenny lieber ein normales, ehrliches Leben führen möchte …« Es klang nicht ganz überzeugend, weil es dabei in seinen Augen glitzerte.

»Du musst doch wissen, dass ich das nicht so gemeint habe.«

»Stimmt«, sagte er, und der Funken, den ich eben noch zu sehen glaubte, erlosch. »Weil du es nicht ernst meinen kannst, wenn du gar nicht weißt, was du möchtest. Weißt du es denn jetzt? Zuerst war ich mir ziemlich sicher, dass du mich, also Niklas, sehr gerne magst. Aber du hast dich mit der Katze getroffen, wohingegen du mir einen Korb gegeben hast.«

Bestimmt spielte er auf den Saunabesuch an. »Aber da war ich gerade im Stress und hatte dir nicht richtig zugehört. Natürlich wollte ich mit dir ausgehen. Und bin ich nicht nach der Oper direkt zu dir gekommen?«

»Nur schlappe zwei Stunden zu spät.«

»Aber du warst es doch, der mich gefesselt hat!« Ich konnte nicht fassen, dass er mir daraus einen Strick drehen wollte.

»Du wirst vielleicht verstehen, wenn ich das etwas anders sehe. Du bist der Einladung der Katze gefolgt – ihm hast du sehr wohl zugehört –, und du hast den Abend genossen, obwohl du keine Opern magst. Und jetzt behaupte nicht, du hättest ihn nur wegen seiner Schuhe gemocht.« Ich wollte etwas erwidern, aber Niklas ließ mich gar nicht zu Wort kommen. »Du hast dich von der

Katze fesseln lassen. Sehr gerne sogar. Ich kann mich jedenfalls nicht erinnern, Gewalt hätte anwenden zu müssen.«

Oh! Dieser Arsch! Ich kochte innerlich, aber meine Wut schnürte mir die Kehle zu. Dafür schossen meine Augen Blitze.

Niklas wich meinem Blick aus und starrte zu Boden. »Es ist alles ganz anders, als du denkst. Denn ich habe nicht bloß zwei Stunden auf dich gewartet. Du weißt doch gar nicht, wie lange ich wirklich schon auf dich warte.«

Seine Stimme klang so ernst, dass mich unwillkürlich eine Gänsehaut überzog. Und während ich noch überlegte, was er damit sagen wollte, zog Niklas seine Brille aus der Innentasche der Smokingjacke und setzte sie auf. Seine Augen blickten klar und aufrichtig auf mich herab und entschuldigend hob er eine Hand. »Vielleicht habe ich mich als Katze anders verhalten.« Die Erregung ließ seine Stimme stolpern. »Vielleicht war ich weniger zurückhaltend, weil meine Maske mir Sicherheit gegeben hat, und ich habe dich überrumpelt, aber verbessere mich, wenn ich falsch liege. Du hast die ganze Zeit nur daran gedacht, wie es wäre, die Katze zu küssen. Und du hättest dich auch ohne Weiteres von ihm küssen lassen.«

»Von dir!«, stieß ich hervor und boxte ihm gegen die Brust. »Du kannst doch nicht auf dich selbst eifersüchtig sein!«

»Natürlich kann ich das.« Er war nun wieder ganz Niklas, auch der Smoking und die Oxfords an seinen Füßen konnten das nicht verbergen. Er war nicht mehr die Katze, die mich um den Finger wickeln konnte, sondern Niklas Berg, der Mann, der lieber unscheinbar war und in seinem Schuppen arbeitete. Der Mann, der gerne Schatten auf Dinge warf.

»Aber …« Was sollte ich denn darauf erwidern? Das Ganze war einfach absurd. Wie war es möglich, dass dieser charmante, schlagfertige und intelligente Mann gleichzeitig so sensibel und verletzlich sein konnte? Wusste er denn nicht, dass ich hoffnungslos verliebt in ihn war?

»Und was ist mit Lucy? Hast du den Hund aus diesem Haus geholt oder hat die Katze sie gestohlen?«, fragte ich, um ihn zu provozieren.

»Ich habe sie nicht gestohlen. Ich habe Lucy ihren Besitzern abgekauft.«

»Wirklich?« O Gott, hoffentlich hatte er diesen Leuten nicht so viel Geld bezahlt, das würde ich ja nie wieder zurückzahlen können.

»Ich wollte nicht riskieren, dass noch einmal die Polizei vor eurer Tür steht. Deine Oma hat mir alles erzählt. Und sie hängt an dem Tier. Es war ein absolut legaler Kauf, ich habe sogar einen Vertrag, wenn du ihn sehen willst, und ich konnte die Besitzer auf tausend Euro runterhandeln.«

Runterhandeln? Gegen meinen Willen zogen sich meine Mundwinkel nach oben. Das war so unfassbar süß von ihm. Und wahrscheinlich war es das erste Mal, dass die Katze übers Ohr gehauen wurde, nur weil er ehrlich sein wollte. »Ich zahle dir das zurück«, versprach ich ihm, obwohl er nicht aussah, als würde er das von mir erwarten.

Niklas hatte die Arme vor der Brust verschränkt, meine rechte Fußspitze berührte die Zehenkappe seiner Oxfords. Es waren nur Zentimeter, und ich wollte diesen Mann anfassen, ihm endlich zeigen, was in mir vorging, und ganz viele peinliche Dinge sagen, die man so sagte, wenn man sein heißes Gesicht im Haar des anderen verstecken konnte. Aber ich wagte es nicht. Und dann war der Moment vorbei.

»So«, dröhnte mit einem Mal eine Stimme in den Raum, und ich zuckte zusammen. Mein Blick schoss zur Tür, die Kubitschek gerade mit der Schulter aufstieß, und mit Entsetzen wurde mir bewusst, dass ich meine Umgebung vollkommen vergessen hatte. Die Polizei und die drohende Überführung durch Niklas' Fingerabdrücke kamen mir erst jetzt wieder in den Sinn. Kubitschek trug rechts und links je einen dampfenden Kaffeebecher. »Ist der Suchlauf schon durch?«, fragte er mit bester Laune. Vielleicht hatte er inzwischen mit Gina telefoniert und ihr gesagt, dass er gleich kommen würde. Die Aussicht auf ein gemeinsames Frühstück nur mit ihr schien ihn zu beflügeln. »Wunderbar«, sagte er mit Blick auf den Bildschirm, »dann können wir ja endlich Feierabend machen.«

Erst jetzt drehten Niklas und ich den Kopf. Auf dem Computer zeigte ein kleines Fenster den Status der Überprüfung an.

Keine Übereinstimmungen gefunden.

Ich war ganz schwach vor Erleichterung, und ein albernes Lachen kroch mir in der Kehle hoch. Dominik, du bist der beste, der allerbeste, der liebste Nachbar, den man sich nur wünschen kann!

Wäre er anwesend, wäre ich ihm wahrscheinlich trotz, ähm, Speisequark-Fleck um den Hals gefallen, aber so musste ich eine betont entspannte Miene aufsetzen. Niklas' Gesichtsausdruck war jedoch immer noch ernst. Ich dachte an den Opernbesuch und wie unglaublich selbstbewusst Niklas als Dieb war. Und dann dachte ich an Prinzessin Turandot. Mit einem Lächeln auf den Lippen hakte ich mich bei Niklas ein und zog ihn zur Tür. Meine Stimme klang gedämpft, als ich ihm ins Ohr flüsterte.

»Du weißt«, wisperte ich, »dass ich dich jetzt köpfen lassen könnte.«

»Ja.« Er fasste nach meiner Hand.

Unsere Finger verschränkten sich, als wir auf den Flur traten. »Aber ich liebe deine Schuhe«, flüsterte ich. »Und da du der einzige Mensch auf der Welt bist, der diese umwerfenden Wholecut Oxfords mit einer solchen Eleganz tragen kann, wäre es reine Verschwendung, dich zu opfern.«

Ich musste ihn nicht ansehen, um zu wissen, dass sein schräger Eckzahn aufblitzte. Und im nächsten Moment presste Niklas mich an die kahle Wand. Seine Lippen auf meine gedrückt, gab die Katze ein gefährliches Schnurren von sich. »Du liebst also bloß meine Oxfords, ja?«

»Vielleicht liebe ich auch deine Turnschuhe«, gab ich zu und ließ mich endlich von ihm küssen.

KAPITEL 41

Tilly!«, schimpfte Gina, als sie an diesem Morgen verspätet ins Büro kam. »Was hast du mir angetan.« Ihre Stimme war eine Mischung aus Empörung und Heiterkeit. »Ich habe überhaupt keinen Namenstag.« Sie ließ ihre Tasche unter den Tisch fallen und griff nach der Espressokanne.

»Ich hoffe, du hast das Kubitschek nicht gesagt«, rief ich erschrocken, sah aber dann, wie sie bis an die Haarwurzeln errötete.

»Dazu war keine Gelegenheit.«

Das klang danach, als ob sich die Wirkung der korallenroten Rosen voll entfaltet hätte, dachte ich und lächelte wissend. »Sei mir nicht böse. Ich wusste mir nicht anders zu helfen, um deinen Kommissar aus dem Zimmer zu bugsieren.«

»Dann hat es also geklappt?«

Ich nickte und nahm ihr die Espressokanne ab. »Bitte lass mich das machen.« Ich war mir sicher, dass Gina sich für mich freute, allerdings hatte ich sie damit auch in eine schwierige Lage gebracht. Bestimmt war es ihr nicht leichtgefallen, Kubitschek anzulügen.

»Schläft Kubitschek noch?«, fragte ich und löffelte das Kaffeemehl in das kleine Sieb.

»Sì. Er war wirklich hundemüde.«

Da kannte ich noch jemanden, dachte ich und klopfte den Kaffee fest, bevor ich das Oberteil aufschraubte und die Kanne auf den Zweiplattenherd stellte. Ich war unheimlich froh, Gina als Freundin zu haben. Nicht nur, weil sie mich wegen Niklas vorgewarnt hatte, sondern auch wegen dem, was sie sonst noch am Telefon gesagt hatte. Nach meiner Rückkehr vom Präsidium hatte ich eine neue Postkarte von meinen Eltern entdeckt, die Oma vor mir versteckt haben musste, und es war das erste Mal, dass ich sie ohne Groll lesen konnte. Gina hatte recht, mit dem, was sie gesagt hatte. Meine Eltern hatten meine Oma nur bei mir gelassen, weil sie sich hundertprozentig auf mich verlassen konnten. Eigentlich war das ein großer Vertrauensbeweis und fast so etwas wie ein Kompliment – eine Sichtweise, aus der ich es noch nie betrachtet hatte. Ich war Gina deshalb sehr dankbar. Und nicht nur ihr. Mein ganzes Herz war erfüllt von Dankbarkeit, und in dieser Stimmung war es mir unmöglich, gleich meinen Termin bei Herrn Reyes wahrzunehmen und ihm

Kunkel auszuliefern. Immerhin hatte der alte Herr sich viele Jahre in der Firma krummgebuckelt. Also, zumindest zum Teil. Seit ich mit ihm zusammenarbeitete, war eigentlich immer alles an mir hängenge... aber egal!

Mit dem, was wir ermittelt hatten, wäre es ein Leichtes, meinen Kollegen zu überführen, aber wollte ich das? Ich fühlte mich hin- und hergerissen. Die Chance, bei einem Versicherungsbetrug davonzukommen, war doppelt so hoch wie bei einem Banküberfall, das hatte Kunkel mir selbst erklärt, als ich bei der Secur-SORG-LOS AG angefangen hatte.

Ich seufzte. Als der Kaffee fauchend in die Kanne schoss, nahm ich eine winzige Tasse aus dem Regal. »Ich habe jetzt meinen Termin bei Herrn Reyes«, sagte ich und stellte Ginas Espresso vor ihr auf den Schreibtisch.

»Soll ich mitkommen?«

»Ich schaffe das schon«, wiegelte ich ab, dabei war mir wirklich mulmig zumute. »Aber du könntest mir die Daumen drücken.« Damit mir etwas einfällt, womit ich Kunkel heraushalten kann, ohne unserer Firma zu schaden, fügte ich in Gedanken hinzu. Ein Ding der Unmöglichkeit also.

Gina überkreuzte Zeige- und Mittelfinger und nickte mir aufmunternd zu. Ihr ganzes Gesicht strahlte. Ich warf ihr eine Kusshand zu, strich mir den Rock glatt und riskierte einen letzten Kontrollblick auf meine Schuhe. Alles perfekt. Dann machte ich mich auf den Weg in die Höhle des Löwen.

* * *

»Wunderbar, dass Sie es so schnell einrichten konnten«, sagte Arthur Reyes. Er hatte die Hände hinter seinem Rücken verschränkt und wirkte wie ein Gutsbesitzer.

Mit einem Lächeln nahm ich wahr, dass er dieselben Halfbrogues trug wie bei unserer letzten Begegnung.

»Ich weiß, dass Sie wie immer keine Zeit haben, deshalb werde ich Sie auch nicht lange aufhalten«, begann er, und ich nahm auf dem Stuhl Platz, den er mir anbot.

»Also gerade heute, bin ich überhaupt nicht in Ei…«

»Gerade jetzt, wo dem Antrag auf Frührente Ihres Kollegen Harald Kunkel stattgegeben wurde und die ganze Last der NO-LIMIT-Abteilung auf Ihren Schultern lastet, schätze ich Ihr Engagement umso mehr. Ich weiß nicht, wie Sie es geschafft haben, aber ich bin tief beeindruckt von Ihrer Quartalsbilanz.«

Wie bitte? Da musste ein Irrtum vorliegen. Wenn es um dieses Quartal ging, wusste ich nun mal ganz genau, dass es das mieseste Negativsaldo aller Zeiten für unsere Abteilung aufweisen musste. Wovon zum Teufel sprach Herr Reyes dann?

»Es ist vielleicht nicht ganz so ausgefallen, wie Sie es erwartet haben«, bestätigte ich vage, weil ich keinen blassen Schimmer hatte, worauf Herr Reyes anspielte.

»Das ist es in der Tat nicht! Ich hatte zum Beispiel nicht erwartet, dass Ihre Rückforderung im Fall der Familie Lauthausen von so schnellem Erfolg gekrönt sein würde.« Er legte die Fingerspitzen aneinander und zwinkerte mir verschwörerisch zu, während er seine Worte wirken ließ.

Rückforderung? Was für eine Rückforderung?

Herr Reyes lächelte immer noch. »Tatsächlich habe ich erst vor wenigen Minuten aus der Rechtsabteilung erfahren, dass der Anwalt von Frau Kerstin Lauthausen, ein Herr ...« Er kramte in den wenigen Blättern, die auf seinem Schreibtisch herumlagen, »... ein Dr. Berg uns Entgegenkommen signalisiert hat. Er bezieht sich auf den Formfehler im Vertrag, den Sie entdeckt haben. Mit der Rückerstattung der Schadenssumme ist deshalb noch in dieser Woche zu rechnen.«

Ich hatte einen Formfehler entdeckt? Dr. Berg? Und was für ein Formfehler bitteschön? »Das ist ...« unglaublich, wollte ich sagen. Unfassbar, verrückt und überhaupt ganz und gar unmöglich.

»… nur Ihrer Intervention zu verdanken«, beendete Herr Reyes meinen Satz. »Dr. Bergs genauer Wortlaut ist …«, er hob ein dünnes Blatt Papier an, »… *dass der falsche Fristbeginn durch den gestückelten Versand der Unterlagen zustande gekommen ist, wonach die Frist de jure erst ab dem Tag, an dem das letzte Dokument angekommen ist, beginnt. Der Schadensfall meiner Mandantin erfolgte deshalb noch innerhalb der dreimonatigen Wartezeit, die zwischen dem Beginn der Vertragslaufzeit und dem Einsetzen des Versicherungsschutzes liegt.*« Herr Reyes sah so zufrieden und gelassen aus wie ein Fratzenkuckuck.

»Außerdem bin ich sehr zuversichtlich, dass Ihnen, liebe Frau Blum, in Zusammenarbeit mit unserer Rechtsabteilung im Titta-Fall eine ähnliche Lösung einfallen wird. Solange haben wir die Bearbeitung des Falls erst einmal auf Eis gelegt. Auch wenn diese Dame, ich glaube, sie ist die Schwester des Versicherungsnehmers, wirklich unangenehme Briefe schreibt. Offenbar macht sie das während des Frühstücks, denn wirklich immer klebt Marmelade auf dem Umschlag.« Er zog angewidert die Nase kraus und schob mir einen der Briefe zu, der ziemlich zerknittert aussah.

Mit geweiteten Augen starrte ich auf das Kuvert, an dessen Ecke sich ein rostbrauner Fleck befand und daneben die Initialen L. E. G., von denen ich wusste, dass sie Lucretia Elisabetta Gallo bedeuteten. War das Stempelfarbe oder getrocknetes Blut? Mir schauderte. Unser neuer Teilhaber hatte offenbar keine Ahnung, mit wem er es beim Titta-Clan wirklich zu tun hatte.

»Ich lasse mir etwas einfallen«, sagte ich, hatte dabei aber einen bitteren Geschmack auf der Zunge, als hätte ich in eine unreife Orange gebissen.

»Herein!«, rief Arthur Reyes plötzlich und sah dabei immer noch recht vergnügt aus. Ich hatte nicht einmal gehört, dass jemand geklopft hatte.

Im Türrahmen erschien Reyes' Sekretärin mit einem Mann im Schlepptau. »Entschuldigen Sie bitte die Störung, aber der junge Mann sagt, es sei dringend.«

»Lassen Sie nur.« Reyes nickte jovial.

Ich spürte die Anwesenheit der Katze, noch bevor ich überhaupt den Kopf gehoben hatte. Es war, als würde mein Herzschlag stolpern und alle meine Sinne durch eine Stimmgabel angeschlagen. Ich musste nicht einmal sein Rasierwasser riechen, um zu wissen, dass er da war.

»Ein Eilbrief für …«, der UPS-Bote sah zur Sicherheit noch einmal auf seine Kladde, »… eine Frau Baum, nein,

Frau Blum«, verbesserte er sich. »Mathilde Blum. Die Sekretärin aus dem elften Stock hat mir gesagt, dass sie hier sein soll.« Die Schirmmütze hob sich ein Stück, und darunter kam ein schräger Eckzahn halb verborgen unter einem dicken Schnurrbart zum Vorschein.

»Das bin ich.« Ich sprang so hastig auf, dass ich den Stuhl nicht schnell genug zurückschieben konnte und damit gegen die Tischkante stieß. Eilig ging ich auf die Katze zu. »Ich dachte, bei UPS werden keine Bartträger eingestellt«, flüsterte ich, als ich nach der Kladde griff und den Empfang der Sendung quittierte. Die Katze trug diesmal ein Paar brauner Plain Derbys. Schlicht, aber doch eine Spur zu extravagant für diesen Auftritt. Außerdem waren sie viel zu schön für diesen hässlichen pullmanbraunen Anzug. »Da haben Sie bei mir wohl eine Ausnahme gemacht«, sagte der UPS-Bote, als er mir einen wattierten Umschlag reichte. Er sah erschöpft aus. Sein Blick war so müde, als könne er kaum noch die Augen offen halten, aber sein Schnurrbart vibrierte, als er leise lachte. »Guten Tag.« Er tippte sich an die Mütze und wollte auf dem Absatz umdrehen.

»Einen Moment noch!«, rief ich und hielt ihn am Ärmel fest. »Sie haben noch etwas vergessen.« Mit beiden Händen fasste ich den UPS-Boten am Kragen der Uniform und zog ihn zu mir heran. Ich überrumpelte ihn, indem ich meine Lippen auf seine presste. Er war so überrascht, dass er sich nicht wehrte. »Vielen Dank dafür, dass Sie so schnell waren«, sagte ich etwas atemlos.

»Gerne«, keuchte die Katze.

Herr Reyes räusperte sich, als der UPS-Bote mit einem unsicheren Gang das Zimmer verließ. »Bedanken Sie sich immer auf diese Weise?«, fragte Arthur Reyes.

»Äh, eigentlich nicht«, sagte ich und bekam einen heißen Kopf. Ich knetete den weichen Umschlag in meiner Hand. »Und … ich habe ehrlich gesagt noch nie zuvor einen Mann mit Schnurrbart geküsst.« Ich wusste auch nicht, warum ich das sagte, schließlich ging das den neuen Teilhaber von Secur-SORGLOS überhaupt nichts an.

»Bereuen Sie es?«, erkundigte er sich.

»Es kitzelt«, gestand ich ihm und fasste mir unwillkürlich an die Lippen.

Herr Reyes fing aus vollem Halse an zu lachen. Und er hörte gar nicht mehr damit auf. Er hielt sich den Bauch und wieherte, wie es nur ein Mann mit seiner ausladenden Statur zustande bringen konnte. Ich wusste gar nicht wohin vor Verlegenheit und inspizierte eingehend meine Schuhspitzen. Als Herr Reyes sich beruhigt hatte, wischte er sich die Lachtränen aus den Augenwinkeln und sagte: »Der Mann hat ein paar außergewöhnlich schöne Schuhe angehabt, nicht wahr?«

Überrascht, dass er das bemerkt hatte, hob ich den Kopf. Ich konnte nicht anders als breit grinsen, als wir uns die Hand schüttelten. »Ich glaube, wir werden sehr gut zusammenarbeiten, Frau Blum.«

»Ich glaube auch. Darf ich Sie noch etwas fragen?« Es war mir unangenehm, das Glück damit noch weiter auszureizen, aber ich konnte schließlich nicht nur an mich denken.

»Nur zu.«

»Meine Kollegin Esther Schmitz hat am Montag einen Gesprächstermin bei Ihnen, und sie ist etwas verunsichert, ob sie … nun ja …« Ich räusperte mich. »Sie fragt sich, ob es ein Problem …«

Reyes winkte ab. »Wir werden eine neue Abteilung aufbauen und sind auf der Suche nach Mitarbeitern, die ihr Potenzial in ihren bisherigen Positionen noch nicht voll ausschöpfen konnten.«

»Ach so.«

»Sagen Sie Ihrer Freundin, sie muss sich keine Sorgen machen.« Er entließ mich mit einem freundlichen Schulterklopfen.

Auf dem Flur musste ich mich erst einmal an die Wand lehnen und mein hüpfendes Herz beruhigen. Ich konnte nicht glauben, dass wir alle so glimpflich davongekommen waren. Mit keinem Wort war Kunkels Betrug erwähnt worden, und Esther stand auch nicht auf der Abschussliste. Ich war so erleichtert, dass ich erst wieder an den Briefumschlag dachte, als er an meiner Brust knisterte, aber dann konnte ich es nicht abwarten und riss die Lasche noch auf dem Flur stehend auf. Ich steckte die Hand in den Umschlag und ertastete etwas Weiches. Erstaunt zog ich ein gefaltetes Tuch aus dem Kuvert und sog scharf die Luft ein. Es war mein Lieblingstuch. Das Seidentuch, das ich schon seit Monaten vermisste. Schwarz mit weißen Tupfen. Das letzte Mal hatte ich es getragen, als ich meinen ersten Kundentermin ohne Kunkel wahrgenommen hatte. Aber wieso …?

Eingeschlagen in mein Tuch fühlte ich etwas Hartes, und vorsichtig faltete ich den Stoff auseinander. Zwei blaue Steine funkelten mich an. Ich keuchte überrascht auf. Da waren sie – die Millennium Twins! O Gott, sie waren so unglaublich edel und wertvoll!

Ehrfürchtig ließ ich eine Fingerspitze darauf tanzen und schob die beiden Manschettenknöpfe hin und her.

Dass die Katze sie mir überlassen hatte, war unvorstellbar. Und wie schön diese Diamanten waren!

Obwohl – ich tippte die hellblauen Steine erneut an – bei näherer Betrachtung musste ich feststellen, dass Niklas Augen viel schöner aussahen. Diese Steinchen waren zwar von unschätzbarem Wert, aber im Grunde waren es bloß ... Steine eben. Wohingegen Niklas' Augen ... Ich seufzte und schlug den Stoff wieder zusammen, um ihn in den Umschlag zurückzustecken. Kubitschek würde sich jedenfalls freuen, dachte ich. Und vielleicht bekam er nun die Möglichkeit, das Verschwinden des verschollenen Venezianers damit zu lösen. Ich würde ihn allerdings anlügen müssen und behaupten, dass ich die Diamanten irgendwo gefunden hatte. Auf der Toilette oder in unserer Cafeteria. Eventuell konnte es nicht schaden, diese Lüge mit einer Flasche Sliwowitz abzumildern. Ich wollte den Umschlag schon zudrücken, da stießen meine Finger gegen ein Stück Papier. Neugierig zog ich es aus dem Umschlag und erkannte auf dem Begleitschreiben die krakelige Handschrift der Katze.

Es ist schon Monate her, wahrscheinlich erinnerst du dich nicht einmal. Du hattest einen Termin bei meinem Vater, und ich habe gerade im Garten die Weißdornhecke geschnitten. Du hast mich nur einmal kurz angesehen und gelächelt, und ich wusste von diesem Augenblick an, dass ich das, was ich mir wünsche, nicht einfach so geschenkt bekommen würde. Ich wusste, dass ich mir das, was ich wirklich haben möchte, nehmen muss. Jetzt möchte ich dir zurückzugeben, was ich dir damals gestohlen habe. Im Austausch habe ich etwas viel Kostbareres bekommen. Ich werde gut darauf aufpassen und meinen Schatten darauf werfen.

Niklas

KAPITEL 42

Meine Vespa stand unter dem alten Kastanienbaum vor Dr. Bergs Haus. Wir lagen unter Niklas' Auto im Gartenschuppen, denn irgendwas war ja immer. Die Arbeitslampe brannte uns ins Gesicht, während aus dem kleinen Radio Sherley Bassey von Diamanten sang. Dann wurde die Musik für einen Nachrichtenbeitrag unterbrochen. Ich hörte nicht so genau hin, weil ich gerade dabei war, an der Vorderachse einen Querlenker auszutauschen – das Klappern hatte Niklas schon seit Tagen gestört –, doch dann fielen die Worte Köln und Cyberattacke, was mich sofort alarmierte.

»Schwarz steht dir unheimlich gut«, sagte Niklas mit Blick auf meine verschmierten Finger. »Du solltest unbedingt mal wieder auf eine Beerdigung gehen.«

»Pssst«, machte ich und legte einen meiner schwarzen Zeigefinger an die Lippen, weil ich der Stimme aus dem Radio lauschen wollte.

»... *hat es von dort aus einen Hackerangriff auf das Bundeskriminalamt gegeben, dies berichtete der Reflex un-*

ter Berufung auf anonyme Quellen. Es wurde offenbar versucht, die 1998 eingeführte DNA-Analysedatei zu manipulieren, was den Tätern, wie es nun aus Sicherheitskreisen heißt, jedoch nicht gelungen ist.«

Auweia, dachte ich. Das klang sehr verdächtig nach Dominik. Und das erklärte auch Kubitscheks Nachricht von heute Morgen, in der er geschrieben hatte, er wisse, dass ich ihn reingelegt habe, und dass darüber noch zu sprechen sei. Während ich nun also die Ohren spitzte, nutzte Niklas die Tatsache, dass ich nicht wehrhaft war, und schob seine Fingerspitzen in den Bund meiner Jeans. Ich seufzte leise.

»… Der Versuch wird der rumänischen Hackergruppe Kobra, auch Naja genannt, zur Last gelegt. Dabei handelt es sich um eine Gruppe, deren Spionagewerkzeuge laut Bundesnachrichtendienst und des deutschen Sicherheitsunternehmens Kaspersky zu den fortschrittlichsten und komplexesten gehören, die je analysiert wurden …«

Kobra? So wie die Schlange? Etwa wie die Schlange, die auf Dominiks Hals tätowiert war? Ich schluckte und hielt Niklas' Finger fest, die mich zu sehr ablenkten.

Die Musik setzte wieder ein.

»Am Strand von Waikiki sind es heute übrigens 30,8 Grad, falls es dich interessiert«, sagte Niklas.

»Wo ist das?«

»Honolulu, Hawaii, fünfzigster Bundesstaat der Vereinigten Staaten«, erklärte er und begann meinen verschwitzten Oberarm entlang zu küssen.

»Das interessiert mich überhaupt nicht«, gab ich zurück. »Ich habe nämlich gelesen, dass es am Wochenende am Blackfood Beach ebenfalls dreißig Grad heiß werden soll. Blackfood Beach, Fühlinger See, Köln, Nordrhein-Westfalen«, fügte ich hinzu und legte mich auf dem Rollbrett zur Seite, um meine schmutzigen Hände unter Niklas' T-Shirt verschwinden zu lassen. Meine Stirn lehnte ich an seine und stieß dabei gegen seinen Brillenrand.

»Aber deine Eltern sind jetzt auf Hawaii«, sprach er gegen meinen Mund, »und ich dachte, Miss Moneypenny würde vielleicht doch gerne dort hinfliegen.«

»Ich kann Oma nicht mit Dominik allein lassen, nachher bringt er ihr noch bei, wie man einen Computer bedient. Nicht auszudenken, was sie dann damit anrichten könnte.«

»Also Blackfood Beach.« Niklas nickte und sah erleichtert aus. »Dann können wir deine Oma mitnehmen. Das ist mir sehr recht. Ich kann meinen Vater wahrscheinlich ebenfalls nicht so lange alleinlassen.«

Das war etwas, was ich immer noch nicht ganz verstanden hatte. Bisher hatte ich gedacht, dass Niklas seine Raubzüge nach den Fällen seines Vaters geplant hatte, aber inzwischen war ich mir absolut sicher, dass Niklas gar kein Problem mit seinem Vater hatte. Er war zu unabhängig, um gegen einen strengen Vater rebellieren zu müssen. Die beiden hatten ein gutes Verhältnis. Und das beruhte auf viel mehr Humor, als ich vermutet hatte. Dr. Berg ließ sich das zwar nicht anmerken, aber oft genug hatte ich in seinen blassen Augen einen überraschend feurigen Funken aufflammen sehen, wenn die beiden aufeinandertrafen. Ihnen genügte ein Blick oder eine kleine Geste, um sich zu verständigen, was mich fast ein wenig eifersüchtig machte.

»Wenn man vom Teufel spricht«, raunte Niklas und gab ein genervtes Stöhnen von sich.

Ich war so in Gedanken versunken, dass ich das Auftauchen von Niklas' Vater gar nicht bemerkt hatte, aber nun verstummte die Musik aus dem Radio und ein Paar brauner, sehr teuer aussehender Derbys kam in mein Blickfeld. (Genauer gesagt ein sportlicher Longwing, dessen Flügel-Lochmuster bis nach hinten an die Fersennaht reichte. Diese Berg-Männer machten mich fertig!) Ganz automatisch hatte ich die Beine angezogen, damit Dr.

465

Berg mich nicht entdeckte, allerdings hatte er bestimmt meinen Roller in der Einfahrt gesehen. Niklas legte einen Zeigefinger an die Lippen und gleichzeitig schützend einen Arm um meine Schultern, aber vielleicht wollte er mir im Notfall auch nur schnell den Mund zuhalten können. Ich vergrub mein Gesicht an seiner Brust und presste die Lippen zusammen.

»Niklas?« Die Stimme von Dr. Berg klang geschäftsmäßig.

Niklas gab ein Knurren von sich. »Der kann gerade nicht.«

»Ich störe dich nicht weiter«, sagte sein Vater, zog sich aber einen der vielen Stühle heran, die Niklas in seiner Werkstatt angesammelt hatte und von denen die meisten noch nicht repariert worden waren. »Also«, fing er an und setzte sich hin, was ich mit Schrecken feststellte und weshalb ich am liebsten in Niklas reingekrochen wäre. »Du kannst ruhig weiter an deinem Auto schrauben, während ich dir etwas erzähle. Deine Ohren brauchst du dafür wohl nicht.«

»Schieß … los«, sagte Niklas abgehackt und hielt meine Hand fest, die unter sein T-Shirt gewandert war. Er warf mir einen Warnblick zu, den ich mit einem unschuldigen Grinsen beantwortete.

»Ich habe einen neuen Mandanten, der dein Interesse wecken wird.«

»Können wir das vielleicht ein andermal besprechen?«, keuchte Niklas auf, nachdem ich sein T-Shirt hochgeschoben hatte, um mit den Lippen meinen Fingern folgen zu können.

Dr. Berg sprach jedoch einfach weiter. »Ein unangenehmer Hedge-Fonds-Manager, der gerade erst eine Erbschaft gemacht hat, darunter ein paar äußerst faszinierende … Kunstwerke.«

Niklas packte mich an den Schultern und deutete mir aufzuhören. Angespannt lauschte er. »Ja und?«

»Ich berate ihn in einer Immobilienangelegenheit, aber das ist nicht das Thema«, setzte Dr. Berg noch einmal an, wurde aber wieder von Niklas unterbrochen.

»Was für Kunstwerke hat er geerbt?«

Warum wollte Niklas das wissen? Mich beschlich ein böser Verdacht, und ich beobachtete seine Miene genau.

Dr. Berg lachte leise. »Das ist es, was ich mit dir besprechen wollte. Sein Großvater muss ein sehr vermögender Mann gewesen sein. Jedenfalls reicher an Geld als an Moral. Er hat einige expressionistische Zeichnungen von Karl Hofer, Wilhelm Morgner und Paula Modersohn-Becker. Du kennst dich damit bedeutend besser aus als ich, aber ich glaube, ich habe auch ein Gemälde aus dem Realismus gesehen. Adolph von Menzel womöglich.«

»Ich vermute, in einem scheußlichen neoklassizistischen Rahmen mit Goldstuck«, fauchte Niklas und wirkte plötzlich mehr wie eine Raubkatze.

»Das trifft es sehr präzise. Mit Ornamenten und Lorbeerdekor, genauso, wie es die Nazis früher so gern mochten. Und ich weiß, dass mein Mandant für keines dieser Stücke einen lückenlosen Provenienznachweis erbringen kann.«

»Also Raubkunst.«

»Es steht zu befürchten.« Dr. Berg seufzte.

Warum erzählte er das alles? Mir brach der Schweiß aus.

»Das klingt … interessant.«

Nein, das klingt ganz und gar nicht interessant, wollte ich aufbegehren und hätte Niklas am liebsten die Ohren zugehalten, da ich spürte, dass er so angespannt war wie ein Panther vor dem Sprung.

»Ich dachte mir, dass du das sagen würdest«, meinte Dr. Berg sanft. »Man könnte Fotografien davon an die Suchdatenbanken geben, aber als ich es meinem Mandanten gegenüber andeutete, zeigte er sich nicht sehr kooperativ. Er sieht wenig Sinn darin, gestohlene oder abgepresste Kunstwerke nach achtzig Jahren den rechtmäßigen Erben wiederzugeben, deshalb habe ich das Thema fallenlassen.«

Niklas schnaubte. »Scheint genauso sympathisch zu sein wie dein Mandant Biermann.«

»Für den du ja eine ebenso elegante Lösung gefunden hast. Ich war von der Episode mit der Briefmarke recht angetan.« Dr. Berg lachte leise und stand auf, wobei der Stuhl über den Betonboden schabte.

Ich war wie vor den Kopf gestoßen. Dr. Berg hatte es gewusst! Mehr noch, er hatte ganz offensichtlich seinem Sohn fast so etwas wie einen Auftrag erteilt! Ich presste mir erschrocken die Hand vor den Mund und atmete flach in meine Handfläche, damit Dr. Berg mich nicht hörte. Die ganze Zeit hatte ich gedacht, dass Niklas die Mandanten seines Vaters bestahl, weil er gegen ihn rebellierte, und nun stellte sich das genaue Gegenteil heraus: Die beiden arbeiteten zusammen!

Mir wurde flau. Niklas sah mich etwas zweifelnd an, offenbar ahnte er, was in mir vorging. Dr. Berg schob den Stuhl beiseite, seine braunen Derbys blieben auf Höhe meiner Hüfte stehen.

»Ist das eigentlich etwas Ernstes mit dir und dieser jungen Frau von der Versicherung?«, erkundigte er sich mit geradezu liebreizendem Tonfall.

Er wusste es. Dieser gemeine Kerl wusste die ganze Zeit, dass ich hier unter dem Auto lag, und trotzdem hatte er in meinem Beisein seinem Sohn dieses kriminelle, unmoralische Angebot unterbreitet. Oh, ich kochte innerlich.

»Ja«, sagte Niklas, »etwas sehr Ernstes, finde dich damit ab. Du kannst dich schon mal um die Einladungskarten kümmern.«

Was für Einladungskarten?

Dr. Berg räusperte sich. »Aber ich habe überhaupt nichts dagegen. Du kannst ihr ausrichten, dass ihr mein Badezimmer jederzeit zur Verfügung steht, wenn sie sich nach dieser … Reparatur … frisch machen möchte.«

»Danke«, schnurrte Niklas und presste mir die Hand auf den Mund, weil ich empört nach Luft geschnappt hatte. »Ich werde es ihr sagen.«

Energisch kämpfte ich gegen Niklas an, der mich mit einem heiseren Lachen auf das Rollbrett drückte. Erst als er sicher sein konnte, dass sein Vater ins Haus verschwunden war, ließ er mich los.

Mir schossen eine Million Fragen durch den Kopf, aber anstatt sie zu stellen und meiner Empörung über die Entdeckung ihrer Komplizenschaft Luft zu machen, fragte ich bloß: »Was für Einladungskarten?«

Niklas wurde rot. »D-das war nur Spaß, Tilly. Nur Spaß.« Er küsste mich schnell und rau, und ich ließ mich viel zu schnell davon besänftigen. Eine ungelöste Sache beschäftigte mich jedoch noch.

»Was ist mit Kunkel? Wie ist er in die Sache verwickelt? Hatte er mit dir eine Art Vereinbarung?«

»Ich kenne Kunkel nicht«, sagte Niklas, und aus irgendeinem Grund war ich darüber erleichtert. »Er hat ganz sicher in seine eigene Tasche gearbeitet. Dass ich die Millennium Twins gestohlen habe, war ein glücklicher Zufall für ihn. Ich vermute aber, dass die Familie von vornherein nicht geplant hatte, die kostbaren Diamanten mit Arcangelo di Titta beerdigen zu lassen. Ich habe ihnen also unwissentlich einen großen Gefallen getan. Einen Millionenbetrag von der Versicherung zu bekommen ist wesentlich angenehmer, als einen Käufer für Diamanten mit fragwürdiger Herkunft zu finden.«

Ich dachte an seinen Vater und überlegte, ob der mir ebenso unwissentlich geholfen hatte. »Dein Vater ist aber nicht wirklich der Anwalt von Kerstin Lauthausen, oder?«

»Nein.« Niklas schob seine Brille nach oben und fuhr sich über die Nasenwurzel. »Aber es war nett von ihm, diesen Brief zu schreiben, oder? Es hat übrigens Stunden gedauert, bis ich diese Frau so weit hatte, dass sie mit der Rückzahlung einverstanden war.«

»Aber wie hast du das angestellt?«

»Poker. Und auch etwas Black Jack. Leider habe ich ein großes Talent fürs Glücksspiel, deshalb werden sie mich so schnell nicht wieder in dieses Casino lassen, fürchte ich. Es sei denn natürlich, ich käme in einem anderen … Anzug.«

»Soll das heißen, du hast mit Kerstin Lauthausen um dieses Geld gespielt, oder wie darf ich das verstehen?«

»Natürlich nicht. Ich habe *für* Kerstin Lauthausen gespielt. Bis sie mit dem erspielten Betrag zufrieden war, habe ich mir allerdings eine Menge Feinde am Tisch gemacht.«

»Deshalb also dein feuchtes Sakko?«

Niklas nickte. »Einer der anderen Gäste war kein guter Verlierer.« Er beugte sich über mich und zog mit den Zähnen den Saum meines T-Shirts nach oben. »Aber dafür habe ich Verständnis«, nuschelte er, »ich bin ebenfalls kein guter Verlierer.«

»Niklas«, sagte ich schwach, als er mein T-Shirt aus seinen Zähnen freiließ und ich seine Zungenspitze an meinem Bauch spürte. »Bitte sag mir, dass du nicht ernsthaft daran denkst, diese Kunstwerke zu stehlen. Das ist unfassbar gefährlich … und … kriminell. O Gott, und wenn …«

»… und wenn sie bei der Allianz versichert sind?«, fragte er und grinste so verschmitzt, dass mir das Herz in der Brust hüpfte wie ein Flummi.

»Aber wie willst du das vorher herausfinden?«

»Das ist das geringste Problem. Und für Notfälle habe ich immer noch den Ring von Signora Gallo, der sicher sehr nützlich sein wird. Allerdings wird dieses Projekt nicht leicht werden, und ich könnte deine Hilfe dabei gebrauchen.«

»Du glaubst doch wohl nicht, dass ich etwas Kriminelles tun werde? Niklas, lach nicht so, das kann nicht dein Ernst sein!«

»Auch nicht, wenn es für einen guten Zweck ist?«

»Vielleicht«, sagte ich. »Nein, natürlich auch dann nicht! Bist du verrückt?«

»Ich liebe dich.« Er pustete die Worte warm in meinen Bauchnabel. »Du bist wirklich eine unglaubliche Frau und zu viel mehr fähig, als du denkst.« Ich spürte sein Lächeln auf meiner Haut, als er eine feuchte Spur zum Rand meiner Jeans zog. Als er aufblickte, war sein Blick verklärt. »Du könntest deine rosa Pumps dabei tragen. Die mit der kleinen Schleife.«

»Wenn überhaupt«, begann ich und kramte in meiner Jeanstasche nach etwas, das ich schon ziemlich lange verwahrt hatte, »dann werde ich das hier tragen.« Ich pappte mir den Schnurrbart über die Oberlippe, den ich am Tag der Beerdigung auf der Straße gefunden hatte, und unterdrückte ein Kichern, weil er so kitzelte. »Küss mich«, sagte ich und hielt den Atem an.

Glückwünsche & Persönliches

Ich weiß, was ihr für mich getan habt, ihr Kätzchen. Dankbare Grüße von den Kapverden und verderbt euch nicht den Magen mit zu viel Pasta aus Apulien.

Euer Märchenonkel

Nikola Hotel
Für immer und du
Roman
299 Seiten. Broschur
ISBN 978-3-7466-4099-0
Auch als E-Book lieferbar

Liebe und andere Wahnsinnsideen

Leonie hat es geschafft: Sie ist erfolgreich in ihrem Job, hat eine schicke Wohnung und steht kurz davor, einen Millionen-Deal abzuschließen. Doch dann wird sie plötzlich »beurlaubt«, weil sie eine Geschäftsidee der Brüder Emil und Ben gestohlen haben soll. Von einem Moment auf den anderen steht sie vor einem Scherbenhaufen. Sie muss Emil finden und die Sache in Ordnung bringen. Blöd nur, dass der sich bei seiner Tante auf dem Land verkrochen hat und Leonie neuerdings Herzrasen bekommt, wenn sie Emil in die Augen schaut. Oder liegt es an der Landluft?

Eine so charmante wie lebensnahe Liebesgeschichte von Bestseller-Autorin Nikola Hotel.

Regelmäßige Informationen erhalten Sie über unseren Newsletter.
Jetzt anmelden unter: www.aufbau-verlage.de/newsletter

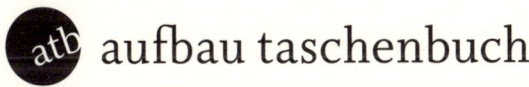

Nikola Hotel
Liebe oder gar nicht
Roman
272 Seiten. Broschur
ISBN 978-3-7466-4098-3
Auch als E-Book lieferbar

Liebe und andere Missgeschicke

Raphael ist gut aussehend, charmant und der Star einer erfolgreichen TV-Kochsendung. Außerdem hat er so unglaublich blaue Augen, dass Jo gar nicht mehr wegsehen kann. Bei seinem Lächeln wird ihr ganz schwindelig. Kein Wunder, dass die junge Anästhesistin nicht wirklich bei der Sache ist, als er vor ihr auf dem OP-Tisch liegt. Aber wird er ihr jemals verzeihen, dass sie ihm versehentlich einen Schneidezahn abgebrochen hat? Und warum begegnet sie ihm neuerdings ständig? Ihm und seinen blauen Augen …

Eine hochkomische und wunderbar romantische Lovestory von Bestseller-Autorin Nikola Hotel

Regelmäßige Informationen erhalten Sie über unseren Newsletter.
Jetzt anmelden unter: www.aufbau-verlage.de/newsletter

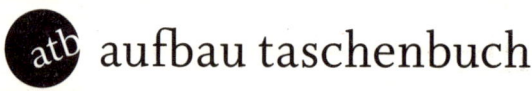

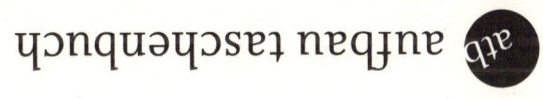
Regelmäßige Informationen erhalten Sie über unseren Newsletter.
Jetzt anmelden unter: www.aufbau-verlage.de/newsletter

Eine unglaublich chaotische RomCom zum Dahinschmelzen von Bestseller-Autorin Nikola Hotel

will …

Nils schon genug Probleme, und nun muss er sich auch noch fragen, wie er die allzu hilfsbereite Emma wieder loswird. Und ob er das überhaupt Polizei auf den Hals, weil sie denkt, er wolle sich etwas antun. Dabei hat auf einmal kein Wort mehr herausbekommt, sie hetzt ihm auch noch die muss, geht alles schief. Nicht nur, dass er viel zu gut aussieht und Emma sie bei Nils vor der Tür steht und ihm ein grauenhaftes Gedicht vortragen mensträuße und Liebesbotschaften – als Glücksschwein verkleidet. Als Emma hat den offiziell peinlichsten Job der Welt: Sie überbringt Blu-

Liebe und andere Peinlichkeiten

Nikola Hotel
Jetzt und mit dir
Roman
283 Seiten. Broschur
ISBN 978-3-7466-4100-3
Auch als E-Book lieferbar